한숨에 읽는
호주 소설사

한숨에 읽는
호주 소설사

JEAN-FRANÇOIS VERNAY 지음 | **장영필** 옮김

A Brief Take on the Australian Novel

글로벌콘텐츠

▌ 일러두기

1. 본문에 사용한 기호의 쓰임새는 다음과 같다.
   『 』: 서적명
   「 」: 논문명, 글명
   《 》: 신문명, 잡지명
   〈 〉: 영화, TV프로그램 등 기타 작품명
2. 한국 독자들의 이해를 돕기 위해 역자가 각주를 추가했다.
3. 이 책에서 소개한 소설 제목들은 역자가 한국식으로 번역한 것으로, 원 제목을 영어로 직역한 것과 다를 수 있음을 밝힌다.

이 책을 쓰게 된 사연

인지 과학자들의 주장에 따르면, 정서와 지능은 상호 연관되어 있으며 좋은 글을 선택할 때와 같이 다양한 의사 결정 과정에서 특히 중요한 역할을 한다고 한다. 그럼에도 불구하고 책과 관련된 마케팅 전략들은 독자들이 마치 책이 행복을 주는 알약처럼 정서적 용도로만 유효하다고 믿기를 원한다. 이를테면 비평가들은 어느 책을 사야 할지를 독자들에게 알려주기 위해 존재하는 반면, TV나 라디오의 책 관련 방송들은 (간혹 요긴할 때도 있지만) 일부 최신 발표작들만 소개한다. 게다가 문학 축제들은 더 이상 소개가 필요 없는 유명 작가들만을 다루기 일쑤이다. 심지어 마일즈 프랭클린 문학상Miles Franklin Award1)과 같은 문학상들마저 이런 승자독식 논리에 합세하는 바람에 순수 독자들의 책 선택을 혼란스럽게 한다. 이는 결국 책을 선택할 때, 독자의 개인적 취향이 바르게 기능하지 못하게 한다. 이런 관행은 너무나 흔한 것이어서, '국민 독서의 해' 행사

---

1) Miles Franklin Award: 호주 작가 마일즈 프랭클린Miles Franklin(1879~1954)의 문학적 업적을 기리기 위해 그녀가 사후 남긴 유산으로 기금을 제정. 현재 호주 문단 최고의 문학상으로 자리한다.

의 일부인 '2011 캠페인'에서도 '호주에서 겪은 일들'이라는 몇 마디 말로 요약될 가벼운 책들만을 소개하게 했다. 출판 시장의 승자들은, 독자들을 무시한 채로 이러한 행보를 반복한다.

호주 소설을 연구하니, 사람들이 내게 '어떤 책을 읽어야 하는가'를 묻기 시작했다. 이 질문은 필독서 목록을 만들지 않고서 답하자니, 매우 어려운 질문이었다. 그러니 명심해 주길 바란다. 이 책의 작품 추천에는 내 개인적 취향이 반영되어 있지만, 열혈 독자들이 자신만의 책 선택을 할 수 있도록 호주의 웬만한 지적 작품을 모두 놓을 수 있는 커다란 가상 테이블과 같은 중립적 공간을 만들기 위해 노력했다. 이 프로젝트는 소설 선택과 분류, 독자 반응에 따라 엄선된 책들이 시대·주제별로 도서관 서가에 딱 들어맞는 모습을 보여 줄 것이다.

이 책을 쓰는 동안, 나는 지나치기 쉬운 '텍스트의 맛'을 전달하고자 했다. 가령 사람들이 과학책들을 통해서는 알 수 없는 문화적 즐거움 같은 것을 말이다. 그렇기 때문에 이 책의 '문학적 주이상스jouissance'를 경험할 수 있는 것은 지적 텍스트를 읽는 독자들만의 특권이다(주이상스 jouissance는 롤랑 바르트가 육감적 쾌락과 즐거움을 함축적으로 표현하기 위해 사용한 말로 프랑스어로 오르가슴orgasm을 뜻한다). 내가 이 책에서 그런 '텍스트의 즐거움'을 더 이상 함축적으로 표현할 수 없다고 느낄 때까지 나의 시행착오를 허락해 준, 그리고 그런 나의 감정들을 독자들과 공유할 수 있게 해 준 출판사에게 고마울 뿐이다.

2015년 12월 23일, 멜번에서

살짝 엿보기

장 프랑수아 버네이의 『한숨에 읽는 호주 소설사*a Brief Take on the Australian Novel*』는 한 발짝 물러선 객관적 시각으로 호주 문학에 대한 근원적 정의를 세우며 시작된다. 호주 소설만이 아니라 호주 문학 자체가 저자의 일시적인 정의에 그치지 않고 계속적으로 재정의되어야 하기 때문에, 이런 접근법은 상당히 유용하다. 물론 호주 문학에 대해 재정의하려는 노력은 지금도 진행 중이고, 언젠가는 완성될 것이다. 그러니까 이는 아직호주 문학이 문학적 여명기를 지나는 중이기 때문에, 지금까지는 그런 노력을 하지 않아서 생긴 문제는 아니다. 그간 꾸준히 호주 문학을 타국과 비교하고 재정의하려는 시도를 꺼려 왔던 호주 문단의 세계 문학을 향한 지대한 관심과 호소에 기인하는 것이다.

라나지트 구하Ranajit Guha[1]의 저서 『세계사 기술의 한계점*History at the Limit of World-History*』에서도 언급되었듯이, 호주 문학은 세계와 문학의 이중적 한계점에 서 있다. 예를 들어 파스칼 카사노바Pascale Casanova[2]의

---

1)　Ranajit Guha(1922~): 인도 역사학자
2)　Pascale Casanova(1959~2018): 프랑스 문학 비평가

탁월한 연구 저작인 『세계 문자 공화국*The World Republic of Letters*』에서 호주는 그저 영국 식민지 중 하나로만 언급된다. 그리고 호주에 유럽식 사고가 태동하기 전, 이 나라에서 문학이란 구술, 시각 기호, 호주 원주민이 행하던 무속 행위, 또는 항간에 떠도는 소문들이었다. 일반적으로 통용되는 문학의 정의를 크게 벗어나지 않는 선에서 창작된 작품만을 문학으로 정의하고, 호주 문학이 1788년 영국인들의 침략으로 시작된 영어권 사회 문학이라는 통념에 동의한다 해도, 호주 문학은 여전히 세계 문학의 경계를 넘지 못한다. 이들 중 많은 작품이 '몇 가지 문학적 방식'으로 호주산이라고 확인될 수 있다 해도(저자 버네이가 번즈D.R.Burns로부터 가져온 유연한 정의), 호주 문학이 세계 문학계에서 대체적 또는 독립적으로 자리매김할 수 있는 단일한 특징은 없다. 실제로 호주 작가 중에서도 '호주산'이라는 출신 성분에 거부감을 가지는 이들이 많다. 한 예로, 로버트 드섹스Robert Dessaix3)는 '2010 애들레이드 문학 주간the Adelaide Writers' Week in 2010'에서 "우리 작가들 중 호주 작가라고 불리면서 활동하는 이들 있나? 나는 그렇지 않다. 나는 '나moi'4)로서 글을 쓴다"라고 말했다. 시드니 태생의 호주 소설가 스티브 톨즈Steve Toltz5)는 "최근 자신은 북반구에서 글 쓰는 것이 더 편안했다"고 언급했다.

이 현상은 역설적이다. 사실 호주 문학은 세계 문학의 한 범주로서 비교적 쉽게 문학적 경계를 정할 수 있기 때문이다. 호주 문학이 섬으로 이루어진 대륙이라는 호주의 독특한 지리적 여건으로부터 영향을 받았을

---

3) Robert Dessaix(1944~): 호주 소설가이자 언론인. 1985년에서 95년까지 호주 ABC 〈Books and Writing〉 프로그램 진행
4) moi: 'me'라는 의미의 프랑스어
5) Steve Toltz(1972~): 호주 소설가

뿐만 아니라, 1788년 식민지 시절부터 지금까지 '또 하나의 영국'을 만들어 내는 독특한 문학 사조를 발전시켜 왔다는 점도 충분히 주목할 만하다. 그럼에도 불구하고 문학적 경계를 분명하게 정하길 원하는 이들 사이에서 호주 작가의 텍스트들과 독자들이 영어권이라는 더 큰 무대에서 어떻게 시작되었는지, 또는 무엇을 더했는지, 그리고 이들 사이를 어떻게 연결했는지에 대한 설명들은 제각각이다.

이 책의 저자인 버네이는 그의 열정과 광범위한 자료 조사를 통해, 호주 문학에 대한 충실하고 시의적절한 소신을 쓴 그의 에세이에서 "호주 문학은 그 존재 자체에 대해 둔감한 이들의 반응에 직면해야 한다"고 강조했다. 오랜 세월 동안 호주 문학이라는 내부 역학 구조의 일원들이었던 비평가들, 편집자들, 작가들이 세계를 향한 호주 문학의 외향적 인식에 기여할 만한 의견의 합치점을 찾지 못했다는 점은 명백하다. 호주에서 탄생한 수많은 개별 작가의 국제적 성공에도 불구하고 말이다. 이 책은 이런 상황에 대한 문제의식을 담고 있기에, 더 신선하고 가치가 크다.

수년에 걸친 연구 조사의 결과물인 이 책은 호주 역사적 흐름과 궤를 같이하는 호주 소설의 많고도 다양한 질문과 문학적 성과를 갈구하는 이들을 주목한다. 그리고 그들의 논쟁과 창의적 가능성에 대응하는 모습들을 보여 준다. 그러한 모습들이 저자가 설명하는 호주 문학이 가진 주제들, 지적 전통과 개혁의 패턴들, 그리고 광범위한 정치 사회적 맥락들과 맞닿는 지점을 읽어 주기를 바란다.

이 책에서 저자가 안내하는 원칙은 세계 문학이라는 범주 내에서 호주 문학을 영어 사용권의 한 부속이 아닌 독립적 영역으로 재정의하고, 앵글로 아메리칸 학계가 선호하는 방법론들에 따라 자리매김하도록 하는 것이다(아이러니하게도, 가끔 이 책의 저자 버네이는 프랑스 이론을 번역했다). 이 안내 원칙에 따라 저자 버네이는 두 가지를 요구하고 있다. 첫째는 영국에서 시작된 역사·문화적 배경으로부터 호주 소설을 분리하는 것이고, 둘째는 호주 저자들을 대리해 온 교활한(?) 저작권 중개상들로 인한 호주 문학계의 차별 대우를 추적하는 것이다. 그 배후에는 영국인들의 호주 상륙, 호주 원주민 추방, 모국인 영국으로부터의 소외, 호주 땅에서의 새로운 개척과 정치적 노력, 그리고 외부 세계에게 알려지기 위한 출판 욕망 등, 호주 문학계가 지나온 일련의 내·외적 지향점을 그들만의 시각으로 왜곡해 온 일부 저자들과 저작권 중개상들이 있다. 버네이의 저술은 호주 문학 연구자들을 되살릴 탈식민지화 프로젝트이다.

호주 소설의 다양한 '첫 번째'로 시작하는 이 책은, 문학적으로 모호한 인물들과 사회 유명인사의 결합, 상층민과 하층민의 혼합, 그리고 문학에 도전하는 상업적 또는 장르 픽션들과 함께 인상적 문학 영역에 있는 저자들로 꾸며져 있다. 마르셀 오르소Marcel Aurousseau[6]가 마일스 프랭클린Miles Franklin[7]과 함께 등장하는 반면, 월터 아담슨Walter Adamson[8], 돈오 김Don'o Kim[9]과 안토니 야흐Antoni Jach[10], 데이비드 말루프David

---

6) Marcel Aurousseau(1891~1983): 호주 지질학자, 전쟁 영웅, 작가이자 번역가
7) Miles Franklin(1879~1954): 호주 여성 작가이자 여성 운동가. 1901년 발간된 『My Brilliant Career』로 알려지기 시작, 호주 문학사에서 커다란 족적을 남긴다. 그녀 사후, 그녀의 이름을 딴 'Miles Franklin Award'는 현재까지 호주 문학상 중 최고의 권위를 가진다.
8) Walter Adamson(1911~2010): 독일계 호주 작가. 독일계 호주 소설가이자 시인. 2차 대전 중 이탈리아어 통역사로 참전하고, 1960년대부터 호주에서 독일어 강사로 활동했다. 1977년 독일 괴테인스티튜트Goethe Institute of Victoria(Australia) 원장 역임한다.
9) Don'o Kim(1936~2013): 평양 출신 한국계 호주 작가. 본명은 김동호. 고려대 영문과 졸업 후 1961년 호주 정부 장학생 자격으로 호주에 입국한다. 시드니대를 졸업하고, 뉴사우스웨일즈 주립 도서관 사서 생활을 잠시 거친 이후엔 소설 집필에 몰두했다. 1984년 그가 쓴 대표작 『The Chinaman』은 시드니대 인문학부 필수 독서 목록에 선정된 바 있다.

Malouf[11])와 에바 호넌Eva Hornung[12])이 함께 소개된다. 주요 호주 작가들과 그들 작품에 대한 일련의 「자세히 들여다보기*close-up*」도 있다. 가부장적 족쇄에서 여성 스스로 벗어날 수 있다는 사회적 가능성을 보여준 캐서린 헬렌 스펜스Catherine Helen Spence[13])의 『클라라 모리슨*Clara Morison*』 (1854)에 대한 클로즈업과 같이 말이다. 버네이는 특히 호주 외부에서 호주 현지 문학을 바라보는 새로운 학문적 태도를 제시한다. 그의 접근 방식은 독창적인 만큼, 논쟁의 소지도 있다. 그 이유는 그의 문장이 재미있으면서도 가끔은 학계의 맹점을 날카롭게 지적하기 때문이다.

저자인 버네이는 '호주 작가들 사이에 존재하는 많은 이견'을, 이윽고 하나의 그림으로 완성될 퍼즐 조각처럼 여긴다. 그리고 '호주 문학이 세계 주류 문학계에 속하지 못한다는 불안감'으로 인한 '일부 호주 문학계의 과도한 걱정'에 주목한다.

이 지점에서 많은 논쟁거리가 있다. 그러나 모든 주장이나 해석에 동의할 필요는 없다. 일관된 관점으로 이루어지는 개괄적인 분석은 흥미롭지만 학계의 재검토가 필요한 방법이기도 하다.

이 책에서 다루어진 주제로는 영국 식민지 시절 작가들의 필명 사용, 훗날 밝혀지는 표절 및 왜곡 사건, '문화적 괴리감Cultural cringe'과 추방,

---

10) Antoni Jach(1956~): 호주 소설가, 극작가, 화가, 호주 문학잡지 《HEAT》 편집장
11) David Malouf(1934~): 호주 대표 작가 중 한 명. 레바니즈계 호주 작가로 'Australian-ASIA Literary Award'를 비롯한 호주 문학상 다수 수상
12) Eva Hornung(1964~): 본명 Eva Sallis. 호주 작가이자 인권운동가. 2010년 'Prime Minister's Literary Award(Fiction)' 수상
13) Catherine Helen Spence(1825~1920): 영국 스코틀랜드 태생의 호주 작가이자 언론인, 교사, 사회 운동가. 호주 사상 최초로 주 의회 선거에 입후보한 인물로 호주의 지역 비례대표제 선거제도 창시에 기여, 호주 5달러 지폐에 얼굴이 새겨진다.

전쟁, 역사적 허구, 호주 토착민이 지닌 표현들과 원주민 작가들, 문학적 다문화주의 그리고 변화하는 출판 환경(이어지는 후기에서 기술한다) 등이 있다. 특히 이 책에서 주목할 쟁점은 호주식 이상향과 반이상향에 대한 개념이다. 이 이론은 식민지 당시 호주 초창기 정착민들에게 형벌을 치르는 공간이었던 호주의 근원적 사회상이 후세대의 창의적 상상 속에서 '하나의 제도화된 압제', 즉 감옥으로 계승되었다는 점에 주목하여 호주 사회를 이해한 결과이다. 저자 버네이는 에밀 시오랑Emile Cioran[14]을 인용하면서 호주식 이상향 내에 존재하는 전체주의적 면모를 강조한다. 역설적으로 반이상향이기도 한 이곳은 공산주의자들이 강압적 통치로 지배하는 '천국 같은 공간'일 뿐, 가혹할 정도로 엄격한 준수를 요구하는 곳이기도 하다.

호주 대륙을 하나의 커다란 감옥으로 바라보는 관점에서, 태즈메이니아Tasmania[15]는 특히 크리스토퍼 코치Christopher Koch[16]의 소설에서 섬감옥이라는 상징적 지형을 나타내고 있다. 이곳은 외부와 절연된 고립감에서 비롯되는 권태로움과 편집증, 그리고 경찰과 형사들로부터 계속 쫓기는 듯한 느낌에서 벗어나고 싶은 욕망을 불러일으킨다.

호주 식민지 당시 백인들이 가지고 있던 이러한 심적 태도는 그들이 생각하는 '모든 외부 구성원(흔히 백인들의 시각에서 바라본 '추방 대상'으로 인식된 아시안, 이민자, 심지어 호주 토착민 등)'을 대상으로 야만적 행위를 저지르게 하여 호주 일부 지역의 원주민 부족 전멸이라는 결과를 낳기도 했

---

14) Emile Cioran(1911~1995): 루마니아 철학자. 염세주의, 허무주의 철학 이론에 천착했음.
15) Tasmania: 6개의 주States로 이루어진 호주의 한 주, '호주의 제주도'라고도 불림.
16) Christopher Koch(1932~2013): 호주 소설가. 호주의 대표적 문학상인 'Miles Franklin Award' 2회 수상

다. 더 나아가 백인들이 가졌던 고립감을 메꾸기 위해 외부 세계로부터 '출입금지 구역'이었던 호주 대륙에서 백인 우월주의White Australia가 시작되는 병적 현상으로까지 확장된다. 이 논점은 공식적인 호주 역사를 폄훼 또는 수정하려는 수많은 소설이 보여 주는 것처럼, 호주의 모국인 영국에 대한 의존과 수동적 태도(그리고 방어 능력이 없는 것에 대한 두려움까지)를 강조하는 서술들을 중심으로 하는 핵심적인 논쟁으로 이어진다. 이 관점은 내심 정신심리학적으로 상상적 변신을 요구하는 세계 안에서, 개인들 간 그리고 남성과 여성의 성별을 반영한 드라마까지 낳게 한다.

이러한 논의를 근거로 저자인 버네이는 '호주 역사에 억압된 폭력을 바탕으로 하는 근원적 뿌리가 있다'고 주장한다. 호주는 모국으로부터 버려졌다는 느낌을 받았던 경험이 있고, 이로 인해 상실이라는 호주 문학의 전형적 주제가 생겨났기 때문이다. 대표적으로 크리스토퍼 코치의 작품에서 갈등을 겪는 남자 주인공들은 승화, 상상 또는 이상적인 '다른 세계', '비밀의 타인', '고조된 감정'과 함께 대안적 삶을 찾는 그들의 대응 과정을 보여 준다.

크라스토퍼 코치는 위에 전술한 관점을 중시하는 데이비드 말루프, 피터 캐리Peter Carey[17], 제랄드 머네인Gerald Murnane[18], 자넷 터너 호스피탈Janet Turner Hospital[19]과 그 이후 세대인, 크리스토스 치오카스Christos Tsiolkas[20]를 소환하고 있다. 버네이는 치오카스의 소설 『유혹의

---

17) Peter Carey(1943~): 호주 작가이자 정치 평론가이며, 차기 호주 노벨 문학상 수상 가능 작가로 지목된 바 있다.
18) Gerald Murnane(1939~): 호주 소설가이며 1982년 『The Plains』로 알려지기 시작했다. 1999년 'Patrick White Award', 2018년 'Prime Minister's Literary Award(Fiction)' 수상
19) Janet Turner Hospital(1942~): 호주 소설가이며, 'Patrick White Award' 수상 작가이다.
20) Christos Tsiolkas(1965~): 호주 작가이며, 1995년 그의 첫 소설 『Loaded』 발표 이후 주로

무게*Loaded*』에서 인용하길, "그는 역사에서 탈피하기 위해 도망쳤다. 그것이 그의 이야기이다. 이것 또한 호주식 허구의 이야기인가? 호주가 가진 이야기 속 이야기인가?" 여기서 도출되는 결론은 분별 있고, 균형 잡힌 그러면서도 개방적인 모순의 양면이다. 국가적 틀과 그것을 초월하고픈 욕망 사이에서 고민하는 호주 소설가들을 위해, 버네이는 '모든 약점을 대신할 이점'과 '같은 사안을 바라보는 하나 이상의 관점'을 항상 제시한다.

외부적 시각이 대상을 그 자체로 돋보이게 하는 고유한 특성에 주목할 때, 내부자들은 보지 못하는 것들을 빛나게 한다. 알렉시스 드 토크빌 Alexis de Tocqueville21)의 인내 가득하면서 탁월한 선견지명을 보여 주는 『미국 민주주의 역사*Democracy in America*』는 그가 1831년에서 1832년 사이 9개월간 행한 미국 여행의 결과였다. 그는 자신이 가진 주제의 역설을 인식하고 부분적으로나마 미국 사회 결점들과 특이점들을 볼 수 있었다. 로렌스D.H.Lawrence22)는 1922년 수개월간의 호주 방문 시기에 호주인들의 초기 정착기 정신 구조에서 '원초적 자아the withheld self'를 찾아냈다. 버네이의 호주 문학 관찰은, 토크빌이나 로렌스의 열정과 감성 그리고 호주 사회의 일원으로서 호주 문학을 이해하고자 하는 격정적 몰입을 동원한 깊은 학문적 연구에 기반을 두고 있다. 그는 호주 문학의 업적들과 논쟁에 참여하며, 반론한다.

게이 문학 장르 작품들 발표
21) Alexis de Tocqueville(1805~1859): 프랑스 외교관이자 역사가, 미국 의회 민주주의 이론의 토대를 세웠다.
22) D.H.Lawrence(1885~1930): 영국 작가이자 시인이며, 대표작은 『Lady Chatterley's Lover』

이 『한숨에 읽는 호주 소설사』가 프랑스어 또는 영어판으로 읽히거나 강의실에서 매우 유용하게 쓰일 수도, 혹은 다른 곳에서 일반적인 호주 문학 소개서가 될 수도 있을 것이다. 호주 문학계를 향한 애정과 노동에 헌신한 장 프랑수아 버네이에게 고마운 빚을 진다. 호주 문학 독자들도 그와 함께 즐기길 바란다.

니콜라스 호세Nicholas Jose[23]

---

23) Nicholas Jose(1952~): 호주 소설가이자 문학 비평가. 2009년 호주 문학사를 집대성한 『Macquarie PEN Anthology of Australian Literarture』의 책임 편집자

————— Trailer —————
시작하기 전에

이 책『한숨에 읽는 호주 소설사*a Brief Take on the Australian Novel*』의 초기 버전인『호주 소설의 시작과 현재의 파노라마*Panorama du roman Australian des origins a nos jours*』의 초판은 아트 서드Actes Sud, 피오엘P.O.L., 갤리마Gallimard, 알빈 미셸Albin Michel, 에디숑 드 로베editins de l'Aube, 오트몽Autrement, 플롱Plon, 프레스 드 르네상스Presses de la Renaissance, 10/18과 같은 소수의 프랑스 출판사들의 노력에도 불구하고, 다른 세계 문학에 비해 덜 알려진 호주 문학을 프랑스 독자들에게 전하기 위해 시작되었다.

시작 단계에서 나는 이 방대한 주제에 접근하고 다루는 방법을 선택해야만 했다. 주제 표현방법은 선택된 작품들의 관련성에 따라 구분 지을 수 있지만 전체적인 소설 진화의 묘사에는 어려움이 따른다. 다른 접근 방식으로 20명의 가장 탁월한 작가들을 제시하는 것도 있지만, 이 접근법은 수많은 유망 작가를 상세하게 소개하지 못하는 단점이 있다. 이 외에 호주 역사의 주요 변곡점을 기준으로, 호주 소설 발전 주요 단계를 나누어 제시하는 방법을 선택할 수도 있었다.

1787~1850년

중죄인 신분으로서 첫 번째 대영제국 신민들이 후송된 시기.
이민자들, 여행자들, 정부 관리들이 호주에 관한 기록물들을 남기기
시작했다.

1850~1914년

호주 독서 인구 증가가 증가하고, 금광 발견과 광활한 목가적 사회가
구축된 시기(목가적 이상향, 지방색, 민족주의 등)

1914~1945년

두 번의 세계 전쟁과 결과적으로 호주 경제 성장에 영향을 준 두 전쟁
간의 공백기(도시생활, 모더니즘, 기타)

1945년~현재

국제적 이슈들과 직면하면서 한 국가의 민족의식을 고취시킴과 동
시에 국제 경쟁과 발전, 그리고 성장이 이루어지는 시기(이질성, 잡종
문화, 혼돈 또는 장르 융합, 기타)

　결과적으로 나는 호주 소설의 진화적 단계들과 궤를 같이 하면서 개
인적으로 더 선호하는 접근법을 선택했다.
　호주에서는 70년대 이후부터 대중적 성공을 두고 영화가 문학과 경쟁
했다. 그렇기에 나는 호주 소설의 풍부함을 표현하기 위해 영화를 은유
로 사용하고 영화 용어들을 차용하려 한다.『한숨에 읽는 호주 소설사』

곳곳에 세 가지 형태의 삽입 기사들이 들어 있는 이유이다(한국어 번역판에서는 산재된 삽입 기사를 책 후반부에 하나로 모아 배치했다-역자주). 「자세히 들여다보기Close-ups」는 호주 소설이 가지는 의미 있는 주제들, 저자들과 작품들에 주목했고, 「주요 대작들 살피기Low-angle shots」는 호주 문학 지평을 지배하고 있는 주요 소설들 또는 작가들을 깊게 살피며, 「주요 작가와 작품 세계 둘러보기Panoramic views」는 중요한 작가들의 작품 주제 또는 문학 이력에 대해 적고 있다.

영화를 문학과 비유하는 것은 작가들과 배우들을 같은 선상에 놓는 것 또한 가능케 한다. 작가나 작품이 가진 논쟁거리, 그들의 시사성, 대중성 또는 숱한 비판 덕에 인기를 얻는 성공(?)으로 인해, 인기 작가 또는 미디어 노출이 잦은 작가는 대중들에게 지나치게 매체를 타는 유명 영화인들을 연상케 한다. 그들의 작품을 홍보하기 위한 의무적 행위에는 성공을 위한 각종 수상식 참석, 인터뷰, 언론인 상대 회견, 라디오 프로그램들, 그리고 방송 출연 등이 있다. 만일 그것이 항상 그래왔다면, 예술가의 삶이 길고도 조용하다고 하기 어려울 것이다.

이 책의 발행인 마이클 볼렌Michael Bollen과 웨이크필드 출판사Wakefield Press 출판팀, 디자이너 마이클 딥스Michael Deves, 그리고 이 프로젝트 완성을 도와준 나의 부 프로듀서이자 번역자, 마리 램스랜드Marie Ramsland 박사와 더불어 편집을 도와준 니콜라스 호세Nicholas Jose 교수, 마고 로이드Margot Lloyd, 크리스토퍼 링그로스Christopher Ringgrose 박사와 거튜드 윌데라Gertraud Wildera에게 깊은 감사의 뜻을 전한다. 이 책의 특별 기사 섹션에 있는, 크리스토퍼 코치Christopher Koch의 작품에 대한 확고한 의견을 내준 초청 작가 노엘 헨릭슨Noel Henricksen 박사에게도 감사한 마음 전한다. 또한 '나의 영화 만들기' 같은 이 프로젝트에 대해 통찰력 있는 「살짝 엿보기 *sneak preview*」를 써준 니콜라스 호세와 영감을 담아 책 표지를 만들어 준 프루덴스 플린트Prudence Flint에게 깊은 감사의 마음을 전한다.

더 이상 이야기 끝.

(잠시 침묵)··· 액션!

디렉터 겸 스크립트 작가,

장 프랑수아 버네이Jean-François Vernay

프롤로그

호주 문학에 대한 기초적 정의

호주 문학이란 무엇인가? 이것은 몇 가지 이유로 호주 대부분의 작가와 학자, 비교적 교육을 잘 받은 일반인까지 고민하게 한 문제이다. 지금까지 많은 정의가 제시되었지만, 전적으로 만족할 만한 것은 없었다. 많은 논쟁이 이어졌음에도 불구하고, 여전히 의견이 분분한 상태이다.

호주 문학이 영어로 쓰였다는 이유 때문에, 영국 문학의 한 지류로 간주해야 한다고 생각하는 이들도 있다. 얼마나 잘못된 시각인가? 그렇다면 뉴질랜드 문학, 또는 남아프리카 문학, 미국 문학 등은 모두 없다고 결론지어야 하는가? 이 세 나라를 예로 들어 보자면 이 나라들은 대영제국의 일부였기 때문에? 또 어떤 이들은 국가 문학이라는 개념 자체를 어리석은 것으로 생각한다. 그들은 오직 하나의 문학만이 있다고 믿는다. 바로 '세계 문학'이다.

일부 호주 비평가들은 문학이 처음 '앤티포드Antipodes'[1]에서 생겨났

---

1) Antipodes: Australia, New Zealand를 합쳐서 부르는 말. 지구 반대편의 두 지점이라는 뜻으로, 영국인들에게 호주와 뉴질랜드를 지칭하는 속어

을 때, 그 혼란스러운 초창기가 결함투성이였다는 사실을 인정한다. 어떤 이들은 호주 문학이 성장하기 위해 시간이 더 필요했던 식물 또는 새싹이라고 비유하기도 했다. 그중에서도 화학 비료를 전혀 쓰지 않는 순수한 유기농으로 말이다. 여러 문학 역사가가 호주 문학을 대상으로 언급하는 이 '국가적 미성숙'은 호주에서 순수 문학이 태동하면서 점차 달라졌다. 그리고 호주 문학의 주요 특징과 작품을 논하기 전에 우리에게는 이를 위한 정의가 필요하다.

자, 그렇다면 호주 문학의 조건은 무엇인가? 작품이 호주에 관한 내용이면 조건을 충족하는가? 그렇다면 우리는 로렌스D.H.Lawrence와 같은 작가들을 포함시켜야 했을 것이다. 비록 호주를 묘사한 그의 작품은 두 작품에 불과하지만[『캥거루Kangaroo』(1923)2), 『야생 숲속의 소년The Boy in the Bush』(1924, 몰리 스키너Mollie Skinner3)와 공동 창작)4)] 말이다. 당혹스럽게도 로렌스D.H.Lawrence가 호주에 머문 기간은 1922년 5월부터 8월까지, 불과 4개월에 지나지 않는다.

작가는 반드시 호주에서 태어나야 하는가? 이 관점은 안타깝게도 호주 문학에서 가장 빛나는 작가들이 사라지게 했다. 예를 들어, 노벨 문학상 수상자인 패트릭 화이트Patrick White5)는 호주 출신 부모 밑에서 태어났지만 출신지는 런던이며, 호주와 영국에서 교육받았다. 성인이 된 후 호주에 온 네빌 슈트Nevil Shute6)와 아서 업필드Arthur Upfield7) 또한 마찬

---

2) 『Kangaroo』: D.H.Lawrence가 1923년 호주를 배경으로 쓴 소설. 호주 민족주의 문학 그룹 운동에 영향을 끼친다.
3) Mollie Skinner(1876~1955): 호주 작가
4) 『The Boy in the Bush』: D.H.Lawrence가 1924년에 호주 야생 숲속bush을 배경으로 하는 서정적 소설
5) Patrick White(1912~1990): 호주 작가. 1973년 호주 최초로 노벨 문학상을 수상한다.

가지로 제외되곤 했다. 폴란드와 우크라이나계 조상 배경의 독일 태생 피터 스크시네츠키Peter Skrzynecki[8]와 오스트리아에서 태어나 시드니 외곽에서 성장한 르네이트 예이츠Renate Yates[9]와 같은 현대 이민자 출신 작가들도 마찬가지였다.

한 작품이 호주 문학 구성원으로 인정받기 위해, 작가는 반드시 호주 국적 소지자여야 하는가? 이런 규정은 프랑스 국적을 소지한 상태에서, 『새 친구의 일기*Diary of a New Chum*』(1908)[10]를 제외한 모든 소설을 프랑스에서 출판한 폴 벤즈Paul Wenz[11]와 같은 작가들을 배제시켰다.

호주 작가가 되려면 그 작품이 호주 땅에서 쓰여야 하는가? 하지만 실제 역사 속에서는 작품 활동을 위해 많은 유명 현대 작가가 호주를 떠나곤 했다. 1차 세계 대전과 경제 대공황 이후 있었던 재건설 기간의 문화적 침체기로 인해 1920년대부터 1930년대 사이 나라를 떠나 이방인으로 살았던 작가는 물론이고, 데이비드 말루프David Malouf는 이탈리아 투스카니Tuscany에서, 피터 캐리Peter Carey는 미국 뉴욕에서 사는 것을 선택했다. 이들은(가령 크리스티나 스테드Christina Stead[12], 마틴 보이드Martin Boyd[13],

---

6) Nevil Shute(1899~1960): 호주에서 말년을 보낸 영국 작가로, 항공 엔지니어로 장기간 근무했다. 2차 대전을 배경으로 한 전쟁 소설로 유명하다.
7) Arthur Upfield(1890~1964): 영국 태생 호주 작가이자 호주 탐정 소설 대가
8) Peter Skrzynecki(1945~): 호주 시인. 호주 다문화 문학상 수상 작가
9) Renate Yates(1933~): 오스트리아 출신 호주 작가. 소설가이자 에세이스트로 활동한다.
10) 『Diary of a New Chum』: 호주 멜버른 소재 McCarron, Bird & Co 출판사 출간
11) Paul Wenz(1869~1939): 프랑스계 호주 작가. 석탄으로 운용되는 트랙터를 개발하여 호주 농업 기술에도 기여한다.
12) Christina Stead(1902~1983): 1930~40년대 마르크스Karl Marx의 사회주의를 주창한 여성 소설가로, 호주 문학사에서 상당한 비중을 갖는다. 호주 공산당 멤버로 활동했으며, 생애 후반기에 다시 호주에 정착했다. 호주 좌익 운동을 바탕으로 호주 노동자 인권을 소재로 한 소설들 발표한다. 1983년 시드니 발메인Balmain에서 사망한 이후, 시드니 카운실이 그녀의 문학 업적을 기려 'Sydney Writers Walk' 동판에 그녀 이름 등록한다.

패트릭 화이트) 호주 작가로서 기준 미달인가?

책은 반드시 영어로 써야 하는가? 1962년부터 호주에서 살고 있으며 그의 자전적 소설『마틴 프레스카토리*Martin Pescatore*』(1967)처럼, 작품들을 이탈리아어로 쓴 지오바니 안드레오니Giovanni Andreoni[14] 같은 소설가들은 호주 문학계에 공헌했음에도 불구하고, 이 조건을 충족시키지 못한 경우이다.

만일 호주 소설을 정의하는 특징이 주제로부터 비롯된다면 저자의 출생지와 국적, 지리적 위치 또는 표현 방식 등, 우리가 여기서 정의하는 것들은 너무 포괄적이거나 제한적이다. 그러므로 이런 다섯 가지 기준은 제외해야 한다. 그러나 혹자는 호주 지적 자산의 일부로서, 다양한 방식으로 호주에서 삶을 일군 작가들에게 내재된 소설, 연극, 단편 소설들, 시와 같은 저작들을 고려한 문학 비평가 존 에버스John K.Ewers[15]의 접근 방식에 동의할 수도 있다. 번즈D.R.Burns의 호주 문학에 대한 정의 또한 언급할 만하다. "명쾌하게 또는 규칙이라 불릴 수 있는 그 어떤 것도 없다. 허나 예술 작품은 몇 가지 면에서 또는 그 작품의 저자가 호주의 것이 되어야 한다."

만일 우리가 이런 용어들 안에서 호주 문학을 정의한다면, 그리고 세계 문학 및 국가 그리고 사회생활과의 관계를 평가해야 한다면 몇 가지 지침이 필요하다.

---

13) Martin Boyd(1893~1972): 스위스 태생 호주 소설가이자 시인. 생애 대부분을 유럽에서 지냄. 호주 명문 예술가 집안의 후손이며, 주로 호주 상류 사회나 중산층Anglo-Australians의 이야기를 다룬다.

14) Giovanni Andreoni(1935~): 호주 소설가, 교사

15) John K.Ewers(1904~1978): 호주 소설가, 교사

호주 문학의 상징적 주제들

탐험(Quest)

'테라 오스트랄리스 인코그니타Terra Australis Incongnita' 16) 신화 이후 호주인들의 선점이 있기까지, '탐험'은 여러 의미를 지녔다. 동쪽 대륙을 향하는 탐험, 엘도라도El Dorado[17], 안전한 하늘, 미개척의 나라 등이다. 현대 문학 시기(1920~1950년대)에 와서야 정신적 여행, 다른 말로, 내면의 여행이 되었다. 랜돌프 스토우Randolph Stow[18]의 『섬으로To the Islands』(1958)에서 죽은 자의 군도를 찾는 헤리엇Heriot의 실제적, 상징적 항해가 이 예시이다. 이 소설은 주인공이 과거 한 영국 성공회Anglican 신부가 중요한 선교 임무 수행 중 불가피하게 호주 원주민을 죽게 한 행적을 추적하면서(실제로 이런 경우는 흔치 않다) 자신의 자아를 찾게끔 하는 항해이다. 이 항해는 사람의 손을 떠나 자연에게 모든 걸 맡긴다는 의미가 가장 크다. 그리고 이는 자기 정체성을 극명하게 드러내는 결과를 가져온다. 크리스토퍼 코치Christopher Koch가 쓴 『방파제 넘어Across the Sea Wall』에서, 로버트 오브라이언Robert O'Brien은 '변화의 가능성'을 말하면서 크리스틴과 그의 고향, 인도에서 가졌던 모든 기득권을 버린다, 그런 후 호주로 돌아간다.

---

16) Terra Australis Incongnita: 15세기에서 18세기까지 사용된 라틴어로 '미지의 동쪽 땅 (unknown land of South)'이라는 의미
17) El Dorado: 16세기 중남미에 있었던 '이상향'을 의미
18) Randolph Stow(1935~2010): 호주 소설가이자 시인, 1958년 'Miles Franklin Award', 1979년 'Patrick White Award' 수상 작가. 남성 간 동성애를 다룬 작품으로 유명한 1960년대 동성애 문학 그룹에 속한다.

정복(Conquest)

영토Territory는 깊은 욕망의 대상이다. 호주 영토에는 식민지colonization 와 '테라 놀리스terra nullius'[19]라는 구실로 초창기에는 원주민들만 살던 땅에 그들의 동의 없이 백인들이 일방적으로 정착했던 역사가 있다. 그래 서 이 영토의 존재는 종종 유럽계 이민자들이 느끼는 원죄의식의 중심이 된다. 이민의 목표는 명백하게 정복이다.

게다가 공간적 정복은 호주인들을 방어적 위치에 놓이게 하고, 반이상 향dystopia, 모험 또는 범죄처럼 다양한 방법으로 표현되는 정치적 논쟁을 가져온다. 예를 들어 에릭 윌못Eric Willmot[20]의 『삶의 저편 아래Below the Line』 (1991)의 경우처럼, 침략을 위한 기술은 우리에게 '동양인 혐오Yellow Peril[21]'라는 정신병에 대해 알려주기 위해 '정복conquest'이라는 모티브를 사용한다.

항해(Voyage)

호주 역사는 주로 항해를 중심으로 기록되어 왔다. 17세기 '바타비아 Batavia[22]'의 난파는 니콜라스 헤슬럭Nicholas Hasluck[23]의 『벨라마인 주 전자The Bellarmine Jug』(1984), 아라벨라 엣지Arabella Edge[24]의 『살인 이야기 The Story of a Murder』(2000)와 캐서린 헤이만Kathryn Heyman[25]의 『공범The

---

19) Terra Nullius: 미지의 영토(Nobody's land)라는 의미의 라틴어
20) Eric Willmot(1936~): 호주 원주민 출신 학자이자 교사, 엔지니어. 호주 원주민 문학의 랜드 마크, 『The Rainbow Warrier』의 작가이다.
21) Yellow Peril: 19세기 호주 '골드러시Gold Rush' 시절 이주해 온 중국과 일본계 노동자들을 혐 오하는 현상을 지칭
22) Batavia: 1628년 네덜란드 동인도 회사가 건조한 함선으로 1629년 서호주 해안에서 난파됨.
23) Nicholas Hasluck(1942~): 호주 소설가이자 시인
24) Arabella Edge(1958~): 호주 소설가. 2001년 'Commonwealth Writers Prize' 수상

Accomplice』(2003)을 포함하여 많은 소설에 영감을 주었다. 그 후 1770년 '캡틴 쿡Captain Cook26)'의 호주 대륙을 향한 항해와 공식적인 유럽의 호주 식민 지배 시작 연도인 1788년 아서 필립Arthur Phillip27) 총독과 그가 이끌었던 '첫 번째 선단The First Fleet'의 호주 첫 상륙에 대한 이야기들도 뒤를 이어 영감을 주었다.

탐험이라는 주제와 함께, 실제 항해는 종종 자기 성찰의 하나로서 상상 속 여행을 위한 알레고리이다. 역사적으로 초기 호주작가들은 영국 출신이건 호주 태생 여부와 상관없이 호주식 관점을 채택하지 않고 본토에서 추방당한 영국인의 관점을 취했다. 전형적인 호주식 해외거주자라는 문학 형태는 20세기 소설들과 함께 등장한다.

지형(Geography)

호주는 종종 '테러의 땅'이라고 여겨진다. 식민지 시절Colonial period이라 불리는 호주 초창기에는 원주민들을 대상으로 백인들이 행한 야만적 행위들과 더불어[예: '반디맨스랜드Van Diemen's Land(현재의 태즈메이니아)'에서 백인들이 호주 원주민Aboriginal 인구 말살을 꾀하기 위해 저지른 만행들], 대륙 전체가 하나의 커다란 교도소였던 시대를 거쳤다. 결과적으로 이것은 호주에 살고 있는 개인들, 특히 호주 원주민들의 정체성을 일깨웠다. 호주

---

25) Kathryn Heyman(1965~): 호주 소설가이며 호주의 대표적 글쓰기 교실인 'Faber Writing Academy' 디렉터이기도 하다.
26) Captain Cook(1728~1779): 영국 탐험가이며 영국인들의 첫 호주 대륙 상륙을 이끌었다.
27) Captain Arthur Phillip(1738~1814): 1788년 호주에 첫 상륙한 영국군과 죄수들을 수송한 'The First Fleet'의 선장. New South Wales의 초대 총독 역임한다. 호주 초창기 시절의 사회 정착을 위한 토대를 만들었다는 역사적 평가를 받는다.

원주민들은 땅과 사람 사이의 관계들, 즉 우주만물에 영혼이 있다고 믿는 물활론이라는 신념을 믿고 있다. 땅과 사람 사이의 평행 관계는 몽테스키외Montesquieu[28]가 주장한 지리적 결정이론을 통해 알 수 있다.

호주는 종종 의인화되고, 좋고 나쁨의 구분 짓기를 좋아하거나 분절되기도 했다. 신체와 땅 사이를 두고 비유하는 방식은 작가들이 작품 속에서 지리는 인간 신체의 연장임을 암시할 때 명백한 '문학사상topos'이 된다. 근원적 발생지the locus로서 장소는 우리 삶에 영향을 끼치는 결정 요소를 가지고 있으며, 동시에 공간을 해석하려는 시도는 지리에 대한 관심을 불러일으킨다. 문화는 문학과 연결되어 있고, 내부 공간은 외부 공간과, 정신은 육체와, 시간은 공간과 연결되어 있다. 풍경은 주제를 다루는 도구(아카디아Arcadia[29]의 반복되는 주제처럼) 또는 심지어 문학 장르의 핵심 요소(예를 들어 목가적 소설)로 여겨진다. 풍광은 호주 예술인들, 화가와 작가가 그들의 민족 정체성을 표현하기 위한 핵심 요소이다.

공간을 다루면서, 추후 연구에서 더 확인해야 할 세 가지 경향이 있다.

- 목가적 경치에서 나오는 일상적 모습들을 포함하여, 시골 환경을 대상으로 한 묘사. 예를 들어, 광활한 대지 공간, 유칼립투스 나무들, 젖소, 모래 폭풍, 홍수. 실제 자연 묘사 과정에서 많은 작가가 그림 같은 서정적 모습을 담은 자연 경치들을 낭만적으로 표현하며 섬세한 그들만의 시각을 보여 준다.

---

28) Montesquieu(1689~1755): 프랑스 정치철학자. 사람과 사회는 기후 영향을 받는다는 'Meteorological Climate Theory' 주창자이다.
29) Arcadia: 고대 그리스의 바위산을 일컫는 말로, 영어 사용자들은 순수한 자연의 의미로 자주 쓴다.

- 전찻길, 네온사인들, 고층 빌딩들 그리고 영화관을 담은 도시 환경의 처리. 이것들을 담는다는 것은 메트로폴리스의 풍요로움이 주는 혜택이다.
- 모든 해변마다 있는 동네 터줏대감과 같은 서핑 교육기관들과 함께하는 '해변 문화'와 그곳의 인명 구조대원들, 철인 3종 경기인들, 기타. 호주 자연 환경을 설명하는 이 특징들은 문학적으로 특이한 언어, 민주적 태도 표현, 진실을 추구하는 욕망과 역설적 유머를 포함한다. 그런데 이런 것들은 내재된 카타르시스 덕에 생겨나는 방어 기제로 보일 수도 있다.

지형(Topography)

글쓰기 행위의 하나로서 지도 제작술은 문학 지형 측면에서 특권이 된다. 인식은 실제 계획으로 이어진다. 스티븐 뮤키Stephen Muecke[30]가 설명한 것처럼, 한 나라를 읽고 그 맥락을 이해하는 것은 읽기를 통해 가능하다. 식민지 시절 동안 식민지 운영자들은 빠르게 그들의 감정을 표현하고 새로운 현실을 지칭하기 위한 새 단어들이 필요하다는 사실을 깨달았다. 그들이 정확히 모국과 지구 반대편에 있었던 만큼, 그들은 새로운 지리적 형태, 상이한 기후와 인구, 그리고 본국과 뚜렷하게 차이나는 열악한 관리 체제로 인해 고초를 겪었다. 우리는 초기 정착자들에게 미지의 땅에서 그들의 존재와 새 지명을 만들기 위한 수단으로 긴박하게 새 이름들이 필요했다는 점을 이해해야 한다. 분류체계가 특정 분야

---

30) Stephen Muecke: 호주 언어학자이자 '곤조Gonzo'라 불리는 '사실비평Fictocriticim'을 주창

의 과학적 이해를 보여 주듯이, 호주 이주민들에게 지명 부여는 자연환경 이용을 위한 중요한 단계였다.

고립(Isolation)

호주 문학의 주요 특징은 영웅적 또는 상징적 인물을 구현해내는 경향이다. 이 특징은 명백하게, 그들이 세계의 변방에 위치하고 있다고 느끼는 소외감에서 비롯된다. 호주인들에게는 머나먼 외곽 지역, 그 누구도 반기지 않는 사막 같은 곳에 홀로 남겨져 있다는, 인간 사회의 변방에 위치하고 있다는 감정을 내재하고 있다. 동시에 그런 땅, 사람, 장소를 비용 지불 없이 사용하고 있다는 감정을 공유하고 있기도 하다. 게다가 추방된 이들이 모여 사는 곳이라고 할 수 있기 때문에, 남반구 섬에 버려졌다고 느끼는 영국 태생 호주인들의 좌절감도 존재한다. 특히 이 감정은 그들 나라인 호주를 '세상의 시궁창'이라고 비하하는 표현에 익숙한 사람들의 언어에도 녹아 있다.

호주의 유명한 소설가 토마스 케닐리Thomas Keneally[31]는 그의 작품인 『건달에서 영웅으로Bring Larks and Heroes』(1967)의 주인공 팔렘 할로렌Phelim Halloran을 통해서 호주를 '세상에서 가장 열악한 곳'으로 표현했다. 데이비드 말루프David Malouf과 로드니 홀Rodney Hall[32] 또한 호주를

---

31) Thomas Keneally(1935~): 소설가이자 극작가. 스티븐 스필버그 감독 영화 〈Shindler's List〉의 원작인 『Shindler's Ark』를 썼다. 한국으로 치면 조정래, 박경리 작가와 유사한 작품 경향을 보이는 작가로, 호주 역사 소설을 주로 발표한다. 호주 문학계뿐만 아니라 문화, 사회, 예술계 전반적으로 영향력 있는 작가이다.
32) Rodney Hall(1935~): 영국 태생 호주 작가. 'Miles Franklin Award' 2회 수상. 1990년, 호주 문학 발전에 기여한 공로로 'Member of Order of Australia' 수상

'지구촌에서 가장 먼 곳'이라는 비유를 사용했다.

앤티포드(Antipodes)

'또 하나의 유럽'이라는 말은 이 주제에서 매우 중요하다. 데이비드 말루프David Malouf는 호주를 두고, '번역된 유럽Europe translated'이라고 칭한 반면(호주 예술인들이 너무 지나치게 유럽의 문학 작품들에 경도되었기 때문), 호주 시인 레스 머레이Les Murray[33]는 '옮겨온 유럽'이라고 칭했다. 때 묻지 않은 격정적인 사회 분위기와 함께, 모국 영국에서 겪었던 사회적 장벽들은 폐지되었고 사람들은 반대되는 계절과 경이로움으로 가득 찬 나라를 경험했다. 호주에서 발견된 호주 토착 동식물들을 신세계의 아이콘으로 여기는 식민지 초기 개척자들은 자신 있게 그것들을 영국의 중요 식물들과 비교했다.

풍부함(Abundance)

호주 작가들은 현란하고 풍부한 수사적 표현들을 구사한다. 대체적으로, 그들의 소설들은 양이 방대하며 공동체를 주로 다룬다. 이를 설명할 수 있는 여러 가설이 있다. 첫 번째 가설은 호주인들이 공간적으로 제한을 받아본 적이 없기 때문이라는 것이다. 그들은 대규모의 넓은 땅을 싹쓸이 하는 것에 익숙하고, 그 결과 자신의 작품 속 공간의 허구성을 표현하지 않으려 한다. 또 다른 가설은 현실주의자들이 표현하는 것처럼, 일부 작가들이 이 넓은 공간을 무수히 많은 상세하고 섬세한 표현으로 채

---

33) Les Murray(1938~2019): 호주 시인. 1997년 'National Trust'로 지정되었다.

우기를 원하기 때문이라는 것이다. 작가들이 호주 대륙의 풍부함을 표현할 때 그들이 가진 자연주의 경향을 마치 습관처럼 익숙하게 사용한다.

종교(Religion)

호주를 하나의 낙원으로 인식한다면, 이는 에덴동산과 같은 모습으로 이루어져 있다. 그러나 호주가 가진 또 다른 면은 감금 목적의 거대한 교도소와 같다는 점이다. 호주는 매력적 대상(모국 영국과 대조적이면서 호기심 가득한 현란한 색상의 땅 등)과 거부감(거친 자연 환경, 건조한 기후, 성가신 동물들 등) 사이에 위치하는데, 이는 호주 작가들의 호주 대륙에 대한 상호 모순된 감정을 지속시킨다. 이따금씩 이 호주 대륙을 대상으로 한 작품 주제는 마치 '에덴동산'처럼 바깥세상과 거의 접촉이 없는 호주의 시각적 모습에서 나온다. 마치 아베스탄 파이리데자Avestan pairidaeza[34]에서 비롯된 낙원처럼 말이다. 불가피하게 이것은 다듬어진 정원(문명화된 그리고 문화적 공동체)과 혼돈과 야만이 극명하게 드러나는 버려진 정원을 비교하는 결과를 낳는다. 유럽은 일반적으로 폭력, 반란, 그리고 무정부주의를 연상시키는 반면, 호주는 고요와 안정을 확신케 하는 이상적 배경을 가져올 수 있다.

'에덴동산'의 신화는 호주인들의 상상력 안에 근원처럼 자리 잡고 계승된다. 그것은 지구에 존재하는 종말론적 시각인 반에덴동산 신화인 염세주의적 대조에 굴복해야만 사라질 것이다. 이 환상은 네덜란드 상선 '바타비아Batavia'가 1629년 난파된 후부터 1963년 서호주의 제랄톤

---

34) Avestan pairidaeza: 오래된 페르시아의 원형 가든

Geraldton 해안가에서 약 8km 떨어진 곳에서 발견될 당시까지 지속되었다. 배가 난파되자 생존자들은 그 배의 화물을 강탈하려는 동료들의 급작스러운 조직적 반란에 놀랐다. 그 반란자들은 125명의 무고한 사람을 살해한 후, 체포되어 처벌을 받았다. 그들 중 두 명은 가까스로 사형은 면했지만 호주 대륙으로 유배되는 무기 추방형을 선고받는다. 이때부터 호주는 형벌과 감옥이라는 단어와 동의어가 되었다. 이들은 에덴동산 신화에 나오는 교활한 뱀과도 같은 존재들로, 후에 호주 인구를 늘리게 하는 최초의 형사범들이 되었다. 따라서 호주인들의 몰락은 탐욕과 폭력에 의해 초래된 것으로 볼 수도 있다. 그 결과 호주 대륙에는 중죄인들을 위한 식민지 교도소가 되는 운명이 주어진다. 그렇다면 호주에 대한 부정적 인식을 강화시키는 '적대적 풍조'처럼 보였던 것은 무엇이겠는가?

사라짐(Disappearance)

중요하건 아니건 간에, 호주인들에게 누가 사라진다는 것은 진부한 이야기가 되었다. 의인화된 자연과 거친 자연 환경(야생 숲속, 사막, 산맥과 사냥터, 늪지 등)에 노출되는 탐험가, 방랑자를 비롯한 다른 전형적인 인물들이 이 주제에 속한다. 좀 더 일반적 시각에서 보자면 이런 사라짐은 이방인들이 고향이 아닌 낯선 땅에서 느끼는 이질감이 있다는 사실을 알려 준다. 허나 역설적으로 그들은 특정 지역에 속해 있지 않다는 불안감으로 인해 이를 극복한다. 패트릭 화이트Patrick White의 『보스Voss』(1957), 조안 린제이Joan Lindsay35)의 『바위절벽의 피크닉Picnic at Hanging Rock』

---

35) Joan Lindsay(1896~1984): 호주 소설가. 1960년대 호주 문단의 대표작 『Picnic at Hanging Rock』의 작가

(1967), 줄리아 리Julia Leigh36)의 『헌터*The Hunter*』(1999), 미레일 주차우 Mireille Juchau37)의 『갈망*Burning in*』(2007), 미쉘 드 크레처Michelle de Kretser38) 등의 작가들이 이런 경향을 보이는 예시이다.

데이비드 말루프David Malouf의 『바빌론을 기억하며*Remembering Babylon*』 (1993) 속 주인공 저미 페리Gemmy Fairley의 경우와 같이, '잃어버린 아이' 또한 인기 있는 호주 문학의 주제이다. 데이비드 말루프에 따르면, '잃어버린 아이'의 판박이와도 같은 '태평양상의 고아'라는 심리 상태를 통해서 자신들의 땅이 여러 갈래로 찢겨져 있다는 정신적 트라우마를 가진 영국계 사람들이 느끼는 버려짐에 대한 감각을 엿볼 수 있다. 『전쟁속으로*Highways to a War*』(1995)39)에서 마이클 랭포드Michael Langford가 보여 주는 것처럼, 해외에 있는 호주인 주인공의 사라짐은 소중한 대상의 상실과 같은 정신적 비통함을 묘사한다.

---

36) Julia Leigh(1970~): 호주 소설가, 영화감독, 극작가. 2011년 〈Sleeping Beauty〉는 'Cannes Film Festival' 초청작으로 선정된다.
37) Mireille Juchau(1969~): 호주 작가이자 《HEAT》 매거진 편집장
38) Michelle de Kretser(1957~): 호주 소설가이자 'Miles Franklin Award' 수상 작가
39) 『Highways to a War』: 호주 작가 Christopher Koch의 소설. 'Miles Franklin Award' 수상작

목차

한숨에 읽는 호주 소설사

1장

식민지 시절: 탐험 그리고 극복의 역사와 묘사
(1831~1874)

식민지 시대는 모든 종류의 비소설(회고록, 공식 기록물, 연대기, 편지들, 개인 일기, 회계 자료들)을 쓰기에 좋은 때였다. 그 당시는 식민 통치자들이 호주의 지형을 정의하고, 감옥과 식민지에서 정착된 생활환경을 묘사하고자 했다.

1788년, 영국인들로 구성된 '첫 번째 함대The First Fleet'의 도착 이후 많은 저작물이 영국 식자층들에게 호주에서 겪고 있는 경험들을 전하고자 했음에도, 19세기 전까지 호주에서 소설은 탄생하지 못했다. 진실 또는 허구 여부와 상관없이, 이런 일상의 기록물들은 신세계 정복과 새 식민지 구축을 다룬 환상적 이야기를 만들어 내거나 글감 재료를 더욱더 풍부하게 했다. 이 시절 작가들은 호주와 뉴질랜드에서 무엇이 발견되었는지를 매우 궁금해하는 영국 독자들을 위해 글을 썼다. 따라서 그들이 쓰는 이야기들은 호주 자연의 동식물, 이국적인 호주 야생 숲속 풍경, 죄수들 생활상 그리고 1850년대부터 그 후까지 금광을 찾아 나섰던 이들의 모험적 이야기들을 상세히 묘사했다. 이러한 그림같이 생생한 기술은 많은 작가에게 영감을 불어 넣었다(유럽에서 기초적 예술 훈련과 관련 도구 사용을 익힌 식민지 초창기 화가들 또한 진정한 호주를 표현하는 데 있어 실력이 일천하기는 마찬가지였다). 이런 저작물들의 내용은 대체로, 타지에서 온 이방인들의 시각에서 모국 영국으로부터 멀리 떨어진 식민지의 험난한 생활상을 표현했다. 화가들과 시인들은 호주 자연환경을 긍정적으로 승화시킨 반면, 소설가들은 호주를 어둡거나 무미건조한 일상만을 표현하는 경향을 보였다. 미술 분야와 마찬가지로, 초기에는 흔히 '거장'이라 불리는 예술인들이 없었다. 이는 경쟁자가 없거나 다른 예술적 재능을 가진 이들과 경쟁하는 데에 관심이 없었기 때문이었다. 이런 연유로 이 시기 '문학 천재'를 논하기가 어렵다.

호주의 첫 번째 소설 『퀸터스 서빈톤Quintus Servinton』은 1831년 저자 불명인 상태로 호주 호바트Hobart[1]에서 출판되었다. 현재는 헨리 세이버리Henry Savery[2]의 저작으로 알려져 있다. 1842년이 되서야 존 조지 랭John George Lang[3]의 『호주의 전설들Legends of Australia』이 익명으로 발표되면서, 호주는 자랑할 만한 호주 토종 소설가를 가질 수 있었다.

범죄와 처벌

호주의 첫 번째 죄수들이 식민지를 건설하고 그들의 형기를 이행하기 위해 영국을 떠나는 형벌 제도는 1787년부터 시행되었고, 그들이 호주에 도착했다. 그 당시 교도소의 포화 문제를 해결하기 위해 영국

---

1) Hobart: 호주의 제주도라고 불리는 태즈메이니아의 수도. 1804년 영국 죄수들을 위한 감옥으로 개척되었으나, 현재는 연간 평균 약 200만 명의 관광객이 드나드는 대도시이다.
2) Henry Savery(1791~1842): 죄수 출신으로, 호주의 첫 소설가로 기록된다.
3) John George Lang(1816~1864): 법률가이자 호주 태생 첫 소설가

정부는 범죄를 저지른 이들에게 해외 추방형을 내린 것이다. 16만여 명의 유럽인이 모국으로부터 영원히 쫓겨나, 새 삶을 살거나 마치고자 했던 앤티포드Antipodes(호주와 뉴질랜드를 통칭하는 단어)로 보내졌고 그들의 죄목은 가벼운 절도 정도였다. 비록 그런 실정이 경제적 논리로 추진되었다 해도 당시 영국 정부 입장에서 보면 힘든 처분이었다. 대영제국의 상선들을(예를 들자면 차, 수달가죽, 면직물과 삼 등의 무역선) 위해 동아시아 인접한 곳에 항구 기지를 만들어야 했다. 초창기 시절, 식민지 인구의 60퍼센트 이상이 죄수들로 구성되었다. 나머지 인구 구성원은 정부 관리들, 군인 그리고 창녀들이었다.

이미 언급한 것처럼, 출판된 호주 최초의 소설은 『퀸터스 서빈튼』으로 알려져 왔다. 루이스 앤 메러디스Louisa Anne Meredith[4]의 『뉴사우스웨일즈를 둘러본 기록들Notes and Sketches of New South Wales』(1844)과 비슷한 이야기들은 삽화들과 함께 비주류 사회 구성원인 죄수들의 삶을 그려 냈으며, 새로운 환경을 발견하기에도 바쁜 자유분방한 식민지 사회를 경험한 내용들을 주로 다루었다. 알렉산더 헤리스Alexander Harris[5]와 찰스 로우크로프드Charles Rowcroft[6] 같은 작가들은 좀 더 실용적인 목표를 추구했다. 예를 들어 로우크로포드의 『식민지 이야기들Tales of the Colonies』(1843)과 헤리스의 『정착인들과 죄수들Settlers and Convicts』(1852)은 영국에 있던 이민 희망자들에게 호주 정착 과정 동안 겪은 많은 실망과 고난을 극복하는 방법에 관한 풍부한 조언을 하면서 새 사회에서 겪을 사회적 통합

---

4) Louisa Anne Meredith(1812~1895): 영국계 호주작가. 삽화가이자 호주 초창기 사진작가로도 활동
5) Alexander Harris(1805~1874): 군인, 교사, 작가로 활동
6) Charles Rowcroft(1798~1856): 목가주의 호주 초창기 소설가

의 어려움에 대해 적고 있다.

죄수들의 수형 제도를 다룬 호주 문학에 자주 등장하는 세 가지 유형의 인물 특성은, '죄수'와 '야생 숲속을 전전하는 범법자bushranger' 그리고 '갓 호주에 도착한 물정 모르는 이민자new chum'이다. 이 구어체 단어들의 기원은 감옥이라는 환경에서 비롯되었으며, 그 기원은 1840년대 말 무렵에 제임스 터커James Tucker7)가 쓴 『랄프 라쉬레이Ralph Rashleigh』에 등장하는 '이제 막 항구에 도착한 죄수'의 시대로 거슬러 올라간다. 비록 그 초고는 1952년까지 출판되지 못했지만 말이다. 1840년대 '물정 모르는 신참 이민자'는 최근 도착한 자유 이민자를 뜻했으며, 특히 폴 벤즈Paul Wenz의 『새 친구의 일기Diary of a New Chum』(1908)에서 묘사된 주인공처럼 호주에서 '대박'을 꿈꿨던 직업인들이었다. 이러한 인물들의 특성은 직업적 경력을 얻기 위해 식민지로 보내졌던 고급 신분의 영국인이며 '식민지 경험자'라는 점이다. 수형 제도를 다룬 호주 문학은 죄수들이 감내하는 열악한 생활 조건을 다양한 관점으로 표현했다. 그들은 가끔 여러 정신의학적 분석과 함께 특성이 모호한 인물로 표현되었지만, 또 다른 시대적 관점에 비추어 보면 당대의 주요한 인물 특성을 가지고 있었다. 각 소설가들은 그 시대 죄수들 사이에서 '시스템The System'이라고 알려진 것에 대한 각자의 상상을 제시했다.

초창기 호주 소설들은 죄수들의 지옥 같은 현실을 묘사하는 죄수 문학 장르의 시작이었다. 잉글랜드 남서부 서머셋Somerset 출신의 헨리 세이버리Henry Savery는 '호주 문학은 영국 모델로부터 독립해야만 한다'

---

7) James Tucker(1808~1888): 잉글랜드 출신의 죄수, 형기 마친 후 작가로 활동. 필명은 Giacomo di Rosenberg

고 생각했다. 그러나 역설적이게도 그의 이야기는 영국 독자들에게만 읽히는 처지였다. 그의 역사적 소설 『퀸터스 서빈튼: 실제 사건으로 드러난 이야기들Quintus Servinton: A tale founded on incidents of real occurrences』은 자서전 성격을 가졌으며, 이는 저자의 정체성을 드러내는 결과로 나타났다. 이 책은 그 시절의 '문학적 바탕'과 '선고-죄수의 속죄-형기 마침'이라는 전형적 패턴을 만들어 내었다. 식민지 시대와 악한 소재 소설의 특성이 맞물려, 이 허구적 자서전은 40세까지의 일생을 적나라하게 기록한 60세의 퀸터스Quintus를 통해 소설을 쓴 동기인 자신의 병을 회복하는 익명의 작가인 퀸터스가 살아온 삶을 이야기한다. 작가는 소설 속 주인공이 자신의 인생을 초반부터 이야기하는 것으로 시작함으로써, 작품명과 동일한 이름을 가진 작품 속 인물이 자신을 스스로 허구의 인물로 만들게 한다.

작품의 후반부 4분의 1이 호주를 배경으로 하고 있으며, 소설 대부분은 잉글랜드에서 일어난 일들이다. 주인공 퀸터스는 잉글랜드에서 부유한 삶을 살았기에 나중에 그와 결혼하는 에밀리 클리프톤Emily Clifton과 사랑에 빠지기 전까지는, 여러 여성을 상대로 달콤한 말로 유혹하는 '제비족'과 같은 애정 행각들은 하지 않았다. 후에 그는 여성들의 재산과 물건을 훔친 사기 및 횡령죄를 판결받았으며, 그 당시 이 범죄는 체포된 후 그가 극도로 피하고자 했던 사형까지 언도받을 중죄였다. 극적인 운명적 반전에 의해, 그는 추방형으로 감형되었다. 주로 기혼 여성들만을 대상으로 한 그의 모범적(?) 행위는 그를 아내 에밀리와 아들 올리번트Olivant와 함께 호주에서 그의 죄를 면제받도록 했다. 예상했던 것처럼, 주인공이 40대 초반에 석방을 허락받기 전까지 부부는 형기를 이행하면서 감옥 생활의 수많은 고초를 경험한다. 결국 그는 잉글랜드 데번Devon으로 돌아가 조용히 여생을 보낸다. 이 도덕적 스토리는 비유적이면서 종교적인 우화로 읽혀질 수 있고 대영제국을 신랄하게 비판하지도 않았다. 도리어 이 소설은 제국주의적 힘으로 조종되는 신체 구속 제도에 기반한 신흥 사회, 즉 호주를 고발하고 있다.

캐롤라인 리키Caroline Leakey[8])가 쓴 『부러진 화살The Broken Arrow』(1859)은 '올라인 키스Oline Keese' 라는 필명으로 출판되었으며, 흔히 일컫는 '반체제' 소설의 전형이다. 여주인공 메이다Maida가 어린이를 죽였다는 누명을 쓰고 억울하게 오랜 기간 동안 감옥에 갇히는 부조리한 사건으로 이야기가 시작된다. 그녀는 에블린Evelyn 집안일을 돕는 종신 복무의 형을 선고받고, 반디맨스 랜드Van Diemen's Land(현 호주 태즈메이니아)로 추방된다. 그녀는 그곳에서 이루 헤아릴 수 없는 각종 치욕적인 일들을 겪는 희생양이 되어, 결국 사망한다. 기독교적 가치에 근거하여, 이 친-폐지론적 이야기는 참담한 현실 때문에 죄의식sin에 저항하기 보다는 어쩔 수 없이 죄를 더 저질러야 하는 죄수들을 낳게 하는 이데올로기를 부각시킨다.

『부러진 화살』을 읽고 영감을 얻은 런던 출생 마커스 앤드류 히슬롭 클라크Marcus Andrew Hislop Clarke[9])는 훗날 그에게 유명세를 안겨준 소설 『그의 자연적 삶을 위해For the Term of His Natural Life』(1874)을 집필한다. 그는 17세 나이에 영국을 떠나 호주로 향한다. 캐롤라인 리키처럼 죄수 폐지론자였던 그는 죄수 제도의 열악한 조건들에 대항했다. 극작가, 소

---

8) Caroline Leakey(1827~1881): 영국 작가. 호주 Van Diemen's Land(현 Tasmania를 지칭하는 구어)에서 있었던 5년간을 바탕으로 한 소설 『The Broken Arrow』(1859)를 발표
9) Marcus Andrew Hislop Clarke(1846~1881): 영국 출신 호주 소설가, 시인, 사서

설 및 단편 작가였던 그는 월터 스콧Sir Walter Scott[10], 제임스 페니모어 쿠퍼James Fenimore Cooper[11], 나다니엘 호손Nathaniel Hawthorne[12]으로부터 영감을 얻었다. 마커스 클라크는 소설임에도 마치 사실에 근거해 쓰는 듯한 뛰어난 아이러니와 풍자 솜씨로 각광받았다. 마커스 클라크가 그의 다른 문학적 업적이나 작품들을 빛나게 한 성공작이자 반체제 소설인 『그의 자연적 삶을 위해』를 통해 이른바 '죄수 문학'을 새로운 문학 장르로 만들었다는 것은 절대 과장이 아니다. 이 뛰어난 소설은 빅토르 위고Victor Hugo[13]의 『레미제라블Les Miserables』(1862)과 찰스 리드Charles Reade[14]의 『돌이키기에 늦지 않았다It Is Never Too Late to Mend』(1856)에서 많은 부분을 참고했다. '죄수 문학'의 전체 서사 구성은 『그의 자연적 삶을 위해』와 같은 유형을 따랐다. 예를 들어 엘리자 윈스탠리Eliza Winstanley[15]의 『자연 속 삶을 위해For Her Natural Life』(1876), 존 보일 오라일리John Boyle O'Reilly[16]의 『문다인Moondyne』(1879), 그리고 후에 윌리엄 고세 헤이William Gosse Hay[17]의 『악명 높은 윌리엄 힌스의 탈출The Escape of the Notorious Sir William Heans』(1919)이다.

---

10) Sir Walter Scott(1771~1832): 스코틀랜드의 극작가, 시인, 역사 소설가. 스코틀랜드 문학의 기초를 세운다.
11) James Fenimore Cooper(1789~1851): 17세기부터 19세기 초반의 미국 자연주의 문학의 기초를 세운 작가
12) Nathaniel Hawthorne(1804~1864): 미국 작가. 주로 역사, 도덕, 종교를 주제로 한 작품 집필했다.
13) Victor Hugo(1802~1885): 프랑스 시인이자 소설가. 대표작 『Notre-Dame de Paris』
14) Charles Reade(1814~1884): 영국 소설가이자 극작가. 『The Cloister and the Hearth』로 많이 알려짐.
15) Eliza Winstanley(1818~1882): 호주 작가이자 무대 배우. 'Eliza O'Flaherty'라고도 한다.
16) John Boyle O'Reilly(1844~1890): 아일랜드계 미국 시인, 작가, 언론인
17) William Gosse Hay(1875~1945): 호주 작가이자 에세이스트

타지 출신이라는 두려움: 발견과 이국풍

대영제국은 여행객들, 정부 관리들, 유명 인사와 이민자들이 전하는 호주의 환경과 그곳의 원주민들에 대한 이야기들로 넘쳐났다. 작가 또는 원작자로 지명도를 얻기 위해, 호주 저자들은 그 당시 영국과 유럽 문단에서 인기를 얻고 있는 기성 작가들의 문체를 모방한다는 비난을 감수하면서까지, 그들이 자주 쓰는 문장을 인용함과 동시에 글 내용의 진실성을 유지해야만 했다.

초창기 호주 작가들은 그들이 태어난 지역(영국 또는 호주)과 상관없이 호주식 관점을 채택하지 않았고 영국 출신 거주자의 관점을 가졌다. 헨리 세이버리Henry Savery, 마커스 클라크Marcus Clarke[18] 그리고 헨리 킹슬리Henry Kingsley[19]와 같은 소수의 기성 작가들에 의해 쓰인 작품들을 제외하면 잘 쓰인 영국 출신 작가들의 소설은 아주 드물었다. 이런 작품들은 풍부하면서 희망 가득 찬 단어들을 사용했으며 여행하면서 발견한 이국적인 주제에 천착했다. 특히 이 시기의 많은 시가 낭만주의 양식으로 쓰였다.

새 환경에 직면하면서 소설가들은 호주 대륙에서 어떤 특이한 매력을 찾으려 했다기보다는 치열한 삶을 표현하기 위한 수단으로 호주 대륙의 열악한 환경을 강조하는 경향을 보이거나, 호주를 유혹적이면서 거의 인공적인 풍경화 속의 한 장면으로 묘사했다. 대체적으로 19세기

---

18) Marcus Clarke(1846~1881): 잉글랜드계 호주 근대 소설가. 시인이자 도서관 사서이기도 했다. 1850년대 호주 죄수 시스템을 다룬 『For the Term of His Natural Life』(1874)는 호주 근대 문학 고전 중 가장 대표적 작품이다.

19) Henry Kingsley(1830~1876): 19세기 영국 사회 운동가이자 'The Workingmen's College' 운동가 Charles Kingsley의 동생

유럽인들이 호주 숲속의 야생성과 획일성을 긍정적으로 묘사하지 않았다는 점은 명백하다. 심지어 어떤 이들은 동물들조차도 호주 생활의 단조로움을 달래기 위해 길들일 수 없다는 점에 실망했다. 역설적으로 이런 실제적 따분함이 악한을 소재로 한 모험 소설을 태어나게 했다는 점 또한 명백하다.

악한을 소재로 하는 문학 전통은 『랄프 라쉬레이: 추방자의 인생*Ralph Rashleigh: The life of an exile*』(1952)로까지 이어지는데, 이 작품은 죄수 출신 작가 제임스 터커James Tucker가 썼을 것으로 추정된다. 회고록과 악한 소재 소설이라는 두 가지 특징을 가진 이 소설은 숲속을 배경으로 악행을 일삼는 악당들 속에서 자신을 발견하는 죄수 라쉬레이Rashleigh의 모험을 기록하고 있으며 그가 가진 뻔뻔함이 그의 성씨에 반영되어 있다 (rashly: 뻔뻔하고 무례하다는 뜻의 영어 단어-역자주).

식민지 시절의 남녀 간 사랑이야기

전통적인 영국 문학에서 가져온 식민지 시절의 연애 소설은 그 시대의 아바타(환생)로, 현실주의적 소설과 낭만주의의 교차점에 서 있다. 간단히 표현하자면 이상형을 찾는 영웅들은 잠재적 위험으로 가득 찬 인생길과 조우한다. 주로 런던에서 출판된 이 책들은 때론 3부작으로 구성되기도 했다. 척박한 호주에서의 삶을 억척스럽게 개척하는 한편, 사랑과 기회의 게임에 휘말리는 주인공에게 반한 여성 독자들 및 여성 작가들에게 인기 있는 주제였던 것이다. 허나 영국 독자들은 의도적으로 이런 소설들을 문학적 완성도가 미약하고 현실적인 다큐멘터리에 가깝다는 이유로, 한 수 아래의 작품으로 간주하거나 그저 호주를 소개하는 관광가이드 책자로 여겼다.

헨리 킹슬리Henry Kingsley는 『제프리 헴린의 회상The Recollections of Geoffrey Hamlyn』을 시작으로 이 장르를 열었다. 후에 이것은 미세스 로사 프레드 Mrs Rosa Praed[20)와 『무장 강도Robbery Under Arms』를 쓴 롤프 볼드우드Rolf Boldrewood[21)로 이어진다. 모든 사실 자료에 기반하자면 헨리 킹슬리의 인식 수준은 유럽 중심 사고방식의 남성 위주 사고방식으로 이루어져 있다. 그는 호주를 엘도라도El Dorado처럼 묘사했으며, 그들은 이곳에서 많은 부와 새로운 기회를 얻은 후 본국인 영국으로 돌아갈 수 있다는 사실을 즐겼다. 『제프리 헴린의 회상』(1859)은 영국인들의 마음속에 있는 '오스트레일리안 드림'의 영향을 보여 주었다. 이 시기 대부분 소설들처럼, 이 이야기는 영국 시골에서 시작하여 호주의 흙을 밟기까지 걸리는 오랜 시간에 대해 쓰고 있다. 작가는 풍요와 기대에 찬 새 대지에서 이방인이 가지는 부유하고 행복한 나날들을 기록했다. 이 식민지 생활의 목가적 묘사vision는 매일 반복되는 농장 활동으로 메꾸어지는 시골 생활에서 파생되는 소소한 일상을 그린다. 예를 들자면 소를 키우고(1830년대 전성기 산업이었음), 양털을 깎고, 소의 낙인을 찍는 일 등이 있겠다. 원주민들과 산적들(악마의 화신)과 맞서야 하는 현실은 식민지 초기 정착민들이 그들의 노동 대가에 따른 열매를 단호하게 지키는 것을 정당화시켰다.

---

20) Mrs Rosa Praed(1851~1935): 19~20세기 호주 작가. 국제적 명성을 얻은 호주 첫 작가로 기록된다.
21) Rolf Boldrewood(1826~1915): 본명은 Thomas Alexander Browne. 1882년에 발표한 호주 고전 문학의 거봉 『Robbery Under Arms』로 유명하다. Macquarie Regional Library가 'Rolf Boldrewood Literary Awards'를 운영 중이다.

죄수 출신 작가 롤프 볼드우드는 호주 야생 숲속의 삶을 다룬 전설적 작품『무장 강도』(1888)를 통해 큰 성공을 거두었다. 이것은 숲속 부랑자를 다룬 소설의 시작을 의미한다. 로사 프레드는 볼드우드처럼 시대적으로는 호주 민족 문학 계열에 속하면서도, 헨리 킹슬리가 시작한 전통적인 식민지 시대 사랑 이야기를 썼다. 퀸스랜드에서 태어난 본인의 경험을 쓴 그녀는 1880년과 1916년에 걸쳐 발표한 약 40여 권의 소설을 통해 여성의 삶과 호주 농장 세계에 대한 이미지를 각인시켰다.『정책과 열정Policy and Passion』으로 뛰어난 성공을 거두었고, 심슨 뉴랜드 Simpson Newland[22]의 식민지 시절 남호주를 그린『초석 놓기Paving the Way』(1893)를 연이어 성공시켰다. 순수함으로 가득 찬 이 소설들은《블러틴 Bulletin》[23] 작가들에 의해 쓰인 사실주의 문학의 시작이었으며, 호주 문화의 특성을 부각시킴으로써 호주 민족의식 고취에 기여했다.

호주 페미니즘과 문학 사조

호주에서『퀸터스 서빈튼Quintus Servinton』이후 출간된 책이 메리 리먼 그림스톤Mary Leman Grimstone[24](19세기에 태어나고 사망)의『여인의 사랑 Woman's Love』(1832)이었다면 점을 고려하면, 호주 소설은 태생부터 어느 정도는 성평등이 이루어졌던 것으로 보인다. 이 책은『퀸터스 서빈튼』

---

22) Simpson Newland(1835~1925): 자연주의 작가이자 정치인. 호주 최대의 강, Murray River 개발에 공헌
23) 《Bulletin》: 1880년 시드니에서 처음 발간, 2008년 1월 재정난으로 장기 휴간. 한국으로 치면 1960년대 고 장준하가 이끌던《사상계》와 같은 사회적 위상을 가진 호주 지식인들의 산실이었으며, 호주 지적 사회의 큰 틀을 형성하는 데 크게 기여한다.
24) Mary Leman Grimstone(1796~1869): 영국 시인이자 작가, 여권 신장에 대해 글을 썼으며, 호주 초기 소설 중 하나인『Louise Egerton』발표

이 발표되기 4년 전에 호바트Hobart에서 먼저 출간된 것으로, 저자가 호주에서 쓴 첫 호주 소설로 간주되기에 충분하다.

호주 초창기, 출판사를 찾는 것이 어려웠음에도 불구하고 여성이 자신을 표현해야 할 필요성을 강하게 느끼고 존재의 고통에서 벗어나기 위해 글쓰기라는 길을 찾았다는 사실에 주목하는 것은 가치 있는 일이다. 하지만 굳이 안나 마리아 번Anna Maria Bunn[25])의 『인도자The Guardian』(1838)와 같은 1인 출판 소설까지 설명할 필요는 없다.

메리 비달Mary Vidal[26])은 호주를 소재로 한 소설들『카브라마타 상점The Cabramatta Store』(1850)과 『벵갈라Bengala』(1860)를 발표했지만, 두 작품 모두 그녀가 다시 영국으로 돌아간 후에 쓰인 것이었다. 스코틀랜드 태생 여성 운동가 캐서린 헬렌 스펜스Catherine Helen Spence의 『클라라 모리슨Clara Morison』(1854)에서, 그녀는 인생의 역정을 기록했으며 주어진 인생에 순응하기보다 운명을 개척하는 여성상을 구축했다.

아다 케임브리지Ada Cambridge[27])는 1875년 그녀의 이야기를 발표한 것을 시작으로, 식민지 시절과 그 이후의 호주 문학사에 여성 소설의 주제의식과 식민지 시대 로맨스를 결합한 소설들을 남겼다. 20권의 소설을 남긴 그녀는 첫 여성 시인이기도 하다. 그녀의 명성은 그녀의 로맨스 스타일과 로사 프레드 문체가 결합된 특징 때문에 오랜 기간 이어졌다. 반박의 여지없이 그녀의 강점은 호주 자연 풍경에 대한 묘사였지만, 감상적 애정 서사에 의존한 진부한 플롯에서 벗어나지 못했다는 점

---

25) Anna Maria Bunn(1808~1899): 호주에서 작품을 발표한 첫 여성 작가
26) Mary Vidal(1815~1873): 영국계 호주 작가이자 호주의 첫 여성 작가
27) Ada Cambridge(1844~1926): 'Ada Cross'로도 알려진 영국 태생 호주 작가

은 약점으로 지적된다. 최근 페미니스트 비평가들은 빅토리아 사회에서 호주 여성들의 굴종적인 생활 여건과 그들이 당한 부당한 대우를 비판한 아다 케임브리지를 주목하고 있다. 그녀의 소설 중 가장 정치적인 작품은 『내가 찍은 남자*A Marked Man*』(1890), 『3명의 미스 킹들*The Three Miss Kings*』(1891), 『전부 헛된 것만은 아냐*Not All in Vain*』(1892), 『메이터페밀리아스*Materfamilias*』(1898)이다.

2장

호주 문학의 탄생: 민족의식의 부상
(1875~1900)

세상 사람들이 지옥을 연상하는 망명과 구금의 땅으로 여겨지던 곳에서 벗어나, 호주는 새로운 삶을 시작할 수 있는 남반구의 에덴 동산으로 변모한다. 19세기 말, 유럽 사회주의자들은 호주를 '새로운 예루살렘New Jerusalem'으로 여겼다. 구대륙, 즉 부패한 영국의 각종 병폐로부터 탈출해 도달할 '행운의 땅 호주Australia Felix' 1)라는 표현으로 대표되는 낙원 같은 미래 전망은 어느 정도 완벽한 사회의 모습을 지향하는 잠재력을 가지고 있었다. 말하자면 이민자들은 이 호주라는 나라가 새롭게 불리면서 그들의 삶이 근본적으로 재탄생하길 원했다. 그러나 이런 생각은 모국 영국의 기억을 버리지 못하던 작가들의 상상력과 함께하지는 못했다.

그 결과 19세기 말경 시작된 소설의 급격한 하향세는 세 가지의 피할 수 없는 장애물들이 낳은 결과였다. 우선 작가 수가 독자 수보다 많

---

1) Australia Felix: 'happy Australia'를 의미하는 라틴어이며, 1836년 호주 탐험가 Sir Thomas Mitchell(1792~1855)이 그의 기행문에서 사용한 표현이다.

았다. 그리고 호주 독자들은 호주 토착 생산물보다 영국 문학에 더 관심이 많았다. 심지어 소설 작품은 그 당시 아담 린제이 고든Adam Lindsay Gordon[2], 헨리 켄달Henry Kendall[3]을 비롯한 몇몇 시인이 주도하던 시 작품과 독서 시장의 주도권 경쟁까지 해야 했다.

호주 문학이 국제무대에서 그들만의 위치를 정립하고 영국 문학의 일부로 간주되던 현상을 멈추는 것은 19세기 말에 이르러서야 가능했다. 영국에서 추방된 초기 이민자 출신 작가 세대에 이어 호주 태생 작가 세대는 호주 민족의식의 발현에 기여했다. 영국의 호주 침략으로 인한 악영향 가운데에는 영국으로부터 독립하고자 하는 진보적 의식과 그 반대의 보수적 마인드 사이에서 갈등하는 미성숙한 민족의식도 있었다. 주로 호주 멜버른에서 작품 활동을 한 유명 작가 필립스 A.A.Phillips[4]는 이를 '진자의 왕복the swing of pendulum'이라고 표현하기도 했다. 이 민족 문학 사조는 그 당시 급부상한 호주 국가 연합이라는 정치적 움직임에도 반영되었다.

구금의 땅으로 여겨졌던 호주가 영국과 한 몸이었던 초창기, 민족주의 음유 시인을 자처했던 호주 작가들은 호주의 땅과 연결되는 서사적 표현에 집중했다. 이를 바탕으로 톰 잉글리스 무어Tom Inglis Moore[5]는 『호주 문학의 사회적 패턴들Social Patterns in Australian Literature』(1971)에서 '호주 소설은 호주 땅에서 태어난 것'이어야 한다는 점을 주장하기도 했다.

---

2) Adam Lindsay Gordon(1833~1870): 19세기 호주의 첫 시인이자 정치가로 유명하다.
3) Henry Kendall(1839~1882): 호주 작가이자 목가주의 시인
4) A.A.Phillips(1900~1985): 본명은 Arthur Angel Phillips. 호주 작가이자 시인. 호주인들이 영국에 대해 가지는 열등감이나 문화적 괴리감Cultural Cringe을 처음으로 작품에서 표현한다.
5) Tom Inglis Moore(1901~1978): 호주 작가이자 고고학자

1890년대의 문학은 단편극과 단편 소설의 영향을 받아 간결해지는 경향을 띠었다. 소설들은 종종 책으로 발간되기 전 신문 연재 형식으로 소개되었다. 대체적으로 잘 팔렸고 특히 에델 터너Ethel Turner[6]의 『7명의 호주 어린이들Seven Little Australians』(1894)과 같은 아동 소설이 인기를 끌었다. 이 뛰어난 작품은 울코트Woolcott 가족의 7명 악동(제너럴General, 베이비Baby, 번티Bunty, 넬Nell, 주디Judy, 핍Pip, 멕Meg)이 계모를 댄스 모임에 가게 한 후 아버지를 곤혹스럽게 만드는 이야기를 담고 있다. 모험적이면서 즐거움으로 가득한 이 장난꾸러기 대가족은 숲속에 살면서 서로 치열하게 치고 박고 싸운다. 특이하게도 이 시기 글들은 평등한 나라를 꿈꾸는 사회주의자들이 전하는 희망적 메시지에 특히 많은 영향을 받았다.

《블러틴》의 보헤미안들과 그들과 동떨어진 이방인들

1880년 1월 31일 아치볼드J.F.Archibald[7]와 존 헤인John Hayne[8]이 공동 창간한 《블러틴Bulletin》 잡지는 그 시대 작가들에게 희망을 선사했으며, 독자들의 참여도 또한 높았다. 호주 작가들을 대거 소개하던 이 주간 잡지는 비록 다소 과장된 형태였지만 호주 민족의식 고취에 일정 부분 기여했다. 참여 작가들은 모국 영국에 대한 거부감으로 가득 찬 반제국주의Anti imperial 주창자들이 대부분이었고 심지어 어떤 이들은 자

---

6) Ethel Turner(1870~1950): 호주 소설가, 아동작가
7) J.F.Archibald(1856~1919): 호주 언론인이자 출판사 발행인. 시드니 하이드 파크에 그의 이름을 딴 커다란 분수와 'Archibald Prize'에 그의 이름이 남았다.
8) John Hayne(1850~1917): 호주 언론인. J.F.Archibald와 1880년 호주 시사 교양지 《Bulletin》(1880~2008) 공동 창간시 자본주

신들이 호주 태생의 백인이라는 생각이 지나쳐 호주 원주민들Aboriginal을 악마로 부를 기세였다. 이런 반응은 실제 그들에 대한 혐오였다기보다는 초기 백인 정착민들에게 생소한 새로운 대륙에 대한 불안감에서 나온 결과였다. 그들이 썼던 많은 이야기 속에서, 호주의 각 가정은, 근본적으로 악의가 있다고 여기던 호주 원주민들과 거친 자연 환경으로부터 호주인들을 보호하는 평화스러운 낙원처럼 비추어졌다.

잡지《블러틴》은 사회에서 소외된 외톨이들과 여러 이유로 버림받은 이들, 방랑자, 직업을 찾아 떠도는 노동자, 노숙자와 무법자들뿐만 아니라, 목동들, 작은 농장 경영주, 탐험가 등으로부터 나오는 평범한 인물의 이야기를 다룬 문학을 뛰어넘고자 했다. 이 잡지는 소설, 시, 연극, 단편 소설 등 그 시대 각 분야에 걸친 최고의 필진들과 다양한 문학 형태를 소개했다, 빅토리아 시대(1837~1901) 소설들의 전통을 계승한 그 시절 문학 작품들은 열혈 독자들을 고취시키기 위함은 물론 작품 대중화를 위해 연재물로 나눠서 소개했다. 마일스 프랭클린Miles Franklin을 제외하면 그 시절의 작가들은 대부분 남성이었다. 밴스 팔머Vance Palmer9), 루이스 스톤Louis Stone10), 노먼 린제이Norman Lindsay11), 브라이언 펜턴Brian Penton12), 조셉 퍼피Joseph Furphy13), 스틸 러드Steele Rudd14)

---

9) Vance Palmer(1885~1959): 호주 작가이자 비평가. 1920년 『The Shanty Keeper's Daughter』를 시작으로 수십 편의 소설과 시를 남겼다.

10) Louis Stone(1871~1935): 호주 작가이자 드라마 작가. 목가주의 작품을 주로 발표한 작가로, 1982년 호주 ABC에서 방영한 〈Jonah〉의 원작이기도 하다.

11) Norman Lindsay(1879~1969): 호주 소설가이자 자연주의 심취한 에세이스트, 조각가, 아동 문학가. 한국에도 많이 알려진 『Magic Pudding』(1918)의 작가이다.

12) Brian Penton(1904~1951): 언론인이자 소설가이자 호주 8대 수상인 Stanley Bruce(1883~1967)의 연설 작가

13) Joseph Furphy(1843~1912): '호주 소설의 아버지'라고 불리는 근대 호주 문학의 대표 작

등이 당대의 대표 작가였다. 따라서 노먼 린제이의 작품들 중 한 제목에서 차용한 '블러틴의 보헤미안들The Bohemians of the Bulletin', 즉 1890년대 무렵부터 호주 민족주의 문학 경향과 《블러틴》을 기반으로 뭉친 작가 그룹은 식민지 시절 사랑 이야기와는 거리가 먼 채로 탄생되었다. 그들은 현실주의에 기초한 민족주의 사조를 만들고자 했다.

루이스 스톤Louis Stone과 바바라 베인턴Barbara Baynton15)의 경우처럼, 아서 호이 데이비스Arthur Hoey Davis(필명은 '스틸 러드Steele Rudd')는 1890년대부터 《블러틴》 잡지와 협업했으나 소설을 발표하기까지 한 세기가 필요했다. 그는 자신의 인생 역정을 담은 3권의 소설을 발표하기 전 잡지 출판사를 운영했다. 호주에서 가장 권위 있는 단편 문학상은 그의 필명에서 온 것이다.

민족주의 문학 사상을 고수하지 않았던 '문단의 이방인들'은 주로 여성 작가들이었다. 로사 프레드Rosa Praed, 아다 케임브리지Ada Cambridge 그리고 제시 쿠브레Jessie Couvreur16)는 '보헤미안' 그룹 밖에서 식민지 시절 로맨스 전통을 담은 글을 발표했다. 제시 쿠브레의 첫 작품 『파이퍼스 언덕의 파이퍼 삼촌Uncle Piper of Piper's Hill』(1889)은 그녀의 필명 '타스마Tasma'로 발표되었으며, 다른 후속작들과는 견주지 못할 정도로 대단한 문학적 성공을 거두었다. 이 작품이 지닌 중산층 가족, 카벤디쉬Cavendish 패밀리에 대한 분석은 호주에 사는 영국인들과 그들 문화에

가. 호주 대표적 문학 고전 중 하나인 『Such is Life』(1903)의 작가
14) Steele Rudd(1868~1935): 본명은 Arthur Hoey Davis. 호주 작가로, 1899년에 그가 쓴 단편 「On Our Selection」은 당시 25만 부가 팔렸다고 한다.
15) Barbara Baynton(1857~1929): 호주 소설가. 목가주의 양식의 시를 주로 발표한다.
16) Jessie Couvreur(1848~1897): 호주 소설가. 필명은 'Tasma'

대한 풍자였다.

1890년대는 흔히 문학 잠재력이 뛰어났던 시대였기에 호주 문학의 황금시대라고 불린다. 아서 호세Arthur Jose[17) 또는 문학 비평가 그린 H.M.Green[18)처럼 낭만주의를 선호한 일부 작가들에게 이 시대는 낙관적인 시기였던 반면, 단편 소설 작가 헨리 로슨Henry Lawson[19)과 시인 앤드류 바톤(밴조) 페터슨Andrew Barton(Banjo) Paterson[20)와 같은 위대한 작가들은 눈에 띄지 못한 시기였다. 또한 마커스 클라크Marcus Clarke와 헨리 켄달Henry Kendall 같은 기성 작가들만 주목받았던 문학의 여명기 이기도 했다. 이 시기의 작가들은 시골 생활, 도시 생활의 묘사, 그리고 도시와 야생 숲속의 비교라는 세 가지 주요 주제들에 집중했다.

보수적 현실주의

낭만주의에 반하여, 현실주의Realism는 '《블러틴Bulletin》 잡지에 정기 혹은 부정기적으로 글을 기고하는 참여 작가들 사이의 토론'을 통해 더 명확하게 논의 되었다. 헨리 로슨Henry Lawson에 따르면, 척박한 야생 숲 속 생활을 기반으로 쓰이는 문학 표현들은 그런 삶의 개척 과정에서 생겨날 수밖에 없는 '상처 난flawed 관점'을 가진 작가들이 지닌 주제들의 영향을 받았다. 로슨의 이런 견해에 동조했던 작가들은 호주 자연을 낭만주의의 시각으로 채웠던 유럽인 중심의 인식을 거부했다. 로슨과 달

---

17) Arthur Jose(1863~1934): 시인이자 문학 비평가, 1925년 호주 최초 백과사전 편집자
18) H.M.Green(1881~1962): 사서, 역사학자, 문학 비평가. 1951년 『An Outline of Australian Literature』 저술, 그 후 호주 문학 비평의 발전을 이끌었다.
19) Henry Lawson(1867~1922): 호주 시인이자 호주 근대 문학의 상징적 인물, 한국의 '김소월'과 같은 위치
20) Andrew Barton(Banjo) Paterson(1864~1941): 호주 근대 시인이자 목가주의 문학의 창시자

리, 밴조 페터슨Banjo Paterson은 야생 숲속을 좀 더 격정적인 모습으로 나타내었는데 이는 그가 야생 숲속을 욕망의 분출이 가능한 자유의 상징으로 인식했기 때문이었다.

평범한 인물과 실제 생활 경험을 바탕으로 하는 현실주의 미학을 문학적으로 선호하는 것은 이 시기 걸출한 작가들에게는 필수적이었다. 가령 조셉 퍼피Joseph Furphy, 마일즈 프랭클린Miles Franklin 같은 이들은 실제 생활상을 아주 세밀하게 기술하는 데 주력했다. 이 시기 비교적 덜 알려진 윌리엄 레인William Lane[21]은 자신이 가진 사회 문제의식에 주력하며, 1892년 존 밀러John Miller라는 필명으로 '호주 노동 소설'이라는 부제를 붙여 『노동자의 천국The Workingman's Paradise』을 발표했다. 이 작품을 발표한 후 얻게 된 인세는 책 발간 이전 해 발생한 '퀸스랜드 양치기 목동 반란Queensland shearers' strike'[22]으로 감옥에 수감된 노조원을 지원하기 위해 사용되었다. 사회주의 노선을 옹호하는 이 소설은 삶의 가장 추악한 면에 초점을 맞추어 기술하면서 그 당시 시드니 노동자 계급의 처참하고 가난한 근로 조건을 부각시켰다. 반어적 의미의 이 책 제목은 현실을 유토피아적 환상과 결합시키려 했던 저자의 사회 문제의식에서 비롯되었다.

이 보수적 현실주의는 1950년대 말 패트릭 화이트Patrick White를 비롯한 문단의 심한 비난을 받았으며, 패트릭 화이트는 특히 이 작품의

---

21) William Lane(1861~1917): 영국 태생 호주 작가이자 강성 노동당 멤버로 호주 백호주의를 적극적으로 지지하기도 했다.
22) Queensland shearers' strike: 1890년 'Amalgamated Shearers Union of Australasia'라는 양털 깎기 노동자 조합이 결성된 이후, 이에 동조하는 조합원들과 비노조원들 간에 벌어진 노동 쟁의이다. 이는 훗날 호주 노동당Australian Labor Party 결성의 근간이 된다.

단조로운 구성을 신랄하게 비판했다.

야생 숲속의 신화

거친 자연에 대한 두려움과 개척을 해도 별 이득이 없을 것이라는 생각을 떠오르게 하는 자연 환경에도 불구하고, 이 시기 작가들은 도시 환경과 문화에서 벗어나 시골과 자연을 재건설한다. 야생 숲속bush을 선택하는 것은 이를 휴식처로 보이게 하거나, 도시 생활이 가져다주는 제약 요소들과 불만족에 대한 대안을 제공하여 은둔자적 존재로 보이게 했다. 점차 이 지역들은 더 이상 힘든 역경이나 적막감과 동의어가 아닌, 대자연과 함께하는 회고의 장소들로 인식되었다. 이런 작품들에서 코알라, 캥거루, 웜뱃, 오리너구리, 파섬Possum(호주에만 서식하는 포유류과 동물이며, 호주 보호종-역자주)과 다른 포유동물들과 같은 놀라운 야생 동식물들, 풍부한 유칼립투스 나무들을 가진 호주 야생 숲속은 점차 이국적 모습과 야생의 매력을 가진 곳으로 표현된다.

조셉 퍼피Joseph Furphy가 쓴 『이런 것이 인생인가?Such is Life』(1903)는 의문의 여지없이 이 시기 호주 야생 숲속을 문학적으로 가장 잘 표현한 작품이다. 바바라 베인턴Barbara Baynton의 소설 『인간 미끼Human Toll』(1907)에서 볼 수 있는 시골에 대한 염세적이면서 암울한 생각과 달리, 퍼피는 야생 숲속을 희망이 가득한 땅으로 보았다. 존 맥라렌John McLaren[23]이 쓴 『호주 문학Australian Literature』의 한 표현을 빌리자면, 퍼피의 철학은 '만일 우리가 천국을 가지지 못한다면, 우리는 이 땅에 지옥

---

23) John McLaren(1932~2015): 1950~60년대 호주 문단을 대표하는 문학 비평가이자 사학자. 1978년에 호주 문학 비평지 《Australian Book Review》이 재창간될 당시 편집장 역임한다.

을 만들 필요가 없다'if we cannot have a heaven, we need not build a hell on earth' 라고 할 수 있다. 시골 생활을 천국으로, 도시를 지옥으로도 비유할 수 있는 것이다.

『이런 것이 인생인가?』에 이어 『나의 빛나는 인생 역정My Brilliant Career』은 호주 독립The Commonwealth of Australia(1901년 1월 1일에 공식적으로 공포됨) 선언보다 앞서 쓰였고 그 이듬해 발간되었다. 1899년 완성된 이 소설의 최종 원고는 영국 에딘버러 소재의 스코틀랜드 출판사인 블랙우드Blackwood&Sons가 맡기 전, 한 지역 출판사에게 거절당한 적이 있으며 이 작품이 출판되기까지 그 당시 런던에 머물던 헨리 로슨Henry Lawson의 도움이 있었다. 작가의 자전적 이야기를 담고 있는 이 작품은 출간 후 그녀 가족 및 친지들로부터 심한 비난을 받았다. 작품 발표 초기, 저자인 스텔라 마일즈 프랭클린Stella Miles Franklin이 원했던 '나의 빛나는(?) 인생 역정My Brilliant(?) Career'이라는 제목은 실제 저자의 삶과 다른 표현이라는 이유로 악평을 받았다. 허나 이 위대한 작품으로 인해, 마일즈 프랭클린은 이 작품의 문학적 순수성에 매료된 헨리 로슨(이 책의 서문을 씀)과 훗날 그녀에게 빠져든 밴조 페터슨Banjo Paterson과 함께 호주 문학사에 커다란 족적을 남긴다. 이 소설은 청소년기에 있는 주인공 시빌라 멜빈Sybylla Melvyn이 부모의 시골 목장에서 보내는 단조로운 삶에 지루함을 느끼며, 이러한 삶에 반항하는 이야기들로 전개된다. 모든 형태의 예속이나 지배를 거부하는 이 소녀는, 이 시기 작품들에 자주 등장하는 전형적 인물인 '모든 것이 완벽한 남자친구Prince Charming'의 특성을 갖춘 거침없는 젊은 목동 해롤드 비첨Harold Beecham 의 매력에 빠진다.

마일즈 프랭클린은 자신의 뛰어난 문학적 경력을 위해 이 책의 성공에 크게 의존했으나 운명은 그렇지 않았다. 이 책은 호주가 아닌 영국에서 출판되었으며 반짝 성공에 그치는 바람에 그녀가 가져간 수입 또한 적었다. 그러나 1910년에 그녀는 출판 거부를 당한 이 소설의 속편을 계속 쓰기로 결심했고, 1946년에야 비로소 '실패한 내 인생My Career Goes Bung'이라는 제목으로 호주에서 출판했다.

이 시기 이야기들의 일반적인 주제는 숱한 노력에도 불구하고 결국 마지막에는 아무런 보상이 없는 것으로 판명 나는, 희망찬 미래에(?) 대한 약속으로 가득 찬 삶의 역경을 다루는 것이었다. 호주의 야생 숲속은 호주인들에게 동지의식mateship[24]을 알 수 있게 하는 척도가 되어 준 반면, 종종 거친 자연 환경 속에서 붕괴되기 쉬운 부부 관계에서는 장애가 되었다. 헨리 로슨의 문학 전통을 추종하는 이들은(로슨에게는 '동지의식의 사도'라는 별명이 붙기도 했다) 평등주의, 민주주의 그리고 형제의식을 정당화하고자 했다. '동지의식'이라 불리는 사회적 가치는 야생 숲속에서 살아남기 위해 매우 유용하며 거친 삶과 맞서 싸우려 할 때 직면할 수밖에 없는 각종 어려움을 함께 극복하기 위한 당위성을 담고 있다.

당시 호주 야생 숲속에 대한 기술은 대지와 연결된 정서적 감정을 유지하는 방법으로 행해졌다. 로사 프레드Rosa Praed는 24세에 남편과 함께 영국에서 살기 위해 호주를 떠날 때, 이런 방식으로 그녀가 태어난 곳과 자신을 연결시키고자 했다. 이는 제임스 타이슨James Tyson의 『미

---

24) Mateship: 호주의 근현대 사회를 이해하기 위한 가장 기본적인 호주 사회 규범social norm, 삶이 척박하기만 했던 호주 역사 초창기, 한민족의 '품앗이' 정신과 유사한 '동지의식'을 의미한다.

세스 트레카키스*Mrs Tregaskiss*』(1895) 또는 조지 보웬Sir George Bowen의
『눌마*Nulma*』(1897)의 경우처럼, 그녀의 소설이 전형적 캐릭터들에 집
중하는 이유였다. 이들과 같은 캐릭터는 꼭 태어난 곳이 아니어도 삶의
곳곳에 존재한다.

진정한 호주인의 기개는 야생 숲속에서 나온다고 믿으면서도, 역설적
으로 호주인들 사이에서는 호주 해안가를 따라 살고자 하는 도시적 문
화가 형성되었다. 소설가들은 평범한 도시 주민들이 호주 야생 숲속만
이 가지는 특징들을 통해 숲속 생활의 정취를 알기 원했다. 1935년 12
월 8일《블러틴*Bulletin*》이 "호주의 아름다운 자연과 그 속에서 사는 풍요
로운 삶의 질이 점차 지역 문학 안으로 녹아들고 있으며, 모든 문학 작품
과 차세대 작가들의 창작 부담이 줄어들고 있다"고 말했듯, 작가들은 점
차 조직적으로 독특한 호주의 삶과 질에 대해 다루었다. 작가들에게 작
품 안에서 지역 문학이나 지역색을 다루는 것이 하나의 의무 사항으로
작용했다면 창작의 자유는 제한되었을 것이다. 즉 이런 언급은 작가들
모두 자발적이면서 자유로운 창작 분위기에서 활동했음을 의미한다.

레온 칸트렐Leon Cantrell은 그 당시 이미 일반화된 야생 숲속을 배경
으로 한 신화적 아이디어에서 탈피하고자 했다. 『1890년의 글쓰기
Writing of the Eighteen Nineties』(1977)에서 그는 야생 숲속에서 살아가면서 고
독이나 실패 그리고 배신의 경험이, 평등주의나 동지의식을 공유한 성
공의 경험보다 많았다고 기술하고 있다. 그는 이 시기를 경제적 어려움
에서 비롯되는 환멸뿐만 아니라 상실과 이탈로 표현한다. 그 증거는 야
생 숲속의 삶을 다소 삐딱하게 표현한 그의 글 행간에서 찾을 수 있다.
작품 구성을 위한 창의적 영감을 얻기 힘든 도시 분위기 속에서 무언가

독특한 인물이나 개성을 찾기 어려웠던 작가들이 민족의식이라는 포장을 위해 좀 더 특징 있는 야생 숲속으로 가야만 했다는 주장은 여전히 논쟁거리가 되고 있다.

모험 소설들과 그에 따른 방랑자 기질들

모험 소설은 특히 1880년부터 1900년까지 대유행이었다. 작품 속 인물들이 경험하는 역경을 통해 극적인 이야기가 만들어졌고, 그들은 다양한 역경을 극복하기 위해 유연해져야 했다(이러한 역경의 원인은 주로 극도로 위험한 자연과 백인에 대한 적대감을 드러낼 수 있는 원주민들). 이 시기의 모험 이야기 속에서는 두 가지 전형적 인물 양상을 볼 수 있다. 바로 호전적 기질을 가진 싸움꾼들과 말없는 부시맨이다. 호주 역사가 러셀 워드Russel Ward[25]에 따르면, 호주 역사는 강한 동료의식을 가지고 그들과 함께 운명에 순응함으로써 거친 자연 환경을 마치 자신의 집처럼 여기는 문화를 창출한 초기 투쟁자들의 역사라고 단언할 수 있다.

골드러시Gold Rush는 1850년대 초부터 많은 유럽계 모험가를 호주로 불러들였다. 대부분 작가들은 빠르게 이 주제를 다루지 않았으나, 캐서린 헬렌 스펜스Catherine Helen Spence와 그녀가 쓴 『클라라 모리슨 Clara Morison』은 예외였다. 금광의 발견이라는 신이 준 뜻밖의 선물 덕에, 19세기 마지막 해부터 모험 소설은 희망찬 호주의 미래를 예상하는 낙관주의를 표현하기 시작했다.

모험 소설은 주인공이든 조연이든 다양한 인물상을 그려냈다. 이 인

---

25) Russel Ward(1914~1995): 'Australian Character'를 가장 잘 표현한 『Australian Legend』를 쓴 호주 작가이자 사학자

물상은 호주 시골을 바탕으로 강한 방랑 기질을 공유하는 문화에서 비롯되었다. 이런 문화적 상징들 사이에서 독자들은 일거리를 찾아 떠도는 방랑자, 숲속을 무대로 강도짓을 일삼던 이들(네드 켈리Ned Kelly[26]에게 영향을 받은 이들로 추정), 소떼지기, 술주정뱅이와 폐광 찾아 헤매는 이들을 떠올릴 수 있다. 호주 역사학자 러셀 워드는 그가 쓴 『호주의 전설적 인물들The Australian Legend』(1958)에서 이 시기를 대표하는 '숭고한 초기 개척자들'에게 주목했다.

비록 그 당시 모험 소설이 상업적으로 성공을 거두었음에도 불구하고, 일련의 모험소설들은 19세기 마지막 20년 동안 출판되는 것에 그쳤다. 이 당시 모험 소설들은 뉴질랜드인들과 1860년대 '뉴질랜드 전쟁New Zealand Wars[27]'의 배경까지 담고 있다. 모험 소설들이 담고 있는 잘못된 문화적 기술에 대한 비평에도 불구하고, 롤프 볼드우드Rolf Boldrewood가 쓴 『싸우든가 아니면 마오리 사람으로 죽자War to the Knife or Tangata Maori』(1899)는 호주 고전 명작이 됐다.

이 시기 작가들을 어떻게 정의할 수 있을까? 우리는 그들을 시대적 기록자, 문학 개척자, 신화 제조자 중 무엇으로 인식해야 하나? 아마 이 세 가지 명칭 모두 사용할 수 있을 것이다. 일부 비평가들은 시골 환경이라는 테두리 안에서 인물의 방랑자적 삶을 연상시키는 현실적인 이야기가 다소 독창성이 부족하다고 지적하기도 했다. 이 점을 언급하면서 일부 비평가들은, 훗날 1950년대 모험 소설에서 나타나는 이른바

---

26) Ned Kelly(1854~1880): 호주 민중 문학의 대표적 아이콘이 된 실존 인물. 한국으로 치면 '임꺽정'에 해당한다.
27) New Zealand Wars: 1845년부터 1872년경까지 뉴질랜드에 정착한 영국 출신 백인들과 뉴질랜드 토착민인 마오리Maori인들 간에 벌어진 전쟁

'별다른 특색 없는 전형적 인물상'이라고 꼬집기도 했다. 그러나 이러한 지적은 작품에 담긴 세부 요소나 미묘한 차이를 제대로 이해하지 못한 비평가들의 실수였다.

─────────── 3장 ───────────

역사의 흥망성쇠: 탈피와 치열한 문학 논쟁
(1901~1950)

　　호주 독립 정부Federation(1901) 수립 이후, 호주 문학계에서 두 현상이 첨예하게 대립했다. 하나는 특정한 역사적 순간마다 쏟아지는 수많은 내러티브를 통해 친민족주의를 지향하는 '현실 참여' 문학 노선이었다. 또 다른 현상은 필명을 사용하거나 타국에서 살면서 '무관심에 가까울 정도로 객관적 태도로 호주를 바라보는' 작가들의 등장이었다.

　　20세기 초반, 문예지나 신문 연재 형식으로 발표된 수많은 이야기는 대부분 대성공을 거두었고 후속작이 연이어 발표되었다. 대표적으로 는 1930년에 발표된 헨리 핸델 리차드슨Henry Handel Richardson[1]의 3부작인 『리차드 마호니의 행운The Fortunes of Richard Mahony』(1930)[2]이 있다. 엘리너 다크Eleanor Dark[3]는 『변치 않는 땅The Timeless Land』(1941), 『폭풍 같은

---

1) Henry Handel Richardson(1870~1946): 본명은 Ethel Florence Lindesay Richardson
2) 『The Fortunes of Richard Mahony』: Henry Handel Richardson의 3부작 『Australia Felix』(1917), 『The Way Home』(1925), 『Ultima Thule』(1929)
3) Eleanor Dark(1901~1985): 대표작은 『Timeless Land』(1941). 사후 그녀의 유산으로 설립된 'Varuna, The Writer's House in Katoomba, Blue Mountains, NSW'로 유명하다.

세월*Storm of Time*』(1948), 『무경계*No Barrier*』(1953)라는 문학적이면서 아름다운 연작 형식의 대작들을 발표했다. 3부작이라는 연재물 발표 방식을 통한 엘리너 다크의 성공은 다른 작가들에게로 이어져, 밴스 파머 Vance Palmer와 같은 인기 작가들을 낳았다. 밴스 파머의 『골콘다*Golconda*』 (1948), 『파종기*Seedtime*』(1957) 그리고 『거물 친구*The Big Fellow*』(1959)는 노조운동가 마시 도노반Macey Donovan이 유명 정치인이 되기까지의 직업적 성공을 추적한다. 브라이언 펜턴Brian Penton의 『지주들*Landtakers*』 (1936)은 3부작으로 구성됐으나 후속작인 『계승자들*Inheritors*』(1936)로 만족해야 했다. 1928년에서 1956년 사이, 마일즈 프랭클린Miles Franklin은 그 당시 문학 트렌드를 잘 활용하여 그녀의 작품들 중 가장 빛나는 『건달들*All That Swagger*』(1936)로 대표되는 7부작을 발표했다. 이 전집 출판multiple volumes 유행은 낸시 카토Nancy Cato[4]의 머레이강 Murray River[5]을 다룬 3부작 『강 따라 흐르는 인생만사*All the Rivers Run*』 (1958), 『흘러간 세월의 무상함*Time, Flow Swiftly*』(1959), 『여전히 강물은 흐르고*But Still the Stream*』(1962)처럼 20세기 중반까지 이어진다. 마틴 보이드 Martin Boyd는 1952년 호주 명문 랭턴가Langtons를 다룬 그의 4부작 중 첫 번째 작품인 『거지왕*The Cardboard Crown*』을 시작으로 『까다로운 남자*A Difficult Young Man*』(1955), 『욕망의 분출*Outbreak of Love*』(1957) 그리고 『검은 피부의 원주민이 노래할 때*When Blackbirds Sing*』(1962)를 연이어 발표한다. 로드니 홀Rodney Hall의 3부작 『감금, 그리고 어쩔 수 없는 운명*Captivity*

---

4) Nancy Cato(1917~2000): 소설가이자 시인이며, 환경보호론자
5) Murray River: 약 2,500km 길이의 호주 최대 강이며, 호주 남서쪽 내륙에서 발원하여 총 6개주에 걸쳐 흐르기 때문에 '호주의 알프스(Australian Alps)'라고도 불림.

Captive』(1988), 『두 번째 신랑*The Second Bridegroom*』(1991), 『소름 끼치는 마누라*The Grisly Wife*』(1993) 또한 이 문학적 흐름의 계보를 잇는다.

숨겨진 정체성: 실체적 개인에서 정신적 자아

식민지 시절 필명을 사용하던 일부 작가들의 창작 활동은 호주 독립 이후 더욱더 활발해졌다. 여기에는 다양한 동기들과 시대적 원인이 있다. 밴스 파머Vance Palmer는 단순히 돈벌이용으로 랜 댈리Rann Daly라는 필명을 사용해서 글을 통해 생계 문제를 해결하고, 창작의 즐거움까지 모두 누렸다. 허버트 애스터Herbert Astor라는 필명으로 진부한 단편 소설들을 썼던 제비에르 허버트Xavier Herbert[6] 또한 마찬가지였다. 아서 호이 데이비스Arthur Hoey Davis는 스틸 러드Steele Rudd라는 필명을 선호했고, 조셉 퍼피Joseph Furphy는 톰 콜린스Tom Collins라는 필명으로 『이런 것이 인생인가?*Such is Life*』(1903)를 썼다. 필명을 통해 저자와 화자 사이의 경계를 모호하게 하기 위함이었다. 케네스 맥켄지Kenneth McKenzie[7]는 그 당시 사회적으로 흔치 않았던 남성 간의 동성애를 다루기 위해 시포스 맥켄지Seaforth MacKenzie라는 필명으로 일종의 성장 소설Bildungsroman인 『젊은이의 욕망*The Young Desire It*』(1937)을 발표했다. 이 소설의 주요 사건은, 기숙 학교에서 문학을 가르치는 25세의 펜워쓰Penworth가 한 소녀를 사랑하고 있는 찰스 폭스Charles Fox에게 거절당하

---

6) Xavier Herbert(1901~1984): 호주 현대 문학의 대표작 중 하나인 『Poor Fellow My Country』(1975)의 작가

7) Kenneth McKenzie(1913~1955): 소설가이자 시인. 41세의 나이로 요절하기 전까지 호주 동성애 작가인 Norman Lindsay와 같은 그룹에서 문학 활동한다. 보헤미안 스타일의 작품으로 유명하다.

는 것이다.

마일즈 프랭클린Miles Franklin은 그녀의 이름 스텔라Stella에서 비롯된 이름들을 포함, 다수의 필명을 사용한 것으로 유명하다. 그녀가 사용한 필명으로는 늙은 노총각An Old Bachelor, 스텔라 램프Stella Lampe, 사라 마일즈Sarah Miles, 사라 밀즈Sara Mills, SMS, 개똥벌레The Glowworm, 사투리 Vernacular, 윌리엄 블레이크William Blake 등이 있다. 그녀는 과감한 자전적 이야기를 위해, '쓰레기통 같은 브랜트Brent of Bin Bin'이라는 필명을 사용했고 출판사조차도 실제 그녀의 본명을 모른 채로 작품을 발표하기도 했는데, 그 이유는 그녀가 작품들의 판매 증진을 위해 독자들이 신비감을 느끼도록 하는 전략을 쓰고자 했기 때문이었다. 간혹 그녀는 대담하게도 이 전략조차도 알 수 없게 하는 시도를 한 적도 있었다. 후에 그녀의 이런 잦은 필명 사용은 그녀가 신인 작가 시절 실제 이름으로 출판하고자 했을 때 그녀를 거절했던 출판사들을 곤혹스럽게 하기도 했다.

호주 독자층에게 인정받기 위해, 많은 여성 작가가 '남성형 필명 masculine pseudonyms'을 사용하면서 자신의 성 정체성을 숨겼다. 마조리 버나드Marjorie Barnard[8]와 플로라 엘더쇼Flora Eldershaw[9]는 '버나드 엘더쇼M.Bernard Eldershaw'라는 공동 필명으로 5편의 소설을 발표했다(마조리 Marjorie는 집필을 맡았고 플로라Flora는 조사 연구를 담당). 에델 플로렌스 린제이 로버트슨Ethel Florence Lindesay Robertson[10]은 1930년 3부작 『리차드

---

8) Marjorie Barnard(1897~1987): 도서관 사서이기도 했던 역사 소설가. 1940년대 호주 과학 소설 분야 개척한다.

9) Flora Eldershaw(1897~1956): Marjorie Barnard와 함께 'M.Bernard Eldershaw'라는 공동 필명으로 작품 활동한다. 호주 작가 연합 'Fellowship of Australian Writers'의 초대 회장 역임하며, 호주 문학계에 지대한 업적 이룬다.

마호니의 행운*The Fortunes of Richard Mahony*』을 발표하면서 헨리 헨델 리차드
슨Henry Handel Richardson이라는 필명을 사용했다. 그녀가 쓴 소설 속 인
물의 삶은 그녀 아버지로부터 많은 영감을 얻었다. 지니 건Jeannie Gun
n[11])은 미세스 애니어스 건Mrs Aeneas Gunn이라는 이름으로 1908년『호
주 황무지에 있는 우리들*We of the Never Never*』을 발표할 당시 그녀 남편의
성씨를 사용했다. 도리스 커Doris Kerr[12])는 카펠 보크Capel Boake, 랭커스
터G.B.Lancaster[13])는 에델 라이틀턴Ethel Lyttleton이라는 필명을 사용했다.

캐서린 수잔나 프리차드Katharine Susannah Prichard[14]), 딤프나 쿠잭
Dymphna Cusack[15]) 그리고 플로렌스 제임스Florence James[16])는 남성 소설
가로 소개되지 않고서는 문학상을 수상하지 못했을까?『쿠나두*Coonardoo*』
라는 작품의 저자 프리차드는 짐 애쉬버튼Jim Ashburton이라는 필명으로

---

10) Ethel Florence Lindesay Robertson(1870~1946): 작가이자 에세이스트. 1940년대 여성
동성애를 다룬 작품을 주로 다루었다.

11) Jeannie Gunn(1870~1961): 1908년에 그녀가 발표한『We of the Never Never』는 1930
년대까지 허허벌판 황무지나 다름없었던 호주 시골 외곽지역에서 힘들게 삶을 개척하는 이
들을 묘사한 시대적 기념비적 작품으로 평가된다. 'Never Never'는 1900년대 호주의 목가
주의 시인 Henry Rawson의 시에서 호주 사막을 묘사한 표현으로, '한번 가면 다시 돌아올
수 없는 곳', 그래서 '절대never!' 가지 말라는 의미이다.

12) Doris Kerr(1889~1944): 호주 첫 상업 사진가인 Barcroft Capel Boake(1838~1921)의 손
녀이기도 한 작가

13) G.B.Lancaster(1873~1945): 주로 제국주의를 비판하는 작품 발표한 작가

14) Katharine Susannah Prichard(1883~1969): 작가이자 1920년 호주 공산당Communist
Party of Australia 창당 멤버

15) Dymphna Cusack(1902~1981): 사회주의 노선 작가이자 1963년 '호주 작가 연합
Australian Society of Authors' 창립 멤버이며, 호주 문학에 기여한 공로를 인정받아 1981년
'Member of the Order of Australia' 수상. 인권 운동가이기도 하며, 남편은 호주 공산주의
자 Norman Freehill이다.

16) Florence James(1902~1993): 호주 작가. 1960년대 초 영국 런던에서 머무는 동안 Mary
Durack(1913 ~ 1994), Colin Thomas Johnson(1938 ~ 2019)와 같은 호주 작가들의 작품
들을 영국에 소개하는 저작권 중개회사 직원으로 일한다. 2차 대전 당시 호주 공군 장교로
복무하기도 했으며, 반핵운동가이자 인권운동가이다.

1928년 호주 문예지 《블러틴The Bulletin》이 주최한 공모전에 참가했고, 제임스와 큐잭 두 사람은 공동으로 『동전치기 하는 사람들Come in Spinner』을 집필한 후 시드니 위본Sydney Wyborne이라는 필명으로 《데일리 텔레그래프Daily Telegraph》 문학 작품 공모전에 참가했다. 크리스티나 스테드Christina Stead와 같이 일부 여성 작가들은 호주 내 기성 작가들에게 인정받기 위해 필명을 사용하는 '기만 전략'을 원치 않아 미국이나 유럽에 장기 거주하면서 작품 활동을 했다.

문화적 괴리감과 해외 장기 체류 작가들

20세기 초에는 많은 작가가 호주에서 작가로서 비참하게 사느니 차라리 자살하거나 해외로 나가야 한다는, 국민 작가이자 시인인 헨리 로슨Henry Lawson의 절망 가득한 권유를 따랐다. 실제로 작가로서의 명성을 유럽이나 미국에서 쌓기 위해 호주를 떠났던 이들은, 나중에 호주로 돌아와서 비교적 쉽게 일종의 '작가 인증'을 받을 수 있다는 희망을 키웠다. 당시 지명도가 낮았던 마일즈 프랭클린Miles Franklin은 이를 좋은 충고라여기고 미국 시카고(1906~1915)와 영국 런던(1915~1932)에서 살았고, 이 기간 중 두 차례에 걸쳐 호주로 돌아왔다(1923~1924/1927~1931). 그러나 역설적이게도 이 기간 동안 그녀의 문학 이력에 부활을 가져다준 영감은 타국이 아닌 호주에서 얻었다.

그 당시 다른 나라들처럼 호주 또한 제 1차 세계대전(1914~1918)과 1930년대의 경제 대공황에 따른 경제적 파장을 겪으며, 문화 활동 침체기에 시달렸다. 1920년대와 1950년대에 걸쳐 호주 문학은 극심한 침체기를 겪는다. 이 기간 동안 작가들의 창작 활동은 크게 제약 받았고, 패트릭 화이트Patrick White, 제비에르 허버트Xavier Herbert, 크리스토퍼 코치Christopher Koch처럼 잠시 호주를 떠나기도 했다. 체스터 콥 Chester Cobb17)(1921년에 영국으로 떠남), 크리스티나 스테드Christina Stead, 랜돌프 스토우Randolph Stow(1961년에 처음 호주를 떠나 1966년 영구히 영국에 정착) 그리고 셜리 하자드Shirley Hazzard18)(1947년에 홍콩과 뉴질랜드, 유럽을 가기 위해 호주를 떠난 이후, 그녀의 문학 이력은 뉴욕과 카프리Capri19)로 양분된다), 이들처럼 일부 작가들은 해외 장기 체류를 선택했다.

20세기 전반 무렵, 호주 작가들은 선택의 여지가 없었다. 그들은 호주를 떠나거나, 안 된다면 머나먼 곳에서 '토종 호주인Aussie'으로 보낸 시간을 그들의 작품 속으로 가져오는 상상을 할 수 밖에 없었다. 또한 어떤 이들은 유럽이나 미국 출판사를 통해 자유롭게 문학 업적을 세우기 위해 호주를 떠났다. 그 당시에는 호주를 단기 혹은 장기간 떠나거나 본토에서 머물 수밖에 없는 사정이 흔한 시대였다.

남편의 일 때문에 1928년 모국을 떠난 크리스티나 스테드는 예외로 치더라도, 1960년대의 자넷 터너 호스피탈Janette Turner Hospital20)처럼 작가들의 장기 해외 거주는 '국내 작가(?)'라는 편견에서 벗어나게 했다. 옥스브리지Oxbridge21)에서 귀족 교육을 받고자 했던 클라이브 제임

---

17) Chester Cobb(1899~1943): 호주 작가들 중 처음으로 '의식의 흐름 기법a stream of consciousness'을 작품에 사용했다.
18) Shirley Hazzard(1931~2016): 호주계 미국 작가. 2003년 『The Great Fire』로 'Miles Franklin Award' 수상. UN에서 근무한 경험을 바탕으로 다양한 나라의 문화를 작품 속에 표현하여 찬사를 받았다. 남편 또한 소설가 Francis Steegmuller(1906~1994)이다.
19) Capri: 이탈리아 남부의 작은 섬
20) Janette Turner Hospital(1942~): 호주 태생 소설가이나 생애 대부분을 미국, 캐나다, 유럽에서 보냈다. 2014년에 소설 『The Claimant』 발표한다.
21) Oxbridge: Oxford 대학과 Cambridge 대학을 함께 일컫는 말

스Clive James[22])와 패트릭 화이트에게는 이런 이점을 누린 시기였다. 모국 영국으로부터 떨어져 있다는 '고립감'과 호주 역사가 제프리 블레이니Geoffrey Blainey[23])가 말한 '고난의 먼 거리tyranny of distance'[24]는 토종 호주인들에게 정신적으로 커다란 영향을 주었으며, 호주인들은 호주가 외부 세계에서 탐내는 문화 중심지이지만 지리적으로는 세계의 변방에 있다는 설명이 나름 타당하다고 느꼈다.

20세기 전반기, 해외 거주를 통해 자신의 문학 지평을 넓히고자 했던 이들 중에는 헬렌 심슨Helen Simpson[25]), 마르셀 오르소우Marcel Aurousseau, 헨리 헨델 리차드슨Henry Handel Richardson과 마일즈 프랭클린이 있다. 가장 최근에는 1966년 영국에서 활동한 랜돌프 스토우Randolph Stow와 1963년 바바라 핸러핸Barbara Hanrahan[26]) 그리고 1954년 그리스에서 가족과 함께 머물면서 『나의 형 잭My Brother Jack』을 집필한 조지 존스턴George Johnston[27])이 있다. 토마스 케닐리Thomas Keneally

---

22) Clive James(1939~2019): 문학 비평가이자 방송인. 1962년부터 사망 전까지 영국에서 문단 활동했다.
23) Geoffrey Blainey(1930~), 역사가이자 호주 보수주의 노선의 정치 평론가
24) 호주 역사학자 제프리 블레이니(Geoffrey Blainey)가 1966년 발표한 책 『The Tyranny of Distance-How Distance Shaped Australia's History』의 제목에서 인용된 것으로, 모국 영국과 지리적으로 멀리 떨어진 호주가 점차 영연방이라는 국가·문화적 정체성을 잃어버리고, 경제적으로도 미래가 불투명해지는 작가의 우려를 담은 책이다. 이는 호주 사회를 이해하는데 매우 중요한 키워드이다.
25) Helen Simpson(1957~): 영국 단편 소설가
26) Barbara Hanrahan(1939~1991): 소설가, 화가, 여성 운동가이며 페미니즘 위주의 작품 발표한다. 그녀의 자유분방한 자전적 성적 경험을 다룬 소설 『Michael and Me and Sun』(1992)으로 유명하다. 화가로서 남긴 주요 작품들은 호주 국립 갤러리에서 소장하고 있다.
27) George Johnston(1912~1970): 언론인, 종군기자 출신의 전기 작가. 1964년과 1969년, 두 해에 걸쳐 호주 최고 문학상인 'Miles Franklin Award' 수상. 1940년대와 2차 대전, 경제 대공황 등 격동의 시기를 기록한 『My Brother Jack』(1964)로 유명하다. 아내는 호주 여성 소설가 Charmian Clift(1923~1969)로, 남편의 외도에 실망하여 자살로 생을 마감한다.

는 미국과 영국의 대학에서 잠시 문학을 강의했고 피터 캐리Peter Carey는 미국에 정착했다. 일부 작가들은 '문화는 수출 가능한 것'이라는 말에 위안을 받았고, 일부는 여전히 자신의 예술을 구현하는 데 도움을 줄 수 있는 우수한 문학인들이 호주를 떠나가는 것을 안타까워했다.

호주 연합정부 수립(1901) 이후, 작가로서의 명성을 확보하고 문학적 대안을 찾기 위해 타향으로 가고자 했던 많은 호주 작가의 작품 속에서 해외 장기 체류는 흔한 주제였다. 이미 수차례 유럽 지역에서 거주한 바 있었던 루이스 맥Louise Mack[28])에게 해외 장기 체류는 브루스 베넷Bruce Bennett[29]이 적확하게 표현했던 '이중 초점 비전Bifocal Vision'[30]과 같은 여러 가지 이점을 준다. 그러므로 그녀는 그녀의 자전적 서간체 소설『런던의 호주 소녀An Australian Girl in London』(1902)에서 묘사되는 것처럼 런던 생활과 미국 생활을 비교할 수 있었다.

작가들이 이런 저런 이유로 해외 장기 체류를 하지 못했을 때, 작품 출판이 중요한 문제로 대두되었다. 열렬한 친민족주의 노선의 호주 문학 지지자들이 있었음에도 불구하고, 문학 비평가이자 소설가 밴스 파머Vance Palmer는 그의 문인 친구들에게 호주에서의 성공적인 책 판매를 위해 먼저 영국 런던에서 출판한 그의 사례를 만들라고 권유했다. 이와

---

28) Louise Mack(1870~1935): 언론인이자 작가. 호주 최초의 세계 1차 대전 종군 기자였으며, 그녀의 전쟁 경험을 다룬 이야기들로 유명하다.

29) Bruce Bennett(1906~2007): 미국 영화배우, 1931년 미국 영화사 MGM이 〈Tarzan〉을 발표 했을 때 주연 배우, "I am not 100% English, I am actually part Italian and even part Hungarian. Therefore I feel very much part of Europe both in my upbringing and outlook(나는 100% 순수 영국산이 아니다, 이탈리아와 헝가리의 피가 부분적으로 섞여 있고, 나는 내가 태어난 곳과 지금 내가 바라보는 유럽, 두 곳을 느낀다)"

30) Bifocal Vision: 근시용과 원시용 렌즈를 동시에 사용할 수 있는 안경

같은 추세는 문화적 열등감, 즉 호주인들의 '문화적 괴리감Cultural Cringe'을 낳게 했다. 이 단어는 1950년 호주 문학 비평가 필립스 A.A.Phillips가 그의 에세이에서 처음으로 사용했고, 이 표현은 호주인들이 자국을 격하시키고 그들이 경외감을 가지고 있는 영국 문화를 옹호하는 경향을 공고히 했다. 호주의 토착 예술 기반의 형성을 저지하는 문화심리적 장벽을 세우게 했다. 이로 인해 자기 주도적이면서 창의적 상상력이 빈약했던 초창기 '(타 문화에 종속당한) 예속된 호주Dominated Australia'는, 모국 영국이 부여한 모델들을 마지못해 유지하기 위해 호주만의 상상력 사용을 자제해야 했다. 역설적으로 밴스 파머 역시 열렬한 민족주의 노선의 호주 문학 옹호론자였다.

극히 적은 예외(피터 캐리Peter Carey의 1989년 뉴욕행)도 있었지만, 1980년대는 휘틀럼 정부Whitlam Government31)가 제공한 다양한 지적 및 문화적 제도와 문학상 시스템이 호주를 예술적 재능이 발달하는 곳으로 변모시킨 시기였다.

친민족주의 또는 민족주의 노선 문학의 생존

세계 전쟁들이 호주 사회에 활기를 불어넣었다는 점을 인식할 필요가 있다. 1차 세계대전과 함께 시작된 애국적인 사회 분위기에 이어, 2

---

31) Whitlam Government: 호주 21대 수상인 고프 휘틀럼Gough Whitlam(1916~2014)이 이끌던 시기. 베트남전 종전 후 호주 사회는 대외적으로 정치, 시장을 개방할 수밖에 없었는데, 이 당시 휘틀럼 수상의 뛰어난 대외 개방 정책 및 사회복지 정책으로 인해 호주는 괄목할만한 성장을 이룬다. 호주 역사가들은 이 시기를 두고, '현대 호주의 역사는 휘틀럼 이전과 이후로 구분할 수 있다'라고 할 정도로 휘틀럼 수상은 호주 현대사에서 가장 큰 족적을 남긴 인물이다.

차 세계 대전은 호주 출판 산업 확장에 기여했다. 전쟁으로 인해 출판 수입량은 줄었고 세계 출판계는 지역적 생산 수준으로 침체되었다. 각 자의 문학 영역에서 외국 작가들과 경쟁해야 했던 호주 내 작가들에게 는 이 현상이 의심의 여지없이 희망의 신호였다. 이런 현상은 전후 민족 주의 흐름을 강화하는 토대가 되었고, 민족주의 문학 사조는 캐서린 수 잔나 프리차드Katharine Susannah Prichard, 밴스 파머Vance Palmer, 필립스 A.A.Phillips와 같은 문학 비평가들을 통한 친민족주의 경향 덕택에 더욱 더 공고해졌다. 그들은 모두 '호주만의 문학 전통'이 부족했다는 점에 동의했으며, 이들이 말하는 호주만의 문학 전통이라는 것은 풍부한 지 역색으로 가득 찬 호주 작가들과 해외 작가들 사이의 차이를 말한다.

식민지 시절이 낳은 부산물인 한량The remittance man은 19세기를 거 쳐 20세기에야 제대로 대접을 받았던 전형적인 문학 캐릭터였다. 이 검은 양Black sheep[32]은 식민지 시절 고향에서 강제적으로 떠나야 하는 해외 추방을 경험해야 했으며, 그의 가족들은 그와 함께 나고 자랐다는 점을 수치스럽게 여겼다(백인과 호주 원주민 사이에 낳은 혼혈이었기 때문). 외딴 식민지 생활과 어울리지 않는 이 실패한 귀족은(?) 간신히 그의 부 모가 송금해 주는 돈으로 타지에서 생계를 유지했다. 흔히 이런 외톨이 들outcast은 그가 처한 현실을 이기기 위해 술로 위안을 삼았다.

앰브로스 프랫Ambrose Pratt[33]이 쓴 『한량The Remittance Man』(1907)은 이 런 인물상을 묘사한 전형적인 고전물 중 하나이다. 루이스 스톤Louis

---

32) Black sheep: 흰 양떼 속 검은 양이라는 뜻. 영어 구어체 표현의 의미는 집단으로 부터 이탈 된 외톨이를 의미한다.
33) Ambrose Pratt(1874~1944): 호주 뉴사우스웨일즈주 Forbes 에서 부유한 집안에서 태어 난 작가. 광산 투자자이자 언론인이었다.

Stone의 『조나*Jonah*』(1911)는 통해 '건달 문학larrikinism literature' 장르를 새롭게 만들어 냈다는 점 또한 인정받기에 충분하며, 이것은 '방랑자 소설bushranger'과는 또 다른 형태avatar이다. 문학적으로 스톤의 전문 분야는 시드니 생활상, 그중에서도 특히 가난한 현실을 핑계로 범죄를 일삼는 건달들의 이야기이다. 루이스 스톤은 소설 소재를 수집하기 위해 한동안 워털루Waterloo34)의 거리에서 살면서 그곳을 관찰했고, 이 소설은 나중에 멜로드라마가 되었다.35) 『조나』는 시드니라는 정글 같은 도시 속 삶에서 살아남아야 했던 두 명의 동네 건달 무리 두목의 상반된 인물상을 다룬 작품이다. 마을에 정착한 후, 젊은 두 남자는 서로 다른 길을 걷는다. 세상에 대한 가득 찬 분노로 인해 늘 현실 불만 상태였던 조나Jonah는 마침내 많은 부를 가지게 되었음에도 불구하고 그의 과거를 극복하는 데 실패하지만, 동네 불량배 패거리 출신 여성과 결혼한 축Chook은 행복감을 느끼면서도 그가 가진 인간적 고민을 해결하기 위해 힘쓴다.

성공적인 역사 소설과 전쟁 문학

1910년에서 1940년 사이 발간된 대부분의 베스트셀러는 '허구나 소설도 진실과 역사에 기반하여 써야 한다'는 '핍진성Verisimilitude36)'에 근

---

34) Waterloo: 시드니 중심지에서 동쪽으로 약 3km 떨어진 곳으로, 1820년대부터 공업을 기반으로 성장한 도시

35) 1933년 Louis Stone이 발표한 『Jonah』는 1982년 호주 국영 ABC가 드라마로 제작했으며, 1985년 Sydney Theatre Company가 뮤지컬 〈Jonah Jones〉로 각색하기도 했다.

36) Verisimilitude: 허구나 소설도 진실, 역사에 기반하여 써야 한다'는 칼 포퍼(Karl Popper: 1902~1994, 오스트리아 태생 사회 비평가)가 주창한 역사 철학 이론

거하여 호주를 다룬 이야기들이나 역사 소설이었다.

그러한 성향의 대표작 중 하나인 캐서린 수잔나 프리차드Katherine Susannah Prichard는 『소처럼 일하는 노동자들Working Bullocks』(1926) 속에서 서 호주Western Australia의 벌목공 이야기를 다루었고, 밴스 파머Vance Palmer의 『인생 행로The Passage』(1930)는 퀸스랜드Queensland 해안가에서 살아가는 어부의 삶을 묘사했다. 빅토리아 시대 호주 골드러시Gold Rush[37]는 헨리 헨델 리차드슨Henry Handel Richardson의 『리차드 마호니의 행운The Fortunes of Richard Mahony』(1930)에서 다루어지며, 마일즈 프랭클린Miles Franklin 은 『금 찾는 늙은 블라스터스 종교인Old Blastus Bandicoot』(1931)을 통해 뉴사우스웨일스New South Wales 개척사를 주로 다루었다. 엘리너 다크Eleanor Dark 는 1941년에 발표한 『변치 않는 땅The Timeless Land』에서 시드니 초기 정착 이주민들의 삶을 추적, 훗날 기존 작가들의 인물을 능가하는 섬세한 인물로 호주의 오래된 대륙을 잘 묘사했다는 평을 듣는다.

이처럼 역사에 기반한 이야기들은 다양한 측면의 가치를 가진다. 이런 문학 기법은 국가적 가치를 새롭게 정의하고, 공식 역사책에 기록된 것 이상의 국가 운명을 상상할 수 있게 한다. 또한 호주 독자들이 과거에 가졌던 식민지 시절의 트라우마에서 벗어나게 하기도 한다.

1914년에서 1918년 사이 진행된 제 1차 세계 대전 시기, 소설가들은 전쟁이 얼마나 잔인하고 부조리했는지를 묘사했다. 프레데릭 매닝

---

37) Gold Rush: 1851년 호주 뉴사우스웨일즈주 서부의 오렌지Orange에서 화약 기술자 Edward Hargraves(1817~1891)가 발견한 금광을 시작으로, 1900년대 초반까지 호주 전 지역에서 금광 산업이 대호황을 이룬 시기이며, 훗날 정치·경제·문화적으로 호주 역사의 커다란 분기점이 된다.

Frederic Manning[38])의 『운 좋은 후방부대 병사들*The Middle Parts of Fortune: Somme and Ancre 1916*』(1929)은 호주 문학사에서 처음으로 1차 세계대전을 다룬 소설이다. 이 소설은 초판 발행 후 그 다음 해 '그녀, 그리고 우리의 신병*Her Private We*'이라는 축약된 제목으로 다시 발표되었다.

이 소설은 1차 대전 당시 영국군이 중심이었던 영국과 호주 연합군 부대에서 '변방인들'로 취급받았던 호주군들의 이야기를 다룬다. 레오나르드 만Leonard Mann[39])은 프레드릭 매닝보다는 다루는 범위가 좁지만 호주 전쟁 소설 중 가장 뛰어나다고 평가받는『피와 살이 뛰는 전장*Flesh in Armour*』(1932)을 발표했다. 존 맥라렌John McLaren은 그의 저서『호주 문학*Australian Literature:An historical Introduction*』(1989)에서, 그 시대 작가들의 꾸준한 관심사였던 1차 세계대전을 다룬 이야기들은 '부패한 에덴동산 a corrupt Garden of Eden'을 표현했다는 점에 주목했다. 소설 속 인물은 안락하고 교양 있는 가정 환경에서 자랐기에 본질적으로 착한 성품을 가진 인물이다. 그래서 야만적 전장에서 자신이 저지른 죄를 속죄하기도 하지만, 또 다른 전장에서는 자신이 살기 위해 잔인한 인물로 변하기도 한다. 어떤 때는 그러한 전장이 타락한 사회의 마비된 도덕성을 드러내는 지옥으로 비유된다.

로빈 거스터Robin Gerster[40])는 『호주 문학사*Penguin New Literary History of*

---

38) Frederic Manning(1882~1935): 소설가이자 시인. 1차 대전 참전 경험을 바탕으로 한 시를 발표했으며, 학창 시절 Ezra Pound의 영향을 받았다고 한다.
39) Leonard Mann(1895~1981): 소설가이자 시인. 'Australian Literature Society Gold Medal' 수상. 1차 대전 당시 호주 육군과 공군 군수 공장에서 근무하기도 했다.
40) Robin Gerster(1953~): 호주 작가이자 문학 평론가. 전쟁 문학 작품을 주로 발표. 호주 문단에서 일본 전문 작가로 알려져 있다.

Australia』에서, (1차 세계 대전 이전부터) 많은 전쟁을 겪었지만 특히 1차 세계대전을 통해 호주군의 용맹함을 전 세계에 보여줬음을 강조했다. 호주 역사상 가장 극적인 사건인 1915년 4월 25일 터키 갈리폴리 해안에 상륙한 '앤작군ANZAC'[41]의 무용담은 수많은 작가에 의해 총탄이 빗발치는 포화 속의 영웅담으로 승화되었다. 작가들은 드넓은 해안 전선을 구축하고 방어를 성공시킨 호주군 연대의 애국심을 강조했으나 결과적으로 이는 (영국군 수뇌부의) 전략 실패에 따른 '자살 작전'이었다. 이 '앤작 전설ANZAC Heritage'은 조지 존스틴George Johnston의 『나의 형 잭*My Brother Jack*』(1964)에 잘 묘사되어 있다.

모든 작가가 용감하고 의로운 자원군이나 전쟁 영웅들의 좋은 면만 기술한 것은 아니다. 『피와 살이 튀는 전장*Flesh in Armour*』(1932)에서 저자 레오나르드 만은 작품 속 화자로서 극렬한 반영웅주의자에 대해 이야기했던 이들 중 한 사람이었다. 이런 문학 추세는 역사적 사실을 바탕으로 한 진지한 이야기들이 더 이상 전쟁 무용담을 영웅시하지 않기 시작한 1945년 이후부터 일기 시작하여, 일종의 문학 규범norm이 되었다.

광적인 영웅주의를 거부하는 캐릭터인 양심적 병역 거부자는 1946년 『루신다 브레이포드*Lucinda Brayford*』를 쓴 마틴 보이드Martyn Boyd[42]와 1953년 『즐거운 비난받는 병사*Joyful Condemned*』를 쓴 카일리 테넌트Kylie

---

41) ANZAC: Australian and New Zealand Army Corps의 약어로, 1차 세계대전 당시 호주가 독립한 이후(1901) 처음으로 뉴질랜드, 영국군과 연합하여 터키 갈리폴리Gallipoli해안에서 독일군과 맞서 싸운 이후 생겨난 이름이다. '앤작 전투'는 호주가 1901년 독립한 이후 그 당시 국제 정치 역학 구도상 호주의 국가적 위상을 해외에 천명하기 위해 처음으로 군대를 해외 파병한 것으로, 이로 인해 그 당시 전 세계에 호주의 국가적 정체성을 알리는 데 크게 기여한다.
42) Martyn Boyd(1893~1972): 호주 명문 가문 'Beckett-Boyd family'출신의 소설가이자 시인으로, 주로 Anglo-Australian 계열의 중산층에 대한 작품 발표한다.

Tennant[43])와 같은 소설가들에게 영감을 제공했다. 호주 보병들을 일컫는 '참호병Digger'과 전쟁 영웅주의의 탈신비화는『검은 피부의 원주민이 노래할 때*When Blackbirds Sing*』(1962)에서 집총거부를 주장했던 마틴 보이드와『1915』(1979)의 로저 맥도널드Roger McDonald[44] 그리고 1차 세계 대전 당시 몇 안 되는 생존자들의 이야기를 정확하게 묘사했다는『날아라, 피터*Fly Away Peter*』(1982)의 작가, 데이비드 말루프David Malouf에게 많은 영감을 주었다.

2차 세계 대전 이후, 호주 사회는 물질주의적 사고를 가진 현실주의자들이 급속하게 늘어났다. 이것은 현실주의 서사 구성에도 많은 영감을 주었다. 계급투쟁, 독재 정치, 파시즘의 부상, 경제 위기로 인해 과거의 영광과는 거리가 먼 시기에 대한 반작용으로 그 시절 소수의 작가들은 사회주의적 현실주의를 통해 좀 더 실질적인 해결책을 제시했다. 그들의 작품들은 사회적 강제 요인들로 인해 무너지는 개인을 보여 줌으로써 공산주의 이데올로기를 부각시켰다.

사회주의자들의 현실주의: 인민들에게 향하는 헌사

사회주의자들의 현실주의Socialist realism는 안드레이 즈다노프Andrei Zhdanov[45])와 함께 태어나, 구소련에 이어 1940~1950년대 호주에서도 유행했다. 이는 평범한 인물을 표현하고자 하는, 과장된 수사적 표현이나 가치 판단이 필요 없는 중립적 표현의 형태라고 정의할 수 있다.

---

43) Kylie Tennant(1912~1988): 소설가, 극작가, 사학자
44) Roger McDonald(1941~): 호주 유명 작가이자 TV 드라마 작가. 2006년『The Ballard Desmond Kale』로 'Miles Franklin Award' 수상
45) Andrei Zhdanov(1896~1948): 구소련 공산당 리더. 스탈린 시절 문화상 지내기도 한다.

예술을 사회의식의 한 형태로 간주하는 이 미학적 관점에서, 사회주의자들의 현실주의는 개인주의를 초월하며 인간에 대해 말하고 역사적 현실을 재생산한다.

카일리 테넌트Kylie Tennant의 세 번째 소설『악전고투의 삶을 살아가는 자The Battlers』(1941)는 1차 세계 대전 이후 호주에서 벌어진 경제 대공황 당시, 직업 찾아 전국을 떠돌던 이들을 다룬 작품들 중 하나로 다큐멘터리로서의 가치를 가지고 있다. 이 시기는 프롤레타리아의 이념을 다룬 소설들이 성행했던 때이며, 그 대표작으로는 존 하코트John Harcourt[46])의 『성난 분노Upsurge』(1934), 크리스티나 스테드Christina Stead의 『시드니의 불쌍한 일곱 남자들Seven Poor Men of Sydney』(1934), 장 드배니Jean Devanny[47])의 『달콤한 천당Sugar Heaven』(1936), 캐서린 수잔나 프리차드Katharine Susannah Prichard의 『가까운 사이의 이방인Intimate Stranger』(1937), 엘리너 다크Eleanor Dark의 『작은 친구들The Little Company』(1945), 앨런 마샬Alan Marshall[48])의 『당신의 발은 얼마나 아름다운가How Beautiful Are Thy Feet』(1949), 프랭크 하디Frank Hardy[49])의 『영광 없는 권력Power Without Glory』(1950) 등이 있다.

이 작품들의 공통적 특징은 사회 권력층들의 장난감과 같은 인물이

---

46) John Harcourt(1902~1971): 'J.M.Harcourt'로도 알려진 호주 소설가이자 1950년대 사회주의 노선 주창한 대표적 작가이다.

47) Jean Devanny(1894~1962): 뉴질랜드 작가. 1929년 호주 이민, 1920년 호주 공산당 창설 멤버이며, 1937년 'Writers League' 창설 주역이었다.

48) Alan Marshall(1902~1984): 호주 작가. 1981년 호주 ABC가 그의 작품 『I can jump puddles』(1955)을 드라마로 방영한다.

49) Frank Hardy(1917~1994): 필명은 Ross Franklin. 호주 원주민 인권 문제를 처음으로 국제화시킨 호주 작가이자 호주 공산당 멤버. 1940~1950년 호주 공산당 노선 및 사회주의 트렌드를 가장 잘 반영한 소설 『Power Without Glory』(1950)의 작가

등장한다는 점이다. 배반으로 상처받는 하위 계층인들 그리고 고도의 현실 정치화된 담론 안에서 존재하는 유토피아적 아이디어들 등이 대표적인 특징이다.

사회의 모든 각도(노동 스트라이크, 사회적 관계, 경제 위기 하의 근로 조건 등)에 포진하고 있는 프롤레타리아를 면밀히 살피는 경향의 작가들은 그들의 저술에서 대중 선동을 분출시켰다. 『달콤한 천당*Sugar Heaven*』과 『성난 분노*Upsurge*』와 같은 소설들은 가장 프롤레타리아적인 소설로 선정되기 위해 경쟁했다. 이런 작품들의 필수적 요소였던 호전적 성향은 혁명적 낭만주의에서 비롯되었다. 일정 부분 진보 문학과 유사한 이 반권위주의적 문학 성향은 독자들에게 좀 더 밝은 미래에 대한 희망을 보여줌으로써 기존 체제 질서를 뒤집기 시작한다.

캐서린 수잔나 프리차드, 장 드배니, 도로시 휴이트Dorothy Hewett[50], 존 하코트, 프랭크 하디, 주다 와텐Judah Waten[51]과 같은 대중 소설가들은 호주 공산당The Communist Party of Australia 멤버가 되기 위한 목적으로 일정 부분 정치적 임무를 수행했다. 이들 중 일부는 1944년 '현실주의 작가 그룹The Realist Writers Group'의 기치 아래 의기투합했다. 밴스 파머 Vance Palmer, 버나드 엘더쇼M.Barnard Eldershaw, 레오나르드 만Leonard Mann, 개빈 케이시Gavin Casey[52], 마가렛 트리스트Margaret Trist[53] 같은

---

50) Dorothy Hewett(1923~2003): 호주 페미니즘 시인, 작가, 극작가, 호주 공산당 멤버, 시드니 항구Circular Quay 인도에 설치된 '호주 대표적 문인들을 기념하는 Writer's Walk 동판plaque'에 새겨진 작가들 중 한 명이다.

51) Judah Waten(1911~1985): 1950년대부터 대두된 호주 이민자 문학의 선두 주자로 알려진 작가로, 'International PEN' 참여를 시작으로 현실주의 노선 지향한다.

52) Gavin Casey(1907~1964): 호주 소설가. 금광촌인 서호주 칼구리Kalgoorie에서 출생. 금광촌을 배경으로 한 호주 야생 숲속 생활의 애환을 그린 작품들 발표한다. 말년에는 심한 알코

작가들 또한 산문을 통해 그들 나름의 호전적 작품 성향을 표현했다.

포퓰리즘은 조셉 퍼피Joseph Furphy가 구축한 민주적 전통으로의 회귀를 촉진시키고 평민에 대한 소중함을 일깨웠다. 1931년에 '부끄러워하는 남자Man-shy(산속에서 남자들에게 생포당하는 것을 피하려 노력하는, 자유를 위해 투쟁하는 어린 암소의 이야기를 다룬 우화)'를 발표한 프랭크 달비 데이비슨Frank Dalby Davison54)과 같이 극히 이례적으로 작가들은 작품의 배경으로 외곽 지역을 포기하고, 도시 환경을 다루는 것을 선호했다. 가장 잘 알려진 사례가 루스 파크Ruth Park55)의 초기작, 1948년에 발표한 『남부의 하프The Harp in the South』와 1949년에 발표한 『가엾은 남자의 오렌지Poor Man's Orange』이다. 두 작품에서는 시드니 서리 힐스Surry Hills의 낙후된 거주 지역에서 살아가는 가난에 찌든 가족의 불행을 다룬다.

1952년, 소규모 공산주의 작가들은 잭 비즐리Jack Beasley56)의 주도 아래 '호주 북 소사이어티The Australian Book Society'를 결성하는데, 그들의 주목적은 사회주의자들이 지닌 현실주의를 계도하는 것이었다. 이 조직을 배경으로, 비즐리는 포괄적으로 '사회주의자들의 현실주의socialist realism'를 설명한 「사회주의와 소설Socialism and the Novel: A study of Australian literature」(1957)이라는 표제의 선언문manifesto을 발표한다. 저자

올 중독과 우울증을 앓는다.
53) Margaret Trist(1914~1986): 작가, 언론인, 호주 시골 생활을 견뎌내는 여성들의 이야기를 주로 다루었다.
54) Frank Dalby Davison(1893~1970): 1960년대부터 1970년대까지 호주 근대 문학인들 (Henry Lawson 등)의 계보를 잇는 목가풍의 소설가이자 시인, 환경보호론자
55) Ruth Park(1917~2010): 뉴질랜드 출신의 호주 소설가. 1960년대부터 80년대 호주 문단을 대표하는 여성 작가이다.
56) Jack Beasley(1895~1949): 노동당 계열의 호주 정치인. 1949년까지 호주 정부를 대신하는 영국 런던 주재 대리 대사 역임한다.

에 따르면 사회주의(자) 가치를 옹호하려는 노동자 계급의 투쟁으로 인해 변해가는 사회를 설명하는 것이 이 글의 목표였다. 이런 식으로 비즐리는 그 당시 새롭게 나타나는 소설 속 인물상을 설명하고자 했는데, 대표적으로 목까지 차오른 채무에 고생하는 농부, 생산량으로 고민하는 제조업자, 국영기업화를 옹호하는 노동자, 생계를 걱정하는 저임금 여성, 그리고 욕심 가득한 자본가들이다. 사회주의적 현실주의는 비즐리가 제시한 것으로, 이는 열악한 일반 민중의 삶이 일상이었던 사회, 즉 호주의 암울했던 과거의 무게로부터 해방되고자 한 것이다. 이 인간적 충동은 동시에 종래 호주 사회가 가지고 있던 호주 원주민에 대한 이미지와는 다른, 그들만의 문학적 표현을 만들었다.

호주 원주민을 대표하는 움직임

영국이 지배하던 식민지 시절부터 호주 원주민들은 호주 문학에서 무시 또는 하찮은 존재로 여겨졌고, 이들에 대한 인물 기술은 1929년 캐서린 수잔나 프리차드Katharine Susannah Prichard가 쓴 『쿠나두Coonardoo』의 출판 전까지 거의 없었다. 로사 프레드Rosa Prad의 작품 속에서 호주 원주민들이 거의 '없는 사람' 취급을 받았던 1920년대 이전까지, 그들에 대한 기술은 동전의 양면처럼 정형화된 두 가지 모습으로 전개되었다. (이들을 나타내는) 한쪽 면은 밝은 모습으로, 원시주의와 결합된 온순한 야만인 신화 속에 내재되어 있는 이국적 인상이었다. 일부 작가들은 야만성과 악행으로 연결 지어 원주민들의 또 다른 면을 전파했다. 호주 자연 숲속에서 겪은 고독을 문학 주제로 언급한 그랜트 왓슨Grant Watson[57]은 1923년 그의 소설 『사막의 지평선The Desert Horizon』을 통해 호주 원주민들이 지닌 정보적 가치와 자연주의적 관점을 기술했다.

이와 유사하게 1930년대 말 무렵, 시인 렉스 잉가멜스Rex Ingamells[58]
는 호주 애들레이드Adelaide에서 '진디와로박스 운동Jindyworobaks'[59]을
시작했다. '진디와로박jindy-worobak'이라는 원초적 어감의 이 단어 의
미는 '연결 또는 연대'를 나타내며, 1929년 제임스 드바니James Devane
y[60]가 쓴 『사라진 부족들The Vanished Tribes』에서 비롯되었다. 시인 잉가멜
스Ingamells는 「조건부 문화Conditional Culture」(1938)라는 표제가 달린 그의
선언에서 이 철학을 발전시켰다. 이 연대의 지지자들 중에서 가장 급진
적인 이들은 호주 원주민이 가진 정령신앙 신념만이 문화적으로 가장
진정한 호주의 것을 생산할 수 있다고 생각했으며, 그 이유는 그들이
호주 대륙에 대한 실제적 지식을 갖고 있기 때문이었다.

'진디와로박스 운동' 기간 동안, 원주민 전통 속에 녹아 있는 영적 영
감을 얻기 위해 서구 문화를 제치고 호주에서 생겨나는 유일의 문화적
원천을 흡수하는 것이 필요했다. 이 관점은 1930년대까지 원주민들의
문화와 연결점이 없던 작가들이(프리차드, 왓슨 등) 원래 순수 문학을 생
산한 작가들이었다는 사실조차 잊게 했다. '호주 원주민 문화를 호주
문학에 반영시키자'는 기치 아래 시작된 이 문학 사조는, 그 순수성을

---

57) Grant Watson(1885~1970): 작가이자 생물학자. 호주 자연에 관한 약 40여 편의 소설과 에
　　세이를 남긴다.
58) Rex Ingamells(1913~1955): 서호주에서 감리교 목사의 아들로 태어난다. 30세 무렵부터
　　호주 원주민 문화에 눈을 뜨고, 그의 시 작품에 반영하기 시작한다.
59) Jindyworobaks: 'Jindyworobaks Movement'로도 알려져 있다. 1930~1940년대 호주 문인
　　들, 특히 시인들을 중심으로 호주 원주민들이 사용하는 언어나 아트 등의 문화를 호주 문학에
　　접목시키고자 했던 사회적 캠페인으로, 훗날 D.H.Lawrence , P.R.Stephensen 등이 주도한
　　호주의 목가적 시골 풍경을 기록한 'Australian Bush Ballad' 문학에 크게 영향을 미친다.
60) James Devaney(1890~1976): 호주 시인이자 작가, 언론인

곡해당함은 물론 문단에서 인정받지 못했으며 1950년대 사라졌다. 이 운동의 시작 초기, 원주민 문화의 개척과 정당화는 너무 많은 저평가를 받았다.

사회주의 계열 작가 엘리너 다크Eleanor Dark의 1941년 발표작 『변치 않는 땅The Timeless Land』은 기존의 편견 없이 원주민을 좀 더 섬세하게 다루었다. 프리차드의 『쿠나두』, 메리 듀락Mary Durack[61]의 『그를 내 나라로Keep Him My Country』(1950), 그리고 밴스 파머Vance Palmer의 『상남자 해밀턴The Man Hamilton』(1928)과 『남자들도 인간이다Men are Human』(1930) 등과 같은 일부 작품들은 백인 남성과 원주민 여성 간 결합을 다루고 그들의 문화를 관심 있게 다루었다는 점에서 시대적으로 파격적이었다.

이런 스토리들 속에서 남성 욕구의 희생양이었던 원주민 여성은 남성과 농토 사이를 연결하는 역할을 했다. 일부 독자들 시각에서 만일 그 당시 원주민 여성이 문명에 때 묻지 않은 '천진난만한 원시인the noble savage'으로 읽혔다면, 맞다. 그 원주민 여성(들)은 아무 외부 세계와 접촉해 본적도 없고 인간관계에서 이해타산을 따지지 않는 순수한 사람이다. 이런 사고는 비현실적인 원주민 인물상들을 나타내는 전형적인 문학 표현과 식민지 시대의 인종차별적 이데올로기와는 무관하다.

『쿠나두』의 치명적 스토리는 호주 원주민에 대한 사회적 편견이 심했던 식민지 시절, 원주민 여성을 향한 사랑과 이를 바라보는 백인 사회의 불편한 시각 때문에 가슴 아파하는 백인 남성 휴 왓트Hugh Watt를 묘사하면서 사회적으로 깊게 박힌 편견을 강조했다. 죄의식에 사로잡

---

61) Mary Durack(1913~1994): 호주 소설가. 1977년, 문학 발전에 기여한 공로를 인정받아 대영제국 훈장을 수여받는다.

힌 휴는 그녀를 받아들이지 못하고 심지어 그녀가 하지도 않은 일을 가지고 그녀를 멀리 쫓아 보낸다. 결국 쿠나두Coonardoo는 심각한 병이 들고 타지에서 생을 다한다. 제비에르 허버트Xavier Herbert는 『카프리코니아*Capricornia*』(1938)에서 원주민과 백인 사이의 결합을 통해 태어나는 아이를 통해 더 발전한 결말을 선보인다.

원주민 여성은 네네 게어Nene Gare[62)]의 작품 속에서 점차 강해진 인물로 변해간다. 1961년 작 『변방의 거주인들*The Fringe Dwellers*』에서, 게어는 시골 외곽 지역에서 살아가는 원주민 가족의 실패를 이야기한다. 젊은 원주민 여성인 트릴비Trilby는 어떤 희생을 치르든 간에, 원주민들은 다른 백인들 못지않은 능력이 있다는 점을 증명함으로써 사회적 계단을 오르려는 강하고 영특한 인물이다. 그러나 그녀의 노력에도 불구하고, 컴어웨이Comeaway 가족은 여러 사회적 장애들을 극복하면서 살고 있는 그들의 열악한 거주지를 떠나 호주 정부가 강제로 이주 명령을 내린 니거 힐Nigger Hill의 원주민 캠프로 가야 한다. 이곳은 백인 사회의 가장 열악한 변방지역이다. 이것이 게어의 소설 제목이 '변방의 거주인들'이 된 이유이다.

혼혈 원주민을 소재로 하는 인물 묘사가 호주 문학에서 인기를 끌게 된 것은 원주민들의 생활상에 인간적인 시선을 보낸 원주민 범죄소설의 창시자, 아서 업힐드Arthur Upfiled[63)]의 서른 편에 달하는 작품 중 스물아홉 작품에 등장하는 탐정 나폴레옹 보나파르트Napoleon Bonaparte

---

62) Nene Gare(1919~1994): 호주 소설가이자 화가. 대표작은 『The Fringe Dwellers』(1961)
63) Arthur Upfiled(1890~1964): 영국 태생 호주 소설가. 호주 원주민 문화를 바탕으로 한 추리 소설의 대가로 잘 알려져 있다.

때문이다.

업힐드의 문학적 우수성은 불행하게도 원주민 사회에 익숙한 원주민 추적자Aboriginal trackers[64]인 작품 속 인물 보니Bony를 다루면서 희석된다. 그의 소설『다이아만티나 넘어 나는 새들Wings Above the Diamantina』(1936)에서 주인공의 탄생 시점부터 삶 전체를 추적한다. 백인과 원주민 두 문화를 연결하는 매개로써, 직관적이고 상냥하면서 매력적인 모습의 검은 피부를 가진 보니는 혼혈이라는 이유로 조롱받는 사회 속에서 자신의 위치를 찾아야 했다. 원주민 여성과 결혼하여 낳은 세 아이의 아버지, 나폴레옹 보나파르트(별명: 보니)는 업힐드의 첫 번째 소설『바라키 미스테리The Barrakee Mystery』(1929)를 시작으로 업힐드의 작품에 계속 등장하는 탐정이 되었고, 이 소설의 성공은 영국 출신 작가의 명성을 크게 높였다.

현재 호주 문학 연구와 가장 관련 있는 그의 작품은 의문의 여지없이 1948년에 발표한『유명 저자의 죽음An Author Bites the Dust』이다. 이는 업힐드가 그 당시 범죄 소설Crime fiction을 열등한 문학의 파생품 중 하나에 지나지 않다고 평가절하했던 호주 지식인들을 공격한 작품이기 때문이다. 이 작품 속에서 보니는 유명 작가 머빈 블레이크Mervyn Blake가 저질렀을 것으로 추정되는 범죄를 조사한다. 소설 속 범죄 수사를 위한 플롯은 차치하고, 이 작품의 주된 관심은 경제적 이익을 위해 문학적

---

64) Aboriginal trackers: 1788년부터 호주에 살기 시작한 백인들의 길 안내와 정착을 위하여 백인들은 호주 원주민을 이용했다. 그러나 점차 백인들과 원주민들 사이 갈등이 많아지고, 특히 1850년대 금광 산업 시기 호주 원주민 범죄자 및 공동체 이탈자들이 많아지자 그들을 추적하기 위해 백인들이 만든 일종의 원주민 경찰The Native Police을 의미한다.

가치를 감내하는 출판사와 삼류 소설 추종자들 그리고 순수 문학 사이에 놓인 호주 지식인 패거리들을 비난하는 데 있었다.

4장

이용당하고 조작된 현실
(1951~1965)

1차 세계 대전 이후, 호주 문학은 단어와 사상을 자유롭게 분출하는 표현의 자유를 경험한다. 작가들은 새로운 장르들과 문학 경향들(로맨스, 전위적 스토리 등)을 실험하고, 그 당시까지 그저 단순한 이야깃거리에 불과했던 일부 주제들을 발전시켰다. 예를 들자면 도시 속 생활 이야기, 시골의 소박한 모습 등이 있다. 예술적 창의성을 가로막았던 문화적 위축감에서 벗어나기 위해, 작가들은 역사 문화적으로 그들에게 부과된 정형화된 이미지를 거부하고 풍부한 상상력과 더불어 신선한 문학 흐름으로 새 시대를 열었다.

2차 대전 소설들

1차 세계 대전을 다룬 소설들의 때늦은 시장 출시와 다르게, 2차 세계 대전은 작가들이 다루기도 전에 종전이 되면서 독자들은 (1차 대전 당시처럼) 10년이나 기다릴 필요가 없었다. 출판사들은 전쟁 문학 장르를 경제적으로 성공시킨 첫 번째 전투부터 주목했다. 게다가 소설 출판은 그 당시 영국이 심하게 겪은 폭격의 결과인 물자 배급 제도 때문에 호주에서는 공급이 부족했다. 이 두 가지 문제로 인해, 2차 대전이 지속되는 동안 로슨 글라솝Lawson Glassop[1])과 제임스 알드리지James Aldridge[2])와 같은 작가들이 전쟁에 대해 쓰기 시작했다. 로슨 글라솝은 전쟁 문학 작품들 가운데 크게 주목받은 두 작품, 『우리는 사막의 쥐였다We Were the Rats』와 『뉴기니의 쥐들The Rats in New Guinea』(1963)을 남겼다. 유럽전선을 다룬 소설들을 집필해 온 제임스 알드리지는 1944년 『갈매기The Sea Eagle』를 발표했다. 이 작품은 적 후방 유럽의 크레타Crete전선에 낙오된 호주군의 탈출을 돕는 현지 저항군Resistance group의 이야기를 다룬다.

주로 사막이나 평원으로 이루어진 호주 대륙에서 훈련을 받은 탓에 호주군은 태평양 뉴기니와 솔로몬 군도에서 벌어진 정글전을 처음 경험하며 잠시 고전하지만, 결국엔 이를 극복하고 승리한다. 이런 호주군의 용맹함은 존 클리어리Jon Cleary[3])의 소설 『겪어 보지 못한 전쟁The Climate of Change』(1954)을 통해 독자들에게 각인되었으며, 이 작품은 전쟁 문학의 지평을 넓혀 주었다.

중세 상징주의에 나타나는 숲속 괴물에 대한 기억과도 같이, 정글은 긴장과 공포, 배반과 죽음, 그리고 비열한 백인들의 마지막 핑계인 '황색 인종의 공포Yellow Peril'로 가득한 곳이었다. 데이비드 포레스트David

---

1) Lawson Glassop(1913~1966): 작가이자 언론인. 1950~1951년 한국전쟁 당시 호주 종군 기자, 전쟁 문학의 선구자였으나 말년의 심한 도박 중독으로 얻은 병으로 인해 사망한다.
2) James Aldridge(1918~2015): 작가이자 언론인. 2차 대전 당시 종군 기자 경험을 바탕으로 30여 편의 소설 집필한다.
3) Jon Cleary(1917~2010): 1950년대부터 범죄 소설로 유명해졌으며, 그의 많은 작품이 TV 드라마로 각색되기도 했다.

Forest[4]의『최후의 푸른 바다*The Last Blue Sea*』(1959)에서 표현된 살육이 난무하는 뉴기니New Guinea의 정글이 그런 곳이었다. 여기에 위에서 언급한『뉴기니의 쥐들』을 잊지 않기 위해 헝거포드T.A.G.Hungerford[5]의 소설『산등성이와 강*The Ridge and the River*』(1952)과 독자들이 오랫동안 기다려왔던 에릭 램버트Eric Lambert의 대표작『2만 명의 도둑들*The Twenty Thousand Thieves*』(1951)의 후속작인『베테랑*The Veterans*』(1954)을 추가할 수 있다. 램버트는 그의 첫 번째 작품『2만 명의 도둑들』(1951)에서, 호주군의 존재를 무시했던 일반적인 영국 작가들의 관점과 다르게 투브루크Tobruk, 엘 알라메인El Alamein 두 곳의 중동 전선에서 싸운 호주군 9연대의 용맹함을 극적으로 강조한다.

이런 작품들이 전쟁은 유럽과 아시아에서만 경험할 수 있다는 점을 나타내는 반면, 호주 본토에서 벌어진 갈등과 그 내면의 반향을 들여다본 작품들도 있었다. 그런 작품들 중에는 케네스 맥켄지Kenneth McKenzie의『죽은 자의 부활*Dead Men Rising*』(1951), 딤프나 큐잭Dymphna Cusack과 플로렌스 제임스Florence James의 공동작『동전치기 하는 사람들*Come in Spinner*』(1951), 그리고 제비에르 허버트Xavier Herbert의 것들이 있다. 제비에르 허버트는 1961년 2차 대전 이후 시드니 시내에 늘기 시작한 미국 군인들과 만나는 호주 여성들의 섹스와 사회상을 그린 그의 두 번째 소설『미국 군인의 여자*Soldier's Women*』를 발표한다. 이 소설은 여성의 사회적 변화는 그녀들의 자산과 태도, 복장으로 파악될 수 있다

---

4)　David Forest(1924~1997): 본명은 David Denholm. 호주 작가이자 역사가로, 2차 대전 위주의 전쟁 문학 선구자이다.
5)　T.A.G.Hungerford(1915~2011): 2차 대전 배경으로 하는 전쟁 문학 작가. 서호주 정부가 제정하는 'T.A.G.Hungerford Award'로 유명하다.

는, 에스메랄다 라 플란테Esmeralda La Plante가 이끄는 모계 사회를 주로 다룬다.

1차 세계 대전 전투를 다룬 기존의 전쟁 문학에서 주된 서술 중심은 최전방 보병(전)이었다. 2차 대전은 돈 찰우드Don Charlwood[6]의 『달 없는 밤No Moon Tonight』(1956) 등에서 우리가 많이 보았듯이 공중전이었다. 해전을 다룬 작품으로는 로널드 맥키Ronald McKie[7]의 『최후의 함대 포격Proud Echo』(1953)과 제임스 에드몬드 맥도넬James Edmond Macdonell[8]의 『나에게 보트를 달라Gimme the Boats』(1953)이 있다. 홀로코스트Holocaust[9] 같은 좀 더 민감한 주제들은 1982년 토마스 케닐리Thomas Keneally가 『쉰들러의 방주Shindler's Ark』(1982)를 발표하기 전까지 나타나지 않았다.

전쟁 포로 수용소를 다룬 『바다 위 회전목마The Merry-Go-Round in the Sea』(1965)를 쓴 랜돌프 스토우Randolph Stow, 일본군과 접전했던 작가의 경험을 바탕으로 『폐허의 섬The Naked Island』(1952)을 쓴 러셀 브랜든Russell Braddon과 같은 일부 작가들은 일본군이 운영하던 전쟁 포로 수용소 경험을 다른 시각으로 다루었다(예를 들자면 일본군은 여성 포로들을 함부로 대하지 않았다는 등의 시각. 그 후 이 소설의 진실 여부에 대해 호주 문단의 혹평이 이어졌다-역자주). 『우리가 꿈꾸는 도시, 앨리스A Town Like Alice』(1950)는 로맨스 소설로 잘 알려진 네빌 슈트Nevil Shute의 작품이다. 이 이야기

---

6) Don Charlwood(1915~2012): 호주 작가. 1992년 호주 문학에 기여한 공로로 'Member of the Order of Australia' 훈장을 수여받았으며, 2차 대전 당시 호주 공군 항공 관제사로 복무하기도 했다.
7) Ronald McKie(1909~1991): 2차 대전 당시 종군 기자로 활약하기도 했던 호주 작가. 대표작 『Mango Trees』로 1974년에 호주 최고 권위의 문학상인 'Miles Franklin Award' 수상
8) James Edmond Macdonell(1917~2002): 호주 해군 및 해양을 배경으로 한 소설로 유명하다.
9) Holocaust: 2차 세계 대전 중 나치 독일이 자행한 유대인 학살

는 한 달 반 동안 일본군 포로가 되었던 영국 여성 진 파젯Jean Paget의 경험을 통한 호주식 삶의 한 단면을 다루었다. 하지만 이상하게도 2차 대전 이후 갈등(예: 한국전쟁, 베트남전쟁, 이라크전쟁)은 호주 작가들의 관심을 크게 끌지 못했다.

이류문학 또는 대중 소설의 등장

전통적으로 정통 문단이 무시해 온 이류 문학paraliterature은 1950년대에 이르러 급속하게 독자층이 늘어났다. 호주 대중 소설은 1939년 미국 잡지들을 대상으로 한 호주 정부의 금수 조치10)에서 비롯되었고 1949년부터 10년 넘게 내수 시장에 넘쳐났다. 이 단명 산업에서 출판사들은 독자들에게 일언반구 없이 사라지거나 간신히 명맥을 유지했고, 저자들은 끊임없이 고용되고 해고당하면서 유령작가들처럼 소리소문 없이 사라졌다. 토니 존슨 우드Toni Johnson-Woods11)의 말을 빌리면, "이런 현상은 틀에 짜인 각본대로 쓰는 소설들Formula fiction의 시대였고, 이런 소설을 쓰는 이들은 진정한 작가가 아니었다."

이런 얇은 페이퍼백 소설들은(100쪽 이내) 서부시대 총잡이 이야기Western에서부터 범죄소설, 로맨스와 SF(Science Fiction)에 이르기까지 다양한 장르를 선보였다. 호주식 서부시대 총잡이 소설들은 금광을 캐는 이들, 방랑자들, 영국 식민지 시절 애국적 마인드를 가진 이들을 다룬 소위 '식민시대 소설Colonial novel'과 유사했다. 이 소설들은 곧 비

---

10) 1939 Embargo:1차 세계 대전 이후 미국에 닥친 경제 대공황에 집중하기 위해 당시 미국 정부가 취한 국제 정치와 분쟁에 개입하지 않는다는 중립 선언(Neutrality Acts of 1930s).
11) Toni Johnson-Woods: 현 호주 Queensland 대학 인문학 석좌 교수

도덕적인 과학과 핵의 사용, 기술 진보로 인한 각종 불안을 잠재울 목적의 과학 판타지 소설로 대치되었다. 이 장르는 여성의 역할을 새롭게 부여한 로맨스 소설로 이어지며, 가장 대중적인 여성 잡지에 연재되기도 했다. 마찬가지로, 유머 가득한 탐정 수사 플롯과 지역색을 사용하는 범죄 소설 또한 시장을 휩쓸었다.

폭력성과 뻔한 스토리가 특징인 이 소설 대부분의 문체는 빈약하기 짝이 없었다. 이런 단점을 보충하기 위해, 이들은 마케팅에 주력했다. 눈에 확 띄는 강한 표지 색채와 제목, 그리고 독자들을 유혹하기 위한 에로틱한 여성 모델이 필수적이었다. 토니 존슨 우드가 말한 것처럼, "야한 모습의 처녀들, 자극적인 제목과 '불타는 밤'을 연상시키는 광고문은 싸구려 대중 소설pulp fiction의 전형"이다. 이런 표지들은 성적 욕망을 불러일으키는 초대장이나 다름없었고 끊임없이 호주 정부 검열 제도와 맞서야 했다. 그럼에도 불구하고 이런 책들은 독자들에게 다양하고 충분한 선택지를 줄 수 있을 정도로 대량 생산되었다.

1960년대 문학 작품들은 두 가지 부류로 구분된다. 순수 문학을 표방하는 상류highbrow와 상업성 위주의 하류lowbrow 소설들, 토마스 케닐리Thomas Keneally 같은 일부 작가들은 양쪽 모두를 생산할 수 있었다. 이류 문학 소설들이 가지는 문학적 함량 미달과 다르게, 호주 소설의 내용은 그 당시 정치적인 사회 분위기에 경도 또는 주도하는 일부 작가들의 영향하에 놓이게 된다.

현실주의 작가 그룹과 소설의 정치화

1945년 이후, 호주 지식인 사회의 화두는 민족주의 계열 좌익 급진

파와 보수적 우익계열간 정치적 알력이었다. 식민지 시절 이후 간혹 정치색 있는 소설들이 출판되었음에도 불구하고, 전후 세대는 소설의 정치화가 본격적으로 시작된 시기이다. 『희망과 두려움 속 글쓰기*Writing in Hope and Fear: Literature as politics in postwar Australia*』에서 존 맥라렌John McLaren은 소설이 어떤 방식으로 오랫동안 과감한 사회 변화를 기다려 왔는지, 그리고 어떻게 공포 가득한 글을 통해 정치적 표현을 담은 텍스트로 변하는지를 보여 준다. 논리적으로 휘틀럼 정부에 의해 촉발된 1970년대 초 호주 사회 변화는 그런 소설의 정치화를 사라지게 했다.

'현실주의 작가 그룹The Realist Writers Group'(1944~1964)은 호주의 1940년대 정치 공약들이 추구했던 사회주의 및 공산주의에 기대는 작가 그룹이었다. 《블러틴*Bulletin*》의 보헤미안Bohemian 성향 작가들은 현실주의 노선이었음에도 불구하고, 노동자의 미래에 더 관심을 쏟았다. 이 소규모 프롤레타리안 지적 조직의 시작은 1944년 멜버른에서였다. 이들 중에는 소설가 데이비드 마틴David Martin[12], 월터 카우프만Walter Kaufmann[13], 랄프 드 보시에르Ralph de Boissiere[14], 프랭크 하디Frank Hardy, 캐서린 수잔나 프리차드Katherine Susannah Prichard[15], 에릭 램버트

---

12) David Martin(1915~1997): 호주 소설가, 시인. 독일·헝가리·유대계 가족 배경을 바탕으로 다양한 언론 활동을 한 바 있으며, 1988년 호주 문학에 기여한 공로로 'Member of the Order of Australia' 훈장 수상

13) Walter Kaufmann(1924~2021): 독일계 호주 작가. 2차 대전 당시 홀로코스트에서 살아남은 부모의 영향으로 1950년대 호주 현실주의 문학을 주창하던 'Melbourne Realist Writers Group'에 가입. 공산당 노선 지지 및 호주 원주민 인권 운동에도 참여한다.

14) Ralph de Boissiere(1907~2008): 스페인에서 태어나 호주에 정착한 사회현실주의 노선 지향의 작가. 1950년대 호주 공산당 노선을 지지한 바 있다.

15) Katherine Susannah Prichard(1883~1969): 호주 작가. 1920년 호주 공산당The Communist Party of Australia 창당 멤버. 1930년대 호주 사회에서 스페인 혁명 지지 호소. 1996년 개봉한 실화 바탕의 호주 영화 〈Shine〉의 주인공과 깊은 교분 나눈 바 있으며, 사회

Eric Lambert, 시인 로렌스 콜린슨Laurence Collinson(1973년 소설도 발표함)16), 시인 존 매니폴드John Manifold17), 그리고 소설가이자 단편 작가 존 모리슨John Morrison18) 등의 유명 작가들도 있었다. 이 노선을 표방하는 작품들에는 존 모리슨의 『기항지 항구*Port of Call*』(1950)와 실제 호주 노동 운동의 시작을 알린 월터 카우프만이 남긴 두 소설 중 하나인 『교차로*Crossroads*』(1961), 자동차 공장을 살리려 노조의 힘을 불러 모으는 랄프 드 보시에르의 『캥거루는 안장이 필요 없다*No Saddles for Kangaroos*』(1964)가 있다.

그 당시 호주의 지적 르네상스를 꿈꾸었던 이들인 '현실주의자 그룹 The Realist Writers Group'은 '작가와 대중The Writers and the People'이라는 필명으로 그들의 철학을 1952년에 발간된 《현실주의 작가들*The Realist Writer*》(1952~1954)에 발표했다. 이 잡지의 주된 발행 이념은 현실주의 작가들이 일반 민중의 고뇌에 공감하는 것이었다. 이들의 글은 후에 강경 노선 위주 노동 운동의 기본 텍스트가 되었다. 이에 참여한 작가들의 목표는 소설이 가진 허구적 형태의 미적 차원을 넘어 일반인들의 일상을 대변하는 것이었다. 문체나 화법은 특정한 숨겨진 의도나 과장 또한 없는, 담담한 언어가 필수적이었다.

현실 참여 노선 지지. 서호주Western Australia Greenmount에 그녀의 이름을 딴 'Katharine Susannah Prichard Writers' Centre'가 있다.

16) Laurence Collinson(1925~1986): 호주 극작가, 배우, 시인. 1975년 호주에서 시작된 'Homosexual Acts'의 배경이 된 그의 드라마 각본 〈Thinking Straight〉 발표한다.

17) John Manifold(1915~1985): 호주 시인. 2차 대전 당시 호주정부 및 영국 정부 비밀 요원으로 근무. 1984년 호주 문학에 기여한 공로로 'Australia Day Honours' 수상

18) John Morrison(1904~1998): 영국 태생 호주 작가, 시인.1950년대 멜버른 현실주의 문학 동인 그룹 참여. 1986년 'Patrick White Award' 수상

현실주의 작가 그룹은《현실주의 작가들》이라는 매체를 통해 그들의 글을 재정비하고자 했다. 이 매체는 빌 워는Bill Wannan19)이 주도하여 발행했고, 멜버른에서 시작하여 시드니까지 배포되었다. 1954년에 《현실주의 작가들》은 좀 더 대중적 감각을 구사하는 공산주의자 스티븐 머레이-스미스Stephen Murray-Smith20)가 편집장으로 있던《오버랜드 Overland》에 흡수되었다. 이 마르크시스트 성향의 저널은 조셉 퍼피Joseph Furphy가 주창하는 강경 민족주의 노선의 모토 '민주주의 파괴, 저항하라 호주인이여Temper Democratic, bias Australian!'를 내세우면서 우익 노선에 반대했다.

이 중 다수 작가들은《공산주의 리뷰Communist Review》(1934~1966)와 연합한 '호주 공산당The Communist Party of Australia'과 제휴했다(캐서린 수잔나 프리차드, 에릭 램버트, 주다 와텐, 프랭크 하디, 존 모리슨 등). 이 저널은 1940년대 실시된 검열제도censorship로 인해 부정기적으로 발행되었음에도 불구하고 참여 작가들이 대중 지향 노선이라는 그들만의 목표 제시를 가능하게 했다. 이들 중 가장 투철한 사상을 지닌 주다 와텐은 그의 러시아 출신 배경과 유대인 문화를 기술하는 7권의 소설을 발표했다.

이 현실주의 작가들이 주도하는 새로운 운동은 1960년대 초 사라졌다. 1950년대 초 시작된 '냉전Cold War' 체제하에서, 이 그룹은 이미 온건파와 정치적 도그마들을 형식적으로 대하던 이들(예: 프랭크 하디, 랄프 드 보시에르, 에릭 램버트), 예술적 자유를 꿈꾸었던 이들, 조직이 너무

---

19) Bill Wannan(1915~2003): 호주 토속 전통 문화에 충실한 작품들 주로 발표
20) Stephen Murray-Smith(1922~1988): 호주 작가, 편집인, 교육자. 1945년 호주 공산당 참여, 1954년 호주 현실주의 문학파 그룹 동인지《Overland》창간(2020년 온라인으로 전환). 급진주의 노선을 호주 문학에 녹아들게 했다는 평을 받았다.

화석화되었다고 생각하던 이들(예: 존 매니폴드, 데이비드 마틴, 존 모리슨) 사이에서 생겨난 알력 다툼과 조직 약화의 징조를 보였다. 게다가 반목과 내부 갈등이 있었다. 램버트, 하디, 머레이-스미스 사이에서 의견 통합이 힘들어지면서 그룹의 구심점이 흩어지고, 결국엔 지리적으로 분파되었다. 아마도 그들에게 불구대천의 원수나 다름없는(?) 모더니즘은 그들을 화합시킬 수도 있었을 것이다.

모더니즘 또는 현실주의 거부

전후 시기, 이미 낡은 외투나 다름없던 현실주의는 지적 모더니즘에게 자리를 내 주었다. 1960년대까지 호주 문단에서 언급된 적 없던 이 용어는 기존의 지적 정설에 대한 대안을 창조하기 위해 현대 사회 변화를 반영하는 새로운 표현 방법을 사용함으로써 자리매김했다. 간단히 말해, 모더니스트 문학은 기본적으로 언어의 제한된 가능성에 대한 예민한 자각과 함께 환상적 예술의 질quality을 소재로 한 내향적 관점의 글을 생산했다. 여기서부터 호주 소설에서는 제임스 조이스James Joyce가 대중화시킨 의식의 흐름 기법stream of consciousness과 내적 독백 interior monologue이 나타난다. 등장인물들은 이야기의 여러 층위에 상징적으로 스며든 작품 속의 시공간적 환경 속에서 진화되고 분화된다. 유럽의 모더니즘은 호주의 문학보다는 예술 분야에 더 많은 흔적을 남겼다. 호주의 모더니즘 문학은 1920년대 체스터 콥Chester Cobb이 처음으로 그의 작품(『나의 남자 모팻My Moffat』(1925), 『환상이 사라지던 날들Days of Disillusion』(1926))에서 '의식의 흐름 기법'을 사용하면서 시작되었다. 현실이 인지되는 순간들이 관통하는 내적 세계를 반영하는 방식을 통해 실험적 소설을 쓰고자 했던 시인 맥스 해리스Max Harris21)가 1943년 그의 소설 『식물인간의 눈The Vegetative Eye』을 발표한 것과 같은 다각적 시도 또한 있었다. 이 작품은 전체적으로 야심작이었지만 독자들의 상상력이 작품을 따라가지 못했다.

버지니아 울프Virginia Woolf, 제임스 조이스와 함께 문학적 유사성을 나누고자 했던 패트릭 화이트Patrick White는 현실주의 문학 전통에 싫증을 느끼면서 체스터 콥이 초기에 실험적으로 취한 '의식의 흐름 기법'을 이용, 그의 첫 번째 소설 『행복의 계곡Happy Vally』(1939)을 통해 새로운 예술적 길을 걸었다. 동시대 작가 코치와 스토우, 패트릭 화이트에게 지리적 탐구는 내적 정신 탐구를 위한 외적 비유였다. 이러한 지리적 사상寫像은 호주 작가들에게 마음속 관통을 통해 현실적으로 드러나는 정신 체계의 내부 과정들을 찾아보게 했다. 화이트의 수작 『나무 그늘 아래 남자The Tree of Man』(1955년, 노벨상 수상작)는 우주의 파괴적 힘과 시간의 야만성 두 가지 모두에게 저항하는 데 실패하는, 인간이 가진 단명적 운명을 상징화한 것으로, 전통적인 호주 개척사를 다룬 현대판 이야기이다. 패트릭 화이트는 《오스트레일리안 레터Australian Letters》에 처음 발표한 그의 에세이 「방탕한 아들The Prodigal Son」에서 조롱조로 기존 보수적 세계에 반기를 들었고 '호주 소설은 신문 기자가 쓰는 듯한, 현실주의가 낳은 암울하면서 애매모호한 자식(?)이 아니'라는 것을 자신이 증명했다고 단언했다. 화이트의 작품들은 한 개인이 굳은 의지로 자신

---

21) Max Harris(1921~1995): 호주 시인이자 문학 비평가, 서점을 운영하기도 했다. 1940년 멜버른 기반의 시 문학 동인지 《Angry Penguins》 공동 발행인으로, 전위 예술에 가까운 시들을 발표한다. 사회적 혼란으로 인해 정부의 검열관들과 잦은 충돌을 빚었다.

의 약점과 운명적으로 직면하는 사회적 변화를 굳은 의지로 받아들이는 모습을 서술하면서, 상징적이고 신비한 차원의 것들을 보여 준다.

패트릭 화이트는 소설 플롯들을 호주에 국한시키지 않으면서 모더니즘을 활성화시켰다. 예를 들어 미국에 머물면서 쓴 1941년 작 『삶과 죽음 *The Living and the Dead*』의 배경은 영국이었다. 의문의 여지없이 호주인들에게 가장 유명한 그의 『보스*Voss*』(1957)는 이 소설의 개정판이다(후에 데이비드 말루프David Malouf에 의해 오페라 대본으로 각색됨). 이 소설은 역사적 사건에서 영감을 얻은 것으로, 1848년 3월 호주 동쪽에서 서부 끝까지 대륙 횡단 목적의 탐험대를 꾸몄던 루드윅 라이카트Ludwig Leichhardt[22])의 실종을 다루었다. 그와 그의 탐험대는 아무런 추적 근거도 없이 사라진 채 끝났다. 화이트는 서정적 스타일의 문체를 구사하면서 주인공이 겪었던 내적이고 상징적 여정을 실체적으로 재추적한다. 이 자기성찰적 추적은 소설 제목과 동일한 이름을 가진eponymous 주인공이 피할 수 없는 운명에 처하여 죽음을 맞이할 때 절정을 이룬다. 호주의 광활한 대지가 빠르게 한 독일 탐험가의 피를 빨아들이고 있을 때, 이 주인공은 희생적, 심지어 예수처럼 묘사된다. 종교적 상징주의는 화이트의 작품을 관통하고 있으며, 그의 글쓰기와 문체는 정제된 표현과 형식이 매우 뛰어나다. 저자는 호주인들의 정신세계 속 깊이 내재된, 호주 대륙 심장부로 찾아들어 가는 것을 통해 호주인들의 공감을 불러일으키는 문학 코드를 건드렸다. 화이트가 '이 위대한 호주 대륙

---

22) Ludwig Leichhardt(1813~1848): 독일 출신 호주 탐험가. 1848년 호주 북부를 탐험하던 중 실종, 호주 대륙 개척자의 전설로 남았다. 호주 지명인 '라이카트Leichhardt'는 그의 이름에서 유래했다.

의 공허함'이라 칭했던 호주 대륙의 엄청난 지리적 진공 때문에, 소설 『보스』에서 '호주 대륙은 빈 공간을 둘러싸는 둘레길perimeter'로 정의되고 있다. 호주 캔베라 대학 교수인 로즈 깁슨Ross Gibson은 그가 쓴 『사라지는 파라다이스The Diminishing Paradise』에서 『보스』를 정교하게 분석한다.

1957년, 화이트는 그의 소설 『보스』로 '마일즈 프랭클린Miles Franklin 문학상'의 첫 번째 수상자가 된다. 마일즈 프랭클린 문학상이 제정된 이유는 스텔라 프랭클린Stella Franklin이 생존 당시 그녀가 살기 위해 글쓰기가 필요했을 때 정작 그녀는 쓸 수 없었다는 사실 때문이었다. 세월이 흐르면서 이 문학상은 호주 문단에서 가장 높은 명성과 상금을 가지게 되었다. 1991년부터 수상 상금은 6만 달러로 두 배가 되었다.

1950년대는 친민족주의로 인해 야기되는 국수적 태도를 반대하는 좀 더 자유로운 문학 양상을 목도한다. 이것은 전위예술 시대avant-garde era라 할 수 있으며 유럽계 혈통과 원주인 문화가 섞인 일부 비원주민 소설가들은 진디와로박Jindyworobak 신념을 증명했다. 즉, '저자는 반드시 편견을 드러내지 않고도 소설에서 자신의 문화가 아닌 다른 문화를 창출시킬 수 있다'는 점이다. 『탐정 나폴레옹 보니 보나파르트Napoleon 'Bony' Bonaparte』를 쓴 유명 작가 아서 업힐드Arthur Upfiled가 그 사례이다. 또한 원주민과 비원주민 문화 사이를 오가는 문학 흐름에는 랜돌프 스토우Randolph Stow가 있는데 특히 그의 소설 『그 섬에 가고 싶다To the Islands』(1958)와 『토말린Tourmaline』(1963)이 주목할 만하다. 『그 섬에 가고 싶다To the Islands』는 스티븐 헤리엇Stephen Heriot으로 불리는 앵글리칸 선교사의 최후를 이야기한다. 물활론 또는 토템 신앙을 가진 원주민 남성 저스틴의 조언 이후, 스스로 환경과 화해하면서 평화를 찾는다. 철학적 소설『토말린』은 '토말린Tourmaline'이라는 타운에서 일종의 예언자로 변신한 마이클 랜덤Michael Random이라 불리는 물 찾기 전문가에 대해 쓰고 있다. 사막에서 온 이 예언자는 새로운 정신적 위상을 그의 새 교회 안으로 주입시키려 하는데, 이것은 기본적으로 기독교와 원주민 신앙의 결합을 의미한다.

랜돌프 스토우는 그의 대부분 소설들을 1965년 이전에 발표했다. 대표적으로는『그 섬에 가고 싶다』(1958),『토말린』(1963),『바다 위 회전목마The Merry-Go-Round in the Sea』(1965)가 있으며, 이들은 패트릭 화이트의 작품들과 일부 유사성을 가지는 서정적 작품들이다. 그의 초기 소설들『공포의 땅A Haunted Land』(1956)과『방관자The Bystander』(1957)는 큰 호응을 얻지 못했다.『그 섬에 가고 싶다』는 그의 훌륭한 시적 감각을 보여 준 첫 작품으로, 그의 균형미 있는 시적 수준은 4편의 시와 산문, 그리고 그가 읽은 서평들을 묶어 출판한『바다 위 회전목마』에서 한층 더 완성되었다.『그 섬에 가고 싶다』는 서호주를 근거지로 한 신앙심 깊은 선교사 헤리엇의 최후를 이야기하는 종교적 알레고리이다. 그는 이곳에서 실존적인existential 종교적 위기를 겪는다.

스토우와 동시대 작가 크리스토퍼 코치Christopher Koch는 자전적 소설(autofiction: 세르주 두브로브스키Serge Doubrovsky[23])가 허구의 자서전을 표현하기 위해 만든 문학 용어)과 교양 소설 사이 어딘가 위치하는 것으로 보이는 그의 서정적인 첫 번째 소설『그 섬의 소년들The Boys in the Island』(1958)

---

23) Serge Doubrovsky(1928~2017): 프랑스 작가이자 문화 비평가

을 발표했다. 주인공이 자신의 태생적 근원을 찾아 헤매는 정체성 탐색과 성장에 관한 것이다. 코치는 문학 내용과 형식 모두에 천착하는 작가이다. 플로베르Flaubert[24]의 낭독기법gueuloir(문장을 소리내어 읽기)을 사용하면서 글을 썼고, 그 운율이 맘에 들 때까지 문체를 다듬었다.

자전적 소설인『그 섬의 소년들』은 주인공 프랜시스 쿨렌Francis Cullen의 4세부터 성인이 되는 시기까지의 청소년기를 다룬다. 일련의 첫 번째 경험들(첫 사랑, 첫 키스, 알코올, 유희, 섹스 등)과 함께 질풍노도와 같은 청소년기의 주요 단계들을 겪은 이후, 젊은 태즈메이니아 청년은 자동차 사고에 연루되는데, 이 때문에 그는 인생의 황금기에 대한 추억을 끝내 포기하고 삶의 쓴맛이 가미된 현실을 확인한다. 프랜시스는 모험적 여정의 마지막에서, 자신이 젊은 날 꿈꾸었던 것들을 애상하는 자기 직시를 겪은 후 더욱더 성숙한 인생과 만난다.

『그 섬의 소년들』은 작가 코치가 자주 등장시키는 전형적인 인물 묘사의 시작을 보여 주는데, 이는 평범함을 초월하고자 하는 인생을 드러내고 끊임없이 일상적 습관들을 뒤엎는 사건들을 기대하는 인물상이다. 소설 속 배경인 호주의 외딴 섬 태즈메이니아의 무료함과 고독에 익숙한 소설 속 주인공 프랜시스 쿨렌은 어딘가 미지의 세계가 있다는 인생관으로 차 있다. 그의 색다른 것에 대한 의문은 물리적 또는 상상의 장소를 찾는 것으로 풀린다. 이 소설 속에서 젊은 주인공이 가진 탐구quest가 비록 진정한 '미지의 나라terra incognita', 즉 호주 대륙의 발견으로 실제화 되었다 해도, 주인공 프랜시스 쿨렌에게는 기본적으로 환상

---

24) Gustave Flaubert(1821~1880): 프랑스 소설가. 프랑스 현실주의 문학 그룹의 선두 주자

에 불과한 것이었다. 주인공 프랜시스 쿨렌은 작가가 만든 신조어, '또 다른 나라Otherland'라고 불리는 신비스러운 나라를 계속 찾아 나가고, 독자들은 지리적으로 그곳이 실제 어디인지를 모른다.

　등장인물들의 행동 묘사보다 주인공의 사색이 더 많은 소설인『그 섬의 소년들』을 통해 작가가 작가 인생 초반의 글쓰기 단계에서 시 poetry에 더 많은 공을 들이고자 했던 서정적 경향의 소설가임이 드러난 다. 코치가 1954년에 쓰기 시작한 이 성장소설은 서정적 효과를 구현 하기 위해 시적인 전통적 문체들을 사용했기 때문에 시적 소설로 간주 될 수 있다. 코치의 작품에는 직유법, 은유법, 그리고 다른 문학적 장치 들이 풍부하게 펼쳐지며, 때때로 이야기 전개는 박진감이 넘치고 동물 이나 사람을 비유하기도 한다. 소소한 표현들과 함께, 이런 문학적 장 치들은 인상주의 그림과 같은 효과를 낳는다. 이는 마치 아름다운 언어 와 함께 꿈을 꾸어온 상상의 장소와 마주했지만 실제 그곳은 도시화를 목전에 둔, 주인공이 꿈꾸었던 곳이 아닌 호주의 또 다른 드넓은 지평 선만 바라보아야 하는 것과 같은 것이었다.

전원국가의 등장

　『호주 문학사The Penguin New Literary History of Australia』에서 브라이언 키어 넌Brian Kiernan[25]은 몇 가지 예외 사례들과 함께 1945년 직전까지 호주 소설들은 시골 환경을 주로 다루었다는 점을 기술하고 있다. 그전까지

---

25)　Brian Kiernan(1937~): 호주 문학 비평가이자 사학자. 1972년부터 시드니 대학 문예창작 과 교수를 시작으로 1978년부터 1983년까지 호주 문학 연구회Associate for the Study of Australian Literature 회장을 역임한다.

호주의 야생 숲속bush을 소재로 다룬 작가들이 너무나 많았기 때문에, 이런 스타일을 가진 1940년대 이후 작가들은 이 주제를 포기해야 했다. 1945년 이후, 호주 문학 작품들은 도시라는 주제를 시도했고 시골의 경제적 성장을 비추었다. 일부 이야기들은 1950년대와 1960년대 근대성을 상징하는 도시 외곽이 확장되면서, 그 이상의 주제들을 제공했다. 심지어 호주의 산업화 증가는 브라이언 커어넌이 처음 사용한 '전원국가suburban nation'의 부상을 이끌었다.

이 시기 대부분의 작가들에게(개빈 케이시Gavin Casey, 조지 존스턴George Johnston, 크리스토퍼 코치Christopher Koch, 랜돌프 스토우Randolph Stow, 패트릭 화이트Patrick White 등) 교외 지역은 무슨 수를 써서라도 탈출해야만 했던 '지루함tedium vitae'과 동의어였다. 이들의 소설 속 등장인물들이 가진 교외 지역에 대한 불만은 많다. 예를 들면 고립감, 마지못해 살아감, 추함, 지루함, 그저 그런 사람들 그리고 순응 등이다. 이들 작가들 중 개빈 케이시는 그의 작품『풍요로움 속에서Amid the Plenty』(1962)를 통해 등장인물인 메이휴Mayhew 가족의 삶 속에서 매일 벌어지는 사건들과 함께 1950년대 호주 시골을 세밀하게 들여다본다. 조지 존스턴George Johnston의 3부작 중 첫 번째 소설『나의 형 잭My Brother Jack』(1964)에서는 척박한 시골 모습이 세밀하게 드러난다.

맥켄A.L.McCann과 같은 일부 비평가들에 따르면, 패트릭 화이트의 소설을 통해 호주 사회의 물질적 안락함을 거부하는 반-교외 전통을 지지한다. 그들에 따르면, 패트릭 화이트는 도시 교외 지역보다 야생 숲속(그의 소설『보스Voss』에서 찾아낸)이나 사막을 묘사하는 것을 택했다. 그러나 이런 논쟁은 화이트가 (시골을 다룬) 두 소설들 못지않게 도시 교외를 대상으로 한 연극과 여러 편의 단편 소설 쓰기에 노력했다는 점을 잊게 하는 경향이 있다. 이러한 그의 대표작으로는 『마차를 끄는 사람들Riders in the Chariot』(1961)과 『변치 않는 만다라The Solid Mandala』(1966) 그리고 『범행이 있던 밤The Night the Prowler』(1978)이 있다.

『마차를 끄는 사람들』에는 작가가 한동안 살았던 시드니 시내 근처 카슬힐Castle Hill을 모델로 한 가상의 교외 지역 사사파릴라Sarsaparilla가 나온다. 사사파릴라는 그저 그런 사람들과 그들의 소비주의를 결합한 삶의 공간인 전형적인 도시 교외 지역이다. 이 소설에서 누추한 도시 교외 속 삶의 표현은 1955년 전형적인 도시 교외 가정주부 에드나 에버리지Dame Edna Everage를 만든 작가이자 코미디언인 배리 험프리스 Barry Humphries[26]가 사용한 익살스러운 톤을 반영하고 있다. 그녀 이름이 나타내는 것처럼, 그녀는 평민으로서는 모든 것을 갖춘(영국식 명예 시스템이 보증하는 데임Dame[27]처럼) 이가 가진 전형적 모습이다. 『마차를 끄는 사람들』은 4명의 '주요 등장인물'이 이끄는 '불의 전차chariot of fire'가 함의하는 종교적 비전을 내포한다(메리 헤어Mary Hare, 루스 고드볼드 Ruth Godbold, 알프 더보Alf Dubbo, 머데칼 히멜파Mordecal Himmelfarb[28]).

---

26) Barry Humphries(1934~): 호주 코미디언, 작가, 방송인, 영화 제작자. 1960년대부터 호주 코미디의 전형을 창출해 낸 유명 연예인이자 문화 예술인으로, 2012년에 은퇴한다.

27) Dame: 영국에서 남자에게 사용하는 'Sir'에 해당하는 호칭으로, 훈장을 받은 여성에게 붙는 명예로운 직함

28) 'Chariot of fire'는 William Blake(1757~1827, 영국 시인)가 쓴 '예루살렘Jerusalem'이라는 시에서 유래된 표현이다. 'Chariot of Fire'의 종교적 함의와 『Riders in the Chariot』의 주요 등장인물 4명(Mary Hare, Ruth Godbold, Alf Dubbo, Mordecal Himmelfarb)을 합치는 것을 의미한다. ⟨Chariot of Fire⟩는 1924년 프랑스에서 열린 올림픽을 배경으로 하여 1981년 영국에서 방영된 드라마이기도 하다. 이때 배경음악으로 1982년 'Billboard Hot 100' 차트에 올랐던 동명의 팝송 'chariots of fire'를 사용했다.

화이트는 그의 여덟 번째 소설 『생체해부자*The Vivisector*』(1970)에서 회화의 예술적 노력을 중심 주제로 선택한다. 칼 융의 심리학 이론에 기반하고 가상의 도시 '사사파릴라'라는 호주 교외를 배경으로 하는 『변치 않는 만다라』(1966)는 다시 한번 우리에게 종교적 계시라는 주제를 던진다. 소설 속에서 너무나 서로 다른 성격을 가진 쌍둥이 형제 아서Arthur와 왈도 브라운Waldo Brown을 통해, 인간 본성이 가지는 갈등을 전형적으로 보여 준다.

「범행이 일어나던 밤*The Night the Prowler*」은 단조로운 일상에 젖어 있는 안정적이면서 보수적인 사회에 대한 사회적 비평을 다룬 단편이다. 이 작품은 소설 속 가상의 도시 '사사파릴라' 출신의 주인공 소녀 펠리시티 배니시터Felicity Bannister가 범죄자에게 강간을 당했다고 주장하는 이야기이다. 슬픔을 극복하고 그녀는 전도유망한 젊은 외교관 존 갤브레이스John Galbraith와 파혼하지만, 그녀 부모 험프리Humphrey와 도리스Doris는 오직 그들의 체면을 살리는 데에만 주력한다.

작가 코치와 스토우에게 도시 외곽은 떠나는 것이 현명한 마치 요양원 침대와 같은 곳이다. 『방파제를 넘어*Across the Sea Wall*』(1965)에서, 작가 코치는 사람들을 약화시키고 그들의 삶을 수렁에 빠지게 하는 도시 외곽의 삶에 대해 무언의 비평을 적고 있다. 23세의 주인공 로버트 오브라이언Robert O'Brien은 교외의 단조로운 일상에 갇혀 산다. 그는 습관처럼 살아가는 여느 기혼 남자처럼 공무원이라는 직업과 반복적인 출퇴근에 지쳐 있다. 그는 늘 환상에 젖어 있고 또 다른 삶을 꿈꾼다. 이 현실은 그에게 그의 친구 제임스 바덴James Baden과 함께 소크라테스식 문답을 주고받게 한다.

가장 최근에 스티븐 캐롤Steven Carroll[29])은 멜버른 교외에 관한 3부작, 『엔진 운전자의 예술The Art of the Engine Driver』(2001), 『스피드 재능The Gift of Speed』(2004), 『우리가 함께한 시간The Time We Have Taken』(2007)을 발표했다. 이 3부작의 마지막 작품이자 2008년 마일즈 프랭클린 문학상 수상작인 『우리가 함께한 시간』은 직접적으로 조지 존스턴의 1964년 작『나의 형 잭』을 연상케 한다. 만일 도시 외곽의 삶이 제공할 것이 무료함 외에 아무 것도 없다면, 20세기 말에 쓰인 이야기들이 보여 주는 것처럼 오락거리가 넘쳐나는 도시는 그곳을 동경하는 이들에게 더 많은 것을 보여 줄 수 있는 것처럼 보일 것이다.

---

29) Steven Carroll(1949~): 호주 소설가. 2008년 'Miles Franklin Award' 수상. 아내는 소설 가 Fiona Capp(1963~)이다.

5장

코스모폴리탄 시대 속 마이너리티 문학
(1966~1980)

1935년 저널 《오스트레일리안 머큐리*Australian Mercury*》에는 '호주 문화의 시작'이라는 제목의 기사가 실렸다. 그 내용은 다음과 같다. "이 에세이는 국가적 자기 존중에 대해 다룬다. 피터 레지날드 스테븐슨Peter Reginald Stephensen[1]이 밝히길, 호주 예술과 문학은 호주 내에서 이루어졌지만 세계적으로 인정받았다." 세계 문학상들을 수확한 1970년대를 예로 들면 패트릭 화이트Patrick White의 노벨 문학상, 피터 캐리Peter Carey, 토마스 케닐리Thomas Keneally, 리차드 플래너건Richard Flanagan[2]의 부커 문학상The Booker Prize, 피터 캐리의 최우수 외국어 문학상Le Prix du Meilleur Livre Etranger[3], 데이비드 말루프David Malouf의 페미나 문학상

---

1) Peter Reginald Stephensen(1901~1965): 호주 작가, 출판사 발행인, 정치인. 호주 원주민을 호주 문학사에 정식으로 반영하자는 'Jindyworobak movement'의 선두 주자

2) Richard Flanagan(1961~): 호주 태즈메이니아를 근거지로 활동하는 작가. 2014년, 그의 작품 『The Narrow Road to the Deep North』로 맨부커 문학상 수상

3) Le Prix du Meilleur Livre Etranger: 1948년 제정된 프랑스 최고 권위의 문학상으로, '외국어 번역상'이다.

the Prix Femina Etranger, 더블린 문학상the Impac Dublin Literary Award과 노이슈타트 국제 문학상the Neustadt International Prize for Literature, 케이트 그렌빌Kate Grenville[4]의 오렌지 문학상the Orange Prize, 하이랜드M.J.Hyland[5]의 호손 문학상Hawthornden Prize, 알렉스 밀러Alex Miller[6], 데이비드 말루프, 피터 캐리(2회 수상), 머레이 베일Murray Bail[7], 리차드 플래너건Richard Flanagan, 케이트 그렌빌Kate Grenville, 크리스토스 치오카스Christos Tsiolkas 등이 수상한 영연방 문학상the Commonwealth Writers' Prize 그리고 가장 최근으로 독일 태생의 호주 이민자인 릴리 브렛Lily Brett[8]이 수상한 메디시스 문학상Le Prix Medicis Etranger 등 이들의 수상 이력을 보면 소설이 20세기 호주 문학의 주류였다는 점은 명백하다.

사회 변화를 쉽게 알 수 있는 최근의 텍스트들에서 사회적 소수자 그룹(원주민, 여성, 동성애, 다양한 소수 민족 등)은 투쟁 의지를 불태우고 국가 단위의 일체감을 흔들 수 있는 무대로 소설을 이용하고자 했다.

1970년대는 문학의 절정기였다. 여러 문학작품을 각색한 호주 영화의 전성기라는 도전이 있었음에도 출판 기회는 넘쳐났고 꾸준한 호황

---

4) Kate Grenville(1950~): 호주 작가. 인권 및 페미니즘 소설 주로 발표하여 'NSW Premier's Award' 3회 수상
5) M.J.Hyland(1968~): 본명 Maria Joan Hyland. 영국 태생 호주 작가, 에세이스트, 언론인
6) Alex Miller(1936~): 호주 작가. 호주 최고 권위 문학상인 'Miles Franklin Award' 2회 수상. 호주 문화 산업 발전에 대한 공로를 인정받아 2008년 'Manning Clark Medal'을 수여받았다.
7) Murray Bail(1941~): 호주 작가이며, 호주 내셔널 갤러리 관장 역임. 1999년 그의 작품 『Eucalptus』로 'Miles Franklin Award' 수상
8) Lily Brett(1946~): 호주 작가. 2차 대전 당시 홀로코스트의 희생자였던 부모님과 세계 각국을 떠돌며 어린 시절 보내다가 호주 멜버른에 정착한다. 주로 멜버른에 정착한 유태계 이민자 커뮤니티를 바탕으로 한 작품들 주로 발표했다. 2021년 호주 문학에 기여한 공로로 'Queen's Birth Day Honour' 수상

이었다. 이 지적 세계가 영화를 비롯한 연예 산업과 함께 성장한 결과로, 작가는 반강제적으로 대중의 주목을 받았으며 연예인들과 동등 선상에 오르기까지 했다. 대중의 주목을 받기 위해서는 잦은 미디어 노출이 필요했다. 대표적인 전략이 문학 축제, 저자 사인회, 문학계 초청 인사와 함께하는 식사 자리와 같은 문학 관련 이벤트들이다.

1970년대는 문학 지원기금의 시대이기도 했다. 예를 들어 그 당시 호주 수상 고프 휘틀럼Gough Whitlam(1972~1975)이 주도한 '호주 정부 문학 위원회the Australian Council's Literature Board'가 지원하는 재정 기금의 사용이 충분히 가능했다. 이 혜택을 받은 작가들 중에는 로버트 드류Robert Drewe[9], 로드니 홀Rodney Hall, 프랭크 무어하우스Frank Moorhouse가 있었지만, 데이비드 말루프, 피터 캐리, 헬렌 가너Helen Garner만이 그들의 문학 경력을 세계적으로 향상시킬 수 있었다.

패트릭 화이트가 노벨 문학상을 수상했던 1973년에 『태풍의 눈The Eye of the Storm』이 출판되었고, 그는 호주 문학이 세계적으로 인정받았다는 점을 증명시켜 주었다. '모난 돌이 정 맞는다'는 식으로 남을 깎아내리려는 문화를 가진 곳에서 작가로서 세계적 명성을 이루기가 얼마나 힘든지를 증명한 그의 성공을 사전에 점친 이는 없었다. 그래서 호주 작가들은 자신들의 본고장, 호주 내에서 명성을 얻으려 하는 것 대신 국제지향적 인식을 갈망해야만 했다. 심지어 이를 위해, 작가들은 자신의 문학태도 또한 개방적으로 바꾸어야 했고 대학 공부를 마친 이로 알려져야만 했다. 테아 애스틀리Thea Astley[10], 피터 캐리, 베벌리 파머Beverley Farmer[11], 헬

---

9) Robert Drewe(1943~): 호주 소설가, 논픽션 작가, 저널리스트. 주로 호주 민족주의 노선의 작품들 발표했다. 4번 결혼으로 총 7명의 자녀를 두었다.

렌 가너, 크리스토퍼 코치Christopher Koch, 랜돌프 스토우Randolph Stow, 바라라 핸러한Barbara Hanrahan 등은 작가 프로필마저 바꾸어야 했다.

이 시기 소설들은 공통적으로 서로 다른 문학적 특성을 가지고 있을 정도로 다양했다. 이는 그들의 실험적 문학관, 장르들의 혼합 또는 탈바꿈, 호주 사회 정체성에 대한 정의와 질문, 그리고 새로운 표현 양식에 대한 개인적 관심에서 비롯된 결과였다. 이 새로운 문학 양상은 작가들이 사회와 세계 속에서 자신들의 위치를 찾아보게 했다. 이 발전적 단계를 통해, 호주 문학은 세계 문학 사조와 밀접한 관계인 다문화적 관점을 구축하기 시작한다.

호주 원주민 소설의 탄생

호주 원주민Aboriginal 소설은 리차드 월리Richard Walley[12], 로버트 메릿Robert Merritt[13], 케빈 길버트Kevin Gilbert[14], 잭 데이비스Jack Davis[15]

---

10) Thea Astley(1925~2004): 호주 작가. 호주 최고 권위 문학상인 'Miles Franklin Award' 5회 수상. 주로 남성 위주의 1960~70년대 호주 문단에서 가장 돋보인 여성 작가로 인정받고 있음.
11) Beverley Farmer(1941~2018): 호주 단편 소설가. 2009년 'Patrick White Award' 수상.
12) Richard Walley(1953~): 서호주 출생. 호주 원주민 출신 음악인, 소설가. 사라져가는 호주 원주민 토속 언어를 사용하여 원주민 인권 운동에 앞장서고 있다.
13) Robert Merritt(1945~2011): 호주 극작가. 1975년 〈The Cake Man〉을 통해 1970년대 시드니 근처 레드펀Redfern 지역에서 진행된 호주 원주민 인권 운동의 시발점을 만든다.
14) Kevin Gilbert(1933~1993): 호주 원주민 출신 호주 작가, 인권 운동가, 화가. 1972년 호주 원주민의 인권 보장을 위한 정당 설립을 주장하는 'Aboriginal Tent Ambassy'의 주요 멤버로 활약한다. 호주 예술계에서 호주 원주민 출신 첫 극작가이자 직업 화가로 인정받는다.
15) Jack Davis(1917~2000): 호주 원주민 출신 극작가, 인권 운동가. 20세기 호주 원주민 출신 작가들 중 가장 영향력이 큰 작가이다. 그의 작품들은 현재 호주 고등학교 교과서에 필수 독서 목록으로 지정되어 있다. 호주 인권 운동에 기여한 공로로 1976년 '대영제국 훈장Order of British of Empire' 수상

와 같은 극작가들이 만든 드라마와 원주민 시 문학의 부상 이후 탄생했다. 강하게 급부상하기 시작한 호주 원주민 문학이 정당한 사회적 요구를 표출하기 시작한 때는 1960년대였다. 그 당시 일반적인 호주 문학이 일관되게 영국과 관계를 유지하고 있었던 반면, 원주민 작가들은 장-마크 모라Jean-Marc Moura16)가 칭했던 것처럼 원주민 고유성을 강조하는 '저항의 미학an aesthetic sense of resistance'을 창출하고 있었다. 콜린 존슨Collin Johnson은 원주민 문학을 '그들을 둘러싸고 있는 주류 세력에 의해 감추어진 제4세계 문학'이라고 불렀다.

원주민 문학은 기본적으로 구전 문화였기에, 원주민 전통 문학은 소설보다는 노래나 시에 더 가까운 형태이다. 결과적으로, 원주민 소설가들이 사용한 문학적 표현은 그들의 전통적 문화인 이국적 언어(영어)와 형태(소설 또는 글쓰기 행위) 두 가지 모두를 포함하고 있다. 콜린 존슨에 따르면 "주민 문학은 대부분 영어로 쓰였고 그들의 커뮤니티와는 거리가 먼 너무 다듬어진 영어를 사용하고 있다는 점에서 백인 사회 문학 형태이다."

이런 현상은 그들의 전통과 역사 유산으로부터 멀어져 원주민의 백인 사회 적응이라는 사회적 증상, 즉 반대의 결과를 낳았다. 원주민 작가들은 인간은 윤회하는 시간 속에 편재하고 있다는 개념과 함께 그들의 작품 속에서 서구적인 순차 시간대 개념을 거부했다(호주 원주민의 전통적 신앙은 불교적 개념과 유사하다-역자주). 그럼에도 불구하고, 역사적 사실성 또는 연대기적 시간대라는 서구 개념은 원주민 신화를 대신했

---

16) Jean-Marc Moura(1956~): 프랑스 문학 비평가

고, 역설적으로 호주 원주민들의 토지 소유권을 주장하는 그들의 항거에 중요한 역할을 했다.

『전설적인 토착민들*Native Legends*』(1929)이 데이비드 우나이폰David Unaipon[17]을 원주민 신화들을 처음으로 기록한 이로 만든 반면(그렇기 때문에 그가 첫 번째 원주민 출신 작가임writer), 콜린 존슨(필명은 Mudrooroo)은 불확실한 상태에서 한동안 '첫 번째 원주민 소설가novelist'로 대접을 받았지만 후에 그가 원주민 혈통이라고 속인 것이 드러났다. 1996년 빅토리아 로리Victoria Laurie가 그의 비밀을 폭로했다. 그가 원주민 혈통이라는 기대와 달리, 그의 아버지 토마스 크리튼 패트릭 존슨Thomas Creighton Patrick Johnson은 아프리카계 미국인이었고 그의 모친 엘리자베스 존슨Elizabeth Johnson은 아이리쉬 후손이었다. 그 당시 소설가들이 원주민 언어 관련 지식이 부족하여 벌어진 일이었다. 이 논쟁은 그 당시 지식인 사회에서 끊임없는 논쟁을 야기했는데 그 이유는 그때까지 존슨을 원주민 관련 사회적 담론들의 모범 답안 제시자로 간주했기 때문이었다. 따라서 콜린 존슨의 『인정받지 못한 인생*Wildcat Falling*』(1965)은 정식 출판된 첫 원주민 소설이 아니다.

이 사건의 여파로 누가 첫 번째 원주민 소설가novelist인지를 두고 재정의가 필요하다는 점이 확산되었다. 결국 호주 문학사적으로 중요한 의미를 가지는 이 위치는 1978년 100여 페이지 내외의 작은 책, 『카로브란*Karobran: The story of an Aboriginal girl*』을 쓴 모니카 클레어Monica Clare[18]에

---

17) David Unaipon(1872~1967): 호주 원주민 출신 작가, 목사, 인권 운동가. 호주 사회 발전에 기여한 공로로 호주 50달러 지폐에 그의 얼굴이 새겨졌다.

18) Monica Clare(1924~1973): 원주민 출신 호주 정치인이자 작가. 소설을 발표한 첫 번째 호주 여성 작가

게 주어졌다(위에 언급한 데이비드 우나이폰의 본업은 목사이며 주로 호주 원주민에 대한 논픽션물을 쓴 작가였기에 호주의 첫 원주민 출신 소설가는 아니다-역자 주). 이 이야기는 뉴사우스웨일즈주, 어느 양 목장의 편부모 가정에서 자라나는 소설 속 화자의 어린 시절을 다룬다. 어린 클레어Clare가 살아가는 '잃어버린 세대Stolen Generation'19)의 극적인 경험들을 상기시키면서, 소설은 원주민들의 생활환경을 개선하고자 했던 그녀의 끊임없는 정치적 요구들을 설명하고 있다. 원주민어로 '통일unity'을 의미하는 소설 제목은 그녀 가족을 다시 한데 모으고자 하는 소망을 연상시킨다.

오스트랄라시안 장르

1970년대부터, 호주 문학계는 아시아와 태평양 지역으로 관심을 두기 시작했으며 그 선두 주자들 중 한 사람인 크리스토퍼 코치Christopher Koch를 필두로 오스트랄라시안(Australia와 Asia합성어) 장르가 탄생했다. 1901년 백호주의 정책the White Policy과 이민자 제한법the Immigration Restriction Act으로 인해 유색 인종들은(특히 아시안계)은 입국 시 부당한 대우를 받았으며 호주 사회 정착에도 많은 어려움을 겪었다. 1966년 최초로 의회에 발의되고 1973년 당시 호주 수상 고프 휘틀럼Gough Whitlam이 강화시킨 호주 다문화주의Multiculturalism 정책은 이전 정부 주도의 인종차별 정책의 종말을 고하게 했으며, 백호주의 정책은 1978

---

19) Stolen Generation: 1905년에서 1967년까지 호주 백인 정부가 호주 원주민들의 백인 동화 정책의 일환으로 원주민 가정의 자녀들을 강제로 그들의 부모로 부터 빼앗아 국가 지정 교육 시설에 수용한 사건. 현재까지도 호주 역사에서 가장 치욕스런 사건 중 하나이며, 이에 대해 2012년 호주 정부는 공식적으로 호주 원주민들에게 사과한다.

년 공식적으로 폐지되었다. 그 이후부터 이른바 '호주의 아시아화the Asianisation of Australia'가 유행하면서, 아시아에서 일어나는 여러 사건을 다룬 호주인들의 아시아 여행기가 문학계의 유행을 주도하기 시작했다. 크리스토퍼 코치는 『방파제를 넘어Across the Sea Wall』와 『위험한 삶의 해The Year of Living Dangerously』의 출간을 통해 그의 현대 작품 시대를 열었다. 15년 후, 『전쟁으로 가는 고속도로들Highways to a War』이 이런 경향을 더욱더 일게 했다. 그때부터 아시아와 관련된 문화가 호주에서 유행되기 시작했으며 많은 지식인에게 수많은 영감의 원천이 되었다. 그 유행의 중심에서 니콜라스 호세Nicholas Jose는 남다른 두각을 드러내기도 했다.

20세기 전반기까지 아시아는 호주 문학에서 무시되었다. 그 당시만 해도 아시아는 단순한 방문에 지나지 않는 여행 이야기 아니면 다른 장르들 속 배경이나 삽화들 중 한 장면에 불과했다. 그런 부차적 이미지가 일반적이던 시절, 그 당시 호주인들에게 전형적이면서 진부한 동양미를 가진 아시아는 여행객을 유혹하는 여신 또는 월남전 당시 호주군이 두려워했던 정글 속 전사의 이미지였다. 이런 현상은 크리스토퍼 코치가 『위험한 삶의 해』(1978)와 『전쟁으로 가는 고속도로들』(1995)에서 인도네시아와 캄보디아를 대상으로 한 문학 장치들을 능숙하게 묘사하면서 사라졌다. 『방파제를 넘어』(1965)에서, 23세의 로버트 오브라이언Robert O'Brien은 그의 친구 제임스 바덴James Baden과 함께 보트를 이용, 영국까지 여행하기로 한다. 그 여정에서, 그들은 콜롬보Colombo에 잠시 머문 후 현지 가이드의 도움으로 인도를 횡단한다. 몇 가지 난관을 극복한 후, 로버트는 집으로 돌아온다. 작가 코치가 이 작품을 통해 젊은 호주 청년들에게 보여 주고자 했던 것은, 아시아가 영국으로 가는 도중 잠시 들르는 곳이 아닌, 보여 줄 것이 많은 곳이라는 점이었다. 소설은 이국적 환경과 내면의 자기 성찰에 적합한 장소를 보여 준다. 아시아는 그곳을 여행하는 동안 어려움들을 겪는 이들의 감정을 통해 자신의 강점과 약점을 노출하게 한다.

코치의 세 번째 소설『위험한 삶의 해』에서도 아시아를 선택한다. 이 소설은 이국적 사회 속 특별한 관찰자 입장인 저널리스트 시각의 서술로 저자에게 국제적 명성과 성공을 가져다준, 문학적으로 우수한 작품이었다. 인도네시아는 주인공 가이 해밀턴Guy Hamilton에게 이국적 공간일 뿐만 아니라, 1965년 인도네시아 공산당 반란The Indonesian communist insurrection과 그 뒤 연이어 벌어진 수카르노 대통령President Sukarno 몰락 당시 극에 달했던, 파워 게임들과 음모, 다수의 정치적 모략의 무대가 되었다. 이 소설은 1982년 피터 위어Peter Weir[20]가 영화로 만든 후 국제적 관찰자 시각을 강조한 앤드류 로스Andrew Ross가 1999년 연극 무대에 올리면서 대중에게 크게 알려졌다.

코치는 그 시대 작가들에게 많은 영향을 주었다. 예를 들어『정글 속 비명소리A Cry in the Jungle Bar』(1978년 발표, 배경: 마닐라Manila)를 쓴 로버트 드위Robert Drewe, 곧이어『어둠속 원숭이들Monkeys in the Dark』(1980년 발표, 배경: 인도네시아)와『거북이 해변가Turtle Beach』(1981년 발표, 배경: 말레이시아)를 쓴 블랑쉬 달프겟Blanche D'Alpuget[21],『사라지는 빛The Retreat of

---

20) Peter Weir(1944~): 호주 영화감독이자 제작자. 1970년대부터 1990년대 호주에서 유행한 'Australian New Wave Movement'를 이끌었다. 1989년 〈Dead Poet's Society〉의 감독
21) Blanche D'Alpuget(1944~): 정치부 기자 출신 호주 작가. 호주 노동당 최장수 당수를 지낸 바 있으며 호주 23대 수상인 Bob Hawke(1929~2019)의 두 번째 부인. Bob Hawke가 중진 정치인이던 시절인 1976년부터 내연 관계였다. 1991년 외도 사실이 항간에 알려지자 Bob

Radiance』(1982년, 배경: 중국)의 이안 모핏Ian Moffitt[22]), 『도시의 욕망이 남긴 것*The Ivory Swing*』(1982년, 배경: 인도)을 쓴 자넷 터너 호스피탈Janette Turner Hospital, 『웃는 부처*Smiling Buddha*』[1985년, 배경: 크말라Khamala(남동 아시아에 있다는 가상의 도시)]의 마가렛 존스Margaret Jones[23]), 『줄리아의 파라다이스*Julia Paradise*』(1986년, 배경: 중국 상해)를 쓴 로드 존스Rod Jones, 『운 없는 소년*Poor Boy*』(1987년, 배경: 태국)의 브리센덴R.F.Brissenden[24]) 등 이다. 1995년 『전쟁으로 가는 고속도로들』을 발표하면서 작가 코치는 싱가포르, 태국 그리고 캄보디아에서 취재 활동을 하던 호주 저널리스트 마이클 랭포드Michael Langford의 행적을 찾아 좀 더 깊이 아시아 속으로 들어갔다. 소설 속에서 1976년 크메르 루즈Khmer Rouge[25])가 우글거리는 캄보디아에서 마이클 랭포드가 사라진 이후, 그의 어린 시절 친구 레이몬드 바튼Raymond Barton은 그의 인생을 재구성하고 기록하려 한다.

대부분의 호주 태생 작가는 관찰자 그리고 비평가의 입장에서, 백인 우월주의 주창의 선봉에 선 대다수 백인 저널리스트처럼 그들의 경험

Hawke는 본부인 Hazel Masterson과 자녀들을 버리고 결혼 생활을 청산한 후, Blanche와 정식으로 결혼한다. 호주 현대 정치사에서 가장 뜨거운 러브 어페어로 남았다.

22) Ian Moffitt(1926~2000): 호주 작가이자 언론인. 1960년대 호주 언론사의 뉴욕 특파원을 지내면서 당시의 중국과 홍콩을 배경으로 한 『The Retreat of Radiance』(1982)로 유명해진다.

23) Magaret Jones(1923~2006): 1966년에서 76년 사이 발생한 중국의 문화 대혁명을 현장 취재한 호주 언론의 첫 번째 외신 편집장. 1988년에서 98년까지 호주 언론인 협회Australian Press Council 회장을 역임한다.

24) R.F.Brissenden(1928~1991): 호주 시인이자 소설가. 1960년대부터 1980년대까지 호주 주요 대학들의 인문학 교수를 역임한다. 1982년, 호주 문학에 기여한 공로 문인들을 선발하는 'Order of Australia for service to literarture' 위원회장을 역임한다.

25) Khmer Rouge: 1967년 탄생한 캄보디아의 좌익 급진 무장 단체. 1975년에서 1979년까지 캄보디아를 지배했으며(친미 정권) 이 시기 일명 '킬링필드'라는 대학살을 일으켜 국제적 공분을 산다.

들을 통한 이야기를 그들만의 시각으로 뽑아내었다. 직업적 동기에 자극받은 그들의 적극적인 아시아 여행은 아시아의 이국적 풍경에 반하는 것으로 시작하여, 정신적 탐구를 위한 여정으로 마무리 된다. 부분적으로 중국이 배경인 『기억의 방The Memory Room』(2007)은 간첩을 소재로 했으며, 한동안 작품 활동이 뜸했던 크리스토퍼 코치를 오스트랄라시안 장르의 작가로 각인시키게 했다. 이 소설은 비밀 업무를 수행하는 빈센트 오스틴Vincent Austin과 언론인 에리카 랭Erika Lange의 운명을 서로 엮고 있다.

로빈 거스터Robin Gerster가 『호텔 아시아Hotel Asia: An anthology of Australians travelling in the East』에서 관찰한 것처럼, 1970년대 말 무렵부터 출판된 아시아 여행 스토리들은 다음과 같이 요약될 수 있는 전형적 패턴을 따른다. 대체로 다음과 같다. 첫 장면은 아시아의 어느 공항에서 시작된다. 주인공은 도착 전 자신이 상상했던 모습과 다른 아시아의 모습(특히 시각적 인상과 냄새)에 놀란다. 그들은 심각한 감염의 원인이 되는 빈약한 위생 시설과 불안전한 치안, 가난에 찌든 모습과 대면한다. 이야기 속 등장인물들은 그들이 스스로 찾아나서는 여정 동안 변하는, 아시아에 대한 잘못된 인식과 편견의 희생자들이다. 이 장르는 독자들이 쉽게 예상할 수 있듯이, 아시아의 신비를 찾고자 하는 저널리스트를 주인공으로 하지만 결국 소수의 해외 거주자 그룹의 일부가 되는 것으로 결말을 맺는다(즉, 대부분 현지에 남는다). 이런 서구인들이 생각하는 아시아는 순종적인 아시안 여성과 섹스에 몰두하기 쉬운, 자유분방하면서 쾌락에 찌든 파라다이스이자 도피처이다. 서구 문학에서 동양은 마음껏 에로틱하고 원색적인 성행위를 즐길 수 있는 곳이 되었다. 가부장적 사회의 판타지를 강조하는 남성 우월주의 세계관의 결과로, 아시아는 『위험한 삶의 해』에서처럼 병적으로 섹스에 집착하고 마약에 찌들대로 찌든 서구의 남성이 주로 찾는 커다란 창녀촌으로 묘사된다.

『동양 여성The Yellow Lady: Australian impressions of Aisa』에서 앨리슨 브로이노스키Alison Broinowski는 아시아를 다룬 호주 소설들 속 상투적 이야기들을 나열한다. 첫 번째로 도착 즉시 느끼는 문화적 충격, 냄새, 많은 인구와 그들의 낯선 피부색. 그런 다음 현지 가이드가 나오고 영웅의 이야기가 담겨 있다는 근처 산을 오르락내리락한 후, 현지의 이국적 여성과 정사에 빠진 다음 집으로 돌아온다. 작가 코치는 이런 이분법 논리에 충실하면서 독자들에게 아시아에 대한 이중적 표현을 제공한다. 즉 아시아는 호주인들의 머릿속에서 환상적이면서도 충격적인, 두 가지 모습을 가진 미지의 대륙이다. 말하자면, 환상의 마스크를 쓴 아시아의 또 다른 얼굴은 서양의 로맨틱한 상상에서 나온 유혹적 산물이다. 여행객의 호기심을 뒤흔드는 이국적 자연 속 눈부신 꽃들로 장식한, 팜파탈로 비유되는 아시안 여성은 겉으로만 고귀한 척하는 점잔 빼는 이들(?) 또한 놓치지 않는다. 첫 인상이 비록 외국인들에게 접근하기 어려워 보이고 신비스러워 보인다 해도, 결국은 속살을 다 드러내 보이고 강한 성욕마저 불러일으킨다. 또 다른 아시아의 얼굴은 반항하는 그녀를 감히 힘으로 제압하려는 서양인을 죽이거나 삼켜 버리는 거대한 괴물의 모습이다. 이 맥락에서 기후는 두려운 무기이다. 이 모든 것을 태워 버릴 듯한 뜨거운 열기는, 서양인들을 완전히 제압하지 못하지만 그들을 미치게 만든다.

20세기 중반 아시아와 호주는 더욱 밀접해졌다. 호주는 아시안 배경을 가진 상당한 인구를 가지게 되었고 아시안 삶의 다양한 모습들이 호주 사회에서 친숙해졌다. 소설은 아시안과 태평양 및 호주인들을 담아내는 새로운 접근과 목소리로 이런 변화들을 표현했다.

문학적 다문화주의

호주가 현재 이민자들의 나라라고 정의되지만, 1965년까지 호주에서 발표된 소설 속 대부분의 주인공은 백인 우월주의 사상을 기초로 한 인종적 가치에 갇혀 있었다. 이는 2차 세계 대전 발생 전 호주에 입국한 이민자 중 90퍼센트가 영국출신이었던 1945년 당시까지 존재했던 것이다. 그 당시만 해도, 영어를 능숙하게 구사하는 누구라도 기꺼이 영국 전통을 따르고자 했고, 전형적인 호주인들은 영국과 그 주변 섬들에서 나고 자란 그들의 조상들과 함께한 삶의 기억을 가지고 있었다. 다문화주의는 이 앵글로 사상Anglomorphism을 끝내게 했다.

다문화 시대에 이민자 출신 작가들은 삶의 조건들에 대한 각자의 생각을 공유했다. 모든 작품이 그 나름의 특별함을 가지고 있었지만, 제비에르 폰즈Xavier Pons[26]의 표현처럼 '문학적 다문화주의'는 그 안에 많은 공통적 주제를 담고 있다. 예를 들어 살던 곳의 전환, 여행, 문화적 충격, 화합의 어려움들, 새로 만나는 문화를 이해하기 위한 언어 숙련과 같은 것들이다. 언어의 중요성은 루마니아계 그리스 작가 안티곤 캐팔라Antigone Kefala[27]가 『첫 번째 여행First Journey』(1975)과 『섬The Island』

---

26) Xavier Pons(1948~): 호주 문학 비평가. 1983년부터 호주에서 호주 문학을 연구한 프랑스 학자로 호주의 주요 소설들을 프랑스어로 번역 및 출판한다.

27) Antigone Kefala(1935~): 그리스 루마니아계 호주 시인. 현대 호주 이민자 문학의 선두 주자 중 한사람으로, 그녀의 작품들은 주로 체코와 프랑스 문단에 알려져 있다.

(한참 지난 1984년 출판됨), 이 두 가지 소설을 통해 표현하려는 그녀의 글쓰기에서 핵심 주제이다. 이 작품들에서 캐팔라Kefala는 존재에 대한 질문의 답을 찾아 나가는 젊은 유럽인의 이야기를 썼다.

이민자 출신 작가들 가운데 러시아 출신 주다 와텐Judah Waten은 그가 쓴 『이방인 같은 아들Alien Son』(1952)로 유명한데, 작가가 그의 모국에서 겪었던 유년기 기억들을 회고하는 소설 형식에 그다지 얽매이지 않고 자유롭게 쓴 산문 스타일을 지니고 있다. 흔히 그가 1950년대에 소설을 쓰기 시작했다고 알려져 있지만, 사실 그는 작품 대부분을 1965년 이후에 썼다. 그의 가장 대표적 다문화주의 소설은 유대인과 이탈리안 이민을 다룬 『더 이상 갈 수 없는 곳So Far No Further』(1971)이다. 오스트리아와 이탈리아계 작가 피노 보시Pino Bosi[28] 또한 언급되어야 한다. 그는 1951년에 호주에 도착했을 때, 1950년대 이탈리아인의 이민 과정을 그의 모국어로 발표한 『오스트레일리아 케인Australia Cane』(1971)의 영감을 얻었다. 이와 유사한 사례가 월터 아담슨Walter Adamson으로, 1974년 독일어로 출판된 이후 『인스티튜션The Institution』(1976)을 영문판으로 출판했다. 만프레드 저겐슨Manfred Jurgensen[29] 또한 1978년 독일에서 '모병관Wehrersatz'을 출판한 이후 1980년대 초 영문판을 발표했다. 유고슬라비아 출신 고고학자 스트레텐 보직Sreten Bozic은 웅거 B.Wongar라는 원주민 이름으로 자신의 책을 출판했다. 그는 『추적자들 The Trackers』(1978)을 통해, 어느 날 흑인의 피부색에서 탈피하는 아시안

---

[28] Pino Bosi(1933~): 슬로베니아 출신 호주 작가이자 방송인 1970년대 호주 라디오 방송의 독서 관련 프로그램 진행자

[29] Manfred Jurgensen(1940~): 독일계 호주 작가. 생애 대부분을 호주에서 지냈으나, 공개 석상에서 '나는 아직도 유럽인 사고방식을 고수하고 있다'고 고백한다.

의 초자연적 경험에 대해 다루며, 결국 호주 내 유럽인 중심 문화에 외부적 관점을 융합할 수 있다는 점을 일깨워 준다. 이런 작가군에는 『내 이름은 티안My Name is Tian』(1968)과 『패스워드Password』(1974), 두 작품으로 아시안 문화를 다룬 저자인 한국 출신 호주 작가 돈오 김Don'o Kim과 1984년 호주 도착 후 『악어의 분노The Crocodile Fury』(1992)를 쓴 말레이시아 출신 베쓰 얍Beth Yahp[30]를 포함할 수 있다. 말레이시아를 배경으로 한 이 이야기는 저자의 할머니에 대한 기억을 소설로 구현한 것으로 여러 언어로 출판되어 저자에게 국제적 명성을 가져다주었다.

오늘날 문학계에는 상당한 수의 비앵글로켈틱 배경을 가진 작가들이 있다. 이들 가운데 주목할 작가들은 프랑스 출신 소피 마송Sophie Masson[31], 폴란드 출신 아니아 발비치Ania Walwicz[32], 방글라데쉬 출신 아디브 칸Adib Khan[33], 그리고 오스트리아 출신이자 사회 풍자에 능한 레나테 예이츠Renate Yates가 있다. 호주 출신이지만 두 문화 사이에서 태어난 대표적인 작가로는 레바논계 배경을 가진 데이비드 말루프 David Malouf, 폴란드 배경의 모리스 루리Morris Lurie[34], 그리스계 안젤로 루카키스Angelo Loukakis[35], 소설 『갱들에게 바치는 헌사The Gangs and its

---

30) Beth Yahp(1964~): 말레이시아계 호주 작가. 시드니 대학 박사 과정을 마친 후, '창의적 글쓰기' 강사로 세계 각국을 다니면서 쓴 여행기가 주요 작품
31) Sophie Masson(1959~): 한국 아동출판계에도 잘 알려진 프랑스계 호주 아동 문학 작가. 2019년 호주 문학계 기여한 공로를 인정받아 'Member of Order of Australia(AM)' 수상.
32) Ania Walwicz(1951~2020): '의식의 흐름' 기법을 사용한 호주 현대 시인. 폴란드 출생으로 1963년 부모를 따라 호주에 정착한다. 카프카를 비롯한 유럽풍 문학 사조를 호주 시 문학에 반영한다.
33) Adib Khan: 방글라데시 출신 호주 작가. 1973년 부모와 함께 호주 정착한다. 40세의 나이에 뒤늦게 소설가로 입문한다. 1994년 발표한 첫 소설 『Seasonal Adjustments』가 그해 'Christina Stead Prize' 수상
34) Morris Lurie(1938~2014): 호주 작가. 주로 코믹 소설과 아동 출판에 집중했음.

Tributaries』(1993)에서 그의 인도계 문화를 소개한 크리스토퍼 시릴 Christopher Cyrill이 있다. 이 작가들은 기꺼이 그들의 문화적 배경을 활용해 작품 속에 민족적 영감을 불어 넣었다. 포르투갈과 중국 및 영국계 작가 브라이언 카스트로Brian Castro가 쓴 『통로의 새들*Birds of Passage*』 (1983)과 『하이엠*Hiam*』(1998)을 쓴 에바 살리스Eva Sallis36)의 『바다사자들의 도시*The City of Sealions*』(2002), 『마야*Mahjar*』(2003) 그리고 『습지의 새들*The Marsh Birds*』(2005)이 아랍의 이슬람 문화를 깊게 다루고 있는 것처럼, 이민과 인종 간 결합의 정체성은 여전히 포스트모던 시대 작가들의 중심 주제이다.

영국 문화에 이국풍과 새로운 피를 주입하는 문학적 다문화주의는 호주 문학에 남아 호주 정체성의 재정의를 위한 길을 열었다. 이처럼 전 세계의 전통문화가 섞이고 짜인 텍스트들이, 모자이크와 같은 개별적 작품들을 만들어 내면서 거대 암석과도 같았던 앵글로켈틱 정체성을 해체하는 데 공헌했다는 점은 분명하다. 그러한 다양성을 반기고 평가하기 위해, 이런 다문화 작가들로 인해 공유되는 존재론적 관심과 휴머니즘이 어느 정도 인종 및 문화적 경계를 무너뜨렸다는 점 또한 인식되어야 한다.

---

35) Angelo Loukakis(1951~): 호주 작가. 그리스계인 부모의 영향을 받은 그의 첫 소설 『Messenger』가 큰 반응을 얻었다. 2010년에서 2016년까지 '호주 작가 연합Australian Society of Authors(ASA)' 의장 역임

36) Eva Sallis(1964~): 호주 작가, 인권 운동가. 2009년 소설 『Dog Boy』로 'Prime Minister's Literary Award' 수상

소설의 여성화: 중심 주제들

1970년대, 여성 작가들의 글쓰기가 넘쳐났고 많은 인기를 끌었다. 1970년대와 1980년대는 호주 여성 해방 운동의 시기였으며 대략 10여 곳의 독립 페미니스트 출판사들이 출현했다. 그 결과, 전업으로 글을 쓰는 여성 작가들이 많아졌다. 테아 애스틀리Thea Astley, 엘리자베스 해로어Elizabeth Harrower[37], 제시카 앤더슨Jessica Anderson[38], 바바라 핸러핸Barbara Hanrahan, 셜리 하자드Shirley Hazzard, 헬렌 가너Helen Garner, 베벌리 파머Beverley Farmer 등은 이 화려한 시기를 채운 위대한 작가들이다. 여성 작가들은 대체로 특정 주제에 몰두했다. 대표적으로는 이성 관계, 여성 정체성, 가족, 성장 과정에 겪었던 정신적 트라우마 등이 있다.

대부분의 여성 작가는 감성적 주제를 다루었지만, 일부는 사회 문제로 눈길을 돌렸다. 엘리자베스 라일리Elizabeth Riley라는 필명으로 『모두 틀렸어All That False Instruction』(1975)를 발표한 케리 힉스Kerry Higgs[39]와 같이, 일부 여성 작가는 굳건한 의지로 페미니즘을 지지했다.

소설 『원숭이 목걸이Monkey Grip』(1977)에서 저자 헬렌 가너는 일반 여성의 라이프 스타일과 완전히 다른 여주인공 노라를 보여 준다. 작가는 노라의 자유분방한 보헤미안식 생활 스타일을 통해, 여성 해방을 여성 스스로 자신의 몸이 원하는 대로 섹슈얼리티를 즐길 수 있는 일종의 권

---

37) Elizabeth Harrower(1928~2020): 호주 단편 소설가. 주로 가정 폭력 피해 여성과 인권 문제를 중심으로 한 작품 발표. 1996년 'Patrick White Award' 수상.

38) Jessica Anderson(1916~2010): 호주 단편 소설가. 'Miles Franklin Award' 2회 수상, 사후 호주를 빛낸 문인들을 기리는 'Sydney Writers Walk' 동판에 이름 수록

39) Kerry Higgs(1946~): 호주 작가, 인권 운동가, 작사가. 'Elizabeth Riley'라는 필명으로 발표한 『All That False instruction』(1976)은 호주 문학사에서 첫 레즈비언 소설로 알려져 있다.

리로 표현했다.

그 당시 여성 작가 중 원로 격이었던 테아 애스틀리는 헬렌 가너와 달리 그녀 작품들 속에서 섹슈얼리티를 고통스럽게 표현했다. 그녀는 섹스 행위가 마음속 충동만큼 중요하지는 않다고 말한다. 엄격히 말해, 테아 애스틀리는 그 당시 타 여성 작가에 비해 예외적으로 소설에서 여성화feminisation를 크게 다루지 않았다. 실제로 테아 애스틀리가 가끔 남성 위주의 부패한 사회에서 벌어지는 잔인함, 야만성, 강압적 지배를 비난했다 해도 그녀가 여성 해방을 부르짖었던 적은 없었기에 여성 페미니스트 작가군에 위치하기는 힘들다. 애스틀리는 그녀 소설 속 문체를 의도적으로 중립적으로 만들어 독자들에게는 남성적인 스타일로 받아들여졌다.

애스틀리는 엘리자베스 해로어가 사회 풍자 소설인『시계탑The Watch Tower』(1966)을 발표하기 전 이미 4권의 소설을 집필했다. 이 작품에서 해로어는 결혼은 감옥이라는 고전적 이미지를 사용한다. 심지어 여주인공 클레어Clare는 그녀의 악랄한 고용주에게 갇혀 있음에도 불구하고 이러한 남성 지배에서 빠져나오지 못한다. 해로어의 작품 속에서 주인공들의 심리 구조는 크리스티나 스테드Christina Stead의 글만큼이나 정교한 내면 심리를 드러낸다. 페넬로페 로우Penelope Rowe[40] 역시『오리들의 춤Dances for the Ducks』(1976)에서 묘사한 것처럼, 아이를 가질 수 있는 '만남의 지점'인 결혼이라는 결합에 큰 관심을 보였다.

결혼이라는 인습은 제시카 앤더슨의 뇌리에 박힌 여러 생각 중 하나

---

40) Penelope Rowe(1946~): 호주 작가이자 언론인. 호주 문학 비평가 Gerald Winsor(1944~)의 동생이기도 하다.

였다. 특히 그녀의 소설『강가의 티라 리라*Tirra Lirra by the River*』(1978)[41]에서, 여주인공 노라 포티우스Nora Porteous는 호주를 떠나 영국 런던에서 살기 위해 억압적 결혼을 거부한다. 제시카 앤더슨은『흉내 내는 사람들*The Impersonators*』(1980)을 통해 끊임없이 사회적 풍자를 던진다. 소설 작품에서 인간관계는 중요한 의미를 갖는 만큼 면밀히 살펴야 하는데, 이 작품에서 가장의 유언을 읽는 사건은 인물의 진정한 본질을 드러내는 플롯을 위한 촉매제이다.

사회를 비판한 또 다른 여성 작가로는 1970년에서 1980년 사이 10권의 소설들을 발표한 바라라 핸러핸이 있다. 사후에는『잘자요, 미스터 문*Good Night, Mr Moon*』(1992)이 발표되기도 했다. 그녀의 작품 중 가장 유명한『복숭아 나무들*The Peach Groves*』(1979)과『프렌지페니 가든*The Frangipani Gardens*』(1980)에서 보여 준 것처럼, 바바라 핸러핸은 주제들을 잘 대비시키고 허울 좋은 부패한 사회의 겉면과 속살을 드러내는 데에 능했다.

셜리 하자드에게 소설은 전 세계를 돌아다니며 겪은 파란만장한 인생사 이야기였는데, 호주를 배경으로 한 작품은 특이하게도 연애 소설이었다. 그 시기 그녀의 가장 괄목할 만한 소설,『금성이라는 환승역*The Transit of Venus*』(1980)의 일부분만이 시드니에서 일어난 일들이다. 그녀의 두 번째 작품『유리집 안의 사람들*People in Glass Houses*』(1967)은 독자들을 뉴욕으로 이끈 반면『휴일 저녁*The Evening of the Holiday*』(1966)과『한낮의 항구*The Bay of Noon*』(1970)는 이탈리아가 소설 속 배경이다. 작품들의 주제로 여성적 특성을 다룬 하자드와 대조적으로, 베벌리 파머는 동일

---

41) 『Tirra Lirra by the River』: 제목은 알프레드 로드 테니슨Alfred Lord Tennyson(1809~1892)의 시 「The Lady of Shalott」에서 유래

한 주제를 문체상으로만 다룬다. 프랑스 문학 비평가이자 호주 문학 전문가인 제비에르 폰즈Xavier Pons에 따르면, 파머는 그녀의 첫 번째 소설 『홀로서기Alone』(1980)에서 '자신을 극적으로 보이게dramatising self' 함으로써 '여성적 글쓰기ecriture feminine'를 보여 주었다. 그녀의 문체는 여성적 섬세함이 가득하며 여성만이 가질 수 있는 요소인 도도함water imagery42)의 매력을 보여 준다. 페미니스트 작가 그룹의 활약은 엘리자베스 졸리Elizabeth Jolly, 『사랑스런 딸들Loving Daughters』(1982)과 『에이미의 아이들Amy's Children』(1987)을 쓴 올가 마스터스Olga Masters43)와 같은 작가들에 의해 1980년대까지 이어진다.

소설 속 섹스: 억압된 감정의 회귀

1970년대, 검열제도의 완화는 작가들이 섹슈얼리티를 주제로 예전보다 더욱더 과감한 글을 쓸 수 있게 했다. 그로 인해, 원색적 표현에 가까운 자유분방한 글쓰기가 문학계에 유행하기 시작했다. 에로 문학이 유행하기 시작하면서 일부 작가는 소설에서 적나라하게 성관계를 표현하는 현실주의에 관심을 두기 시작했다.

기존의 전통적 관습이 완화된 이런 과감한 표현들은 프랭크 무어하우스Frank Moorhouse44)와 마이클 와일딩Michael Wilding45)과 같은 작가들

---

42) water imagery: 영국 소설가 샬롯 브론테(1816~1855)가 쓴 제인 에어Jane Eyre의 작품 구조를 위해 쓴 기법으로, '열정 없는 냉정함은 죽음이나 다름없다'는 여주인공의 침착함을 비유한다.

43) Olga Masters(1919~1986): 호주 작가, 언론인. 58세라는 뒤늦은 나이에 소설 집필을 시작함. 주로 언론인 생활을 바탕으로 한 휴머니즘 기반의 작품을 발표. 사후 정교한 그녀의 소설 전개 기법이 호주 문단에 큰 영향을 미쳤다는 평가를 받았다. 1983년 『Home Girls』로 'National Book Council Award' 수상

이 주로 사용했으며, 이 두 작가는 상업 목적과 자신의 섹슈얼리티를 주장하려는 목적을 가지고 있었다. 1960년대 말, 이에 동조하는 일부 작가는 시드니 시내 외곽에 있는 도시의 이름을 딴 '발메인 그룹Balmain group'을 결성했다. 마이클 와일딩은 그의 첫 번째 소설 『동거Living Together』(1974)에서 대안적 삶의 모습을 기술함과 동시에 문학을 통한 적나라한 성 묘사를 실험했다.

1993년 전까지 프랭크 무어하우스가 쓴 작품들은 소설이라고 하기 매우 힘들다. 그가 자신의 저작을 '특정 장르'로 구분하는 것을 거부했기 때문이다. 『공허 그리고 다른 동물들Futility and Other Animals』(1969), 『아메리칸 베이비The Americans, Baby』(1972)와 『황홀의 극치The Electrical Experience』(1974)와 같은 그의 산문집 중 일부는 '불연속 화법discontinuous narratives'을 부제로 달고 있다. 이 개념은 다양한 독립적 인물상에 대한 이야기를 쓴 크리스티나 스테드Christina Stead의 『잘즈베리 축제 이야기들The Salzbury Tales』(1934)에서 비롯된 것이다. 프랭크 무어하우스의 작품에서, 등장인물들은 친밀한 이성애 또는 동성애 관계에서 미숙하게나마 멀어지려고 하면서 고립의 고통을 겪는다.

소수의 동성애 그룹은 문학을 통한 그들만의 목소리를 갖기 위해 1970년대까지 기다려야만 했다. 작가 자신의 레즈비언 관계를 작품에

---

44) Frank Moorhouse(1938~): 호주 작가. 2001년 대표작 『Dark Place』로 호주 최고 권위의 'Miles Franklin Award' 수상. 현존하는 호주 문단 대표 작가 중 한 사람으로, 주로 백호주의에 입각한 호주 민족주의 노선을 지향

45) Michael Wilding(1942~): 호주 작가이자 문학 비평가. 1960년대 호주 문학의 William Lane, Christina Stead와 함께 'New Writing movement' 전개, 17~18세기 영국 문학 전공으로 시드니 대학에서 호주 문학 강의한다.

담은 대표적인 여성 작가로는 『모두 틀렸어All That False Instruction: A Novel of Lesbian Love』(1975)를 쓴 엘리자베스 라일리Elizabeth Riley, 60세의 노인인 로라Laura와 친오빠와의 근친상간 관계 속 희생자 앤드리아Andrea의 정사를 다룬 이야기 『팔로미노Palomino』(1980)의 엘리자베스 졸리Elizabeth Jolly, 그리고 섹슈얼보다 더욱더 육감적 관계를 다룬 단편 소설 『홀로 서기Alone』(1980)를 쓴 베벌리 파머Beverley Farmer가 있다.

『모두 틀렸어』가 저자의 실제 이름인 케리 힉스Kerry Higgs로 2001년 재편집된 후 다른 포맷으로 출판된 것이 흥미롭다. 그런 다음 힉스는 멜버른을 다룬 초기 맥락을 다시 썼다. 저자가 필명을 따로 사용하는 것은 이미 초판 발행 연도인 1975년에 사전 결정되었다. 케리 힉스는 그녀 가족들이 민감해하던 주제를 가지고 싸우기를 원하지 않았기 때문이다.

이 시기 남성 간 동성애 욕망 또한 일부 소설들의 주제가 되었다. 데이비드 아일랜드David Ireland[46]의 가장 과감한 성적 표현을 담은 소설 『육식주의자들The Flesheaters』(1972)은 소설 속에서 다루어지는 식인주의, 사디즘, 성도착을 비롯한 대담한 일탈과 함께 이런 트렌드의 일부가 되었으며, 이런 일탈적 주제들은 크리스토스 치오카스Christos Tsiolkas가 그의 개인적 스타일을 담은 『죽은 유럽Dead Europe』(2005)를 통해서도 다루어졌다. 이 소설에서 현실감 넘치는 기술記述: narrative은 뱀파이어와 미신이라는 주제를 도입, 판타지를 현실적으로 좀 더 자세히 설명한다.

성 정체성의 혼란은 이 시기 작가들, 특히 패트릭 화이트Patrick White

---

46) David Ireland(1927~): 1970년대를 대표하는 호주 작가. 'Miles Franklin Award' 4회 수상

와 데이비드 아일랜드의 작품들 속 주된 특징이다. 데이비드 아일랜드는 그의 소설 『육식주의자들』(1972)에서 주인공 이름을 중성적 의미의 리 말로리Lee Mallory로 사용하면서 양성애androgyny and bisexuality를 표현한다.

패트릭 화이트의 후기작들에서는 한술 더 떠 전통적으로 이성애heterosexuality에 의해 가려진 에로티시즘의 또 다른 형태들을 적나라하게 그렸다. 그의 가장 대담한 표현을 기술한 『트위본 형제들 이야기The Twyborn Affair』(1979)는 직설적으로 동성애와 복장도착증transvestism을 표현한다. 독자들은 다양한 정체성을 가진, 즉 다형성 성격을 가진 polypmorphous 주인공의 진화를 따라간다.

첫 번째 파트에서 유도시아Eudoxia는 60세의 그리스계 안젤로스 바타츠스Angelos Vatatzes의 성노예로 묘사된다. 두 번째 파트에서, 유도시아는 런던 창녀촌 포주인 에디스 트리스트Edith Trist의 모습이 되기 전에 매니저 돈 프로워Don Prower와 농장주 아내 마르시아 루싱톤Maricia Lushington을 유혹하는 농장 견습생이자 양성애자 에디스 트위본Eddie Twyborn이 된다. 여기서는 간단히 언급되었지만, 실제 작품에서는 이 변화무쌍한 인물상의 성적 정체성이 독자들의 반응에는 아랑곳하지 않은 채로 적나라하게 묘사된다. 그 이유는 '성적 정체성은 이를 주창하는 자들의 정신 심리 구조와 오이디푸스 콤플렉스를 나타내는 것'이라는 데이비드 코드David Coad47)의 주장에 동조하기 때문이었다. 『트위본 형제들 이야기』는 그때까지의 문학 안에서 보이지 않았던 성적

---

47) David Coad(1958~): 성심리학자

정체성의 대안적 모델이 되었다. 로버트 드젝Robert Dessaix에 따르면, 사회적으로 성적 억압이 다소 느슨해진 1980년대와 1990년대에 많은 주목을 받았다.

1970년대 호주 사회는 점차 동성애 욕망을 받아들이기 시작했지만 1975년부터 1997년까지도 동성애는 남호주South Australia에서 태즈메이니아에 이르기까지 호주 여러 주에 걸쳐 간헐적인 차별을 받았다. 패트릭 화이트가 그의 초기 소설에서 다루었던 동성애와 복장 도착증은 정체성 문제를 융합하는 사회적 중심 테마가 되었다. 그가 자신의 소설이 '동성애자 운동queer activism'의 한 부분이 되는 것을 의도하지 않았다고 해도 말이다. (패트릭 화이트를 다룬) 데이비드 마아David Marr[48]의 공식 자서전을 근거로 판단하건대, 신중한 성격의 패트릭 화이트는 동성애자 운동에 관심이 없었고 '게이 인권 운동Gay Rights Movement'에 참여한 적도 없었다.

마지막으로 제랄드 머네인Gerald Murnane의 경우, 작품 속 등장인물들의 성격이 그들의 욕망과 성적 취향에 따라 달라진다. 『줄지어 서 있는 버드나무Tamarisk Row』(1974)에서 청소년기의 클레멘트 킬레튼Clement Kileaten은 그의 솟아오르는 성적 욕구에 심취했다. 이는 『구름 속 인생A Lifetime on Clouds』(1976)에서도 다룬 바 있는 주제로, 자위행위에 빠져 있는 클레멘트보다 약간 나이가 많은 멜버른 출신 젊은 남자 아드리안 셔드Adrian Sherd의 성적 환상과 감정들을 묘사한다. 가톨릭 학교의 엄격한 교육 때문에 아드리안은 그의 강한 성적 충동을 억제하기 위

---

48) David Marr(1947~): 호주 작가, 시사평론가. 호주 ABC 방송의 시사 프로그램인 〈Q & A〉 고정 패널

해 환상 속 세상(예: '원색적인 미국, 데니스 맥나마라Denise McNamara와 성직자들 간 육체적 결합')에서 피난처를 찾는다.

헬렌 가너Helen Garner의 『원숭이 목걸이Monkey Grip』(1977)는 동성애 관계에 대한 적나라한 문장들로 차 있다. 켄 겔더Ken Gelder[49])에 따르면, '싸구려 소설grunge fiction'의 선두 주자 격인 헬렌 가너의 문단 데뷔 소설은 깔끔하고 단순한 섹슈얼리티와 사랑을 구분하고 있다. 소설 속 주인공 노라Nora는 사랑을 찾는 과정에서, 그녀 자신의 몸을 '사랑이 이루어지는 순간에 만족하지 못하는, 하나의 육체적 대상'으로 여기고 있음을 인정하고 자신을 내던짐으로써 도덕관념에서 벗어난다. 작가 헬렌 가너의 과감함은 대부분 독자에게 충격을 주기 위한 의도로 사용되는 원색적 어휘들에도 녹아든다.

『퍼버트 블루Puberty Blues』(1979)의 공동 저자, 가브리엘 캐리Gabrielle Carey[50])와 캐시 레트Kathy Lette[51])는 남성 중심으로만 여겨졌던 호주 해변의 서핑 클럽들에서 벌어지는 난잡하고 즉흥적인 성적 만남Random sexual encounters소재로 썼다. 이 페미니스트 작가의 소설은 전형적인 청소년기용 성적 해방을 다룬 내용이다. 『퍼버트 블루』에서 데비Debbie 와 수Sue는 서핑을 시도하는 것으로 남자들의 해변가 독점을 깨뜨리기

---

49) Ken Gelder(1955~): 호주 작가, 멜버른 대학 영문학과 호주 문학 교수. 주로 호주 역사 소설 집필했다.
50) Gabrielle Carey(1959~): 1970년대 말 호주 시드니 동부 해안가 Sutherland Shire를 배경으로, 근처 고등학생 청소년들의 섹스와 개방적인 해변가 문화를 다룬 『Puberty Blues』로 유명한 호주 작가. 이를 원작으로 한 동명의 드라마는 오늘날까지도 호주인들의 성적 개방성 및 개방적 결혼관까지 영향을 미쳤다.
51) Kathy Lette(1958~): 호주 작가. Gabrielle Carey와 함께 『Puberty Blues』를 집필, 청소년 작가가 청소년기를 배경으로 한 소설을 쓴 첫 사례로 꼽는다.

로 마음먹기 전까지, 그녀들이 연모하는 그린힐 비치Greenhill Beach의 서핑왕 청소년 그룹들과 몸을 섞는다.

이 시기 작가들은 후세대 작가들이 독자들의 감성을 해치지 않는 것은 물론 자유스러운 성적 표현을 쓸 수 있는 길을 열어 주었다. 에로틱한 쓰레기 소설들은 포르노 묘사를 통한 성행위 그 이상의 것을 제공하는 자유주의 트렌드를 이용해 흥행에 성공했다. 이런 방식으로, 익명으로 『벌거벗은 신부The Bride Stripped Bare』(2003)를 쓴 니키 겜멜Nikki Gemmell52)과 『난봉꾼Libertine』(1999)의 피터 스피어Peter Spear53)와 같은 일부 여성 작가는 자신의 실제 로맨스 경험까지도 작품 속에 보탰다.

우아한 문체로 마일즈 프랭클린 문학상 수상 후보에도 올랐던 로드 존스Rod Jones의 소설 『밤무대Nightpictures』(1997)는 그녀의 성공적인 데뷔작 『줄리아의 천국Julia Paradise』과 상당한 유사성을 가지고 있다. 예를 들어 정신 전문가와 관련된 정신병 환자, 근친상간 욕구, 정신분석 문화, 또라이 기질, 성 정체성을 모호하게 하는 옷차림 등이 있다. 『밤무대』는 베니스 소재 옥스포드 스쿨에서 교편을 잡고 있으며 '세일러Sailor'라는 별명을 가진 호주인과 기괴한 성행위를 가지는 여성 디엡Dieppe에 관한 이야기이다. 이 소설 속에서 주인공 세일러가 치명적인 실수를 저지르기 전까지 근친상간을 꿈꾸는 디엡의 성적 환상은 엽기적 성행위을 중심으로 한 남성 섹슈얼리티로 다루어진다. 그는 섹스와 사랑은 별개라고 굳게 믿으며, 누군지도 모르고 오직 육체적 매력만을

---

52) Nikki Gemmell(1966~): 호주를 대표하는 상업 작가로 한국으로 치면 '김수현 드라마 작가'와 같은 반열이라고 할 수 있다.

53) Peta Spear(1959~): 호주 미디어 학자

가진 섹스 파트너와 섹스에 몰입한다. 작가 페타 스피어는 『난봉꾼』에서 에로티시즘과 고딕Gothic54)을 뒤섞었다. 주된 내용은 솔Sol이라 불리는 연인과 제너럴The General이라고 불리는 '섹스 친구fuck-buddy'이자 단골손님을 데리고 노는(?) 영악한 창녀의 전쟁 같은 사랑 이야기이다. 『밤무대』 속 적나라한 성적 표현들과 달리, 섹스는 『난봉꾼』에서 관계의 끝을 의미하지 않는다. 페타 스피어는 섹스가 상업적 거래가 아니라면 인생에 힘을 실어 주고 정서적 결합을 도와주는 장치로 본다.

1990년대 초, 퀴어 연구queer studies는 미국과 마찬가지로 호주에서도 인기 있는 주제가 아니었다. 이 연구는 동성애, 양성애, 그리고 트랜스젠더와 같이 사회적 규범화가 되기 힘든 관계들을 살핀다. 동성애 해방 운동의 결과인 이런 연구는 인간이 가진 여러 정체성에서 비롯되는 다양하고 유연한 인물상을 강조한다. 이를 위한 학술적 이론에 기반을 둔 미학적 관점은 개인 정체성 및 성 정체성과 권력관계에 있는 편견들을 파괴하는 것을 추구한다. 호주 소설들은 포스트모던 시대로 접어들면서 이런 이데올로기가 사회 전반에 스며들게 했다.

---

54) Gothic fiction: 고딕 호러물이라고도 하며, 1764년 Horace Walpole(1717~1797, 영국 작가) 그의 소설 『The Castle of Otranto』에서 유래된 장르. 공포, 죽음, 사랑을 주제로 한다.

6장

포스트모던 그리고 새 문학사조들
(1981년에서 현재까지)

1960년대부터 1970년까지 전성기를 누렸던 시Poetry 문학은 1980년대부터 그 자리를 소설에게 내주었다. 후기 식민지postcolonial 문학 경향에 충실하면서 유럽 문학 전통으로 근근이 명맥을 유지하던 소설가들은 일련의 새로운 가치들에 맞추어 작품을 구성했다. 대표적으로는 존재가 불확실한 정체성에 직면하는 인물상, 혼합된 문학 범주들, 장르를 규정하기 힘든 혼합된 스토리들, 논란거리가 되는 역사적 사건들과 그 역사적 함의, 좀 더 대중 친화적인 '영웅 이야기' 등이 있다.

브라이언 카스트로Brian Castro[1], 루크 데이비스Luke Davies[2], 리차드 플래너건Richard Flanagan, 자넷 터너 호스피탈Janette Turner Hospital, 안토니 야흐Antoni Jach, 줄리아 리Julia Leigh, 앤드류 맥가한Andrew McGahan[3],

---

1) Brian Castro(1950~): 호주 소설가, 에세이스트. 2018년 'Prime Minister's Literary Award(Poetry)' 수상
2) Luke Davies(1962~): 호주 작가, 극작가, 시인, 영화 평론가. 『Candy: a Novel of Love and Addiction』(1977)으로 주목받기 시작하여 2013년에는 그가 쓴 각본 「Lion」이 미국 아카데미 영화상 각본 부문에 지명된다.

안소니 마크리스Anthony Macris[4], 알렉스 밀러Alex Miller, 에바 살리스Eva Sallis(a.k. Eva Hornung), 맨디 세이어Mandy Sayer[5], 크리스토스 치오카스 Christos Tsiolkas, 팀 윈튼Tim Winton[6], 알렉스 라이트Alexis Wright[7] 같은 신 세대 작가들뿐만 아니라, 머레이 베일Murray Bail, 피터 캐리Peter Carey, 데 이비드 아일랜드David Ireland, 크리스토퍼 코치Christopher Koch, 데이비드 말루프David Malouf, 프랭크 무어하우스Frank Moorehouse, 제랄드 머네인 Gerald Murnane, 마이클 와일딩Michael Wilding과 같이 작가 나름의 창의성 으로 오랜 기간 명성을 쌓아 온 이들에 의해 호주 소설들은 새로워졌다.

신세대 작가들은 주로 대학 강단을 통해 새 소설들을 실험했다. 그들 은 팀 윈튼의 첫 번째 소설 『오픈 스위머An Open Swimmer』(1982)와 필립 살 롬Philip Salom[8]의 두 번째 소설 『토카타와 비Toccata and Rain』(2004)와 같이 '창의적 글쓰기 프로그램Creative Writing Program'의 일환으로 원고를 쓴 후 발표하거나 카멜 버드, 브라이언 카스트로, 자넷 터너 호스피탈, 안

---

3) Andrew McGahan(1966~2019): 호주 소설가. 1991년에 발표한 그의 소설 『Praise』는 호 주 '싸구려Grunge 문학'의 시초로 평가받는다.
4) Anthony Macris(1962~): 호주 소설가이자 비평가. 2012년 'Prime Minister's Literary Award'(Non-fiction) 수상
5) Mandy Sayer(1963~): 호주 소설가, 시사평론가. 어린 시절 거리의 악사였던 아버지를 따 라 미국 뉴욕 거리에서 댄서 생활을 시작하면서 보헤미안의 삶을 살다가, 1985년 첫 남편이 자 시인(후에 퓰리처상 수상)인 Yusef Komunyakaa(1941~)와 이혼한다. 시드니 킹스 크 로스Kings Cross에서 호주 극작가 Louis Nowra(1950~)와 저녁에만 만나는 동거 계약을 한 후, 그와 함께 2000년 시 모음집 『In the Gutter Looking at the Stars』를 공동 발표한다.
6) Tim Winton(1960~): 호주 소설가. 'Miles Fanklin Award' 4회 수상
7) Alexis Wright(1950~): 호주 원주민 출신 작가. 2006년 발표한 『Carpentaria』가 2007년 'Miles Franklin Award' 수상. Australia Research Council과 함께 수많은 호주 원주민 언 어들을 기록하는 프로젝트 진행 중이다.
8) Philip Salom(1950~): 호주 소설가이자 시인. 2016년 발표한 『Waiting』으로 문단의 호평 을 받았다.

토니 야흐, 니콜라스 호세Nichlas Jose, 샐리 뮤어든Sallie Muirden[9]), 수 우
Sue Wolfe[10])와 같이 대학에서 '창의적 글쓰기 프로그램'을 강의했다.

새로운 소설의 시도와 넘쳐나는 상상

1970년대에 독자적으로 명성을 이룬 일부 소설가들은 종래의 소설
이 가진 관점들을 재검토, 새롭게 이야기를 구성함으로써 그들의 창의
력을 확인했다. 이런 창의적 재구현의 뜻을 같이한 능력 있는 작가 중
에는 제랄드 머네인Gerald Murnane, 피터 캐리Peter Carey, 데이비드 아일
랜드David Ireland가 있으며, 이들 가운데 가장 독보적인 이는 크리스토
퍼 코치Christopher Koch였다.

비밀스럽게 '다른 나라Otherland'를 찾아 나선다는 그의 작품 콘셉트
는 『그 섬의 소년들The Boys in the Island』(1958)에서 상세히 다루어졌다. 비
슷한 맥락에서 '다른 세상Otherworld'이라는 형태로 재구성한 『더블맨
The Doubleman』(1985)으로도 이어진다. 그의 네 번째 작품인 이 소설로 코
치는, 주인공 리차드 밀러Richard Miller의 청소년기부터 성인기까지 삶
의 여러 단계에서 일어나는 사건들을 추적하기 위해 자신의 고향으로
되돌아온다. 현대판 동화와 같이 읽히는 이 소설은 현실을 벗어나기 위
한 무궁무진한 상상의 나래를 보여 준다. 어린 시절, 소아마비 증세를
극복한 젊은 주인공 밀러는 그의 병원에서 지낸 회복기 동안 풍부한 상
상을 발전시켜 그의 거동 불편한 나날들을 보상받는다.

---

9) Sallie Muirden: 멜버른 기반의 호주 시인이자 소설가. 1996년 'HarerCollins Fiction
Prize' 수상
10) Sue Wolfe(1950~): 호주 소설가, 극작가. 시드니 UNSW 문예창작과 교수

제랄드 머네인과 크리스토퍼 코치의 판타지 가득한 작품의 공통점은 마음을 달래 주는 쾌락을 경험하기 위해 상상 속 세계에 몰입하는 남자 주인공의 능력이다. 남자 주인공들은 자신이 처한 만족스럽지 못한 현실과 생경한 유혹에 빠져드는 또 다른 자신 사이에서 갈등한다. 이 유혹은 본질적으로 그 매력과 힘을 증명할 수도 없기에 반박 불가한 본성과도 같은 것이다

제랄드 머네인의 『평원The Plains』(1982)은 개인이 아닌 집단을 강조하고 노골적으로 성적인(sexual) 내용을 거의 다루지 않는다는 점에서 토마스 모어Thomas More의 『유토피아Utopia』에 가장 근접한 작품이라는 것이 평론가들의 설명이다. 인물 중심의 소설이기보다는 아이디어가 중심인 소설이며, 미국 문학 평론가 프레드릭 제미슨Fredric Jameson[11] 이 이야기한 '익명의 행복anonymous bliss'을 다룬다.

단편 소설 「체격 좋은 남자The Fat Man in History」(1974)와 「전쟁 범죄War Crimes」(1979)가 독자들에게 피터 캐리의 독보적이면서도 반항적인 스타일을 보여 주는 반면, 『사기꾼Illywhacker』(1985)는 그가 가진 상상의 전체를 보여 준다. 우화적인 스토리 속에서 기이한 것들을 찾는 그의 성향과 일탈은 그를 우화 작가로 자리매김하게 했다. 작가로서 피터 캐리의 재능은, 독자들이 인간 본성에 대해 의문을 갖게 하는 초현실주의와 현실주의의 미세한 혼합을 창출하는 능력이다. 『사기꾼』은 풍요롭고 자유분방한 상상을 통해 '흥청망청 스타일Dionysian Style'을 드러내는 소설이다. 이 소설은 부커 문학상the Booker Prize을 놓쳤음에도 불구하

---

11) Fredric Jameson(1934~): 미국 문학 비평가로, 비교 문학의 대가로 알려져 있다. 마르크스주의 이론가, 철학자이기도 하다.

고 그에게 국제적 명성을 안겨 주었다.

　이 소설은 차례차례 자신의 악행을 인정하는 병적인 거짓말쟁이가 호주인들과 관련된 악한 이야기를 3세대에 걸쳐 들려주는 내용이다. '에피메니데스의 역설Epimenides paradox'12)과 같이, 허버트 배저리Herbert Badgery는 뻔뻔스럽게 자신이 139세이고 지독한 거짓말쟁이라고 고백한다. 그러면서 이 믿을 수 없는 거짓말쟁이는 100년 동안 벌어진 호주 역사 절반을 설명한다. 이는 래밍 플랫Lambing Flat에서 벌어진 중국인들을 대상으로 한 집단 린치 사건, 1850년대 골드러시Gold Rush, 1890년대 '양치기들 반란The shearers' strike', 1차 세계 대전the Great War, 찰스 울름Charles Ulm과 함께 시작된 호주 비행의 역사, 경제 대공황the Great Depression, 2차 세계 대전the Second World War, 현대 호주에까지 이른다.

　허버트는 늘 여기저기 떠돌아다니면서 사기를 쳐 하루하루를 연명하는 전형적인 떠돌이의 모습으로, 그의 거짓말은 쇼에 초대된 독자들을 즐겁게 한다. 그의 사연 많은 인생살이 동안, 허버트는 거짓말에 능한 다양한 색깔을 지닌 인물들과 만난다. 소설 속에서 주인공 허버트가 그의 아들 찰스Charles와 살던 애완동물 뮤지엄 '팻Pets'은 호주의 다문화 수용소를 의미하는, '세상에서 가장 훌륭한 애완동물 가게'라는 시적 은유를 담은 600여 쪽 서사시의 원제목이었다. 피터 캐리의 『사기꾼』에서 순응Domestication이라는 주제는 역사적으로 '길들여진 강아지

---

12)　에피메니데스의 역설Epimenides paradox: (1) '에피메니데스는 '모든 크레타인은 거짓말쟁이'라고 주장했다. (2) 그의 주장이 맞다고 전제한다면, 모든 크레타인은 거짓말쟁이이다. (3) 그런데 에피메니데스는 크레타인이다. (4) 고로 에피메니데스는 거짓말쟁이다. (5) 거짓말쟁이의 말은 거짓말이므로, 에피메니데스의 말은 거짓말이다. (6) 에피메니데스의 말이 거짓말이므로, 어떤 크레타인은 거짓말쟁이가 아니다.

처럼' 행동했던 호주인 대부분이 겪었던 식민지 시절 이후의 생활상 곳곳에서 나타난다. 수십 년 동안 이어진 식민지 시절이 끝난 이후, 호주인들은 일본의 경제적 정복에 굴복하기 전(1960년대), 1941년에 그들이 보호받을 수 있을 것임을 기대하며 미국으로 방향을 튼다.13) 작가의 창의적 상상력은 호주인들 삶에 내재된 의존성, 굴종과 수동성을 조절하며 이 역사적 예속에 저항한다.

데이비드 아일랜드는 『아르키메데스와 갈매기*Archimedes and the Seagle*』(1984)14)라는 과감한 제목의 소설을 발표했다. 유머 가득한 이 소설은 믿거나 말거나, '레드세터종red setter'의 개가 화자이다. 한 사람의 입장에서 이야기를 들려준다는 것은, 결국 허구적 관행에 불과하지 않은가? 데이비드 아일랜드는 그의 시적 능력을 발휘하며, 이 질문에 답한다.

안토니 야흐Antoni Jach는 대담하게도 작가가 얼마나 독자들에게 지루함을 줄 수 있는지를 소설을 통해 실험했다. 멜버른 거주 폴란드계 이민자 후손인 이 작가는 자신의 단조로운 일상생활을 그의 첫 소설 주제로 잡았는데, 이는 일반적으로 액션 위주의 소설들이 베스트셀러가 된다는 사실을 아는 작가들에게는 그야말로 헛고생이었다. 『주말 카드 게임*The Weekly Card Game*』(1994)에는, '호주가 현행 입헌군주제Monarchy

---

13) 1941년 12월, 세계 2차 대전 당시 영국군과 호주군이 주둔해 있던 싱가포르를 일본군이 함락시키자 그 당시 호주 수상인 존 커튼(John Cutin: 1885~1945, 호주 14개 수상 역임)이 미국 프랭클린 루즈벨트 대통령에게 군사 협력을 요청한 사건. 이후부터 호주와 미국의 본격적인 군사적 협력 관계가 형성된다. 이는 한국전쟁 당시 참전한 호주군과 미국 간 'ANZUS 조약'으로 이어지게 한 계기가 되기도 한다.

14) 이 소설은 의인화 기법을 사용했으며, 화자인 개의 이름이 '아르키메데스Archimedes'이다. 이 개는 갈매기seagulls를 좋아하며 독수리처럼 울어댄다. 작품 제목이 『seagle』인 이유이기도 하다.

에서 공화국Republic 체제로 전환되어야 한다'는 사회적 논쟁을 결정하기 위해 진행된 1999년 전 국민 투표 결과가 '호주는 영국 왕실the British Crown의 부속품에 지나지 않는다'는 사실을 공표했다는 견해를 담았다. 그런 결과가 일어나게 된 호주 사회 배경 및 사회연구와 더불어 '사회적 무변화'와 '자발적 의지' 사이의 역학관계를 탐구한다.

이야기는 버나드 포Bernard Poe와 그의 친구들(해리Harry, 팀Tim, 로저Roger)이 카드 게임을 위해 매주 금요일 저녁에 모이던 때인 15년 전에서 시작한다. 이에 남편에게 질세라 아내인 돌레스Dolores는 친구들과 함께 매주 월요일 수다 떠는 모임을 결성한다. 남편들과 아내들, 어느 한쪽으로도 치우치지 않는 간결한 문체의 이 소설은 1960년대 프랑스에서 소개된 '누보로망Nouveau Roman' 기법을 사용, 냉소적 유머와 일상생활에서 벌어지는 사소한 일들을 바라보는 예리한 시각과 함께, 일상의 권태를 방지하는 보호막으로 작용하는 정기적인 교외 생활에 호주인 커플이 빠져드는 과정을 보여 준다. 남편 포와 아내 미세스 포는 그들이 '변화의 가능성'을 제시하기 전까지, 수년 동안 지겹도록 매주 반복되는 일상으로 일관한다. 소설 속 부부가 단조로운 생활이 주는 고통으로 인해 점점 더 예민해지는 동안, 독자들은 저자 안토니 야흐의 달콤쌉쓸한 심포니를 들을 수 있다.

이 작가는 『도시의 계층들The Layers of the City』(1999)을 통해 좀 더 나아가, 전통적 소설 기법이 가지는 문학 품질을 떨어뜨린다. 이 작품은 자전적 성격의 소설이기에 플롯과 등장인물이 빈약하거나 다소 밋밋해질 수 있었으나, 저자가 겪은 파리에서의 삶을 이야기의 중심으로 설정함으로써 나름 서사의 골격을 갖춘다. 전지적 시점 화자는 '빛의 도시

City of Light'의 이곳저곳들을 찾아 헤매는 한량이다.

그는 이 작품으로 보여 주어야 하고 말하지 말아야 한다는 제임스 Jamesian 격언을 반박하기는커녕, 우연이 개입되지 않는 의도적이고 광범위한 계획이 있다는 느낌을 준다. 유럽과 호주를 배경으로 한 관능적 경향의 작품 『나폴레옹 대역Napoleon's Doube』(2007)은 파스칼Pascal, 스피노자Spinoza, 볼테르Voltaire, 루소Rousseau, 보르게스Borges, 라캉Lacan 그리고 알랭 바디우Alain Badiou15)의 아이디어들을 시각적 형상으로 사용한 학문적인 소설이다. 이 소설의 삽화들은 사물을 적절하게 재현하는 소설이 가진 능력 또는 무능력, 그리고 소설의 본질에 대한 의문을 제기하며, 독자들의 공감을 얻는다.

앨린 웨언Alan Wearne16)과 같은 일부 창의적 작가들은, 소설은 산문prose이어야 한다는 개념에 도전했다. 운문verse의 형태로 쓰인 앨린 웨언의 『밤시장The Nightmarkets』(1986)은 시인 레스 머레이Les Murray의 독창적 작품인 『시체를 훔친 소년들The Boys Who Stole the Funeral』(1980)을 모방한 작품이다. 머레이의 140연의 정형시sonnet17)인 이 작품은 시체 영안소에서 퇴역 군인의 시체를 훔친 후 그의 고향으로 다시 돌려보내는 두 소년의 이야기이다. 『밤시장』을 통해, 웨언은 소설 속 인물들인 이안 멧가프Ian Metcalfe와 수 돕슨Sue Dobson의 인생을 결정짓게 한 역사 및 정치적 이벤트뿐만 아니라, 1960년대에서 1980년대에 이르는 멜버른 생활을 회상하는 스탄자Stanza로 구성된 이야기를 발전시킨다. 이 작품 속에

---

15) Alain Badiou(1937~): 프랑스 철학가이자 마르크스주의 이론가. 존재론 및 온톨로지 기반의 수학 이론가이기도 하다.
16) Alan Wearne(1948~): 호주 시인. 2002년 'NSW Premier's Book Prize' 수상
17) sonnet: 10개의 음절로 구성되는 시행 14개가 일정한 운율로 이어지는 14행시

서 제임스 조이스James Joyce의 모더니즘이 나타내는 '의식의 흐름 기법 the stream of consciousness'을 사용하기도 한다.

만일 소설이 산문으로만 이루어졌다면 소설 형식을 좀 더 쉽게 인식할 수 있을까? 드루실라 모제스카Drusilla Modjeska[18]의 『과수원The Orchard』(1994)을 보면, 그 대답에 확신이 서지 않는다. 이 하이브리드 작품은 에세이, 신화, 전기, 허구, 사실이 뒤섞인 순서들을 다시 조합함으로써 에세이와 소설 사이 어딘가에 위치한다. 이런 뒤섞임은 작품의 분류를 어렵게 해서 문학 비평가조차 혼란스럽게 한다.

이런 방법은 2003년 노벨 문학상 수상자인 존 맥스웰John Maxwell(흔히 J.M.Coetzee[19]로도 알려져 있음)의 『엘리자베스 코스텔로Elizabeth Costello』에서 사용되기도 했는데, 이 소설은 그가 호주인들에게 영감을 받아 쓴 첫 번째 작품이다. 남아프리카 출신인 쿠체J.M.Coetzee는 2002년부터 호주 애들레이드Adelaide에서 살기 시작했으며 2006년 호주 시민권을 취득했다. 그는 소설이라기보다는 에세이에 가까운 8개의 교훈적 시리즈물로 독자들을 매료시켰다. 철학적 글들을 첨가하는 그의 문학적 장치는 요스테인 고르테르Jostein Gaarder[20]가 쓴 『소피의 세계Sophie's World』(1995)을 떠올리게 한다. 호주에서 산문 형식의 소설을 처음으로 쓴 드루실라 모제스카는 『엘리자베스 코스텔로Elizabeth Costello』의 표현

---

18) Drusilla Modjeska(1946~): 호주 작가이자 편집인. 파푸아뉴기니를 배경으로 한 소설과 시가 유명하다.
19) J.M.Coetzee(1940~): 2003년 노벨 문학상 수상. 2006년 호주 시민권 취득 후 호주 에들레이드 거주
20) Jostein Gaarder(1952~): 노르웨이 작가. 『Sphie's World: A Novel about the History of Philosophy』(1991)로 유명하다.

방식에서 영감을 얻은 후, 그녀의 소설 쓰기를 전파할 목적으로 세계 여러 곳을 다니며 강의 중인 호주 여성 작가이다.

『무장 강도 네드 켈리의 진실True History of the Kelly Gang』21)에서 저자 피터 캐리는 쉼표 사용을 최소화하면서 비문법적이고 구어체적 화법인 복화술ventriloquist을 읊는 듯한 대사를 이용한다. 이것은 책을 읽으면서 무의식적으로 언어적 관념linguistic orthoxy을 재구성하는 독자들을 지나치게 방해하지 않는 문학적 장치이다.22) 이 소설은 2003년 프랑스 밀리어 리버 에트랑제Meilleur Livre Etranger문학상(가장 훌륭한 외국어 작품상)을 수상했다. 아니아 발비치Ania Walwicz 또한 『보트Boat』(1989)와 『빨간 장미Red Roses』(1992)를 통해 전통적 소설 구성에 도전했는데, 이 두 작품은 작가가 가지는 권위와 언어적 규범을 공식화하려는 것에 반대할 목적으로 전통적 구문 문법을 파괴하고 있다. 이런 식으로, 언어는 포스트모던 시대의 현실을 반영하고 굴절된 모습을 정확히 반영하는 데 실패한다.

이 해체의 효과는 쿠체가 쓴 『운 없던 해의 기록Diary of a Bad Year』(2007) 안에서 작동하는 하나의 구조적 요소로 이해할 수 있다. 포스트모더니즘에 영향을 받은 이 뛰어난 작품은 'C(Coetzee)'로 소개되는, 호주에 이민 정착한 남아프리카 출신 작가의 이야기이다. 역설적이게

---

21) 『True History of the Kelly Gang』: 2000년에 호주 작가 Peter Carey가 발표한 작품으로, 호주의 전설적인 아이리쉬 출신 갱 두목, Ned Kelly의 무용담을 구어체로 서술하여 많은 찬사를 받았다.

22) 2001년 호주 작가 피터 캐리가 쓴 이 소설의 주인공은 실존 인물인 네드 켈리이며, 소설 속에서 혼자 독백하듯이 중얼거리는 모습을 '복화술사ventriloquist'로 묘사했다. 또한 호주 시골 억양을 구사하는 네드 켈리의 독백을 복화술을 이용한 연극 대사에 비유한 것으로 생각된다.

도 이 70세의 노작가는 '강력한 의견들Strong Opinions'이라는 제목의 에세이 모음집 저술을 위해 초대된 바 있으며 포스트모더니즘을 반대한다. 소설 속 하위 플롯에서 독자는 그가 가진 안야Filipina Anya를 향한 불타는 욕망을 알게 되지만 그녀는 자신의 연인 알렌Alan을 향해 헌신적 모습을 보인다. 또 다른 하위 플롯은 그녀의 인생 스토리를 전해 준다. 『운 없던 해의 기록』은 저자가 순서대로 첫 페이지에서부터 그다음 페이지까지 읽게 하도록 독자들을 유도하더라도 독자는 그걸 무시하고 읽고 싶은 페이지만 무작위로 골라 읽을 수 있도록 기존 독서 질서를 뒤엎어 버리는 여러 개의 단편적 서사와 플롯들로 짜여 있다.

피터 캐리, 데이비드 아일랜드, 제랄드 머네인을 명백한 포스트모던 성향의 작가라고 본다면 마이클 와일딩Michael Wilding과 머레이 베일Murray Bail의 작품들은 더더욱 그렇다. 마이클 와일딩은 '호주의 데이비드 로지David Lodge23)라고도 불린다. 그는 언어와 현실 사이의 관계에 대해 끊임없는 의문을 가지면서 단 한 번도 포스트구조주의와 포스트모더니즘에 대한 관심을 숨긴 적이 없었다. 예를 들어 메타픽션metafictional novel24) 형식을 취한 『야망Wildest Dreams』(1998)에서, 1960년대 시드니의 문학계에서 작가 자신이 경험한 성공과 몰락을 이야기하고, 국제적 명성을 가진 작가들이 자신의 글쓰기에 영향을 받은 것에 대해 언급한다. 『헛똑똑이들Academia Nuts』(2002)은 소설 속 인물인 헨리

---

23) David Lodge(1935~): 영국 소설가이자 문학 비평가. 대학 캠퍼스에서 벌어지는 사랑과 낭만을 소재로 한 '캠퍼스 3부작(『Campus Trilogy: Changing Places』(1975), 『Small World』(1984), 『Nice Work』(1988))'을 발표했다. 그가 1992년에 발표한 『The Art of Fiction』으로도 유명하다.
24) Metafictional: 허구의 장치를 의도적으로 기술하는 방식

랭커스터Henry Lancaster가 가진 삶의 역정을 혼합된 형태로 다루는 글이며metanarrative, 헨리는 소설 작법을 전문으로 강의한다.『국보National Treasure』(2007)는 소설가와 출판사 발행인의 이상한 세계를 보여 준다.

머레이 베일은 마이클 와일딩의 사례를 따르면서 소설을 비롯한 단편 소설들로 작가 명성을 구축했다. 그의 작품『향수Homesickness』(1980),『홀든의 행위들Holden's Performance』(1987),『유칼립투스Eucalyptus』(1998)는 다소 부정적인 비유를 통해 호주 사회를 비판한 작품들이다.『향수』는 국가적 정체성national identity이라는 감정이 실상은 얼마나 인위적인 것인지를 폭로한다.『홀든의 행위들』은 날조된 가치들로 이루어진 사회 시스템에 의해 지배당하는 사회를 보여 준다.

반면에 마일즈 프랭클린 문학상과 영연방 문학상the Commonwealth Writers' Prize을 수상한 바 있는『유칼립투스』는 억압적인 남성 위주 사회를 비난하는 우화적 서사 골격에 기반을 둔다.『유칼립투스』속에서 미스터 홀랜드Mr Holland와 그의 외동딸 엘렌 홀랜드Ellen Holand는 서부 뉴사우스웨일스의 한 농장에 정착한다. 엘렌은 남자들의 마음을 끌어들이는 젊고 아름다운 여성이다. 유칼립투스에 대한 열정과 그의 딸에 대한 집착으로 가득 찬 집안의 가장인 홀랜드는 딸 엘렌과 결혼하려는 구혼자들을 대상으로, 일종의 기사도 정신을 시험하는 것을 구상한다. 시험 방식은 청혼자가 유칼립투스 나무들의 종류와 그 특성을 정확히 규명할 정도의 지식을 가지고 있는 아버지와 동등한 지식수준을 가지고 있는지를 겨루는 '토론 배틀'이다. 이 생태학적 소설은 유칼립투스 나무들 종류와 특성에 따라 생겨나는 일화나 단편적 이야기들이나 논쟁들로 구성된, 일종의 나무뿌리와 줄기 같은 소설 구조를 가졌다.

문학적 사기와 정체성 반목들

포스트모더니즘의 영향이 강하던 시절, 작품 속 부정직하거나 모호한 등장인물들의 정체성을 주제로 소설을 쓰는 작가들의 등장은 흔한 일이었다. 호주에서 벌어진 문단의 첫 번째 사기극은 모더니즘 운동에 결정타를 날렸던 '언 말리 사건Ern Malley Affair'으로 추정해 볼 수 있다. 《앵그리 펭귄Angry Penguins》의 1944년 가을 판에, 에델 말리Ethel Malley가 '짙어지는 일식The Darkening Ecliptic'이라는 제목의 총 16편의 시들을(실제로는 보험 판매인으로 일했던 그의 죽은 오빠 어니스트 랄로 말리Ernest Lalor Malley가 쓴 작품) 실어달라고 요청을 하자 편집장 맥스 해리스Max Harris는 흔쾌히 그 저널에 그것들을 수록했다. 결과는 대성공이었다. 그러나 수주가 지난 뒤 《선데이 선the Sunday Sun》은 그 시들이 위작임을 발견했고, 그것들이 당시 잘 알려진 시인이자 학자인 제임스 맥올리James McAuley와 해롤드 스튜어트Harold Stewart의 작품들이라고 폭로했다. 이제 여동생인 에델 말리가 사망한 그녀 오빠인 어니스트 말리(약칭 'Ern Malley')의 이름을 빌린 것이 드러났다.

사기극의 주인공들은 곧이어 조롱과 무시로 가득한 비평들이 실린 책과 신문들이 쏟아지는 1943년 10월의 어느 오후를 보내야 했다. 그들은 '전위적 시'는(그들이 출판한 시들처럼) 일반의 상식을 깨는 실험이라고 주장하면서 '무엇이 예술이고 무엇이 시가 될 수 있는지, 그 여부를 판단하는 것이 어렵다'고 항변했다. 편집장 맥스 해리스는 결국 외설혐의로 형사 입건되었으며 논쟁은 그 후 수십 년간 이어졌다. 맥스 해리스는 그들의 작품을 선정한 이유를 해명하려 하지 않았음과 동시에 그저 자신을 옹호하기를 "시간이 진실을 이야기해 줄 것이다, 그리고 세월이 흐르면 신화는 간혹 그것을 창조한 이보다 더 위대해진다"라는 말을 남겼다. 이 현상이 남긴 것은 저자 메리 셸리Mary Shelley[25]를 가리게 한 '프랑켄슈타인Frankenstein 신화'[26]와 같은 현상이다. 이와 같은 역사의 반복으로 호주에서 벌어진 언 말리 사건 또한 원저자 맥올리McAuley와 스튜어트Stewart를 어둠 뒤로 사라지게 했다. 이 사건 여파로 인해 호주 문단의 검증과 비평이 엄해졌음에도 불구하고, '말리 표절 사건'은 피터 캐리Peter Carey의 『나의 가짜 인생My Life as a Fake』에 영감을 주었다는 점에서 지적 창의성을 배양시킨 셈이었다.

『나의 가짜 인생』은 언 말리를 밥 맥코클Bob McCorkle이라는 인물로 비유한다. 이 이야기는 전편의 사기극처럼 다소 유사한 스토리 라인을 달린다. 런던의 시 전문 저널의 발행인 사라 우드-더글라스Sarah Wode-Douglas는 다소 껄끄러운 관계인 유명 모더니스트 시인 존 슬레이터John Slater가 요청하여 말레이시아로 가는 여행을 수락한다. 그곳에서 존에게 무시당한 사라는 우연히 호주인 크리스토퍼 첩Christopher Chubb을 만난다. 첩은 데이비드 웨이스David Weiss와 그의 1940년대 저널 《퍼소네Personae》가 망하도록 사기극을 저지른 유명 작가로, 가상의 인물 밥 맥코클의 이름을 사용하여 여기저기서 닥치는 대로 읽은 글들을 짜깁기 한 일종의 콜라주 같은 문장들을 만들어 낸다. '전위 시 문학

---

25) Mary Shelley(1797~1851): 영국 낭만주의 시인 P.B.Shelly의 아내이자 소설 『Frankenstein』의 저자

26) 프랑켄슈타인Frankenstein 신화: 1818년 이 책이 처음 출판될 당시 저자인 메리 셸리는 18세였음. 당시 시대적 여건으로 판단하면 상당히 파격적이었고, 게다가 출판 당시 '18세 여성이 지어낸 괴기한 이야기'라는 혹평을 들을 정도였다. 그러나 시간이 지나면서 문학계는 『프랑켄슈타인』을 SF 문학의 효시로 자리매김하며, 게다가 '프랑켄슈타인'은 '괴물'의 상징으로 대변하는 단어가 된다. 작가의 명성보다 작품이 더 인구에 회자되는 현상을 의미한다.

avant-garde poetry'으로 포장한 이 위작은 저널 편집장이 외설 혐의로 감옥에 가는 바람에 독자들의 싸늘한 반응을 받는다. 여기서부터 피터 캐리는 역사적 사건들을 멀리하고 작품 플롯에 공을 들인다. 명성이 무너진 웨이스는 자살로 생을 마감한다. 첩은 자신이 만들어 낸 인물인 밥 맥코클이 살아나 다시 놀라게 된다. 자신이 유명인 밥 맥코클이라고 주장하는 한 남자가 자신의 인생과 작품을 훔쳤다고 하면서 첩을 고소한 것이다. 다투는 과정에서, 이 남자는 첩의 딸을 납치하고 그가 그의 소설 『나의 가짜 인생』을 집필하던 동서아시아로 사라진다. 첩이 밥 맥코클의 원고를 가지고 사라의 관심을 끌고자 할 때, 그는 사라에게 그가 만든 괴물 같은 문학적 창조물이 다시 돌아와 그를 괴롭히고 그의 과거를 다시 들추게 하는 고통을 이야기한다. 가상 인물이었기에 밥이 그토록 원했던 어린 시절과 그의 출생 증명서를 줄 수도 없었던 첩은, 자신의 딸을 찾기 위해 15년 동안 이 가상의 인물을 찾는 데에만 많은 비용을 쓴다. 결국 말레이시아에서 죽어가는 맥코클을 발견했을 때, 그는 오랜 추적이 얼마나 허무했는가를 깨닫고 그 사실 앞에서 인생무상을 느낀다. 첩은 사라에게 원고를 넘기기 전 세상을 떠난다.

기본적인 스토리 골격으로 사기와 속임수를 사용한 다른 주목할 만한 작품들로는 브라이언 카스트로Brian Castro의 『두 얼굴의 늑대Double-Wolf』(1991)와 소피 마송Sophie Masson의 『사기The Hoax』(1997)가 있다.

모더니즘 시인들의 명성을 격하시킨 호주 문학계의 첫 사기극 1944년 '언 말리 사건' 이후, 호주 출판계는 작가 이름과 실제 작성자가 누구냐에 대한 새로운 사건들이 발생했던 1990년대 이전까지 오랜 기간 침체기를 겪었다. 그 당시 가장 유명했던 '데미덴코 사건Demidenko affair'을 비롯한 문학계 표절 사건들은 호주인들의 대표적 기질인 '자유분방함Larrikinism' 27)에 대한 포괄적 질문을 사회에 던지는 긍정적 효과뿐만 아니라 동시에 작가의 카멜레온과도 같은 정체성 변신을 강조하는 포스트모더니즘 이데올로기에 자리를 내주게 했다. 헬렌 데미덴코/다빌Helen Demidenko/Darville의 『서명한 손The Hand That Signed the Paper』(1994)에 이어, 노먼 쿼리의 『금지된 사랑Forbidden Love』(2003)은 실제 사건을 바탕으로 지어진 또 다른 허구적 스토리이다. 작가 노먼 쿼리Norman Khouri 28)가 저지른 이 표절 사건은 희생자의 비극적 이야기에 대한 신랄한 목격담을 담는 것을 의도했다. 소설 속 화자인 노마Norma는 한 기독교도인과 사랑에 빠졌다는 이유로 아버지에게 살해당한 그녀 친구인 달리아Dalia의 이야기를 전한다. 이 자서전은 조작된 내용 때문에 2004년 7월 출판사가 책을 전량 회수한다. 실제로 『서명한 손』과 같이 만일 저자가 책 표지에 '소설novel'이라고 밝혔다면 문제가 되지 않았을 수도 있었다.

작가의 신분과 실제 글을 썼는지에 대한 기나긴 법정 다툼은 계속해서 이어졌다. 『호주로 가는 돌연변이 메시지Mutant Message Down Under』(1994)를 쓴 말로 모건Marlo Morgan 29)은 호주 원주민이 아니었다. 안헴랜드Arnhem Land에서 온 원주민 남자 바눔버 웅거Banumbir Wongar행세

---

27) Larrikinism: 1900년대 호주의 자유분방한 젊은 문화와 그를 추종하는 이들을 지칭한다.
28) Norman Khouri(1970~): 요르단 출생. 2003년 명예 살인을 다룬 소설 『Forbidden Love』을 발표한다.
29) Marlo Morgan(1937~): 미국 작가. 1998년 호주 원주민을 소재로 한 소설 『Message from Forever』 발표했으나, 후에 호주 원주민들에게 비난받아 작품 속에서 다룬 내용이 거짓이었음을 고백한다.

를 한 세르비아 출신 작가 스레텐 보직Sreten Bozic[30])이 그러했듯이 말이다. 게다가 젊은 여성 작가로 알려진 완다 클마트리Wanda Koolmatrie는 다름 아닌 유럽 출신 남자, 레옹 카르멘Leon Carmen이었다. 자신의 이름을 머루루Mudrooroo라고 바꾼 바 있는 콜린 존슨Colin Johnson 또한 표절 사건이 밝혀져, 불난 데 부채질하는 식으로 학계가 쏟아내는 모진 비평을 받았다.

그의 개인적 배경에 대한 논쟁은 1965년부터 1996년 그에 대한 전모가 밝혀지기 전까지 치열하게 계속됐다. 이 사건이 알려지자마자 학계는 둘로 갈라졌다. 일부는 그의 다양한 동기들을 제시하며 우호적 태도를 보였지만, 다른 한편에서는 작가의 불성실을 묵인해서는 안 되며 문단에서 몰아내야 한다고 주장했다. 종합적으로 보면 콜린 존슨은 주로 그의 정통성 부족 때문에 비난을 받았다. 원주민 작가 애니타 하이스Anita Heiss[31])를 주축으로 한 원주민 커뮤니티는 이 사안에 대해 강한 불만을 표시했다. 애니타 하이스는 그녀의 저서 『까놓고 이야기 하자 *Dhuuluu-Yale: To Talk straight*』(2003)에서 콜린 존슨의 원주민 고유성을 해치는 기만적 행위가 친식민주의 형태가 아니라면, 원주민들의 문화적 유산을 강탈하는 것이라고 해석했다. 그러나 이 문화계 사건은 좀 더 포괄적으로 보자면 표현의 자유 문제로 이어진다.

원주민들의 대표성을 반드시 그들이 독점해야 하는가? 다른 말로 하면 원주민들의 문화, 라이프 스타일, 인물들을 표현하기 위해 원주민

---

30)   Sreten Bozic(1932~): 본명은 B. Wongar. 세르비아계 호주 작가. 주로 호주 원주민들을 주제로 한 작품을 발표한다.
31)   Anita Heiss(1968~): 호주 원주민 출신 작가, 문화 활동가, 사회 평론가. 2012년 'Victorian Premier's Literary Award(for Indigenous writing)' 수상

이 될 필요가 있는가? 만일 그렇다면, 토마스 케닐리Thomas Keneally의 『블랙스미스의 외침Chant of Jimmy Blacksmith』(1972), 로버트 드류Robert Drewe의 『사나운 닭The Savage Crows』(1976), 베벌리 파머Berverley Farmer[32])의 『해변의 여인The Sea Woman』(1992), 데이비드 말루프David Malouf의 『바빌론을 추억하며Remembering Babylon』(1993), 니콜라스 호세Nicholas Jose의 『관리자The Custodians』(1997), 데브라 애들레이드Debra Adelaide[33])의 『뱀의 먼지Serpent Dust』(1998), 알렉스 밀러Alex Miller의 역작 『호주로 가는 여행Journey to the Stone Country』(2002), 피터 골즈워디Peter Goldworthy의 『악몽 같은 밤Three Dog Night』(2003), 리차드 플레너건Richard Flanagan의 『바램Wanting』(2008) 등과 같이 호주 원주민을 주제 혹은 소재로 쓴 호주 문학 거장들의 작품은 모두 지워져야 한다.

그리고 왜 이런 제한 조건이 타 영역에서 만들어져 인종 그룹에까지 적용되어야 하는가? 그리고 왜 남성이 여성을 주제로 한 글을 쓰는 것이 금지되어야 하나? 또 그 반대의 경우도 마찬가지이어야 하는가? 우리는 『경계선Borderlines』(1985)의 화자가 되기 위해 남자의 몸 안으로 미끄러지듯 들어간 자넷 터너 호스피탈Janette Turner Hospital과 남자의 목소리를 『엘리자베스 코스텔로Elizabeth Costello』(2003)의 여주인공에게 입힌 쿠체J.M.Coetzee를 비난하여야 하는가? 그렇다면 데이비드 아일랜드David Ireland는 『아르키메데스와 갈매기Archimedes and the Seagle』(1984)의 1인칭 화자로서 개의 관점을 택하지 말았어야 했을 것이다.

---

32) Berverley Farmer(1941~2018): 호주소설가이자 단편작가. 「Experience of Being Foreign」으로 유명
33) Debra Adelaide(1958~): 호주 소설가, 시드니 UTS 대학교수, 2019년 소설 『Zebra』 발표

수년 동안 세심하게 따라야 할 불문율과 같은 규약들은 전체 원주민 지식인들 사회에서 승인을 얻은 듯하다. 이 규약들은 원주민들로 하여금 문학에서 표현되는 그들에 대한 표현을 엄격하게 관리하게 했다. 그들은 원주민 커뮤니티를 대상으로 한 어떠한 형태의 부정확한 표현(왜곡, 우화적 표현, 또는 특정 이미지의 편향 등)을 멈추는 데 중요한 역할을 했지만, 원주민들에 대한 일반적 견해들을 표현하고자 하는 비원주민 작가들을 침묵하게 하는, 일종의 암묵적 검열의 형태가 될 수는 없었다. 아마도 원주민 지식인 사회는 서구 사회가 인지하는 소설이라는 형태의 문학적 개념에는(예를 들면 현실의 대안으로써 소설이라든가 꿈과 환상, 환각을 생성시키는 표현 양식이나 세계관 등) 동조하지 않은 듯하다.

신비평New Criticism34)에 따르면 독자들은 (글을 읽을 때) 소설가들이 자신의 문학 텍스트 안에서 설명해야 하는 진실보다 더 많은 것을 찾을 필요가 없다. 허구적인 글을 실제 사실과 하나하나 대조하여 마치 목록catalogue처럼 만드는 것은 문학의 언어 특성을 오해하는 것이다. 소설은 진실과 진실에 반대되는 거짓, 위조, 또는 거짓과 대조되는 허구, 즉 비진리non-true 또는 비실재non-real의 존재 양식에 속한다.

콜린 존슨의 사례는 그가 일반적으로, 이국적 환경과 사물들에 대해한 특정인이 명백하게 이야기할 수 있다는, 반박할 수 없는 증거였다는 점에서 주목할 만하다. 비록 그가 원주민 후손이 아니었다 해도, 그는

---

34) New Criticism: 1930년대에서 1950년대 미국 문단에서 성행한 문학 비평론으로, 1941년 미국 비평가 John Crowe Ransom의 책 『New Criticism』에서 유래. 신비평주의 핵심은 작품을 읽음에 있어 작가의 개인적 의도, 사회적 배경, 독자의 주관적 연상에 초점을 맞추는 것이 아니라 '작품 자체'를 비평한다는 것

원주민 커뮤니티와 그들의 생활상에 대해 분명하게 의견을 피력했으며 그와 관련된 책을 출판할 당시 그들의 허락을 받을 필요가 없었다.

결과적으로 아니타 하이스가 주장한 대표권representation right은 문학적이기보다는 정치적이었다. 정치적 정당성과 일맥상통하는 규약들은 저자의 의도와 창의성을 통제하려는 검열의 형태로 표현된다. 이 압력은 개인을 집단의 법칙에 종속시키고, 일반적으로 받아들여진 문학에 대한 원주민의 관점으로 되돌아간다. 그것은 사회정치적 영역으로 개방되어 공동체에 봉사하는 표현 수단이다. 작품 속에서 원주민의 생활환경을 묘사한 비원주민 작가들은 그들의 빈약한 원주민 문화에 대한 지식과 대표적인 원주민 사람들을 그들 작품 속에서 언급하거나 그들의 이미지를 왜곡시킨 것 때문에 비난을 받았다.

표현의 자유는 가끔 작품의 소재가 된 대상에게 피해를 주지만 표현을 제한하는 것 역시 그만큼은 아니더라도 많은 위험 요소를 동반한다는 것은 분명하다. 이런 규약들은 원주민 작가들이 그들 또한 표현의 자유를 가지고 그들의 지리적 장소와 문화적 주제들로부터 빠져나오고자 하는 것을 방해했을지도 모른다.

사적 영역과 자기 성찰의 소설

호주의 사적 영역은 배제보다는 포함의 측면, 거리두기보다는 화해, 단절보다는 소통의 성격이 더 강하다. 그러나 1960년대 말, 페미니즘이 아동 성 학대, 가정 폭력과 갈등, 근친상간 등과 같이 심각한 가정 내 문제들을 폭로하면서 호주 가정은 해체되기 시작했다.

가족이라는 주제는 1959년에 가족과 함께 서호주Western Australia로

온 영국 출신 작가 엘리자베스 졸리Elizabeth Jolley[35])의 작품들에서 종종 드러나는 문제의 근원이다. 그녀의 이야기는 종종 아버지와 딸, 그리고 그 사이에서 갈등을 겪는 혼란스러운 어머니와의 관계를 설명하는 '오디푸스Oedipus' 이론을 부정하려는 의도로 꾸며 낸 우화로 읽힌다.

예를 들어『아버지의 달My Father's Moon』(1989)에서, 베라Vera는 그녀의 대리부surrogate father를 유혹하고 어머니를 배신한다. 졸리의 소설에 등장하는 인물들은『우유와 꿀Milk and Honey』(1984)의 하숙집, 그리고『스코비의 수수께끼My Scobie's Riddle』(1982)의 양로원과 같은, 외부로부터 폐쇄된 장소에서 인생이 끝나는 사회 부적응자이자 고립된 이들이다. 졸리의 작품에서, 타인이 넘볼 수 없는 주인공의 사적 영역은『러브 스토리Love Story』(1997) 속 아동 성 학대와 같은 폭력으로 인해 붕괴된다. 케이트 그렌빌Kate Grenville이 자신의 두 작품을 통해 이런 어두운 비밀들을 언급한 것과 같이, 이 주제는 전혀 새로운 것이 아니다. 그녀의 첫 번째 소설인『릴리안 이야기Lilian's Story』(1985)에서 매우 뚱뚱한 몸매를 유색인 릴리안Lilian은 실존 인물 비트리스Betrice(또는 비 마일즈 Bea' Miles, 1902~1973)를 모델로 한다. 아버지의 근친상간 행위로 인한 그녀의 이상 행동은 결국 그녀가 특수기관까지 가게 만들며, 그 시설들 또한 그녀를 제대로 관리하지 못했다.『어두운 곳Dark Places』(1994)에서 그렌빌은 범죄를 저지른 아버지, 엘비온Albion의 관점에서 릴리안의 이야기를 다시 쓴다. 이것이 미국 출판사들이 책 제목을『앨비온 이야기 Albion's Story』라고 붙인 이유이다.

---

35) Elizabeth Jolley(192~2007): 영국 태생 호주작가로 50세의 늦은 나이에 첫 소설 발표한 후 '호주 창작 글쓰기' 문화를 태동시킨 주역 중 한 사람

로드니 홀Rodney Hall의 작품 중, 『두 번째 신랑The Second Bridegroom』 (1991)과 『소름 끼치는 마누라The Grisly Wife』(1993)로 이어지는 3부작의 첫 작품인 『감금Captivity Captive』(1988)은 그의 작품 전반에서 중심 주제가 되는 '감금'을 다룬다. 즉 이 더러운 이야기와 딱 들어맞는다. 『감금』은 1898년 뉴사우스웨일스New South Wales의 어느 농장에서 3명의 가족이 살해당한 실제 사건에 근거한 소설이다. 제비에르 폰스Xavier Pons의 '유럽인 관점European Perspective'에 따르면, (이 소설에서) 가부장적 권위는 백인 우월주의가 팽배하던 '백인 호주 사회White Australia'의 유럽식 규범을 대변한다. 가정 폭력을 피하기 위해 법law에 의존하면 가족과 분리되어야 하는 반면, 가족이라는 어쩔 수 없는 울타리를 수용하기에는 너무 큰 위험이 따른다. 소설 속 아버지가 발작에 가까운 이상 행동을 보이자, 가부장적 권위는 곧 독재로 변한다. 성도착증 이상으로, 소설 속에서 두 차례 표현되는 근친상간이라는 사회적 금기는 부자관계의 부정, 그리고 혈연관계의 부정을 의미한다. 시간이 흘러 아들은 근친상간으로 인한 가정 파괴의 진실을 밝힌다.

팀 윈튼Tim Winton은 개인의 사적 영역에 대해 글을 쓰는 이들 가운데 가장 뛰어난 소설가이다. 그의 첫 번째 소설 『개방적인 스위머An Open Swimmer』(1982)는 현실주의와 르 로만 인티미스테le roman intimiste, 즉 사람들의 감정과 관계를 다룬 사적 세계에 초점을 맞춘 허구적 결과물(소설)이다. 적나라하고 감정 묘사가 뛰어난 이 소설 속에서 제라 닐삼Jerra Nilsam과 그의 어린 시절 친구 신Sean은 낚시하러 서호주 해안가로 간다. '스트라인strine'이라고 알려진 호주식 영어 억양이 이들의 대화로 잘 기록된 점도 주목할 만하다. 소크라테스식 질문Socratic quest36)과 대조적으로, '개방적인 스위머An Open Swimmer'는 인간의 나약함을 정의한다. 해변 문화는 팀 윈튼의 작품들 속에서 중요한 역할을 하는데, 그이유는 해변 자체가 그들 지역을 채우고 있는 광활한 사막과 어울려 살아가기 원하는 서부 호주인들의 출구로 보이기 때문이다.

총 8장의 단편 소설 모음인『시끄러운 음악Dirt Music』(2001)에서, 팀윈튼은 가상의 도시 '화이트 포인트White Point'에서 살아가는 한 커플의 힘든 삶을 소환한다. 짐 버크리지Jim Buckridge의 재혼 가정은 재앙 그자체이고 그의 현재 파트너 조지George는 혼란스럽다. 조지 조틀랜드George Jutland는 네 자매 중 가장 나이가 많고 현재 그녀의 파트너에게지쳐 있는 상태이다. 그녀는 외국인이자 강가 주변에서 사냥으로 살아가는 루더 폭스Luther Fox와 사랑에 빠진다. 소설의 하이라이트는 주인공들의 지루한 일상과 가정의 붕괴이다. 그는 이 주제를『그 눈, 그 하늘That Eye, The Sky』(1986)에서 처음으로 다룬 바 있다.

한 커플의 결별은 호주 소설에서 보편적 주제이다.『사랑스런 엄마Sugar Mother』(1988)에서 작가인 엘리자베스 졸리는 젊은 여자의 매력에빠져 가정을 저버린 50살의 에드윈 페이지Edwin Page를 부정infidelity과결혼이라는 제도적 관점으로 다룬다.

비슷한 예로 피터 골즈워디Peter Goldsworthy의『악몽 같은 밤Three Dog Night』(2003)도 있다. 이 작품은 사실 한 커플의 사랑이란 신뢰와 반비례관계라고 보는 정신분석학적 소설이다. 마치 잘 짜인 옷감처럼, 한 쌍의사이좋은 부부 루시Lucy와 마틴 블랙맨Martin Blackman은 런던에서 10년

---

36) 소크라테스식 질문Socratic quest: 'Socratic method'라고도 불리며, 고대 그리스 철학자 소크라테스가 그의 제자와 대화를 통해 그가 알고 있는 지식을 상기해 내는 교육 방식을 의미한다.

을 보낸 후 호주로 돌아온다. 오래간만에 친구 펠릭스Felix를 만난 마틴은 그가 C형 간염으로 죽음을 맞이하고 있다는 사실을 알게 된다. 마지막 소망으로, 펠릭스는 루시와 시간을 보내길 원한다. 이 요구를 수용한 둘은 함께 저녁 식사를 마치고 숲속으로 사라지는데, 얼마 후 시기에 가득 찬 마틴은 곧 펠릭스와 루시 둘 사이를 허락한 것을 후회한다.

『악몽 같은 밤』은 의사 준비를 한 골즈워디의 가장 뛰어난 수작이다. 이 책에서 프로이트이즘Freudianism에 대한 비난을 포함하여, 소개되는 의학 용어들은 정신분석과 정신의학의 개념들이 혼합되어 있다. 또한 아만다 로리Amanda Lohrey[37])가 쓴 『철학자의 인형The Philosopher's Doll』 (2004)에서는 관계가 깨지는 한 커플 사이의 긴장 관계를 다룬다. 생체 시계대로 살아가는 크리스틴Kristen은 젊고 의지가 투철한 30세의 여성으로, 임신을 통해 모성애를 경험하고자 한다. 그러나 그녀의 파트너 린제이Lindsay는 가족이라는 개념에 반대한다. 이 소설은 이성과 감정, 생체 결정주의와 자유 의지, 본능과 그로 인한 반향 사이의 역학 관계를 탐구한다.

크리스토스 치오카스Christos Tsiolkas의 네 번째 소설 『사랑의 매는 범죄이다The Slap』(2008)에는 돌출적인 반항의식, 그가 쓴 이전 소설들의 주인공들이 보여 준 육감적인 어투들, 그리고 치오카스 소설의 특징인 깊은 주제의식들이 나타난다. 그러나 대부분의 강박관념이 쉽게 사라지지 않는 것처럼, 이 작품은 마약에 찌든 호주 사회의 변명을 찾는 성에 대한 집착을 감춘 인물을 다루는 현대 사회의 고발장이다.

---

37) Amanda Lohrey(1947~): 호주 소설가이자 호주 주요 대학 문예창작과 교수 역임. 2012년 'Patrick White Award' 수상

이 책의 잘 짜인 구성, 내용과 구조는 전체적으로 가벼운 이야기들이라는 느낌이 난다. 이 소설은 멜버른 교외의 어느 한 가정에서 벌어지는 친구들과 가족 간 모임으로 시작한다. 헥터Hector와 아이샤Aisha가 초대한 참석자들은 잘 조화된 호주 다문화 사회의 한 예를 보여 준다. 파티는 곧 틀어지는데 그 이유는 외견상 사소한 사건 때문이다. 엄마의 과잉보호 속에 자라 성격이 틀어진 어린아이인 위고Hugo에게 가족이 아닌 성인이 물리적 체벌을 가하는 사건이 발생하는데, 비상식적인 대처로 결국에는 법정까지 가게 되는 사이코 드라마를 연출한다. 치오카스는 바베큐 파티에 초대된 7명의 손님인 헥터, 아눅Anouk, 코니Connie, 로지Rosie, 마놀리스Manolis, 아이샤, 리치Richie가 가진 다양한 시각을 대화로 잘 추출해 내기 위해 여러 가지 작은 장면을 이용한다.

패밀리 드라마에 대한 감각이라면 조지아 블레인Georgia Blain[38] 또한 남다르다. 『닫힌 마음, 그리고 겨울Closed for Winter』(1998)에서, 엘시Elise는 의문의 그녀 언니 실종으로 인해 아픈 어린 시절의 기억을 가지고 있다. 『무위의 날들, 그리고 그 사람들Names for Nothingness』(2004)에서 샨Sharn은 리암Liam이 자신의 인생에 들어올 때까지 자식인 케이틀린Caitlin을 돌봐야 하는 16세의 엄마이다. 수년 후, 이 커플은 그들을 한데 묶는 고통스러운 경험, 즉 어느 특정 종파 속으로 케이틀린을 가입시켜야 하는 현실에 직면한다. 블레인은 자신의 작품에서 종종 가족을 갈라서게도 하는데, 이는 그들에게 정신적 고통의 근원이 된다. 모성애는 큰 부담이고, 부모와 자식 관계는 늘 긴장상태이며 부성애 또한 큰 도움이 안 된다.

---

38) Georgia Blain(1964~2016): 호주 소설가, 전기 작가, 저널리스트. 2015년 뇌암 진단 받은 후 치료 경험을 바탕으로 한 자전적 스토리인 『The Museum of Words』가 사후 출판

샬롯 우드Charlotte Wood39)는 『무너지는 성The Submerged Cathedral』(2004)
에서 기혼 가정의 폭력이 난무한 주인공들의 사적 영역을 들추어낸다.
이 소설 속에서 엘렌Ellen은 토마스Thomas가 휘두르는 폭력의 희생자이
다. 우드의 부모들 사랑 이야기는 이 소설을 쓰게 한 계기가 되었으며,
《블러틴Bulletin》의 한 비평에서는 이 작품을 드뷔시Debussy의 피아노 서
곡에 비유하기도 했다. 우드의 글은 드뷔시의 음악처럼 한결같은 재료
로 구성된다. 정교함과 가끔은 불일치한 코드들, 섬세하고 나지막한
톤, 사물의 실제 질서 속에 잠겨 있는 패턴에 대한 열정적 증언, 갈망과
엘레지들, 그리고 사랑으로 이루어진다.

매튜 콘돈Metthew Condon40)의 『사랑으로 포장된 폭력The Pillow Fight』
(1998)에서 이 두 남녀의 역할을 뒤바꿔 놓는다. 이 소설은 갓 결혼한
크리스틴Christine과 검은 눈이 매력적인 루크Luke의 이야기로 시작된
다. 현실적 묘사가 뛰어난 이 소설은 전문 다이버와 카지노 직원 간의
가학적 관계를 다룬다. 어떤 용서도 이 커플의 관계 구조에 대한 적대
감을 불러일으키는 구실이 된다(즉, 서로 때리고 맞은 후 용서를 구하는 가학
적 행위를 즐기는 상태를 말함). 이야기 전반에 걸쳐, 루크는 그녀의 애정표
현(?)인 충동적이면서 폭력적인 구타를 당한다.

에바 살리스Eva Sallis는 『위기의 가족Fire, fire』(2004)을 통해 엘리자베
스 졸리의 『우유와 꿀Milk and Honey』(1984)을 반복한다. 두 소설은 고립
된 환경에서 사회적 관계가 끊어지고 붕괴된 핵가족이 살아가는 주변
부인 호주와 그 반대의 경우인 중심지 유럽 사이의 관계를 다룬다. 『위

---

39) Charlotte Wood(1965~): 호주 소설가이자 문학 전문 방송인
40) Metthew Condon(1962~): 목가풍의 호주시골을 배경으로 한 추리소설을 주로 발표

기의 가족』에서 한 독일 출신 예술인 한 쌍이 1970년대 호주 아웃백에 정착한 후 자녀를 양육하면서 자급자족의 삶을 살아간다. 그러나 에칸샤 후디니Acantia Houdini는 점점 미쳐 가고, 결국 성질 포악한 여성으로 변하면서 온 가족을 혼란에 빠뜨린다.

런던 출신 알렉스 밀러Alex Miller는 호주와 중국을 배경으로 한 자기 성찰적 소설『조상들의 원죄*The Ancestor Game*』(1992)와『호주로 가는 여행 *Journey to the Stone Country*』(2002)을 가지고 마일즈 프랭클린 문학상을 두 번 수상했다.『호주로 가는 여행』은 멜버른의 어느 한 가정의 결혼 생활 이야기이다. 스티븐 쿤Steven Kuen 교수는 그가 가르치는 여학생과 사랑에 빠져 아내 애나벨Annabelle 곁을 떠난다. 정신적으로 큰 혼란에 빠진 40세의 아내는 짐을 싼 후 남편의 배신에 삶의 회의를 느끼지만 새 출발을 위해 타운스빌Townsville에 있는 친구인 수잔 바셋Susan Bassett을 만난다. 애나벨은 새로운 자유를 만끽하면서, 자연 속에서 자신의 실제 모습을 발견한다. 그녀는 보 레니Bo Rennie와 사랑에 빠지는데, 그는 장가족Jangga people이라는 전통적 커뮤니티를 떠나지 못하는 원주민 남자이며, 그녀는 타인에게 우호적일 것 같지 않은 그와의 결합을 믿는다. 지나치게 격식에 치우쳐 써진『호주로 가는 여행』은 결국 화해와 용서라는 결말로 끝난다.

줄리아 리Julia Leigh의 첫 번째 소설『사냥꾼*The Hunter*』(1999)은 데니엘 네타임Daniel Nettheim의 영화로 각색되기도 했다. 주인공은 마틴 데이비드Martin David에서 따온 'M'이라는 글자로 독자들에게 소개되는 과학자이다. 그는 태즈메이니아 호랑이Tasmanian Tiger의 DNA 샘플을 얻기 위해 태즈메이니아로 향하는 임무에 착수한다. '태즈메이니아 호랑이'는 1936년 이후부터 공식 기록에서 사라졌는데도 불구하고, 생명 윤리 전문가인 자라 암스트롱Jarrah Armstrong은 어느 날 희미한 안개 속으로 사라지는 태즈메이니아 호랑이 한 마리를 목격한다. 'M'은 사라진 자라 암스트롱과 태즈메이니아 호랑이를 찾기 위해 암스트롱 아내 루시Lucy와 그의 자식인 사사프라스Sassafras와 바이크Bike를 방문한다. 태즈메이니아 호랑이를 추적하는 것은 인간 본성을 다시 다듬으면서 자기 성찰을 갖는 행위의 비유이다.

병든 마음과 신체: 광기와 신체 훼손

모든 종류의 정신 붕괴와 장애를 다루는 문제는 1970년대 호주 소설들의 주요 특징이 되었고 점차 정신 건강을 주제로 한 일련의 책들을 낳게 했다. 데이비드 아일랜드David Ireland의 『육식주의자들The Flesheaters』 (1972)과 월터 아담슨Walter Adamson의 『정신 병동The Institution』(1976)은 1980년대에 유행한 하위 장르인 정신 병원을 소재로 한 소설들의 기준이 됐다. 피터 코캔Peter Kocan[41]이 쓴 1인칭 화법 소설 『처방The Treatment』(1980)과 『투병인The Cure』(1983), 카멜 버드Carmel Bird[42]의 『백색 가든The White Garden』(1995), 에이미 위팅Amy Witting[43]의 『구멍가게 앞

---

41) Peter Kocan(1947~): 호주 소설가. 그의 나이19세 때인 1966년, 그 당시 호주 노동당 정치인 Arthur Calwell을 암살 시도했으나 실패. 이후 정신 감정 결과에 따라 정신 병원에서 종신형을 선고받았으나 감형되어 출소. 교도소 생활을 바탕으로 한 소설로 유명해진다. 2010년 'Australia Council Emeritus Award' 수상

42) Carmel Bird(1940~): 소설가, 시인. 2016년 호주 문학에 기여한 공로를 인정받아 'Patrick White Award' 수상

43) Amy Witting(1918~2001): 호주 소설가, 시인. 1960년대 호주 주요 문학인들(예, Thea Astley, 등)에게 영향을 준 리얼리즘과 자연주의에 기반한 작품들 발표. 사후인 2002년 호주 문학에 기여한 공로를 인정받아 'Member of the Order of Australia' 훈장 수상

에서 길을 잃다*Isobel on the Way to the Corner Shop*』(1999)와 같은 작품들은 이러한 트렌드를 예리하게 나타낸 것들이다. 전제적 시설 문학Total Institutionfiction[44]은 종합 정신 병원이라는 외부와 차단된 곳에서 감금된 채, 같은 처지의 동료들과 살아가는 인물들을 다루는 문학 형태이다. 이들 모두는 절대 권위와 행정력을 가진 한 사람의 감독하에 놓여 있다. 이런 기관들의 목적이 얼마나 유용한가와 상관없이 대부분의 인물은 그들에게 구속되어 있다는 느낌을 받는다.

대체적으로 전제적 시설 문학Total Institution fiction은 광범위한 자기 억제와 고립된 소우주를 다룬다. 이 소우주는 자유 또는 통제를 제공하는 영역 또는 그러한 특별한 기능을 수행하며, 잘 구획화된 시설로 적절하게 관리되는 공간인 빌딩 안에서 스스로 발달하는 세계이다. 월터 아담슨Walter Adamson은 이런 외부로부터 차단된 사회에서의 제도 및 시설을 묘사하는 데 있어 가장 뛰어난 작가이다. 힘의 정치 또는 통제라는 측면에서 보면, 의료진의 통제는 시설 수감자의 자유와 반비례한다.

이처럼 강력한 자유 의지를 갈구하는 환자들의 패턴은 그들이 B, C, D 등급으로 이동함에 따라 좀 더 많은 자유를 얻는 에이미 위팅의 『구멍가게 앞에서 길을 잃다*Isobel on the Way to the Corner Shop*』에서 잘 묘사된다. 이런 특징의 또 다른 사례는 피터 코캔의 중편 소설에서 볼 수 있는 병동의 시스템이다. 예를 들어 만일 의료진이 환자의 몇 가지 의미 있는 나아짐을

---

44) Total Institution fiction: 전제적全制的 시설 또는 '종합 정신 병원 소설'이라고 할 수 있으며, 캐나다 사회학자이자 사회병리학 권위자인 Erving Goffman(1922~1982)이 1961년 발표한 그의 저서 『Asylums』에서 처음 사용한 용어로, 일반사회와 격리된 장소와 커뮤니티에 속한 이들을 대상으로 한 문학이나 정신분석을 의미한다.

진단할 경우 그 환자는 'MAX'에서 'REFRACT', 심지어 모든 병원 내 동선에서 이동 가능한 자유를 얻는 'REHAB'으로 이송된다. 생물 정치와 통치성이라는 측면의 전제적 시설의 변증법은 '지배자는 거울을 보고 해방자를 보지만 통치자는 통치자를 보고 폭군을 본다'는 이진 과정 Thomas S.Szasz[45]으로 요약될 수 있다.

이것은 공고한 규율로 노예 또는 그런 처지에 처해진 이들에게 강압적으로 명령하는 가부장적 존재가 운영하는 불가피한 전권 행정을 의미한다. 예외적으로 폭군이라는 인상을 주지 않는 월터 아담슨의 소설 『정신병동』(1976) 속 주인공 롱비어드Longbeard 교수와 함께, 카멜 버드의 『백색가든』에서 자아도취성 인격장애God Complex에 빠진, 그리고 피터 코캔이 쓴 『처방』에서 일렉트릭 네드Electric Ned라는 별명과 전권을 가진 병동 담당의사인 엠브로스 고다드Ambrose Godard 박사와 권위적 존재로 묘사되는 에이미 위팅의 소설 『구멍가게 앞에서 길을 잃다』속 스테너드Stannard 박사, 이들은 데이비드 아일랜드의 소설 『육식주의자들』속 주인공 오그레디O'Grady 박사의 숱한 문학적 아바타들이다. '오그레디'는 그가 가진 권위주의의 산물로 얻어진 별명이다. 외부 세계로부터 차단된 희망 없는 환자에게 신적 존재나 다름없는 의사가 내리는 처방(잔인하기 그지없고 전제적인 처방)은 대체로 작가들이 가진 정신의학이나 인간 본성에 대한 편견적 시각의 산물로 이해될 수 있다.

아일랜드 또는 아담슨과 같이, 피터 코캔, 카멜 버드 그리고 에이미

---

45) Thomas S.Szasz(1920~2012): 미국 정신분석학자, 현대 정신과학psychiatry분석의 기초를 닦은 학자이며, '정신이상mental illness자라 해도, 자유 의지를 인정해야 한다'는 인권운동을 공산주의communist 이론으로 연결시킨 것으로 유명하다.

위팅, 이들 모두는 압제에 시달리고 힘없는 이들에게 힘을 실어줌과 동시에 그들의 작품 속에서 전제적 시설이라는 외부 세계와 단절된 곳에서 일어나는 파괴와 부당함, 부정한 행위들을 비난한다. 이들이 전제적 시설의 악한 면을 강조한다고 그 시설들의 신뢰성을 약화시키려고 노력하고 있다고 보기는 어렵다.

또한 (지금까지 전통·암묵적으로 묵인해 왔던) 그런 시설들에서 행해진 미친 짓들이 사회적으로 덜 위험하고, 독자들은 소설과 같은 문학적 노출을 통해 그간 많이 친숙해졌으니 괜찮다고 말하기는 어려운 일이다. 이런 시설들은 정신 건강 문제를 이용하여 생물 정치학과 그것을 다루는 정부 방침을 무력화시킬 수도 있다. 각 이야기의 끝에서 그들의 동기가 불투명하게 표현되었을 경우, 누구나 정신상태가 흔들릴 수 있다는 공감대가 형성된다. 이들로 인해 사람들이 알 수 있는 것은 정신이상이라는 것이 얼마나 상대적인가 하는 점이다.

21세기 초에 발표된 소설들은 정신의학의 가능성을 탐구하기 시작했다. 예를 들면 도리안 모드Dorian Mode[46)]의 『베니스의 카페*Café in Venice*』(2001), 엘리엇 펄먼Elliot Perlman[47)]의 『7가지의 모호함*Seven Types of Ambiguity*』(2003), 카멜 버드가 쓴 『케이프 그림*Cape Grimm*』(2004), 피터 골즈워디 Peter Goldsworthy의 『악몽 같은 밤*Three Dog Night*』, 로드니 홀Rodney Hall의 『희망 없는 사랑*Love Without Hope*』(2007) 그리고 크리스토퍼 코치 Christopher Koch의 『기억의 방*The Memory Room*』(2007) 등이 있다. 그중 특히

---

46) Dorian Mode(1966~): 호주 작가, 재즈 뮤지션, 작곡가
47) Elliot Perlman(1964~): 호주 작가, 호주 법원 판사. 주로 사회 정의를 주장하는 작품들을 발표했으며 그가 쓴 『Seven Types of Ambiguity』(2003)가 2017년 호주 ABC의 TV 드라마로 각색

코치의 소설은 저널리스트 에리카 랭Erika Lange의 경계성 장애borderline personality를 다룬다. 정신의학의 세계와 그에 따른 병리학적 관점이 상대적으로 이들 작품들 속에서 미미한 위치라 해도, 피터 코캔의 『처방』(1980)과 『투병인』(1983)에서는 핵심 요소이다.

데이비드 쿠퍼David Cooper[48])의 『정신의학과 반정신의학Psychiatry and Anti-Psychiatry』(1967) 덕택에 반정신의학이 사회에 알려지고 유행되던 바로 그 시기에 교도소에 수감된 바 있는 피터 코캔은 헝가리계 미국인 토마스 자즈Thomas S.Szasz의 연구를 좀 더 발전시킨 데이비드 쿠퍼와 영국계 정신의학 연구학자 랭R.D.Laing의 의학적 견해에 영향을 받았을 것으로 보인다. 반정신의학 교리들 중에는 의사들과 의료진이 사람들의 행동에 지나친 의미 부여를 하고 있다고 보는 이론도 있다. 환자를 대상으로 한 끊임없는 경계와 오해, 오진에 대한 우려는 환자의 상태를 정신병으로 판단하는 두려움을 낳게 한다. 문을 잠그고 다시 여는 것을 통해 정신병동 접근을 차단하거나 허용하는 역할을 하는 간수들은, 환자를 감시하고 필요하다면 의심스러운 행동을 보고한다. 코캔의 소설 『처방』과 『투병인』은 이렇게 함으로써 지속적인 경계를 확신한다.

정신의학을 다룬 뛰어난 소설 『처방』은 과도한 전기충격기 ELT:electric-convulsive therapy or shock treatment 사용 때문에 '일렉트릭 네드'라는 별명이 붙은 정신병 치료 의사와 그와 함께 일하는 의료진들의 심한 욕설이 난무하는 정신병동의 잔인하고 비인간적 삶을 고발한다. 이 소설은 또한 지나친 투약과 정신병동 시설 문제를 고발하는데, 마치

---

48) David Cooper(1931~1981): 남아프리카 출신 정신의학자로 'Anti-psychiatry' 운동의 선구자이며, '광기madness'를 개인의 자유로 해석한다.

교도소와 교도소의 간수들과 같은 모습이다. 심한 우울증과 열악한 환경으로 인한 극심한 스트레스에서 벗어나기 위해 입원 환자들은 자살 또는 탈출을 감행한다. 입원 환자들을 계도하는 맥락에서 보자면, 일부 지적 독자들은 조울증이나 소설 속 주인공 란 타벳Lan Tarbutt으로 하여금 우울성 대상부전 증세에서 인위적인 최고조의 감정, 즉 일종의 엑스터시 상태로 전환시키는 경계성 장애를 감지할 수 있다. 『처방』이 익살스러운 부분도 가지고 있지만, 이 소설은 정신병동 시설에 대한 혐오를 보여 준다. 이런 반정신의학적 분개는 과거 입원환자들이 가지는 전형적인 반응의 예가 된다.

『투병인』은 주인공 렌Len의 내부적 관점으로 전개되는 전제적 시설 중편 소설이다. 규제가 덜 심한 병동으로 이관된 젊은 타벳은 범죄자들 각자의 기괴한 행위들과 상세한 정신병동 시설과 그 속의 삶을 알려준다. 이 작품의 속편에서는, 화자는 입원 환자들 스스로 저지르는 난잡한 성적 행위들, 불결한 생활 환경, 그리고 그의 처녀성을 잃어버리는 사건들을 강조한다. 두 가지의 자살 시도로 끝나는 이 이야기는 입원 환자들의 스트레스에 역점을 둔다.

마가렛 쿰스Margaret Coombs[49]의 『이 일에 가장 적합한 사람The Best Man for This Sort of Thing』(1990)에서 주인공 헬렌 일링Helen Ayling은 산후 우울증을 극복하기 위해 정신과 의사와 함께했던 치료들과 그러면서 견뎌야 했던 아픈 기억들, 다소 회복이 되었던 시절을 돌아본다.

이보다 좀 더 병적인 상태들 또한 다른 작가들의 주제가 되었다. 예를

---

49) Margaret Coombs(1945~2004): 호주 작가이자 시인. 호주 원주민들의 정신분석에 기여한 인권 운동가

들면 패트릭 화이트Patrick White의 『한 가지에 대한 많은 추억Memoirs of Many in One』(1986)은 나이 많은 그리스 출신 여성 알렉스 제노폰 디머전 그레이Alex Xenophon Demirjan Gray가 전하는 이야기를 토대로 정신분열증을 재구성한다. 시인 안소니 로렌스Anthony Lawrence[50]는 그의 작품들에서 이 병적인 상태를 다룬 후, 『또 다른 나In the Half Light』(2002)라는 제목의 소설 한 편을 발표한다. 젊은 화자 제임스 몰리James Molley는 풍부한 서정적 음조를 가진 여러 구절로 인해 생기는 감각의 혼란, 즉 공감각共感覺(어떤 하나의 감각이 다른 영역의 감각을 조성하는 상태)에 시달린다.

비록 피폐해진 마음을 다루는 것이 호주 문학에서 더 이상 새로운 주제가 아니어도, 심리학 연구와 정신병은 다룰 여지가 많다. 일부 학자들은 쾌락주의적 문화는 지적 토론에 전혀 도움이 안 된다는 점을 강조하면서 호주 소설이나 사회에는 정신분석 이론의 성공 사례가 부족하다는 것에 의문을 가졌다. 만일 정신분석에 대한 이해 부족의 원인이 부분적으로 그것에 대한 막연한 거부감 때문이라는 점이 사실이라면, 정신분석의 창시자에게 부여되는 학술적 권위를 어떤 면에서는 인정하지 않으려 하는 경향 또한 인정해야 한다. 허나 역설적으로, 이 시기 소설가들은 인간의 심리 상태를 주제로 하는 문단의 유행을 목도한다.

호주에서 정신분석에 대한 대중의 관심 부족에도 불구하고, 소설가들 중에는 여전히 마음과 뇌의 상호 번역 과정에 대한 작업들을 그들의 스토리 안에서 작동시키고자 하는 열렬한 추종자들도 있다. 이것의 증거로 다음 세 가지 정신분석이 주가 되는 작품들이 있다. 『줄리아의 천

---

50) Anthony Lawrence(1957~): 호주 작가이자 시인. 2017년 'Australian Prime Minister's Literary Award(Poetry)' 수상

국『Julia Paradise』(1986), 『두 얼굴의 늑대Double-Wolf』(1991), 『토카타 그리고 비Toccata and Rain』(2004)가 그것들이다. 『토카타 그리고 비』를 제외하고, 정신의학psychiatry과 같이, 정신분석psychoanalysis은 다소 부정적으로 취급되었다. 이런 현실은 이 분야를 다룬 이론과 사례를 믿지 않으려 하고 적대적으로 간주하는 사회적 환경을 다룬 글에서 나타난다.

로드 존스Rod Jones[51]의 『줄리아의 천국』은 정신분석 문화에 기반한 플롯을 사용한 호주 첫 소설이다. 프로이트가 주장한 히스테리 증세를 가진 도라Dora의 사례에 영감을 받은 이 단편 소설은 감정전이 transference와 반감정전이의 과정을 통한 정신분석 치료의 신뢰성에 의문을 던진다. 정신분석학자 케네스 아이어Kenneth Ayres는 히스테리로 고통받고 있는 줄리아 패러다이스Julia Paradise를 치료한다. 최면술 요법을 사용하여 몇 번의 정신분석 과정을 통해 그는 간신히 그녀가 어린 시절부터 가졌던 트라우마를 끌어낸다. 그녀는 13세부터 지금까지 그녀 아버지와 근친상간 관계를 반복했다.

이 플롯은 그녀 남편 윌리 패러다이스Willy Paradise가 의사 아이어에게 앞뒤가 맞지 않는 정보를 줌으로써, 아이어가 줄리아의 이야기를 의심하면서 긴장이 고조되게 한다. 줄리아의 진실 고백인가? 아니면 어린 소녀를 좋아하는 변태 성향을 가진 정신과 의사의 그릇된 욕망과 그런 욕망을 가진 그를 유혹하려는 수작인가? 간병인이 정상이 아닐 때 환자가 정상적으로 보호를 받고 있다고 봐야 하나? 신뢰할 수 없는 화자의 고백을 우리는 믿어야 하나? 이와 같은 의문들이 끊임없이 제기

---

51) Rod Jones(1953~): 2015년 세 번째 소설 『The Mothers』로 호주 문단의 주목을 받았다.

된다. 소설『줄리아의 천국』은 치료 명목의 정신분석이 아무런 효과를 보지 못하고 실패했음을 시인하는 것으로 끝이 난다. 이 소설 속에 나타나는 반정신분석적 기술은 비난조인『더블 울프』보다 강하고 심오한 질문을 던진다.

브라이언 카스트로Brian Castro의『더블 울프』는 정신분석 이론의 근간을 흔들고 있다는 점에서 가장 프로이트적인 호주 소설이다. 현실의 잘못된 표현을 수정하기 위해 노력하는 이 포스트모던 스토리 안에서, 카스트로는 유아의 성, 꿈에 대한 해석, 늑대 남자Wolf Man의 사례에 기반한 거세 콤플렉스에 대한 프로이트 이론이 역사적 사건의 외경적 성격에 의해 어떻게 무효화되는지 생각한다. 실제로 소설 속 주인공 세젤 웨스프Sergel Wespe의 이야기는 풍부한 상상력의 결과이다.

『더블 울프』에서, 웨스프는 이야기 전체를 꾸며냈을지도 모르는 가명을 사용하는 정신분석 범죄 스릴러물의 저자이다. 이 상상적 시나리오에서, 지크문트 프로이트Sigmund Freud는 사기꾼으로 묘사된다. 대부분의 카스트로 소설들과 같이,『더블 울프』는 계속적으로 과거와 현재, 다시 과거 속 호주와 유럽 사이의 상이한 장소들을 오간다.

이 문학적 추론을 대하는 무례함은 반정신분석anti-psychanalysis을 옹호하는 카스트로의 문학 성향을 비난했던 심리학자 칼 융Carl Jung 평론가 데이비드 테이시David Tacey[52]를 화나게 했다. 이들은 자신을 정신분석학자라고 속이고 환자들을 농락했던 소설 속 상상의 저자, 아티 카타콤Artie Catacomb의 모습과는 거리가 멀기 때문에 이러한 분노는 이해

---

52) David Tacey(1953~): 정신분석학자. 호주 La Trobe 대학 문학부문 석좌교수, 호주의 대표적 '칼 융' 이론가

할 만하다. 아티Artie는 그의 회고록을 쓰는 것으로 울프맨을 대신한 고스트 라이터로 인생을 마무리한다.

프로이트는 그의 비과학적 이론들의 근거를 마련하기 위해 문학 작품들을 이용하는 부도덕한 사람으로 묘사된다. 카스트로는 심지어 단어궁합collocation: association of words과 말장난paronomasia: punning의 사용에 관한 생각들을 다룬 언어 게임을 고안함으로써 정신분석을 조롱하기까지 이른다. 브라이언 카스트로는 이런 프로이트주의적 실수들을 한데 묶은 책을 통해 그가 가진 정신분석 방식을 드러내고 있다.

시인 필립 살롬Philip Salom의 두 번째 소설 『토카타 그리고 비』는 사이먼이라 불리는 40세 인물의 기괴한 행동을 다룬 이야기이다. 그는 멜버른 교외에 있는 집 뒷마당에 설치된 금속으로 된 남근 조각을 전시하며, 미디어의 관심을 얻는 데 성공한다. 어느 날 저녁, 그는 자신을 실종된 남편 브라이언 타이렐Brian Tyrell로 인식하고 있는 퍼스Perth에 사는 마가렛Margaret이라는 여자로부터 한 통의 전화를 받는다. 주로 최면 요법과 정신분석 상담이 주를 이루는 병원 치료가 끝난 후, 브라이언/사이먼Brian/Simon은 각 이야기의 다층적 의미palimpsest를 만듦으로써 그의 인생사 속 차이를 메꾸기 위해 노력한다. 이를 알아차린 독자들은 글의 숨겨진 의미에서 지크문트 프로이트, 자크 라캉Jacques Lacan, 장-마르캉 샤르코Jean-Martin Charcot53) 그리고 프리츠 펄Fritz Perls54)의 이론들을 발견할 것이다.

---

53) Jean-Martin Charcot(1825~1893): 프랑스 신경학자, 해부 병리학자. '최면과 히스테리' 이론 발전에 기여한다.
54) Fritz Perls(1893~1970): 독일 태생 정신분석 학자. 정신 치료의 다양한 형태(인지, 감성, 자각 등)를 규명하는 '게슈탈트 이론Gestalt Therapy' 창시자

푸가fugue의 형태로 구성된 『토카타 그리고 비』는 주요 등장인물들이 잃어버린 정체성과 기억을 명료하게 보여 준다. 보편적 이동성이라는 주제에 따르면, 스테판 페레Stephane Ferret[55)가 주장한 것처럼 정체성identity은 항상 머물러 있는 '존재'가 아니며, '타인'으로 '지속되는 것'도 아닌, 새롭게 '생성되는' 순수하고 단순한 마음속 허구이다.

1980년대는 출판사들과 독자들 모두의 특별한 관심이 쏟아졌던 호주 여성 작가들의 전성시대였다. 여성 작가들의 늘어난 숫자는 사회적으로 남성 중심의 시각과 언어에 반기를 든 여성들의 연구 사례들과 일치한다. 시계추의 이동처럼 남성 작가들의 부상은 소설 장르가 다시 일기 시작한 1990년대 말에 나타났다.

확고부동했던 과거의 남성상과 달리 시대적 흐름에 따라 유동적으로 변하는 이 남성성masculinity 위기는(성 정체성 혼란, 개인주의로 인한 고립, 남성 역할에 대한 사회적 재정의, 남성 표본의 상실의 직접적 결과) '고군분투하는 호주인Aussie battler'이라는 고정관념에 대한 질문을 야기했다. 그간의 호주 문학에서 이 '고군분투하는 호주인'은 삶의 철학과 장애들에 맞서 싸우는 유럽인으로 묘사되어 왔다. 그러나 1980년대, '남자는 가장 상처받기 쉬운 존재이지 더 이상 모든 역경과 맞서 싸우는 바위와 같은 단단한 존재가 아니다'라는 인식이 발현되기 시작했다.

여성 작가들의 스토리들은 가끔 상처받은 남자들을 표현하는 것으로 채워졌다. 질리언 왓킨슨Jillian Watkinson[56) 또한 예외 없이 남성성의

나약함을 묘사하기 위해 노력했다. 『아키텍트*The Architect*』(2000)에서, 주인공 줄리 반 어프Jules Van Erp는 오토바이 사고로 인해 심각하게 화상을 입고 신체 일부가 절단되었을 뿐만 아니라 두 아들도 또 다른 사고들의 희생자가 된다. 아들 체 라이Che Lai는 심각한 화상과 깊은 상처가 있고, 또 다른 아들 마크Mark는 승마 사고로 인해 전신 마비가 되었다. 이 소설에서 남자들의 사고로 인한 고통은 그들을 정부 복지 시스템에 의존하게 만들었다.

피오나 캡Fiona Capp[57])의 『온전한 정신으로 살았던 날들의 마지막*The Last of the Sane Days*』에서, 공군 비행사 라파엘 볼Rafael Ball은 원인을 알 수 없는 그의 복부 질병 이후 근무를 정지당해야만 했다. 그는 유럽 여행 중 그의 어머니 친구이자 의사인 힐러리Hillary와 가진 불륜 관계로 인해 심한 내적 갈등에 시달린다. 그리고 파국을 맞이한다. 사라 마일스Sarah Myles[58])의 『이식*Transplanted*』(2002) 속 네 남자(로스Ross, 이안Ian, 켈빈Kelvin, 피터Peter) 또한 유약한 존재로 묘사된다. 한 명은 패잔병, 다른 한 명은 부상자, 세 번째 남자는 심각하게 정신적으로 부상당했고, 네 번째 남자는 암살당했다. 이들 여성 작가들은 남자 주인공들을 신체적으로 심각한 상처를 가진 연약한 존재로 만들기를 좋아했다. 다른 사례로는 조지아 블레인Georgia Blain의 『진실의 눈*The Blind Eye*』(2001) 속 데니엘 레헤인Daniel Lehaine에게 정신분석 치료를 받고자 하는 청년 사일러스Silas도 있다. 그는 그의 동성친구 콘스탄스Constance와 가진 마약과 비정상적인 관계가 알려지는 것을 두려워한다.

---

57) Fiona Capp(1963~): 주로 호주 해변 문화를 배경으로 한 소설들 발표
58) Sarah Myles: 호주 Monash 대학 졸업 후 창작에 몰두. 간호사 경력을 바탕으로 한 소설 발표

남성을 얕보는 이런 표현은 남성 우월주의로 인식되는 것들을 무너뜨리기 위한 페미니스트 캠페인의 결과이다. 그러나 현실적으로 남성 육체의 취약함과 정신적 불안정한 상태에 주목하는 여성주의자들은 남성의 정체성을 약화시키지 못하기 때문에 위와 같은 선입견은 맞지 않는다. 그래서 여성주의자들은 여성 소설가들에 의해 쓰인 여성을 대상으로 한 다소 걸맞지 않는 표현을 찾는다. 대표적으로는 마가렛 콤Margaret Coomb, 앤 더원트Anne Derwent59)(1986년에 『Warm Bodies』 발표), 케이트 그렌빌Kate Grenville, 페넬로페 로우Penerope Rowe(1990년 『Tiger Country』 발표) 등이다.

챈틀 콰스트-그레프Chantal Kwast-Greff에 따르면, 케이트 그렌빌의 『릴리안 이야기Lilian Story』(1985)와 같은 소설 속 여성에 대한 표현은 매우 편견적이다. 여성들을 대상으로 한 상투적 인식은 여성들이 주변 환경에 민감하고 감각적이며 독자적 삶을 개척하기 위한 기술이 미약 또는 그런 것들에 둔감하다는 것이다. 그런 여성들은 자신을 압제적인 남성 중심 사회의 희생자로 정의하는 경향이 있다는 것이다. 그녀들이 자신을 스스로 해치지 않아도, 가끔 정신 착란이 그들에게 따라붙고 신체를 상하게 하는 문제로 고통받기도 한다.

예를 들어 식욕부진이나 폭식에 가까운 거식증과 같은 심각한 문제를 야기하는 식생활 습관은 신체를 불안정하게 한다. 게다가 이런 여성의 '자기 학대'에 더해 남성과 맞서 싸울 능력이 없는 연약한 여성을 억압하려는 남성의 폭력 또한 추가되기도 한다. 신체적으로, 그리고 정신

---

59) Anne Derwent(1941~): 호주 작가

적으로 심각한 부상을 당한 여성들은 결국 자신들의 인간성을 부정하고 그들 자신을 하나의 '대상'으로만 바라본다. 남성들에게 성적으로 종속당하는(그 반대로 여성들에게 지배당하는 남성들이 있다 해도) 주종 관계 속에서, 여성들의 온순함은 결국 가부장적 제도를 수용할 수밖에 없는 현실적 결과를 가져오게 한다.

그러므로 폭력과 대면했을 때 문학 속 여성 캐릭터들은 자신들의 고통을 물리적으로만 드러내는, 일종의 폭력에 대한 무저항 방식으로 표현된다. 즉, "(남성 폭력으로 인한) 상한 신체는 사회적으로 정신착란을 의미하는 기호sign, 반응과 언어의 기호로 작동한다."(콰스트-그래프) 여성의 굴종은 그녀들에게 도덕적이길 요구하는 노예 정신의 결과이며, 이 사례에서 도덕적이라 함은 주로 사랑스러운 그리고 현재 사랑을 즐기는 '예스yes 우먼'의 이미지를 정형화한 것으로 보인다. 게다가 '남성들에게 조종당하고 싶은 욕망'에 사로잡힌 이 여성들은 가부장제의 희생자들 이상으로 자신을 고문하는 것처럼 보인다.

이런 여성 캐릭터들은 본질적으로 조종당하기 쉽기 때문에 콰스트-그래프는 그녀들을 '밀랍 인형wax dolls'으로 비유했다. 그리고 자기 학대를 반복하는 그녀들의 성향은 '살아있는 인형들blood dolls'로 평가한다. 그러나 그녀들의 여성성이 남성들을 대상으로 지배적 또는 통제 불가하거나 남성을 억압할 경우, 이를 판단하기 어렵기 때문에 여성 작가들의 사회적 지위는 지나치게 모호하다. 이들 작품 속에서, 여성은 종종 스토리의 극적 반전에만 매달리는 이른바 '돈만 밝히는 소설grunge fiction', 그리고 남성들의 육욕의 대상이다.

싸구려 소설과 도시 공간(urban space)

'싸구려 소설Grunge fiction'60)은 섹스와 음악, 술, 마약과 같은 탈출구로 자신의 존재에 대한 공백을 메우려는 허무주의와 분노에 가득 찬 도시인을 낳는다. 이 소설들은 캐릭터들의 욕망을 성적 성향으로 표현한다. 그렇다고 이 장르가 노동자 계급이든, 중산층이든, 누구나 그런 욕망을 가지고 있다고 일반화시키지는 못한다. 이 장르를 개척한 헬렌 가너Helen Garner61)의 『원숭이 목걸이Monkey Grip』(1977)를 제외하고, 대부분의 작품들은 주로 20세기 말에 쓰였고, 저자들이 자신의 30대 시절에 자신의 고백을 담아 쓴 첫 번째 작품이다. 앤드류 맥가한Andrew McGahan은 『타락을 찬양하다Praise』(1992)라는 작품을 발표한 후 3년이 지난 1995년 『1988』이라는 작품을 통해 다시 이런 소설 스타일을 유행시킨다. 『1988』은 『타락을 찬양하다Praise』에서 다룬 소설 속 사건들을 추적한다. 『원숭이 목걸이』를 제외한 이런 작품들은 평범한 스타일과 다소 잔인하면서 에로틱한 장면들을 묘사하는 사실주의 표현법 때문에 많은 평론가들로부터 저급한 장르로 평가받았다. 또한 포르노그래피에 가깝다는 점 때문에 상업 소설로 여겨졌다.

1880년대부터 1970년대 초까지 진행된 호주 정부의 엄격한 문학 작품 검열제도로 인해 영국을 비롯한 유럽의 출판물들이 호주로 원활하게 수입될 수 없었다. 이 때문에 1970년대 호주에서 유행되기 시작한 '싸구려 소설'은 19세기 말 무렵 호주로 유입될 수 없었던 프랑스 데카

---

60) Grunge fiction: 1970년대 말 호주 작가 Helen Garner의 작품으로 시작. 젊은 신세대의 허무주의, 일탈, 마약, 일시적 섹스를 즐기는 문화를 다루는 호주 문학 장르

61) Helen Garner(1942~): 1977년 발표한 『Monkey Grip』을 시작으로 현재까지 호주 문학 트렌드의 주류 소설가 중 한명. 세 번 결혼한 이후 자유 섹스 주장하기도 했다.

당 사조French Decadent movement[62]의 분신인 '세기말 퇴폐풍fin de siècle' 심리 상태의 표현이라는 것이 필자의 생각이다. 정신분석 용어 '억압된 감정의 귀환the return of the repressed'이라는 말처럼, 이 장르는 데카당 사조Decadent movement'가 발현한 이후 한 세기가 지나서 데카당 사조 시대의 주요 인물상을 보여 주고 있다. 이를테면 평범한 삶을 거부하는 자기중심주의, 강한 자극으로만 깨어나는 몽롱함과 일상의 권태로움, 방탕 그리고 괴팍한 성격 등이다.

가장 대표적인 특성으로 이런 스토리들은 분열된 사랑을 비춘다. 이장르 속 남성들은 개인주의적이고 세상 온갖 것들로부터 도피한다. 가족도 없고 가까이 할 친구도 없고 심지어 자기 자신조차도 버린다. 이분리 현상으로 발생하는 자신의 내적 불안을 잠재우기 위해 그들은 폭력적 애정 행각을 벌인다. 이들의 타고난 성적 본능은 크리스토스 치오카스Christos Tsiolkas의 『유혹의 무게Loaded』(1995)의 주인공 아리Ari의 일상에서 알 수 있듯이, 일시적 만족을 위한 로맨틱한 행위와는 거리가 먼 기계적 습관과도 같은 감정 없는 섹스에 집착하게 한다. 이 무거운 주제의 자전 속 소설에서 19세의 그리스계 동성애 청년 아리는 음악에 깊이 빠진 채 술과 불법 마약, 그리고 걷잡을 수 없는 섹스 충동으로 채워지는 질풍노도의 시절 속 하루하루를 보낸다.

남성의 성행위는 대체적으로 고압적이고 난잡한 행위 중심으로 묘

---

62) French Decadent movement: 19세기 말 절망 끝에 관능적인 자극이나 도취를 찾은 퇴폐적인 예술가들인 샤를 피에르 보들레르Charles Pierre Baudelaire(1821~1867), 스테판 말라르메Stephane Mallarme(1842~1898), 폴마리 베를렌Paul-Marie Verlane(1844~1896)이 대표적이며 오스카 와일드Oscar Wilde(1854~1900, 아일랜드 시인이자 극작가)와 같은 탐미파에게 영향을 준다. 이들은 퇴폐파로 불리었다.

사되는 반면, 여성의 성행위는 남성을 주도하든 (주도)하지 않든 간에 여성 중심 시나리오가 있는 상상 속 구조에서 만족을 찾는다. 저자 린다 자이빈Linda Jaivin[63]이 '코믹 에로티카comic erotica'라고 불러 달라고 요청한 그녀의 1995년작『나를 먹어요Eat Me』는 전형적인 포르노 영화 시나리오처럼 읽힌다. 주지육림 속에서 벌이는 일련의 성적 환상의 극치 등과 같은 내용이 들어있다. 성행위들은 보편적인 호모섹슈얼부터 성도착에 가까운 기괴한 행위들까지 다양하게 변한다. 예를 들자면 기구 삽입, 가학적 피학성 성행위, 노출증, 생식기 안으로 손 집어넣기 fisting, 복장도착증, 정액(남성)이나 애액(여성) 핥기 등이 있다. 대부분의 '싸구려 소설' 주인공들은 현대 생활의 스트레스 및 긴장과 싸우고 자신이 살아있음을 느끼기 위해 일탈적 행위를 한다. 이는 신체가 행하는 보편적 행위들의 경계선이 확장되면서 나타나는 것이다.

포르노그래피와 달리 '싸구려 소설'은 남성 우월주의 이데올로기를 지향하지 않는다. 이것은 단순히 인물들 스스로 자신을 발견하는 정신적 대혼란의 과정들을 보여 주기만 할 뿐이다. '싸구려'를 추구하는 이들은 그들이 가진 판타지를 실현하고 싶어 하는 성향, 욕망의 대상에만 집중하는 무능력함, 불안정한 감정, 로맨틱한 상실감, 파괴를 경험한다. 한 풀 더 벗겨 보면, 섹슈얼리티는 더 이상 서로를 친밀하게 만드는 경험이 아닌 체험적 행위에 불과하다. 소설 속 주인공들의 광적인 성적

---

63) Linda Jaivin(1955~): 호주 소설가, 에세이스트, 중국 전문가. 중국, 대만, 홍콩 등지의 대학에서 석사, 박사 마친 후 중국 번역가로 활동 중 전 남편이자 호주 내 중국 전문가인 Geremie Barme와 함께 중국 문화를 배경으로 한 소설과 논픽션 발표. 중국의 장예모, 왕가위 영화감독 영화의 번역을 담당했다.

행위 추구는 그들을 실험적 인간으로 만들고, 엠마뉴엘 아산Emmanuelle
Arsan[64]이 주창하는 '사랑 영역erosphere'의 죄수들로 만든다. 이 '사랑
영역'은 즉흥적이면서 단기간의 만족이 오랜 기간 천천히 지속되는 남
녀 관계를 대체하는 반면, 자기중심적 쾌락이 성숙한 관계의 상호 만족
을 대체하는 고립된 세계이다.

대부분의 성장 소설initiation novel과 같이, '싸구려 소설 이야기들
Grunge Narratives'은 종종 등장인물들의 각성으로 이어지는 자기 발견
self-revelation으로 끝을 맺는다. 소설『유혹의 무게』의 동성애자 아리는
그의 성적 모험 마지막 단계에서 자신의 인생을 돌아본다는 것이 덧없
음을 깨닫는다.『원숭이 목걸이』의 노라Nora는 성적 일탈의 끝에서 자
신의 고독감을 느끼고 결국 집으로 돌아온다.『슬픈 오필리아의 죽음
The River Ophelia』(1995)의 저스틴 에틀러Justine Ettler[65]는 그녀를 지배하고
있는 연인 사데이Sade와의 복종관계를 이탈하고, 그 영향에서 벗어난
다. 이런 불안정한 캐릭터들은 한순간 쾌락 추구가 자신을 끝없는 일탈
에 처하게 한다는 점을 깨닫는다. 교외 사막에서 그들의 냉담한 유머가
드러내는 정신적 혼란은 어느 정도 불안의 징후이며, 밀레니엄의 끝자
락이 다가오는 마지막 시점에서 그들의 존재적 불안으로 인해 야기되
는 분노는 서구 사회의 자화상이다.

루크 데이비스Luke Davies의『캔디Candy: A novel of love and addiction』(1997)는

---

64) Emmanuelle Arsan(1932~2005): 태국계 프랑스 작가. 1959년『Emmanuelle』을 시작으
로, 성적 자유를 표방하는 과감한 작품들을 프랑스에서 출판, 정식 혼인 배우자를 비롯한 수
많은 남성과 '쓰리섬threesome'을 즐겼던 자유연애주의자.
65) Justine Ettler(1965~): 호주 작가. 1990년대 호주 싸구려 문학의 거장.《Sydney Morning
Herald》의 문학 평론가이기도 하다.

시드니에서 심한 마약과 섹스 중독의 나락으로 추락한 젊은 커플의 일탈적 심리상태grunge spirit에 대해 이야기 한다. 그들이 가족 내의 문제에서 비롯된 일탈적 인물 심리 상태라 해도, 성적 약탈을 벌이진 않으며 캔디Candy와 그녀 파트너들과의 문제도 없다. 두 젊은이는 인위적으로 유발된 무아지경의 순간들과 제어할 수 없는 성적 흥분 상태를 벗어나기 위해 안식처를 찾으며 시간을 보낸다.

세 번째 밀레니엄의 출발선에서 시작되는 새로운 지평선들과 함께, '싸구려 소설'은 사라질 것으로 보인다. 이러한 진자의 새로운 이동은 아마도 소설가들에게 다시 희망을 가져다주고 유토피아 작가들utopian writers을 위한 모든 가능성의 길을 열어 줄 것이다. '싸구려 소설'들과 달리 진정한 유토피아 문학은 성적 관계를 강조하지 않는다. 이들의 중심 주제는 개인이 아닌 커뮤니티이기 때문이다.

말 없는 압제자들: 호주의 유토피아와 반유토피아

점차 증가하고 있는 불안정한 세계에서, 그것도 1980년대에 삶의 유토피아적 방법에 대한 관심이 다시 생겨나는 것은 자연스러운 일이다. 1893년 호주인들 일부가 사회주의를 꿈꾸며 파라과이로 이민을 떠났다. 마이클 와일딩Michael Wilding은 그들이 그곳에서 겪은 성공과 좌절에 대해 쓴 『파라과이에서 희망을The Paraguayan Experiment』(1985)에서 유토피아를 호주 국경 너머로 설정했다. 작품 제목과 달리, 1893년 당시 호주 급진 노동계 인사 윌리엄 레인William Lane(1861~1917)이 중심이 되어 중남미 파라과이에서 '새로운 호주New Australia'를 건설하기 위해 238명이 이민을 떠났으나 결국엔 실험적 사례로 남았다.

1980년대 유토피아를 주제로 글을 쓰고자 했던 호주 소설가들도 단지 지리적 장소로만 자신의 나라를 표현했다. 제랄드 머네인Gerald Murdane의 『평원The Plains』은 토마스 모어Thomas More가 정립한 유토피아에 대한 전통 맥락의 관점으로 본다면 관조형 지적 소설이다. 유토피아는 먼 나라에 위치한 완벽한 세계를 표현한다. 이 세계는 다른 존재를 구체화하고 그 묘사는, 그 상징성을 고려했을 때 디에게시스Diegesis[66]를 또는 현실의 모방인 미메시스Mimesis[67]를 지칭한다고 볼 수 있다. 이 모든 사례에서(문학작품을 통해 현실을 바라보는) 투영의 메커니즘은 공간적 외계 또는 판타지와 현실 사이 거리, 즉 시간적으로 또 하나의 다른 동시대 형태 속 유토피아의 핵심이다.

유토피아를 다루기 원하는 호주 소설 경향에서 외부로부터 고립된 섬대륙 호주는 함축적으로 호주의 적은 인구를 함의하거나 외부 세계와 싸우기 위해 더 많은 인구를 원하는 사회의 모델로 표현된다. 이런 유토피아를 꿈꾸는 열망의 기원은 대영제국의 사회 계급 구조에서 벗어나거나 유배형을 언도받은 후 호주에 처음 도착했던 이들이 가진 불만으로 가득 찼던 초기 호주 사회로 거슬러 올라간다. 그 당시 미개척 땅의 수가 줄어들었기 때문에, 현대의 유토피아는 가상의 지리적 장소와(로드니 홀Rodney Hall의 『마지막 사랑 이야기The Last Love Story』속 유토피아 도시와 피터 캐리Peter Carey의 『트리스탄 스미스의 특이한 삶The Unusual Life of Tristan Smith』을 참조 바람) 과거 시대(크리스토퍼 코치Christopher Koch의 『아일랜드 탈출Out of Ireland』) 또는 『우크로니아uchronian』[68])의 실제 장소로 설정 되었다.

---

66) Diegesis: 사건, 생각, 장면, 인물 등을 작품 안에서 말하기telling 방식으로 표현하는 것
67) Mimesis: 특정 사물이나 사건을 가능하면 완전하게 재현하는 것, 즉 모방을 의미한다.

'테라 오스트레일리안 인코그니타Terra Australian Incognita[69])'를 찾는 과정을 통해 수많은 판타지를 불러일으킨 후, 지구의 북반구northern hemisphere에서 그 욕망을 채워 줄 수 있을 것으로 여겼던 곳, 호주는 그 존재가 발견됨과 동시에 그곳이 유토피아라는 생각을 하게 한 풍요로운 땅이었다. 잃어버린 공간과 "다른 세계의 풍부한 상상력을 키워 줄 수 있는 외딴 곳 호주가 보여 주는 이상적인 사회는 발견의 대상이 아니라 신세계 창조의 대상이었다."(Enrico Nuzzo)[70]) 호주에서 태어난 이들은 호주라는 섬으로 인해 생겨난 이 현상에 강렬하게 반응할 수 있었고, 크리스토퍼 코치는 더군다나 섬나라의 섬이라 불리는 태즈메이니아에서 나고 자란 조건으로 인해 더욱더 깊게 영향을 받았을 것이다.

지리적으로 호주를 제외한 외부 세계와는 별개로, 호주의 취약점은 원주민들의 상실이 아니었다. 보호, 국가 안보 그리고 사회적 안정은 초기에는 대영제국Great Britain 그리고 후에는 미국the United States이라는 군사적 보호 세력에게 충성하는 한 보장되었다. 외부 세계로부터 고립된 처지는 호주가 은둔의 세계에서 스스로 진화했고 섬으로 이루어진 유토피아 청정지, 그리고 악마들이 접근할 수 없는 외부 세계 영향이 없는 곳이라는 생각을 가지게 했다.

크리스토퍼 코치의 소설은 전반적으로 호주가 외부 세계 역사의 흐름에서 벗어나 순수하게 보존된 곳이라는 인상을 준다. 그러므로 모국

---

68) Uchronian: 상상 속 허구의 시간대를 의미하며, Charles Bernard Renouvier(1815~1903, 프랑스 철학자)가 1876년 쓴 소설 『Uchronie』에서 유래되었다.
69) Terra Australian Incognita: 15세기에서 18세기까지 유럽인들에게 상상의 대륙으로 알려졌던 호주를 의미한다.
70) Enrico Nuzzo: 스페인 Salerno 대학 인문학 석좌 교수

영국으로부터 멀리 떨어진 고립은 자발적이면서 비자발적인 고립이다. 고립은 거주인들의 어깨에 드리워진 권태와 고독의 감정, 그리고 엄격하게 통제되는 그들의 호화스러운 감옥을 탈출하고자 하는 욕망을 없애는 것을 의미한다. 이것은 크리스토퍼 코치의 소설에서 자주 나타나는 감옥, 즉 호주 지형topos을 낳게 한다.

코치의 소설은 19세기 중반 무렵의 호주 사회 현실을 반영하고자 했다. 『아일랜드 탈출Out of Ireland』(1999)에서 처음부터 호주의 건설과 태즈메이니아의 미래는 유토피아로 제시되었다. 이 '또 다른 세상Mundus alter'의 핵심적 특징은 오직 바다로만 접근 가능한 도시이다. 시 당국은 역사의 이중 부정과 함께 도시가 가진 과거를 지운다. 첫 번째로, '원시 유토피아Utopie et primitivism'에서 비롯된 크리스티안 마로비Christian Marouby71)의 용어를 사용하는 '중심적 아이디어idea of centrality'를 중심으로 조직되는 식민지 권력. 두 번째로, 식민지의 내부 구조가 제레미 벤담의 페놉티콘Jeremy Bentham's Panopticon72)과 비교되는 도시 안 계급을 말해 주는 투명한 시스템. 그러나 유토피아로서 호주의 자화상은 디스토피아가 아닌 '유토피아 풍자Northrop Frye73)로 변형된다.

전형적인 유토피아의 경우 "외관과 현실은 반드시 일치해야 한다." (크리스티안 마로비) 만일 그 유토피아가 모든 걱정을 없애 주는 완벽한 모습이라면, 그곳은 반드시 그곳에 사는 이들의 얼굴에서 행복을 읽을

---

71) Christian Marouby: 프랑스 제7대학에서 영미문학과 수학 전공 교수를 역임했다. 현재는 미국 캘리포니아 Mills College 석좌 교수이다.
72) Jeremy Bentham's Panopticon: 18세기 영국 철학자 제레미 벤담이 고안한 '원형 감옥'
73) Northrop Frye(1912~1991): 캐나다 문학 평론가, 문학 이론가. '문학 비평은 과학'이라는 개념을 전파했다.

수가 있어야 한다. 대체적으로 코치의 작품 속 가상의 유토피아 사회는 잠재적 불안정을 담고 있는 죄수들의 불완전함으로 세워졌다. 코치의 작품 속 에덴동산과 같은 공간인 태즈메이니아 섬은 『아일랜드 탈출』 의 비오샤Boeotia와 아카디아Arcadia가 행복을 추구하는 곳이지만 새 삶을 개척하기에는 척박한 환경이었다. 야만적 행위, 토착 식물의 유해성 여부 판단의 어려움, 그리고 외부인에 대한 원주민의 적대감 등의 어려움이 도사리고 있는 것이다. 이성의 영향을 받아 유토피아적 공동체를 세우는 이 프로젝트는 자신의 이익을 돌보는 인간의 반사회적 성향을 반대한다. 이 반사회적 성향의 집단은 엄격한 규율로 통제된다. 『아일랜드 탈출』 속에서, 유배된 죄수들을 다루는 공권력은 최대한 강제되고 동심원 모양으로 구성되는 원형 교도소와 같은 수형 사회를 연상시킨다.

가장 위대한 유토피아적 전통 안에서, 피터 캐리의 『트리스탄 스미스의 특이한 삶The Unusual Life of Tristan Smith』(1994)의 상상 속 군도 공화국인 이피카Efica와 호주를 연상시키는 그랜드 부어스탠드Grand Voorstand의 존재는 지리적으로 소설 속에서만 나타나는 지도에서 확인된다. 이 고립된 공간이 프랑스와 잉글랜드처럼 실제 국가로서 같은 세계globe를 공유하는 것처럼 보일 수 있다 해도, 프랑스어와 네덜란드어 사투리가 섞인 각 지역의 언어 특성 때문에 독자는 이피카를 호주로, 그리고 압제적인 부어스탠드를 미국the United States of America으로 떠올리지 않을 수 없다.

『마지막 사랑 이야기: 동화처럼 다가오는 날들The Last Love Story: A fairytale of the day after tomorrow』(2004)은 오래되고 갈라진 도시의 중심에 살고 있는

로맨틱한 성향의 주디스 스콧Judith Scott과 도시 양극화 이후 남부 지역에 살고 있지만 '슬로우 시티Slow City'라고 불리는 북부 지역에서 태어난 노년의 폴 버거슨Paul Bergson, 이 두 인물을 중심으로 한 과학 소설이다. 이 소설의 저자인 로드니 홀Rodney Hall은 소설 속 배경인 북부 도시와 남부 도시 간의 심한 빈부 격차로 인해 두 도시를 갈라서게 만드는 상상적 반란인 '위대한 날Great Day'과 2002년 발리Bali 폭탄 테러, 9·11 테러 사건, 탄저병anthrax 공격과 같은 실제 사건들을 가지고 위험이 임박한 미래 사회를 다룬다. 소설 속에서 우정의 다리Friendship Bridge로 연결되어 있지만 강 때문에 갈라진 두 도시는 서로의 차이를 평가하는 것처럼 마주 보고 있다. 그들은 유럽과 중동의 역사적 도시들을 연상시킨다. 북부 지역은 엄격하고 편집증적인 반유토피아 체제, 남부 지역은 부유하고 자유스럽지만 암암리에 부패한 유토피아 사회이다. 주디스Judith는 22세의 나이에 폴Paul과 운명적 사랑에 빠져 인생을 걸지만, 그녀의 어머니는 둘의 만남을 허락하지 않는다. 결국 그들의 사랑은 비극적 결말로 끝난다.

일반적으로 유토피아를 다룬 호주 작품들은 현실에서보다 작가가 특정 의도를 가지고 글의 전체 구조를 변형하기 쉬운 전체주의 사회와 같다. 그렇기 때문에 전체적인 맥락은 '말 없는 압제자들'과 같다. 에밀 시오랑Emile Cioran처럼 통찰력 있는 한 철학자가 『역사와 유토피아 Histroy and Utopia』에서, "어떻게 그토록 많은 사람들이 운명적으로 서로 미워하는 것도 없이, 서로 파괴하는 것도 없이 그런 좁은 공간 안에서 공존할 수 있는가?"라고 질문한다면, 그것은 유토피아적 미스터리가 역설들로 가려져 있으며 침투하기 어렵기 때문이다.

유토피아는 지리적으로 멀지만 추구해야 할 대상으로 남겨져야 한다. 이것은 다소 감정적으로 제시된 사회 모델이지만 모방되어야 할 대상이다. 이것은 강압적 관리가 지배하는 낙원 같은 공간으로 인식된다. 사실상 유토피아 이데올로기는 전체주의적 아이디어처럼 보인다. 행복은 도덕적 가치이고, 규범은 규칙이 된다. 사회성은 삶의 방식으로 제시되고 외부 세계와의 단절은 변치 않는 특징이다. 좀 더 심도 있게 유토피아에 대해 고려해 보면, 불만을 제기하기 힘든 불가능성, 순응적 태도, 공동체적 순응과 감금 등의 모든 유토피아의 특징은 결국 정신병동의 관리자(압제적 시스템)와 감옥에서의 삶을 규정하는 특징들과 같다.

반란의 호주: 정치소설 속 공포에 대한 탐구

앞선 '말없는 압제자들: 호주의 유토피아와 반유토피아'에서의 논의대로라면, 조화로운 평등 사회이며 사회적 일체감을 가지고 잘 통제되고 있는 현대 호주는 피해망상이라는 병적 상태에 빠진 곳처럼 보일 수도 있다. 이것은 특히 일본인과 인도네시안을 중심으로 아시안들에 관해 호주 내에서 배양된 잘못된 역사적 이해 때문일 것이다.[74] 정신분석 관점으로 판단하면, 섬나라 사람들 사이에서 발달하는 피해망상증과 병적 상태는 방어 기제이다.

---

74) 호주 사회 안에서 각인된 아시안 이미지: 호주 역사 초창기 백인 노동자들 위주의 광산 지역에서 중국인들이 많아지면서 생긴 '옐로우가 밀려온다Yellow Peril!'와 같은 위기감, 2차 세계대전 당시 일본군이 호주 북부 지역을 침범한 결과 생겨난 반아시안 감정, 1964년부터 1966년 사이 발생한 말레이시아와 호주의 정치·군사적 갈등 'Konfrontasi'으로 인해 생겨난 반감 등에서 비롯되어 지금까지 호주 보수층이 가지고 있는 인식을 말한다.

이런 유토피아적 공간의 고립은 외부 세계로부터 유래했을 모든 적대적 형태에 대항하는 방어벽으로 작용하는 것뿐만 아니라 섬나라 사람들을 취약하게 만든다. 외부로부터 침략, 병원균 전파, 그리고 퇴보에 대한 두려움에 직면한 섬나라 사람들은 모든 외인성 요인과 적당한 거리를 유지함으로써 스스로를 과잉보호했다. 이 물리적 불가침으로 인해 청정해진 공간은 문학적 유토피아의 특징으로 남았고, 초기 개척자들이 가졌던 통제할 수 없는 원초적 본능은 원주민 학살이라는 공포로 나타난다. 초기 정착자들이 가졌던 완벽한 사회에 대한 꿈, 인류가 타락하기 이전의 순수한 사회prelapsarian society와도 같았던 호주라는 낙원에서 누리는 행복beatitude(가끔 도시 배경으로 바뀌기도 함) 또한 외부 세계와 단절된 정원hortus conclusus인 호주에서 초기 개척자들이 저지른 죄와 무관하다. 모든 것들은 전지전능한 가부장 제도에 의해 감독되는 완벽한 인종 동질성을 얻기 위해 엄격해야 했고, 사회적으로 통일된 사고를 성문화하여 통제 및 연합하여야 했다. 이것은 『아일랜드 탈출 Out of Ireland』 속 페놉티콘 기구에서부터 『마지막 사랑 이야기The Last Love Story』 속 최신 기술에 이르는 서로 다른 강제적 감시 시스템을 사용해야 한다는 것을 의미한다.

공포를 통한 인간성 착취는 디스토피아에서 더욱더 명백해진다는 것이 일반적 생각이다. 정치적 소설 『독서 그룹The Reading Group』(1988)에서 저자 아만다 로리Amanda Lohrey는 자신들의 정체성을 잃고 사회적 연결구조의 붕괴에 분노하는 개인들로 이루어진 2계층 호주 사회라는 디스토피아적 예측을 제시한다. 폴 살즈만Paul Salzman75)에 따르면 피해망상과 공포 분위기는 '무엇이 진정으로 1980년대가 낳은 결과물인가?'라는 질문에 따라 형성된다.

앤드류 맥가한Andrew McGahan의 다섯 번째 소설 『언더그라운드 Underground』(2006)는 하워드 정부John Howard Government[76] 시절의 테러 와 전쟁, 그리고 점차 호주 민주주의를 군사적 상태로 변모시키는 긴장 넘치는 군사 안보 조치들의 남용에 대해 다루지만 않았다면, 반유토피 아적 정치적 소설로 볼 수 있을 것이다. 실존 정치인 존 하워드John Howard는 주인공 레오Leo와 쌍둥이 형제인 버나드 제임스Bernard James 로 묘사된다. 『언더그라운드』는 존 하워드 수상이 정권을 잡고 있을 당시(존 하워드는 2007년 11월 노동당 당수 케빈 러드Kevin Rudd[77])에게 자리를 내주었다) 강력하게 정부 정책을 공격하는 대담성을 보이지 못했기에, 그의 초기 소설이자 2005년 '마일즈 프랭클린 문학상' 수상작인 『재만 남은 대지The White Earth』와 비교한다면 실망스럽기도 하다. 개연성 없는 스토리 전개, 비현실적 인물상, 그리고 신뢰성 없는 구성 등이 『언더그 라운드』가 가진 허점들이다.

같은 맥락에서 리차드 플래너건Richard Flanagan의 소설 『무명의 테러 리스트The Unknown Terrorist』(2006) 또한 테러리즘에 대해 쓰고 있다. 타리 크Tariq의 연인이자 술과 쾌락이 넘치는 시드니 깊숙한 곳에 있는 체어 맨스 라운지Chairman's Lounge에서 직업 스트리트 댄서로 일하는 26세의 지나 데이비스Gina Davies는 '마디그라 축제Mardi Gras'[78] 전날 시드니 올

---

75) Paul Salzman(1953~): 호주 빅토리아주 La Trobe 대학 문학 교수, 소설가
76) John Howard(1939~): 호주 25대 수상 역임. 재임 시절 아시아인들의 이민을 막았고, 다문화 정책에 반하는 백인 위주의 'One Nation' 슬로건을 표방했다.
77) Kevin Rudd(1957~): 호주 26대 수상. 전임 수상이었던 존 하워드와 달리 'Big Australia' 정책을 펼치면서 이민 장려, 대외 개방 정책 시행
78) Mardi Gras: 프랑스어로 Tuesday와 Fat을 의미하는 합성어로 1978년부터 시드니 지역의 동

림픽 스테디움Sydney Olympic Stadium을 폭파할 목적으로 하는 테러 계획의 주요 범인들 중 한 명으로 지목된다. 소설『언더그라운드』처럼 이 소설은 그 당시 정치적 세력이 아닌 제4계급, 즉 언론 세력에 의한 공포의 도구화를 다루었다. 추악한 사건을 대문짝만하게 다루는 미디어의 희생양이 된 지나Gina는 스트립댄서라는 직업을 통해 스스로 자신을 발견한 후 사건의 모든 전모를 밝히며 스스로 오명을 뒤집어쓴다.

호주 문학에서 테러리즘 소재 사용은 새로운 것이 아니다. 1980년대 초반, 『용어들The Terms』(1982)의 제니퍼 메이든Jennifer Maiden79)과 『초보 암살자Child's Play』(1982)를 쓴 데이비드 말루프David Malouf과 같은 소설가들에게 테러리즘은 좋은 주제가 되었다. 특히 9.11 테러공격 이후, 테러리즘은 시의적으로 그 당시 현대 소설가들이 더욱더 집중적으로 다루는 소재가 되었다. 앤드류 맥가한과 리차드 플래너건은 이 주제가 그리 오래갈 것 같지 않다고 평가했으나, 자넷 터너 호스피탈Janette Turner Hospital과 아디브 칸Adib Khan은 이 분야로 큰 명성을 얻었다.

아디브 칸의 다섯 번째 소설『소용돌이 같은 인생길Spiral Road』(2007)은 방글라데시에서 태어난 후 호주 멜버른에서 수년간 살아가고 있는 50세의 마서드 알람Masud Alam이 직면하고 있는 딜레마에 대한 내용이다. 이 소설은 이슬람식 테러리즘과 작가 초기의 작품들 속 정체성의 이면들을 짜 맞춘다. 주인공이 알츠하이머병을 앓고 있는 그의 아버지를 돌보기 위해 고향에 돌아왔을 때 군사학교 학생 출신이라는 주인공의 과거가 그의 발목을 잡는다. 주인공 마서드는 그의 형 지아Zia와 조

성애자들 모임 축제로 시작되었다.
79) Jennifer Maiden(1949~): 호주 작가, 시인. 연작 소설『Play with Knives』로 유명하다.

카 오마르Omar가 과격한 노선주의자이며 그들이 테러 계획을 가지고 있음을 알게 된다. 즉, '나는 어느 쪽에 속하는가?'라는 내적 딜레마에서 마서드는 선택의 기로에 놓인다.

출간 후 많은 비평가에게 혹평을 받았던 자넷 터너 호스피탈의『복수 준비 완료Due Preparations for the Plague』(2003)는 이슬람 테러리즘을 다룬 또 하나의 소설이다. 이 소설은 1987년 9월 8일 프랑스 파리를 떠나 미국 뉴욕으로 향하던 중 항공 하이재킹을 당한 '플라잇 64 프랑스Flight 64 France 사건'을 소재로 한다. 이라크에서 파괴된 이 비행기는 400명 이상의 목숨을 앗아간다. 그러나 테러리스트들은 로웰 호손Lowell Hawthorne, 사만타 랄리Samantha Raleigh 그리고 제이콥 레빈스타인Jacob Levinstein과 같은 소수의 어린이들 목숨을 살려둔다. 이 어린이들은 사건 이후 근 10여 년 동안 고통스런 기억 속에서 살아간다. 이들 중 일부는 누가 이 비극의 참여자들이었는지 그리고 누가 정치적 후원자였는지 알기를 원하고 일부는 트라우마를 억누르며 살아간다.

『복수 준비 완료』는 스파이 스릴러물이자 정신심리학적 범죄 소설로 국제적 재앙이자 전파력이 높은 질병과도 같은 테러리즘에 대한 윤리적 질문을 던진다. 이 소설은 음모론에 가깝다. 미국 CIA가 이 추악한 사건에 연루되었다면? 소설 속 의문의 미국인 살라만더Salamander가 이 하이재킹을 명령 또는 진두지휘했다면? 도대체 어떤 이유로, 무엇 때문에? 같은 작가의 또 다른 소설『사랑에 웃고 배신에 울고Orpheus Lost』(2007)는 주인공 마이클 바톡Michael Bartok(암호명 Michka)과 그의 연인 리라 메이 무어Leela-May Moore 사이에 숨겨진 의심과 테러를 묘사함으로써 테러리스트 소설의 맥을 잇는다. 수학 전문가인 그녀는 의문을 남기고 사라진 미치카Michka를 구하기 위해 최선을 다한다.

오랫동안 하위문학Infra-literature에 속한 것으로 간주되어 온 범죄 스릴러물의 저자들은 문학적 소외감을 가지고 문단의 불완전함을 토로함으로써 정치적 주제들을 생산했다. 영국 태생 퍼거스 흄Fergus Hume[80]은 호주에서 출판한 그의 작품『마차 안 죽음의 미스테리*The Mystery of a Hansom Cab*』(c.1886)로 하루아침에 큰 성공을 얻는다. 범죄 스릴러 문학의 대표 주자들 가운데 한 사람인 쉐인 말로니Shane Maloney[81]는 그의 소설 6편 안에 유머를 가미하면서도 독자들의 기대를 뒤엎는 작품 구성으로 큰 인기를 얻는다. 나이 들지 않는 대부분의 범죄 소설 속(?) 탐정들과 달리, 그의 소설 속 주인공 머레이 테오드르 웰런Murray Theodore Whelan은 이례적으로 그가 담당하는 사건들을 통해 그리고 세월이 흐르면서 나이가 들어가는 '에르퀼 푸아로Hercule Poirot'이다. 그런데 말로니는 대중문화에서 영감을 얻다 보니, 종종 지나치게 상투적 표현을 쓰기도 한다.

역사적 진실의 재구성

상상을 다루는 작업은 등장인물들의 심리, 역사적 맥락, 허구적 세팅, 작가의 삶과 기타 요소들을 모델로 한 특정 상황의 진정성 등을 내포하는 현실을 기반으로 이루어진다. 문학의 하부 구조로서, 실제 삶속 작은 사건들은 다양하게 활용될 수 있다. 이 사건들이 플롯의 기본

---

80) Fergus Hume(1859~1932): 영국에서 태어나 작가 활동 대부분을 호주에서 보냄. 19세기 호주 탐정 소설의 개척자로 평가받고 있으며, 그의 소설은 추리 작가 코난 도일에게 영향을 주었다.
81) Shane Maloney(1953~): 호주 탐정 추리 작가. 1990년대 호주의 인기 추리물 소설인 『Murray Whelan Series』의 작가. 그의 작품들은 후에 호주에서 TV 드라마로 각색되었다.

구조를 위한 영감inspiration이 아닐 때, 작은 사건들은 이야기들을 전개할 수 있는 엔진이다(즉, 이전까지 누구도 관여하지 않은 것들은 특정 작가에게 좋은 글쓰기 소재가 될 수 있다). 이 작은 사건들이 글 구성의 주요 뼈대가 아닐 때에도 독자들로 하여금 이야기의 앞뒤를 연상하게 하는 것이다. 그리고 진실은 글의 재료가 되면 결과적으로는 독자들이 그것을 문학적으로 또는 상징적으로 읽을 수 있게 한다는 점이 가장 중요하다.

호주 역사 소설들에서 실제지만 사소한 사건들을 사용하는 것은 보상 전략으로 이해될 수 있다. 이것은 작가들에게 한 국가가 200년 이상의 기간 동안 유럽인들에 의해 점령당한 과거에 역사적 중요성을 부여하는 것으로, 일부 독자는 이를 새롭게 느끼기도 한다. 이런 마인드로 인해 호주의 역사 소설에는 3가지 중요한 구분이 있다. 즉 초창기 죄수들을 다룬 소설, 영국인의 호주 첫 상륙 이후 원주민들과 만남 등을 다룬 소설, 그리고 호주 대륙 개척사를 다룬 소설로 나눌 수 있는 것이다. 호주 현대 소설들은 이 역사적 토양을 통해 다시 쓰이고 있으며, 이것은 2차 세계 대전 이후 지금까지 미개척 분야였다.

호주는 종종 세상의 끝end에 선 머나먼 나라로 보인다. 호주 사람들은 종종 세상의 끝, 그리고 세계 역사의 주변부에서 진화하는 가상의 공간에 사는 존재들로 표현된다. 그러나 이것은 좀 더 큰 국가적 관점에서 보면 또 다른 이야기이다. 쇠사슬에 묶인 죄수들로 이루어진 호주 초창기 시절의 식민지 기간은 특히 1980년대 이후부터 호주 작가들 모두에게 '국민 작가'라는 영원한 호칭을 가지게 했다.

그 계기는 1988년, 캡틴 아서 필립Captain Arthur Phillip이 이끌었던 첫 영국 죄수 수송 선단인 『첫 번째 함대the First Fleet』의 도착을 기념하는

200주년 기념행사에서 열렸던 사회적 토론 때문이다. 바로 이 토론을 통해 이전까지 부끄러워했던 호주 초창기 역사적 사건들을 '사회·문화적 자산으로 재해석해야 한다'는 사회 공감대가 생기기 시작한 것이다. 피터 캐리Peter Carey, 케이트 그렌빌Kate Grenville, 콜린 존슨Colin Johnson, 크리스토퍼 코치Christopher Koch, 리차드 플래너건Richard Flanagan, 데이비드 말루프David Malouf, 로저 맥도널드Roger McDonald 같은 작가들은 그들의 탁월한 감각으로 식민지 시절의 이야기들을 극적으로 구성했다. 그리고 이는 수많은 역사 소설 출간의 원동력이 되었다.

역사 소설은 작가 크리스토퍼 코치가 선호하는 장르이다. 『아일랜드 탈출*Out of Ireland*』에서 작가 코치는 버뮤다Bermudas로 추방되는 아이리쉬 출신의 정치범 로버트 데브루Robert Devereux의 불운을 이야기 한다. 이후 로버트는 끊임없이 영국 식민지들 가운데 가장 외딴 곳이라고 이야기하던 곳, 현재 호주의 태즈메이니아인 '반디맨스 랜드'로 다시 이감된다. 이 소설은 호주가 가진 두 가지 측면을 보여 준다. 하나는 미완성의 정원hortus conclusus이라는 의미를 가진 '오스트레일리아 펠릭스Australia Felix', 즉 원시적 자연을 가진 축복받은 낙원이다. 그리고 다른 하나는 이 다층적 의미palimpsest 구조에서 원시글hypotext로 기능하는 단테의 '인페르노inferno'[82]를 기반으로 한 악몽 같은 수형 시설 이미지를 가진 저주받은 땅이다.

미학적 평가는 제외하고, 이 두 가지 관점은 같은 서사 구조를 공유한다. 예를 들자면 저주의 형태에 관한 고대 문서와도 같은, 속죄와 자

---

82) 단테의 '인페르노inferno': 단테의 신곡에 나오는 두개의 강 중 지옥을 의미하는 인페르노

유이다. 저자는 중세시대의, 즉 신과 파라다이스에 가고자 하는 목표를 가진 순례자의 삶이 가진 존재론적 개념을 다룬다. 저자 코치와 단테는 우화적이면서 종교적 차원을 추가, 신성한 특성을 취해 세속적이면서 단절된 세상의 구원을 찾고자 하는 영혼을 다룬다. 이 섬은 순수하고 정화된 상징이 된다. 저주 받은 세상이라는 관점 이상으로, 이것은 천국의 구제로 이어지는 속죄의 대기실과 같은 또 하나의 화신incarnation이다.

코치는 이 자비 없는 감옥을, 강제로 사유화된 우주로 묘사한다. 영국 사회에서 낙오된 이들(흉악범, 강도, 창녀 등)로 가득 차 있고 상시 감시체제의 공권력에 의해 통제되던 식민지는 호주 최초의 거주인들에게 가해진 박해에 대한 책임이 있다. 반디맨스 랜드(현 태즈메이니아)에서 있었던 테러와 극악한 통치, 거주민들 대상으로 한 가학증, 알코올 중독, 남색과 동성애, 불안정한 치안과 피해망상 등은 수형자들에게 일상적인 일이었다. 저자 코치는 그들끼리 서로 감시하던 인물들을 꾸준히 괴롭혔던 불안을 이야기한다. 이 소설은 호주의 역사는 아주 깊게 억압된 폭력에 기반하고 있다는 점을 확인시킨다.

피터 캐리의 『나는 돌아간다Jack Maggs』(1997)는 과거 영국이 저질렀던 식민지 시절에 대한 기억이 떠나지 않는 암울한 역사적 유산을 연상시킨다. 주인공 맥스Maggs는 극악한 대영제국 시스템으로 인해 유죄 판결 직전까지 몰렸던 고아이다. 죄수를 다룬 문학에서 그러하듯이, 맥스는 감옥으로 보내진 후 호주로 이송된다. 그는 환상에서 벗어나기 위해 환상으로 가득 찬 영국으로 돌아온다. 몽유병을 가진 것으로 보이는 주인공 맥스의 야간 행동은 이상적인 모국에 대한 꿈에 갇혀있다는 생각을 완벽하게 전달한다. 빅토리아 시대 멜로드라마 스타일로 쓰인 이 소설은 식민지 후기 시절에 유행한 찰스 디킨스Charles Dickens의 『위대한 유산Great Expectations』을 다시 쓴 것이나 다름없다. 잭 맥스Jack Maggs는 죄수 맥위치Magwitch가 재탄생한 것이다. 이 이야기는 호주 문학에서 흔한 주제, 즉 (모국으로부터) 버려졌다는 감정을 낳는 트라우마 경험을 가진 채 살아야 하는 상실감을 다룬다. 데이비드 말루프(잭 맥스는 전형적인 사례임)에 따르면, 호주인들은 사악한 계모에 의해 태평양 바다에 버려지는 고아, 즉 소설 속 앨비온Albion처럼 보이는 존재를 좋아한다.

『굴드의 어류도감Gould's Book of Fish』(2001)과 『비밀의 강The Secret River』(2005)은 식민지 문학 장르에 걸맞은 두 가지 서로 다른 특성을 가진 작품들이다. 리차드 플래너건의 『굴드의 어류도감』은 주인공 시드 해밋 Sid Hammet이 실종되는 이야기를 다룬 윌리엄 뷸로우William Buelow[83]의 『맥쿼리 항구의 어류도감Sketchbook of Fishes in Macquarie Harbour』을 재구성한 작품처럼 보인다. 종신 구금형을 언도받은 굴드Gould는 1820년대 말에 후송되어 온 사라 아일랜드Sarah Isalnd의 모든 물고기들을 그리라는 명령을 받는 죄수이다. 식민지 시절 동안의 우화처럼 읽히는 영연방 작가상Commonwealth Writers' Prize 수상작인 이 소설은 섬세한 묘사를 보여주는 역사 기술 메타픽션Historiographic Metafiction[84]이다. 케이트 그렌빌의 『비밀의 강』은 19세기 풍의 식민지 문학 전통을 바탕으로 쓰였

---

83) William Buelow(1801~1853): 1827년 죄수convict의 신분으로 호주 태즈메이니아로 유배된 화가. 후에 그의 화풍은 호주 역사 초장기 식민지 시절 호주 화단의 주류를 이룬다.
84) Histographic Metafiction: 포스트모더니즘의 하부 장르에 속하며, 작품 속에서 등장인물들이 허구의 세계임을 인지하는 것을 기초 설정하는 문학 기법으로 다만 그 소재를 역사적 실재와 허구를 패러디하여 구성하는 형태

다. 이것은 호주에서 형기를 마친 죄수들이 새 삶을 찾는다는 전형적인 플롯이다.

18세기 말 영국 런던에서 궁핍한 생활을 하던 윌리엄 쏜힐William Thornhill은 데니얼 대포우Daniel Defoe[85]의 몰 플랜더스Moll Flanders처럼, 살기 위해 도둑질에 손댄다. 범죄자로서 그의 명성은 높지 않았지만 임신한 아내 살Sal과 자녀들과 같이 뉴사우스웨일스New South Wales로 보내지면서 사형을 면한다. 도착과 동시에, 그들은 각자 삶을 살아간다. 윌리엄William은 원주민Aboriginal people을 믿지 못하고 그에게는 스스로 개간해야 하는 작은 규모의 땅이 주어진다. 그의 아내는 원주민과 쉽게 어울리지만 자신이 태어난 런던을 그리워한다. 그러던 중 운명의 여신이 그에게 행운을 가져다주고, 그의 사업은 번창한다.

케이트 그렌빌이 2006년 마일즈 프랭클린 문학상을 간발의 차이로 놓쳤을 때, 이 문학상은 호주 역사 초창기 개척의 영웅적 이야기를 다룬 또 다른 소설에게 돌아갔다. 수상작이었던 『데스몬드 케일의 발라드The Ballad of Desmond Kale』(2005)는 1850년대 금광 열풍과 같이 양모Merinos가 호주 경제 부흥에 크게 일조했던 시기의 양모 산업을 다룬다.

로저 맥도널드가 그의 소설 중 일곱 번째로 발표한 이 이야기는 식민지 문학 전통을 바탕으로 그 당시 영국 정부가 강제로 요구하는 양모 생산량을 공급하기 위해 각고의 노력을 하는 농장 일꾼들과 농장주에 대해 다룬다. 뼛속까지 프로테스탄트Protestant이자 아일랜드 출신의 정치범 데스몬드 케일Desmond Kale과 레버렌드 매튜 스탠튼Reverend

---

85) Daniel Defoe(1660~1731): 1719년 발표한 『로빈슨 크루소Robinson Crusoe』의 작가.

Matthew Stanton, 이 두 남자들은 어깨를 맞대고 금 가치에 버금가는 양털을 얻기 위해 노력한다. 땅 없이는 양들이 사는 들판 또한 없기에, 작가인 로저 맥도널드는 대지를 아름답게 묘사한다.

네드 켈리Ned Kelly의 전설은 우리를 호주 시골이 주로 부랑자squatters와 형기 마친 자유인들selectors로 이루어졌던 당시로 가게 한다. 네드 에드워드 켈리Ned Edward Kelly(1855~1880)의 반항적 태도는 19세기 영국인들의 압제적 식민지 제도에 대항하는 아이리쉬Irish가 치룬 투쟁보다 더욱더 많이 대중에 회자된 특성을 가지고 있다. 비록 한때 호주판 로빈 후드Robin Hood라고 불릴 정도로 국민적 영웅으로 불렸던 그의 범죄행각은 지금까지 의견이 분분하여 호주인들을 양분시키고 있다손 쳐도, 이 이야기는 많은 소설가의 잉크를 메마르게 했다.

아이리쉬 출신인 그의 사후 100주년을 기념하는 행사가 있을 정도로, 호주 작가들은 그가 죽기 전 많은 수의 경찰 앞에서 기개 있게 맞선 그의 마지막 모습을 칭송하면서, 1980년에서 2000년까지 여섯 편의 네드 켈리에 관한 작품들을 발표했다. 온 국민의 관심 대상이었던 이 강도는 그의 아버지 죽음 이후 그가 가장의 임무를 책임져야 했었을 때 불과 열한 살이었고 형제들 중 맏아들이었다. 멜버른 감옥에서 교수형에 처해진 네드 켈리의 죽음은 어느 정도는 그가 대중들에게 신성한 존재로 비쳐진 탓도 있다.

네드 켈리의 이야기를 이용하여 식민지 시절 건달 문학larrikin literarture의 맥을 이은 주요한 소설가들 4명은 장 베드퍼드Jean Bedford[86],

---

86) Jean Bedford(1946~): 호주 범죄 추리 소설 작가. 호주판 '임꺽정'에 해당하는 네드 켈리의 여동생을 소재로 한 그녀의 소설 『Sister Kate』(1982)를 페미니즘 시각으로 구성, 주목받

버트럼 챈들러Bertram Chandler87), 로버트 드류Robert Drewe, 피터 캐리이다.『시스터 케이트Sister Kate』(1982)에서 작가 장 베드퍼드는 네드 켈리와 그의 여동생 케이트Kate가 나눈 비극적 사랑을 다루기 전, 소설 초반부에서 간결한 문체로 네드 켈리의 시련을 다루었다. 이를 통해 남성성 위주의 네드 켈리 신화를 무너뜨린다. 소설 속 화자인 케이트의 네드 켈리를 향한 집착에 가까운 사랑은 자신의 오빠를 희생양으로 만든 공권력을 악마화한 것에서 발견할 수 있다.

작가 버트램 챈들러는 일련의 과거 회상과 함께 간간이 미래의 한 장면을 추가하는 방식의 사이언스 픽션 소설 『켈리의 나라Kelly Country』(1983)에서, 자신의 정치적 반이상향주의 표현을 위해 네드 켈리가 경찰들에게 포위된 후 사살당했던 글로레완Glenrowan88)에서의 마지막 장면을 사용한다. 소설 속 인물인 토마스 커노우Thomas Curnow는 인질들 속에서 도망친 후, 경찰 기차를 탈선시키려는 네드 켈리의 계획을 폭로한다. 이로 인해 네드 켈리는 형장의 이슬로 사라졌지만 그가 남긴 투쟁의식은 민중들 사이에서 민족주의를 싹트게 하면서 훗날 호주 공화국이라는 꿈을 꾸게 한다. 민중과 함께한 한 무법자의 승리가 낳은 것이다.

로버트 드류의『우리의 희망Our Sunshine』(1991)은 이 대중적 영웅의 빛

았다.

87) Bertram Chandler(1912~1984): 영국계 호주 작가, 호주 해군 장교. 주로 사이언스 픽션 집필했으며, 약 200여 권의 펄프 사이언스를 남겨 1980년대 호주 과학 추리물의 거장으로 평가받는다.

88) Glenrowan: 호주 빅토리아주의 한 소도시로 호주 제 2의 도시이자 빅토리아주 수도인 멜버른에서 북서쪽 방향으로 약 230km 거리에 위치하고 있다.

나간 행적을 추적하기 위해 좀 더 현실적으로 다가간다. 네드 켈리의 사망한 아버지 존 켈리John Kelly가 그에게 준 별명을 사용하고 있는 소설의 제목은, 디에게시스diegesis에 녹아든 인간적 감정이 공권력에 의해 박해받는 이 젊은 청년을 갱생시키려는 시도임을 시사한다. 피터 캐리에게 배운 바 있는 로버트 드류도 네드 켈리를 독창적으로 다루고 있다. 네드 켈리를 그의 작품 속 화자로 만들면서 그는 그의 행각들을 정당화시킬 수 있는 목소리를 주었고, 독자들로 하여금 그에 맞는 인물상을 명확하게 알 수 있도록 했다.

피터 캐리는 드류가 선택한 심리 분석을 계속하면서 자신의 소설 『네드 켈리의 진실True History of the Kelly Gang』(2000)에 몇 가지 변형을 더했다. 피터 캐리에 따르면, 『진실된 역사true history』라는 제목은 아이러니하다. 그 이유는 역사적 사실들은 이야기 중 극히 미미한 부분을 제시하기 때문이다. 작가는 그의 소설의 시대적 배경에 맞는 정확한 어투를 표현하기 위해 소설 속 네드 켈리가 작성한 역사적 문서 중 하나인 '주릴더리Jerilderie 편지'를 사용한다. 그것은 네드가 자신의 가상의 딸, 그리고 자신이 사랑했던 메리 힘Mary Hearn과 꿈꾸었던 것들을 적은 것으로, 이 두 가지 요소는 작가 피터 캐리가 자신의 작품에 의도적으로 첨가한 것이다.

신화와 현실 사이를 오가는 역사 소설들은 언제나 소설을 생산하기 위해 접목되는 작가의 상상과 뚜렷한 목적성을 가진 사건 영감을 받아 만들어진다. 이런 순차적 이야기들은 일정한 모습의 패턴들을 따른다. 예를 들어 빅토리아 주 일레븐 마일즈 크릭Eleven Miles Creek에서 보낸 네드 켈리의 어린 시절 묘사, 어린 소녀 캐서린 켈리Catherine Kelly를 유혹하려는 알렉산더 피츠패트릭Alexander Fitzpatrick과 함께한 1878년 4월 언쟁, 네드와 그의 형제 댄Dan, 그들 친구 조 버린Joe Byrne과 아론 쉐릿Aaron Sherritt, 이들과 강도단 결성, 반란과 탈출, 스트링이바크Stringybark Creek에서 경찰관 3명 사살, 빅토리아 주 북서부 유로아Euroa에서 벌인 첫 강도행각, 네드가 그의 전설적인 편지를 쓰던 뉴사우스웨일즈New South Wales주 주릴더리Jerilderie 공격, 그의 오랜 친구 아론Aaron과 조Joe에 의한 처형, 다른 두 명의 마을 사람들과 같이 글렌노란Glenrowa Inn에 잡혀 있던 교사 토마스 커노우Thomas Curnow의 탈출(이는 그들이 머물던 여인숙이 불에 탈 때 켈리가 의도적으로 그를 도망가도록 했음이 밝혀짐), 네드의 경찰 기차의 탈선 유도 실패와 4명의 부랑자들의 마지막 최후, 이 서사 구조에 가끔 추가되는 2차 요소 중에는 젊은 네드의 체포, 두 건의 노상 강도 기소, 무법자 해리 파우어Harry Power의 영향, 호모섹슈얼을 연상시키는 강도단의 성별을 알 수 없는 옷차림, 강도단 일당을 쓸어버려야 하는 임무를 가진 퀸스랜드 원주민Queensland Aboriginal 추적자들, 공권력에 대항할 목적으로 개조한 농기구 무기들, 판사 레드몬드 배리Sir Redmond Barry가 사형 언도를 선언한 이후 행해진 네드 켈리의 체포 및 마지막 처형장면 등이 있다.

프랑수아 라플랑틴Francois Laplantine의 『세 종류의 소설Les trios voix de l'imaginaire』에 따르면 신화는 본질적으로 단일화된 묘사로 국한 시킬 수 없다. 신화를 대상으로 한 여러 가지 표현 가능성은 네드 켈리의 정체성을 둘러싸고 벌어지는 논란으로 인해 생긴 다형변화적polymorphic 역사의 직접적 결과, 즉 여러 가지로 상반된 네드 켈리 이미지 구축에 참여함으로써 각 소설가들로 하여금 그들만의 재현과 표현이 가능하도록 했다. 절반의 천사, 절반의 악마, 원주민 사기꾼과 그들의 먹잇감, 고결한 마음을 가진 악한, 정의의 해결사, 추방당한 자와 정치범 등 호주 야생 숲속의 전설적 인물을 명확하게 규정하는 것은 힘든 일이다. 그럼에도 불구하고 여타 신화적 영웅들처럼 네드 켈리는 그의 도덕적 또는 물리적 특징들을 강조함으로 인해 두드러진다. 베드포드와 드류는 네드 켈리의 인간적 면모를 보여줌으로써 이 시기 언론 매체 선전과는 반대의 입장을 취한다. 챈들러는 네드 켈리의 대담성과 신출귀몰한 재주를 강조한 반면, 캐리는 실제로는 존재하지 않았던 그의 딸을 상상하면서 네드 켈리가 가질 수 있었던 부성애를 이용한다.

데이비드 말루프의 『사형수와 나눈 마지막 대화*The Conversation at Curlow Creek*』(1996)는 마치 커다란 두 폭짜리 회화와 같이 식민지 시절을 잘 그려냈다. 길게 늘어선 호주 야생 숲속의 부랑자들에게 영감을 받은 그의 작품은 그 당시 사건 사고를 사용하여 19세기 시절의 야만성을 연상시킨다. 영국 기병대원 아데어Adair는 사형수가 처형을 하루 앞둔 전날 밤 심문하는 일을 한다. 심문 과정에서 훗날 야생 숲속 부랑자로 전락하는 한 죄수가 식민지 시대의 잔인성, 공권력과 죄수들 간의 관계, 식민지가 처음 생겨났을 때 겪었던 가혹함 등에 대해 이야기하는 것을 들으면서 주인공 아데어는 시공간과 죽음에 대한 철학적 사고를 가지게 된다. 주인공의 온화한 성품과 더불어, 작가 데이비드 말루프는 뛰어난 감각으로 식민지주의를 초월하고 존재의 핵심에 접근하는 주인공의 이야기에 대해 쓴다.

『사형수와 나눈 마지막 대화』는 작가 데이비드 말루프가 원주민들과 가진 물리적 충돌과 대결이 일어난 19세기 식민지 시절에 대해 쓴

『바빌론을 추억하며*Remembering Babylon*』(1993)와 짝을 이루는 소설이다. 불과 13세의 나이에 바닷속에 던져진 저미 페얼리Gemmy Fairley는 원주민들에 의해 구해지고 난 후 16년 동안 퀸스랜드Queensland 북부에서 그들과 함께 생활한다. 저미는 근처에 스코틀랜드Scottish 사람들이 사는 부락이 있다는 사실을 안 후, 스코틀랜드 사람들을 만나기 위해 원주민 동네를 떠난다. 마침내 스코클랜드 사람들을 만난다. 그리고 그들이 가진 원주민에 대한 생각과 태도를 바꾸어 놓는다.

　『바빌론을 추억하며』는 호주 문학의 일반적 주제인 '잃어버린 아이lost chsild'와 오염되지 않은 원시인noble savage 신화를 이용한다. 그러나 데이비드 말루프의 최고 걸작chef d'oeuvre이라고 불리는 이 작품은 주인공 저미의 미스터리한 사라짐에 대해서는 설명하지 못한다.

　정작 작가는 보잘것없다고 했으나 비평가들로부터 찬사를 받은『닥터 우레디의 세상 종말에 대한 처방*Doctor Wooreddy's Presciption for Enduring the Ending of the World*』(1983)은 새로운 역사적 해석을 제공한다. 이 책의 작가인 콜린 존슨Colin Johnson은 식민지 시절 주요 인물들과 함께한 원주민 사회가 겪은 악에 대해 진단한다. 브루니 섬Bruny Island 부족의 일원인 우레디Wooreddy는 조지 아우구스터스 로빈슨George Augustus Robinson의 도움으로 원주민 구역에서만 살라는 정부 명령을 피하게 된다. 로빈슨은 원주민들과 백인들 사이를 중재하는 임무를 수행하기 위해 온, 온화한 성품의 선교사이다. 로빈슨의 성스러운 임무는 브루니 섬 사람들을 그의 보호 아래 플린더스 아일랜드Flinders Island로 가게한 후 호주로 보내는 것이다.

　소설 속 마지막 장에서 이 고귀한 야만성 신화는 원주민들의 저항으로 인해 로빈슨이 자신의 무리들을 참담한 실패로 이끌게 되면서 산산조각 난다. 이 스토리는 지리적 분열(후송의 결과 및 특정 거주지 안에서 사람들 재구성), 역사의 분열(작가 콜린 존슨이 재구축하려고 했던 숨겨진 역사적 에피소드들), 사회 구조의 붕괴, 바다로 투척된 원주민 유해, 살던 곳에서 강제로 나와야 했던 원주민들과 그들의 닫힌 영혼 등의 파편들을 모두 보여 준다. 그리고 그 이후에는 그들 사회에 처음 전파된 알코올(술)과 기독교로 인해 더욱더 악화되고 갈라진 정신 분열이 잇따른다.

게다가 호주 원주민 혈통의 이중 유산dual heritage과도 같은 다문화적 배경을 가진 작가들에게는 조현병 증세와도 같은 정체성 위기identity crisis가 더해진다. 두 문화 사이에 놓여있기 때문에 이 작가들은 자신이 가진 이중적인 문화적 배경을 가지고 글 속에서 다수의 은유와 비유를 생산하고, 자신들조차 자신이 속한 곳을 알지 못한다는 사실을 놓고 의견이 갈린다. 원주민 출신 배경과 백인 사회 사이에서 생겨나는 갈등, 즉 이 병렬 주제는 사람들에게 물리적, 정신적 고통을 노출시키는 전염병과도 같은 것이다.

전통적으로 유럽인들은 원주민 인구를 급감하게 한 수많은 감염에 책임이 있는 공격자이다. 소설 초반부에서 나쁜 징조를 암시하듯, 유럽인이 상륙한 호주 환경은 급속히 악몽으로 변했다. 이는 브루니 섬에서 죽어가는 원주민들이 '기침하는 악마coughing demon'의 희생자들이었기 때문이다. 선원들로부터 옮겨진 결핵이 바로 그 대표적인 예이다. 이 고통은 마치 폐부에 깊이 박혀 오랫동안 지속되는 상처와도 같다. 오랫동안 우레디는 이 상황에서 벗어나는 것이 자신의 유일한 구원이라고 느꼈다. 그러나 병과 가난은 그를 끊임없이 물고 늘어졌고 마침내 그의 아내 트루저나나Trugernanna를 미망인으로 만드는 운명에 처하게 한다.

저자 콜린 존슨은 역사적 사실에 대한 새로운 기술이 자리 잡을 수 있도록 과거를 깔끔하게 정리해야 한다고 생각했을까? 아니면 원주민들을 상하게 한 대규모 전염과 부족 간 분열에 대항하여 서구인들 시각으로 싸우는 것을 목표로 했나? 한 가지 분명한 것은, 콜린 존슨의 소설은 원주민들의 고통과 서양 악마들을 물리치기 위한 치료제 또는 해결책으로 읽힐 수 있다는 점이다. 이 작은 사건들을 결합시키면서 존슨은 병을 치료하는 무당처럼 행동한다. 왜냐하면 『닥터 우레디의 세상 종말에 대한 처방』은 정치 소설에 속하기 때문이다.

이 소설은 작가 존슨의 혼혈 정체성에도 불구하고 부러진 다리를 치료하는 찜질약, 즉 쓸모없는 것이 아닌 것처럼 보인다. 그렇기 때문에 이와 대조적으로 원주민 문학을 규정하는 특질인 방대한 사회정치적 관점을 가지고 상상을 불러일으킨다. 콜린 존슨의 작품은 원주민을 바라보는 우리의 감상적 관점을 다시 돌아보게 한다. 이것은 사람은 누구나 그들이 속한 문화 밖의 환경과 여건, 일들에 대해 이야기 할 수 있다는, 즉 호주 초창기 백인들에 의해 핍박받은 호주 원주민들의 피해라는 반박할 수 없는 증거를 제시할 수 있다는 점에서 흥미롭다. 콜린 존슨의 경우, 소설 속 단어들은 대안적인 임시 처방이었고(그들이 원주민 고통을 완화시킨 진통제 효과를 내었으므로), 상처 난 영혼을 치유하기 위한 위안이었으며, 악마들의 재현을 막아내는 방어막이었다. 원주민이 아니라 해도, 작가 존슨의 글은 상처 난 과거를 중재하고 돌아보게 한다.

콜린 존슨과 같은 작가들이 호주의 과거 시절 벌어진 잘못된 역사적 사건 사고들을 기록하기 위해 시도한 반면, 토마스 케닐리Thomas Keneally와 같은 일부 작가들은『쉰들러의 방주Shindler's Ark』(1982)에서 다룬 홀로코스트Holocaust와 같은 전 지구적 차원의 비극들을 다루었다. '부커 문학상Booker Prize' 수상작인 이 소설은 호주 독서 인구가 소설보다 인생 스토리와 역사 소설 속 현실적이고 개인적인 사건들에 좀 더 관심을 가질 무렵 출판되었다.

로드니 홀Rodney Hall은『우리가 히틀러의 집에서 보낸 나날들The Day We Had Hitler Home』(2000)을 통해 나치 현상을 좀 더 공개적으로 들추어내었다. 호주 작가들이 범세계적인 주제들에 대한 역사적 소설을 쓸 능력이 없다는 생각은 편견에 불과하다. 이와 반대로, 유럽 문화에 기반을 둔 바로크 포스트모던 스타일로 쓰인 셀리 무이르덴Sallie Muirden의 작품들을 읽어 보라.『인펜타라는 스페인 소녀의 고백Revelations of a Spanish Infanta』(1996),『원초적 갈등의 수녀We too Shall be Mothers』(2001),『서빌의 그녀, 그리고 욕망A Woman of Serville: A novel of love, ladders and the unexpected』(2009) 등 대부분 스페인어 작품이었다.

추가적으로 범세계적인 주제를 시도했던 수많은 역사 소설가 중에서는 UNUnited Nations에 관한 프랭크 무어하우스Frank MoorHouse의 3부작『위대한 날Grand Day』(1993),『어둠의 세계Dark Place』(2000),『사랑과 전쟁Cold Light』(2010), 그리고 책 제목과 주인공 이름이 같은 과학자에 관해 쓴 로저 맥도날드의『찰스 다윈의 조수Mr Darwin's Shooter』(1998)를 언급하는 것으로 충분하다. 그러나『쉰들러의 방주』와 다른 소수 작가들 제외하고, 나는 이 간결한 문학사에서 호주와 관련된 주제만을 구체적으로 다루는 작품들만 자유롭게 토론하겠다.

데이비드 말루프는 그의 『위대한 세계*The Great World*』(1990)를 통해 주요한 대형 역사적 사건들 못지않은 작은 실제 사건들을 부각시킴으로써 2차 세계대전 역사 소설에 대한 기존 통념을 뒤집는다. 사람의 감정과 관계에 관한 사적 세계에 주목하는 그의 역사 소설 속에서, 세계 전쟁은 동지의식Mateship을 고취시키기 위한 배경으로 쓰인다. 대공황 Great Depression 시기에 태어난 빅 쿠란Vic Curran과 디거Diggers라는 별명을 가진 알버트 킨Alebert Keen, 이 두 주인공은 1940년대 초 일본군 포로수용소에서 만나 온갖 역경을 공유하는 친구 사이가 된다. 디거는 빅과 성격적으로 반대인 조용하면서 점잖은 타입의 몽상가이며, 빅은 산전수전 다 겪은 현실주의자이다. 두 인물 간의 이러한 성격 차에도 불구하고, 그들은 굳건한 우정으로 온갖 고난을 이겨내며 빅이 마지막 숨을 거둘 때까지 생사고락을 함께한다. 혼란스러웠던 세대 위에 맴도는 죽음이라는 주제가 다소 암울한 분위기의 이 소설 전반에 걸쳐져 있다.

공식적인 호주 역사를 바로 잡거나 비난하는 이런 소설들이 개별적 사례들을 대표하지는 않는다. 특정 원주민 소설가들이 쓴 작품들을 포함하여, 다른 소설들은 이 정치적 참여 문학의 전통을 따른다.

원주민 소설의 존재 확인

원주민 작가들의 작품에는 두 가지 흐름이 있다. 한 가지는 문학에서 신화와 전설을 종이에 옮겨 구전 전통을 영속화시키는 수단을 택하는 이들로, 이런 작품들의 목적은 현재부터 후속 세대까지 그런 기록을 계승하게 하여 그것들이 더 이상 사라지지 않게 하기 위함이다. 엘시 롭시Elsie Roughsey[89]와 『나의 대지*My Place*』(1987)로 유명한 셀리 모건

Sally Morgan[90])가 대표적인 자전적 소설 작가들이다.

또 다른 흐름은 보수적 행동주의자들로 이들은 문학을 통해 정치적 아젠다를 창출한다. 이들은 주로 원주민 작가들이다. 대표적으로는 1997년 개인의 정체성 때문에 논란이 있었지만 여전히 그의 염세주의적 소설 『개같은 날들The Day of the Dog』(1981)로 유명한 아치 웰러Archie Weller[91]), 카밀라로이 부족Kamilaroi nation의 비비안 클래븐Viviennne Cleven[92]), 위라주리Wiradjuri 여성 아니타 하이스Anita Heiss, 우타이Wuthai 와 메리암Meriam 출신 테리 쟁크Terri Janke[93]), 무리 커뮤니티Murri community의 멜리샤 루카싱코Melissa Lucashenko[94]), 니웅가Nyoongar 족 대표자 격인 킴 스콧Kim Scott[95]), 위라주리Wiradjuri 부족의 타라 준 윈치 Tara June Winch[96]), 카펜테리아 만Gulf of Carpentaria 남부 고원지대의 원

89) Elsie Roughsey(1923~2000): 호주 원주민 출신 작가이자 지역 사회 활동가. 1984년 그녀가 발표한 자서전으로 주목받았다.
90) Sally Morgan(1951~): 호주 원주민 출신 작가. 호주 백인 정부가 1905년부터 1967년까지 호주 원주민 아동들을 대상으로 한 '잃어버린 세대Stolen Generation' 정책이 진행되던 당시, 그녀 나이 15세에 자신의 원주민 정체성을 자각한 이후부터 삶을 기록한 그녀의 자서전 『My Place』(1987)이 발표되었을 때 큰 사회적 반향이 일어 100만 부가 팔렸다.
91) Archie Weller(1957~): 호주 원주민 출신 작가. Sally Riley(1990~, 호주 원주민 출신 여성 축구 선수)와 공동집필한 『Confessions of a Headhunter』로 2001년 'Western Australia Premier's Literary Award'를 비롯해, 여러 상을 수상했다.
92) Viviennne Cleven(1968~): 호주 원주민Indigenous 출신 작가, 주로 인종차별, 성적 학대, 성 정체성과 관련한 작품들 발표. 『Her Sister's Eye』(2002)가 2004년 'Victorian Premier's Literary Award' 수상
93) Terri Janke(출생 연도 불분명): 호주 원주민 출신 법률가
94) Melissa Lucashenko(1967~): 호주 브리스번 출생, 호주 원주민 출신 작가. 2019년 그녀의 소설 『Too Much Lip』으로 'Miles Franklin Award' 수상
95) Kim Scott(1957~): 호주 원주민 출신 소설가, 아동작가. 2000년 'Miles Franklin Award' 수상한 첫 호주 원주민 출신 작가
96) Tara June Winch(1983~): 호주 작가, 2019년 발표한 『The Yield』가 2020년 'Miles Franklin Award' 수상

주민 커뮤니티 위아니Waanyi 출신 알렉스 라이트Alexis Wright 등이 있다.

원주민 작가들이 비난하는 원주민에 대한 주요 불평등 사례는 '아무도 살지 않는 곳terra nullius'이라는 미명하에 저질러진 것들이었다. 이것은 작가 테리 쟁크Terri Janke가 깊게 관심가진 주제였다. 원주민 혼혈 출신의 변호사인 쟁크는 2005년 그녀 자신의 인생 경험을 바탕으로 한 첫 번째 소설『나비의 노래Butterfly Song』를 발표했다.

주인공 테레나Tarena는 법학 학위를 최종적으로 취득한 후, 엄마의 요구로 인해 나비 모양의 브로치Brooch를 찾기 위해 조상들이 대대로 사는 곳으로 돌아온다. 그 브로치를 그녀의 할아버지가 최상의 조개로 조각해 할머니에게 사랑의 증표로 줬던 것이다. 브로치를 찾고자 하는 이 임무는 그녀에게 조상들의 고통스런 과거를 떠올리게 하고 호주 대법원the High Court이 호주 원주민들의 토지권을 인정한 에디 마보Eddie Mabo(1936~1992)[97] 법안과도 같은 소송까지 진행하게 한다. 마보는 원주민들의 토지 소유권이 1993년 9월 승인된 후 '원주민 토지 소유 허가법the Native Title Act'이라는 법률명으로 시행되는 것을 보지도 못한 채, 그가 바랐던 판결 소식을 듣기 전 사망했다.

독자들은 브로치를 찾고자 하는 주인공 테레나의 노력을 보면서, 비록 가치가 없어 보이는 작은 것들이라 해도 원래의 주인에게 돌려주어야 한다는 신념에 공감할 것이다. 2007년 마일즈 프랭클린 문학상 수

---

97) Eddie Mabo(1936~1992): 호주 퀸스랜드주 James Cook University 정원사로 일하면서 1972년부터 호주 원주민들의 토지 소유권 쟁취를 주장하는 정치 캠페인을 진행, 1992년 호주 대법원으로부터 호주 원주민들의 토지 소유권을 인정하는 일명 '마보 법안Mabo Decision' 판결을 이끌어 낸 이로, 호주 현대사의 한 획을 긋는 주요 사건 중 하나로 평가받고 있다.

상작인 알렉스 라이트의 소설 『카펜테리아*Carpentaria*』에도 또 다른 행동파가 있다. 놈 팬톰Norm Phantom과 그의 아내 앤젤 데이Angel Day의 아들, 윌will은 카펜테리아Carpentaria 지역에서 불법일지언정 경제적 이익만 악랄하게 취하는 거퓨릿Gurfurrit Mine을 상대로 최후의 일각까지 싸운다. 저자는 우화, 신화와 풍자를 이용, 이 후기 식민지 시절을 다룬 소설과 신화적 서사에 마술적 사실주의magical realism를 장착한 웅대한 시대적 울림을 제공한다.

'아무도 살지 않는 곳terra nullius'을 비난한 분야는 소설만이 아니었다. 식민지 초기 시절 이후부터 원주민 존재에 대한 부정과 무지의 결과가 녹아 있는 그들의 자전적 스토리들과 기억에 대한 목소리들이 사회적으로 퍼져 나갔다. 호주 원주민들 스스로 자신들을 낮추어 생각하는 '원주민주의Aboriginalism(원주민을 표현하는 유럽인 중심의 사고를 담은 언어)' 희생자가 되지 않기 위해, 작가들은 원주민들이 애써 잊고자 했던 그들의 과거를 확인하기 위해 매우 신중하게 그들의 이야기를 출판했다. 이런 삶의 단편 조각들은 일부이지만 비원주민 독자들을 위해 출판되었다.

자전적 원주민 스토리들은 소설과 개인 회고록 사이에 존재하는 혼합형 장르이다. 페니 더힐Fanny Duthil의 『호주 원주민 여성 이야기 *Histoire de femmes aborigenes*』에 따르면, 많은 원주민 작가(구전 작가 포함)와 함께하는 이 시도는 소설 작품 출판을 위해 서양 문화 속에서 기대하는 기준에 맞는 서사 구조를 형성하도록 돕는 것이었다. 원주민의 이야기를 끄집어내는 방식은 엘시 롭시Elsie Roughsey의 『한 원주민 엄마의 인생 역정*An Aboriginal Mother Tells of the Old and the New*』(1983)의 사례처럼, 개인적으로 구술한 후 유령작가의 도움을 받는 것이었다. 이런 방식의 가장 대표적 사례가 자신의 원주민 정체성 여부가 법적으로 문제된 바 있는 레베타 사익스Roberta Sykes[98])가 다시 쓴 셜리 스미스Shirley Smith[99])의 『엄마 셜Mum Shirl』(1987)이다.

'전기물들heterobiographies(Philipe Lejeune[100])가 처음으로 고안한 단어)'은 재귀적이지 않기 때문에, 형식과 내용물이 인위적으로 조작되었을 지도 모르는 스토리에 대한 검증과 저자권리authorship라는 이중의 문제를 낳는다. 구전 형식이 지닌 모든 특징이 이런 작품들에도 나타난다. 암시 가득한 글쓰기와 반복, 글의 기본 맥락에서 벗어나는 지엽적인 이야기들과 혼합된 패턴들, 과거와 현재를 주기적으로 오가면서 순차적인 역사 연대기의 부정, 이성적인 서구적 관념을 혼란스럽게 하는 마술적 사실주의로 가득한 다소 근거 없는 내용들, 부분적으로 독자들에게 비밀을 털어 놓는 이야기 속 화자, 간접 화법이 적당한 시점에 직접 화법의 잦은 사용 등이 대표적인 특징이다. 스토리텔링의 경험은 분명히 호주 문단에서 다수를 차지하고 있는 많은 원주민 여성 작가가 쓰고 싶어 하는 주제이지만, 그들이 자신의 인생을 이야기함으로써 역사의 구성에 참여하는 순간 독자들을 의식화시킨다.

이런 원주민들 자서전의 문학적 수용에 대해 문화적 앙금이 덜한 일반 독자들은 특히 원주민 문화의 상징적, 정신적 함축적 의미가 깔린

---

98) Roberta Sykes(1943~2010): 호주 시인, 작가. 평생 호주 원주민들의 인권 운동과 토지 소유권 주장 운동에 전념했다.
99) Shirley Smith(1924~1998): 일명 'Mum Shirl'로 불리면서 호주 원주민들 인권 운동의 대모라고 평가받는다.
100) Philipe Lejeune(1938~): 프랑스 학자, 에세이스트, 자서전 전문가

하부 구조를 충분히 이해하지 못한다. 원주민 문학이 1990년대 후반 무렵부터 성행하기 시작했음에도 불구하고, 출판사들은 여전히 일부 독자들에게 충격을 안겨줄 수 있는 민감한 주제들, 확실치 않은 수익성, 편집과 마케팅 관련 업무 방침 등과 직면했을 때 출간을 꺼린다.

또 다른 부당한 사건은 1930년대 초반 원주민들을 대상으로 강제로 인종 간 혼합을 유도하려는 동화정책assimilation policy의 목적으로 기독교 교회들의 암묵적 동의하에 저질러진 '잃어버린 세대the Stolen Genration'이다. 이런 국가 권력 남용은 원주민 개조를 겨냥한 것이었고 그 결과 그들을 백인이 주도하는 교육과 기독교 전파를 통해 유럽인 사회 속으로 결합시키고자 했다. 어느 한 인종을 특정하는 폭력toponymy violence과 원주민 토지 소유 권리 주장은 계속 반복되는 주제이지만, 특히 원주민들의 상실감은 다양한 형태들로 지속적이면서 반복적으로 나타난다. 가족을 잃은 슬픔, 토지의 불소유, 조상과 그 계보의 상실 등이 대표적이다.

『약속의 땅Plains of Promise』에서 저자 알렉스 라이트는 강제로 부모와 헤어진 후 호주 남부 지역의 한 선교 단체에서 서양 교육을 받고 자란 원주민 소녀 아이비Ivy의 잃어버린 소녀 시절의 이야기를 전하고 있다. 원주민들이 가진 신념으로 가득 찬 이 소설은 그들을 괴롭힌 도덕적 물리적 남용을 강조한다.

백인들로 인한 강제 박탈 때문에 그들이 느낀 공허감은 자포자기의 심정으로 가득 찬 슬픈 애가로 표현되기도 했다. 『집으로 가는 길Follow the Rabbit-Proof Fence』(1996)은 '잃어버린 세대'를 이야기한 또 다른 작품이다. 누기 가리마라Nugi Garimara라고도 불리는 도리스 필킹톤Doris

Pilkington[101]은 사무치는 심정으로 그녀 엄마와 엄마의 동생들이 21년 전 백인들에 의해 강제로 겪었던(작품 발표 기준) 가족사를 회고한다. 작가 실제 모친인 몰리Molley와 엄마의 어린 두 동생들은 청소년기 시절, 그녀들이 백인들에 의해 강제로 부모와 헤어져 구금되어 있던 선교단체를 몰래 빠져나와 다시 부모가 살고 있는 원주민 캠프로 돌아가기 위해 수백 킬로미터를 걸으면서 참담한 일들을 겪어야 했다. 소설의 주인공인 몰리와 두 어린 동생들은, 1910년에서 1970년 사이 원주민 가족들과 강제로 헤어진 수많은 원주민 어린이 중 한 명이었으며 이들은 어느 날 갑자기 백인 보호소에 갇히게 된다.

킴 스콧의 마일즈 프랭클린 문학상 수상작인 『바낭Benang: From the heart』(1999)은 유럽인 침입자들 주도의 지속된 거짓과 동화 정책하에서 원주민 커뮤니티의 정체성이 얼마나 오염되었는지를 이야기한다. 백인 할리Harley는 인종 간 결합을 강요함으로써 원주민 혈통을 희석시키려는 계획의 산물이다. 주인공 할리는 그의 할아버지가 이 비윤리적 정책의 지지자였음을 안 이후부터 공포에 휩싸인다. 실제로 원주민 아버지와 코케이시안Caucasian어머니 사이에서 태어난 킴 스콧은 아주 감동적인 역사 드라마이자 마일즈 프랭클린 문학상 수상작이기도 한 『말없이 죽은 자의 절규That Deadman Dance』(2010)를 통해 작가로서 명성을 공고

---

101) Doris Pilkington(1937~2014): 1905년부터 1970년까지 호주 정부가 호주 원주민들의 자녀를 '백인 사회에 동화'시키기 위해 강제로 그들을 가족들과 분리시켜 강제 교육시설에 머물게 한 동화정책 시절인 '빼앗긴 세대Stolen Generation'를 소재로 한 소설 『Follow the Rabbit-Proof Fence』(1996)의 원작자. 1985년에 초고를 작성, 출판사를 찾아 갔으나 그 당시 시대적 분위기와 더불어 전기biography물이라는 이유로 거절당하자 일부 픽션을 추가하여 1996년에 소설로 발표한다. 호주 현대사의 이해를 위한 필독서 중 하나이다.

히 했다. 이 소설은 '우리 모두 다 같이 놀자all of us playing together'라는 뜻의 원주민 이름을 가진 바비 와발랑지니Bobby Wabalangginy의 눈을 통해 바라보는 누웅가Nyoongar 부족의 역사를 다룬다. 바비Bobby는 자신이 틀렸다는 것이 입증될 때까지 두 문화의 평화로운 상호 작용을 믿으면서 서호주Western Australia 남부 해안에 있는 자신의 커뮤니티와 정착민들 세계 사이에서 공존한다.

정체성은 원주민 문화의 핵심이다. 타라 준 윈치Tara June Winch는 혼합된 혈통의 직접적 결과인 원주민들의 참담한 모습으로 시작하는 그녀의 첫 소설, 『분노를 삼키며*Swallow the Air*』(2006)에서 그녀의 혈통 근원에 대해 질문한다. 주인공 젊은 메이 깁슨May Gibson은 어머니의 자살, 그녀를 입양한 고모의 알코올 중독, 마약에 찌든 그녀 동생 빌리의 가출 등의 많은 고난을 겪는다. 메이는 그녀의 원주민 혈통 근원을 확인하고 검증할 목표로, 소크라테스식 존재에 대한 의문 해결을 위해 그녀 아버지를 찾아 나서기로 한다. 소설의 시적 表現과 서정적 문장들은 독자들로 하여금 약간 어색할 수 있는 작품 구조를 더 쉽게 받아들이게 한다.

비비안 클레븐Vivienne Cleven은 원주민 작가군 중 가장 혁신적일 수 있다. 게이인 원주민 주인공의 여성 복장을 소재로 한 그녀의 첫 번째 소설 『나의 아들은 여성인가?*Bitin' Back*』(2001)는 원시적 그리고 도발적인 복장도착증이라는 사회적으로 꺼내기 힘든 주제를 던진다. 만다무카Mandamooka에서, 원주민 여인은 자신의 아들 네빌 둘리Nevil Dooley(그가 소설가 진 라이Jean Rhys라고 확신하면서)가 여자 옷을 입고 있음을 발견한다. 이를 두고 공동체 사람들이 수군거릴까 두려운 네빌의 엄마는 그가 성 정체성 위기를 겪는 시기에 무분별한 판단에서 빠져 나오도록 몇 가지 계략을 꾸민다. 두 번째 소설『그녀의 불안한 시선*Her Sister's Eye*』
(2002)에서는 주인공 아치 코렐라Archie Corella를 중심으로 성 정체성에
대해 다루지만『나의 아들은 여성인가?』처럼 섬세하지는 않다.

　작가 멜리샤 루카샌코Melissa Lucashenko는 원주민 정체성을 고정하지
않는다.『자유를 향한 탈출*Steam Pigs*』(1997)은 도시에 사는 원주민 여성
이 연인인 로저Roger와의 문제적 관계에서 탈출구를 찾는 이야기이다.
독자들은 무엇이 원주민다움Aboriginality인가에 대한 정확한 정의를 내
리기가 힘들다는 사실을 알게 된다. 폭력 문제에 대한 일관된 관심을
보이며, 추리 스릴러 소설『하드 야드*Hard Yards*』(1999)에서는 구치소에
구금 중이던 원주민의 의심스러운 죽음을 이야기한다.

　이와 같은 작품들을 통해, 원주민 문학을 규정짓는 문학적 특징은 정
치적 그리고 사회적 차원의 의미를 가진다는 사실을 알 수 있다. 종종
원주민 주제와 연관된 사회적 담론은 서구 문학에 대한 응답으로 읽히
기도 한다. 유럽인 압제자들은 가끔 지구상에 파괴와 폭력의 씨앗을 뿌
린 악마적 영혼 리아 와라와Ria Warrawah와 비교된다. 한때 유령이라고
믿어졌던, 호주 초창기 유럽인들은 원주민 인구를 급감하게 한 폭력과
알코올, 질병 전파에 대한 책임이 있다.

　이 주제에 대한 반작용으로 억압과 표현이라는 주제의식도 발전했
다. 억압당하는 이들의 역할을 취함으로써, 사회적 약자인 원주민 인
물상은 사회적 객체로 전락한 나머지 문학 서사 구조에서 자주 수동적
형태로 표현된다. 또한 정신적 또는 물리적 손상을 입은 사람, 사회적
격하와 대량 학살로 인해 사회적으로 배제 혹은 소외된 인물들이 원주
민 문학의 중심 주제leitmotiv가 되었다. 원주민들은 호주 자체가 유럽에

서 떨어져 있기에 호주 사회의 가장 밑바닥에서 살아야 하는 이중적 고초를 가지고 있다. 전형적인 다른 작품들에서도 많이 다루어지듯이, 소설 『카펜테리아』 속 원주민 커뮤니티는 버크타운Burketown과 많이 닮아있는 가상의 도시 '데스페란스Desperance'의 어느 구석진 곳에 있다. 작가 알렉스 라이트가 이미 그녀의 소설 『약속의 땅』에서 시도했던 점을 감안하면, 사회적 외면ostracism이라는 주제는 그녀 소설에서 새로운 것이 아니다.

환상이 깨진 세대

지금의 호주 문학은 희망이나 확립된 권위, 행복이 없는 현실적이고 평범한 삶의 묘사를 통해 시대정신을 다룬다. 데이비드 포스터David Foster[102]는 환상이 깨진 작가 세대의 선발주자가 되었다. 그리고 소설 『타락을 찬양하다Praise』(1992)와 『1988』(1995)을 쓴 앤드류 맥가한 Andrew McGahan과 『유혹의 무게Loaded』(1995)를 쓴 크리스토스 치오카스Christos Tsiolkas가 빠르게 그 뒤를 이었다. 상급 과학자인 데이비드 포스터는 1972년부터 전업으로 글을 썼다. 블랙 유머에 가까운 풍자 소설의 저자인 그는 탁월한 괴짜이다. 종종 그는 전형적인 신화와 전설에서 영감을 받아, 그 배경을 현대 사회로 바꾸어 놓기도 한다. 이처럼 시공간을 초월하는 존재들이 흥미롭고, 그의 네 편의 작품 모두 문학상 수상작이라 해도[『The Pure Land』(1974), 『Moonlite』(1981), 『The Glade Within the Grove』(1996), 『In the New Country』(1999)], 문단이나 학계의 우호적 비평을

---

102) David Foster(1962~2008): 미국 작가

얻기에는 너무 기괴하며 이질적이다. 그의 현대 호주 사회에 대한 냉소적 묘사는 그를 좋아하는 많은 독자에게조차 외면당했다.

앤드류 맥가한이 알려지기 전, 피터 캐리Peter Carey는 캐치프라이스Catchprice 패밀리의 근친상간과 아동 성 착취 이야기를 다룬 소설 『택시 검사원The Tax Inspector』(1991)을 썼다. 본래 피터 캐리는 공포 소설을 의도했던 이 작품의 지나친 성적 묘사로 인해, 비평가로부터는 혹평을 들었다. 시드니 서부 중간 농업 지대에 사는 모트 캐치프라이스Mort Catchprice(소피Sophie의 남편)는 치욕스럽게도 그의 아들 베니Benny를 성적으로 학대한다. 후에 베니 또한 이 일탈적인 성행위를 과도하게 반복한다. 그러나 여기에는 단순한 성적 일탈 행위 이상의 이야기가 있다. 이 이야기가 지닌 긍정적 가치가 사회적 약자 보호를 추구하는 그리스계 후손이자 택시 검사원인 주인공 마리아 타키스Maria Takis의 캐릭터에 숨겨져 있다. 소설 '택시 검사원'의 후반부 20여 년의 스토리들은 다소 누추하고 도시를 배경으로 한 전반부보다 더 깊은 자기 성찰을 시도하여 밀실 공포증을 느낄 정도이다.

소냐 하넷Sonya Hartnett[103]은 간발의 차이로 마일즈 프랭클린 문학상을 놓친 그녀의 소설 『한 소년의 이야기Of a Boy』(2002)를 통해 명성을 구축했다. 이 책은 3명의 메드포드Medford 가족의 어린이 납치로 시작하며, 이 사건은 젊은 아드리안Adrian과 그의 피해망상증에 영향을 미친다. 그는 비극적 결말을 맞이하기 전 온갖 종류의 수모를 겪는 대상이 된다. 불행한 어린 시절을 보낸 작가 하넷은 『세월이 남긴 회한Surrender』

[103) Sonya Hartnett(1968~): 호주 작가. 2008년 스웨덴 'Astrid Lindgren Morial Award' 수상

(2005)에서 작고 외로운 소년의 학대와 불행을 이야기한다. 문학에서 자기 분신 또는 자기 복제적 존재로 불리는 '도플갱어doppelganger'를 이용하는 것이다. 어린 소년 피니건Finnigan은 침대에 앓아 누워있는 어린 앤웰Anwell을 괴롭힌다. 그리고 러시안 이민자 집안 출신의 이반Ivan과 안 좋은 기억을 가지고 있는 조한Johann, 이 두 소년들의 갈등, 신념에 대해 이야기 한다. 토마스 샤프콧Thomas Shapcott104)의 『신념과 씨름하기Spirit Wrestler』(2004)는 소냐 하트넷의 『세월이 남긴 회한Surrender』(2005)과 비슷한 계열의 작품이다.

게일 존스Gail Jones105)의 『내 인생의 60가지 장면들Sixty Lights』(2004)은 성장 과정에서 부모를 잃는 등 힘든 시절을 겪는 주인공 루시 스트레인지Lucy Strange의 인생 역정을 다룬다. 이 소설은 주인공 루시의 부모와 그녀 자신을 옭아맨 죽음이라는 사건을 글 전개 과정에 간간이 끼워넣어 역설적으로 힘든 삶의 역정을 즐기는 듯한, 마치 명암이 대비되는 chiaroscuro 그림을 연상케 한다. 이 소설은 찰스 디킨스Charles Dickens이 쓴 『위대한 유산Great Expectations』과 유사한 플롯이다.

빈한한 삶의 역정에 관해 다룬 소설로는 데이비드 켈리David Kelly106)의 『환상의 거리Fantastic Street』(2003)와 페넬롭 셸Penelope Sell의 『비밀을 묻고 나서The Secret Burial』(2003)가 있다. 『환상의 거리Fantastic Street』의 주인공 알렉스Alex에게, 운명은 다소 왜소한 체격, 늦은 나이에 자각한 동성애자라는 정체성으로 인한 정신적 혼돈, 가정 폭력으로 망가진 그의

---

104) Thomas Shapcott(1935~): 호주 시인, 소설가. 2000년 'Patrick White Award' 수상
105) Gail Jones(1955~): 호주 소설가. 현재 웨스턴 시드니 대학 호주 문학 교수
106) David Kelly: 현재 뉴사우스웨일스주 뉴카슬 대학 호주 문학 교수

어린 시절과 계부의 배척 등 거친 삶을 안겨 주었다. 그럼에도 불구하고 브리스번Brisbane 외곽에 사는 동안, 주인공 알렉스의 냉소적인 유머는 그가 모든 역경을 이겨 내게 한다. 『비밀을 묻고 나서The Secret Burial』는 주인공 엘시Elise가 자랄 때까지 겪은 온갖 어려움을 보여 주는 성장기 소설이다. 엘시와 그녀를 도와주는 이웃은 비밀리에 엄마의 암매장을 실행하고, 주인공 엘시와 그녀의 어린 동생은 정부 관리가 명령하는 청소년 보호관리 시설로 가는 것을 피하게 된다. 세월이 흘러 성인이 된 엘시는 주변에서 자신의 신분을 의심할 때까지 엄마를 대신한다.

이러한 청소년기 험난한 삶의 기억들을 다루는 성장기 소설 작가들에는 맥켄A.L.McCann107) 또한 못지않다. 그의 첫 번째 소설, 『욕망으로 가득 찬 저녁The White Body of Evening』(2002)은 멜버른Melburne이라는 도시의 추악한 이면을 묘사한다. 그가 써 내려가는 주인공들의 직설적인 성격들은 거대 도시의 부패상을 적나라하게 보여 준다. 심지어 소설 속 주인공 폴 월터스Paul Walters의 태도는 염세주의가 팽배한 비엔나Vienna를 여행할 때조차 그러하다. 현실주의 성장기 소설인 『밤이 꿈꾸는 유토피아Subtopia』(2005)에서, 작가 맥켄의 스토리는 비관적이지는 않지만 자전적 요소들을 담고 있다. 독자들은 1970년대 멜버른 교외의 무기력한 삶을 고발하는 젊은 화자 줄리안 파렐Julian Farrell을 통해 작가를 발견할 수 있다. 그의 모험 욕구는 해외 거주자 신분으로 뉴욕과 베를린에 살기 위해 떠날 때 해소된다. 실제로 소설 『밤이 꿈꾸는 유토피아』는 도시 문학Urban literature의 범주에 들면서, 시골풍 문학 스타일을 기

---

107) A.L.McCann(1966~): 호주 호러 픽션 작가이자 교수. 첫 소설 『The White Body of Evening』(2002)로 2002년 'Aurealis Award(Horror Fiction)' 수상

초로 하는 야생 숲속bush 이야기의 오랜 전통을 거부한다. 도시 속 공동체 정신은 자포자기에 가까운 절망감과 비관주의, 상실, 회한, 존재적 불안감의 성향을 가진 광활하면서 공허한 공간 속 개인주의에게 자리를 내주었다. 동시에 이 뚜렷한 대비는 도시 속 인간은 대자연과 분리되었다는 점을 보여 준다. 소설 속 중립적 묘사와 다소 평범한 스타일의 문체는 딱히 표현할 수 없는 무료함을 반추하게 한다.

소설 발표 당시 과감한 성적 묘사와 반 유태주의Antisemitism에 가까운 직설적 표현으로 논란을 일으킨 바 있는『죽은 유럽Dead Europe』(2005)의 저자 크리스토스 치오카스는 대담한 문제를 사용한다는 평판에 걸맞는 작품 활동을 했다.『죽은 유럽』은 흡혈귀, 동성애, 동물성애, 집단 난교, 십대 매춘, 소아성애, 근친상간, 인종차별, 반유대주의와 같은, 가장 추악한 고딕 양식이 담긴 암울한 동화 같다. 저자 특유의 암울한 사고와 독자의 이목을 집중시키는 주제는 인정할 만하다.

제목의 비유대로, 유럽은 하향세이다. 그리스로 가려는 주인공의 여행을 통해서 독자들이 전후 냉전 시대 이후 유럽에서 일어난 극적인 변화들을 볼 수 있다. 그 당시 유럽은 불안 가득하고 죽기 일보 직전의 악마들이 창궐하고 각종 범죄로 부패한 타락한 땅이었다. 점차 뱀파이어와 고대시대 전통과 미신에 푹 빠져있는 주인공 아이삭 래프티스Isaac Raftis의 모험에 초점을 맞춘『죽은 유럽』은 판타지 영역에 속한다고 볼 수 있다. 게다가 소설 전체 플롯의 두 축은 저주받은 루시아Lucia와 미켈러스Michaelis이다. 엄마의 고향집을 방문한 아이삭은 내심 속으로 가문의 저주를 자신이 이어받았다고 생각하며, 비슷하기도 하고 그렇지도 않은 모습의 뱀파이어로 변신한다. 이 동성애 욕구를 뱀파이어 소설 장르와 혼합함으로써 작가 치오카스는 독자들에게 게이 문화 작가라는 문학적 위치를 각인시키며, 욕망의 정치에 대한 그의 탐구 과정에서 저주와도 같은 동성애를 보여 주는 빅토리아 시대 고딕 스타일의 비유를 계속한다.

인간 혐오라는 주제를 담은 하이랜드M.J.Hyland의 두 번째 소설『내가 남기고 싶은 세상Carry Me Down』(2006)은 상금 1만 파운드와 함께 영국 최고 문학상인 호손돈 문학상Hawthornden Prize을 수상했으며, 1970년대 아일랜드Ireland를 배경으로 한, 거짓말로 인해 점차 부패하는 어른의 세계를 자신의 시선으로 구분 짓는 11세의 주인공 존 이건John Egan의 이야기이다. 그런데 대체로, 이런 염세주의적 소설은 평론가들의 눈에 띄기 힘들다. 그래서 평범하기까지 한 맨디 세이어Mandy Sayer의 소설『밤은 알고있다The Night has a Thousand Eyes』(2007)는 신기원을 이루지 않을 가능성이 크다. 그녀의 소설 속에서 주인공 로이 스탬프Roy Stamp의 어린이들은 그들의 아버지가 그들 엄마를 살해했다는 사실을 알게 되었을 때 집에서 도망쳐 나온다.

이보다 좀 더 병적인 톤으로 쓴 것은 변호사 출신 제임스 브레들리James Bradley108)의 세 번째 소설이다.『시체를 훔친 자들의 세계The Resurrectionist』(2006)는 무덤에서 시체를 훔치는 이들과 해부학자들 간의 부도덕한 행위들을 다루는, 죽음의 냄새가 진동하는 고딕 계열의 범죄 스릴러이다. 이 이야기는 영국 에든버러에서 인명을 살상한 후 그들 사체를 해부학자들에게 팔아넘긴 두 명의 영국인 범죄자, 윌리엄 버크

---

108) James Bradley(1967~): 호주 소설가, 문학 비평가. 2012년 'Pascall Prize for Criticism' 수상

William Burke와 윌리엄 해런William Harren의 사건 전모에서 영감을 받아 쓴 것이다.

1826년, 딱히 이렇다 할 특징이 없는 인물인 가브리엘 스위프트 Gabriel Swift는 불법으로 시체들을 구하는 런던 소재 해부학자 에드윈 폴 Edwin Poll의 견습생이다. 『시체를 훔친 자들의 세계』는 가브리엘 스위프트의 혈통을 끝까지 추적함으로써 악마를 양분한다. 그리고 그는 마침내 견습생이라는 자신의 신분을 망각한 채 불법 시체 탈취를 위한 갱단의 일원으로 합류한다.

현대 호주 문학의 나아갈 방향이 어디인가를 묻는 '에스페레토믹 esperetomic(즉, 희망의 상실로 병든) 세대' 작가들은 현대 호주 문학의 나아갈 방향이 어디인가를 묻는다. 왜냐하면 스타일, 공감대 형성, 복잡성, 고유성과 판타지 요소 등이 결핍된 소설의 위기를 겪고 있는 시기가 지금이기 때문이다.

신경인식에 영감을 받은 소설들의 등장

'뉴로 소설neuronovel'의 등장에 기여한 공로를 인정받는 미국과 영국 작가들과 비교하면, 신경과학neuroscience을 주제로 한 창의적 글쓰기에 매료된 이들이 적다고 해도, 일부 호주 작가의 작품 또한 같은 선상에서 인정받아 왔다. 대표적으로 수 우Sue Woolfe와 쿨린 맥컬러Colleen McCullough는 어느 정도 '뉴로 소설가' 그룹으로 분류될 수 있는 유일한 호주 작가일지도 모른다. 『비밀 치료The Secret Cure』(2003)와 『청소하는 아줌마의 미스테리The Mystery of The Cleaning Lady: A Writer Looks at Creativity and Neuroscience』(2007)를 통해, 수 우는 다양한 주제를 번갈아 가며 실험하면서 작가의 내면적 관점을 창의적으로 풀어 나간다. 수 우가 활용한 주제의 예시로는 문학적 영감과 창의적 무드, 창의적 상상력이 주는 활기와 동인, 사고thoughts와 이미지들 간의 상호작용, 정보 전달, 정서 개입과 공감, 창의적 성격, 공감각synaesthesia과 은유 구축 과정, 그리고 마음의 이탈 등이 있다.

한때 다니엘 골맨Daniel Goleman이 언급한 것처럼 창의성이 돋보이는 작가들의 작품은 본질적으로 그들의 정서에 초점을 맞춘다. 그런 작가의 감정이나 정서의 바다 속으로 들어가게끔 하는 스토리텔링은 '아주 깊게 정서적 물질이 의미 있는 스토리로 변환되는 연금술과도 같은 신비한 과정'에 비유될 수 있다. 작품 일부를 자신의 어린 시절 트라우마에 기반하여 쓴 수 우의 『비밀치료』가 그 예가 될 수 있다.

『청소하는 아줌마의 미스테리』에서, 작가 수는 '야스퍼거스 신드롬Asperger's Syndrome'으로 투병하다가 7세의 나이로 세상을 떠난 동생에 대해 밝힌다. 이 일은 그녀 부모에게 큰 슬픔이었으며 그녀의 어린 시절과 학창 시절을 멍들게 했다. "그는 7살에 죽었다. 이 일은 우리 가족을 슬픔에 빠지게 했고, 어느 날 저녁식사 자리에서 내가 했던 '우리가 (죽은 동생의) 자폐증을 유발시켰나?'라는 한마디가 부모님을 평생 고통스럽게 했다." 몇 년 후 가족은 동생이 자폐 증세를 알았을 당시, 크리스마스 저녁식사 자리에서 가족 구성원 모두의 가슴 속에 깊게 자리하고 있던 이 트라우마에 대해 다시 이야기한다.

창의적 글쓰기에 도움 되는 신경 과학 관련 직업 경험이나 학위를 가진 호주작가들 또한 극히 소수이다. 이들 중 가장 두각을 보이는 작가가 쿨린 맥컬럽Colleen McCullough으로 미국 코네티컷 예일대학 메디컬

스쿨에서 신경학Neurology을 강의한 바 있고, 그 후 30여 년이 지나 소설『생과 사, 그리고 킬러On, Off』(2005)를 발표했다.

이들 작가들이 다루는 주제가 '뉴로 소설'로 분류되지 못한다 해도, 범죄와 추리소설 분야의 많은 호주작가들은 '호주 인지문학 연구 Australia Cognitive Literary Studies'에 도움이 된다. 이른바 '신경발달 장애 소설neurodivergence fiction'이라고 불리는 이 연구 또한 정확하게 이 혁신적 분야 소관이다. 예를 들어 수 우의『비밀치료』와 그래미 심슨 Graeme Simsion의『로지 프로젝트The Rosie Project』(2013) 및 그 연작들은 강박장애obsessive compulsive disorder를 가진 인지장애 측면에서 이미 논의된 바 있는 토니 조단Toni Jordan의『숫자만 세는 여자를 사랑하는 남자 Addition』(2008)는 물론이고, 인지비평cognitive criticism을 위한 주된 재료가 되었다.

정신 장애로 고통 받고 있는 작품 속 등장인물의 문화적 표현들은 일반 독자들이 인지 차이에 대한 이해를 증진하는 것에 도움이 된다. 소설『숫자만 세는 여자를 사랑하는 남자』는 신체 건강한 35세의 주인공 그레이스 리사 반덴버드Grace Lisa Vandenburg의 이야기이며, 주인공 그레이스Grace는 숫자 세기에 집착하며 '세계는 십진법으로 움직인다'는 깨달음에 도달한다. 유머러스한 소설 서두에서 적고 있듯이, 주인공 그레이스는 '모든 것을 셀 수 있다', '마찬가지로 모든 것을 더할 수 있다'라고 생각한다. 그녀의 기행을 자주 언급하는 것보다 일부 그녀의 인생의 감동적인 면(연예인이나 역사적 인물을 향한 그녀의 로맨틱한 상상, 우리가 살고 있는 세상의 시스템에 대한 그녀의 울분 등)이 일반 독자들에게는 더 인상적으로 전달되지만, 그녀의 기행을 자주 언급하는 것은 소설 전체에 재미를 더하면서 다양한 신경학적 패러다임을 대중화시킨다는 점에서 남다른 의미가 있다.

소설 속에서 물리적 장애와 신체 결함과 같이, 불가피하게 신경발달 장애문제를 깊게 다루는 것은 일반 독자들이 경험하지도, 시도하지도 못하는 것들에 대해 좋은 감정을 가질 수 있게 하는 포장지 역할로 작동한다.

신경 발달 장애 소설은 신경계 서사를 다루는 5가지 주요 문학 하위 장르 중 하나이다(뇌 분야 비소설, 신경발달 비소설, 뉴로 소설과 뉴로 만화 소설neuro-graffic novels). 그래미 심슨의 『로지』 3부작에서 나타나듯 고기능 자폐 스펙트럼장애ASD: Autism Spectrum Disorder 소설과 부분적 신경발달 장애소설들은 다음과 같이 5가지 주요 특징들로 정의될 수 있다. 예를 들자면 고기능 ASD 장애를 가진 인물을 옹호하거나 이를 나타내는 일반적 서사 구조, 세상의 이목을 받고자하는 고기능 장애를 가진 화자, 사회 속으로 귀속 되고자 하는 신경발달 장애를 가진 인물의 어려움, 뇌가 소아 수준인 주인공이 스스로 풀어가는 서사, 자폐증과 과학적 문화 사이의 애매모호한 경계 불분명 등이다.

호주 고기능 ASD 소설은 뇌가 정상인 저자에 의해 쓰인 것으로 보이는 뇌의식 허구 서사로 규정될 수 있다. 이들 소설들의 플롯은 한때 '야스퍼거스 증후군Asperger's Syndrome'이라 불렸던 신경계 차이를 가진 것으로 인식 또는 규정되는 주요 인물들을 다루는 경향이 있다. 내면성과 주체성에 대한 문학적 표현에 종말론적 시각이 더해지면서, 이런 이례적 인식을 다루는 서사들은 자폐증과 과학적 문화 사이 경계를 흐리게 함으로써 신경발달 장애를 정상화시키는 것처럼 보인다. 이런 미묘한 허구적 실험은 반사실적 사고와 맞춤형 시적 서사를 통한 신경계 세계주의와 자아의식을 강화할 목적으로, 다양한 사고방식을 존중함으로써 장애인 차별과 싸운다.

그래미 심슨은 그가 가진 신경발달 장애에 대한 내면적 관점을 공유하는 야스퍼거스 환자no aspie이다. 이것은 기본적으로, 신경발달 장애에 대한 의견을 피력하는 일반 작가들의 ASD를 다룬 허구적 소설들과 마찬가지로, 문학적 복화술ventriloquism 차원의 연습이다. 그들이 신경과학자의 눈을 통해 보았던 것처럼, 이런 허구적 이야기들은 신경과학 문화에 의해 확연히 정보를 얻는다. 한편 그들은 뇌, 특히 뇌구조와 작동과정 그리고 뇌현상에 주목한다. 또 다른 측면으로, 그들은 가끔 인지과학congnitive sceicne과 신경과학 연구와 같은 과학적 자료 조사를 언급한다.

대학교수인 도날드 틸만Donald Tilman은 꾸준하게 이런 모든 종류의 연구와 개인 프로젝트들을 수행한다. 그가 자신만의 프로젝트를 가지고 있다는 사실은 그를 세계적 기준에서 매우 특별하게 만든다. 그의 평범한 활동들을 통해 그의 전적인 관심을 받고 있는, 전적인 관심을 받고 있는 진지한 '프로젝트들(아내 프로젝트, 아버지 프로젝트, 돈Don 프로젝트, 로지Rosie 프로젝트 등)'을 재평가하는 것은 세계적 기준에 비추어 볼 때, 그를 다시 독특한 문학 스타일을 가진 작가로 만든다. 가끔 중요 항목들, 선택 사항들, 긴 리스트, 어림짐작, 계산, 재생, 정보사실과 수치들로 가득한 과학적 파워포인트Powerpoint 시연처럼 읽히는 돈의 모험 가득한 일상에 대한 임상기록은 그의 과학적 소견이 삶에 녹아 있다는 것을 의미한다.

1980년대에 태동한 호주 장애자 인권 보호 운동의 바람을 타고 발표된 그래미 심슨의 작품들은 이성애 중심 사회 속에서 태어나 굳건해진 고정관념들을 밀쳐 내는 문화적 표현들을 제공했으며, 이것들은 간접적으로 사회적 귀속을 주장했다. 신경 발달 장애인들이 이전보다 더 나은 사회적 권리를 가지게 한 '장애자 및 다양한 신경 발달 운동' 덕택에, 도날드 틸만 교수와 같은 사회적 취약 계층인들은 빠르게 그들 주변을 중심으로 새 패러다임(전형적/비전형적인식, 정상적 기능의 뇌/다양한 기능의 뇌 등)을 조직하고, 프랑스 사회학자 알랭 에렌베르크Alain Ehrenberg가 만들어 낸 용어 '자아의 신경학the neurology of the self' 분야를 선점하려는 '주요 이득세력'으로 변신한다.

모두가 공감하는 것처럼 『로지』 3부작은 독자들이 야스퍼거스 신드롬 현상에 공감하게 하여 다양한 신경발달 장애(인)를 도와주도록 돕는다. 기본적으로 이 3부작 고기능 ASD 소설이 '태어날 때부터 서로 다르게 형성된' 뇌를 가진 등장인물들을 악화시키고 증진시키고자 하는 것은, 그렇게 함으로써 각 개인은 서로 다르게 연결되어 있으며, '각 개인은 유일무이한 존재이다'라는 신경과학적 교리를 보여 주기 위함이다. 그들의 더 이상 축소될 수 없는 유일한 존재적 가치는 그들의 독특함sui generis과 독창적 삶의 방식에 의해 전형적으로 나타난다.

한숨에 읽는 호주 소설사

더 읽어 보기

주요 작가와 작품 세계

죄수 제도
literature of the convict system

호주 역사 초창기 시절의 죄수 제도를 다룬 이야기들은 그것들이 가지는 사회적인 주제 때문에 식민지 시절 동안 성행하여 영국 독자들을 사로잡았다. 표면적으로, 이 이야기들은 세 가지 목표를 가지고 있었다. 첫째는 수형 제도에 대한 사회적 고발, 죄수들과 도망자들의 드라마틱한 삶의 소개, 그리고 역설적으로, 유배지에서 형기를 마친 이들이 치루는 다양한 새 삶의 단편이다. 좀 더 구체적으로 살펴보면 죄수 문학은 두 가지 상반된 관점으로 구분된다. 죄수 제도에 대한 폐지 반대론자와 폐지 찬성자. 폐지 반대론자들은 단순히 호주로 유배시키는 것은 흉악범들에게 너무 관대한 처벌이라고 생각했다. 그들은 법 집행의 엄격함 부족을 비난했고 죄수들을 대상으로 한 강제 노동력에서 나오는 보잘것없는 결과를 지적했다. 호주의 죄수들은 본국의 흉악범들이 부러워하는 삶을 유지하고 있다는 것이다. 이와 반대로, 폐지 찬성 작가들은 이 노예 제도의 철폐를 주장했다. 그들의 소설들은 폭력과 강제 박탈(원주민 인구를 멸종시키다시피 한 잔인한 악행들을 포함)로 규정되는 식민지를 묘사했으며, 동시에 강압적이고 척박한 세계에 성공적으로 융합되기 어려운 점들과 구금의 폐단을 강조했다. 호주 식민지 시절 인구의 대부분이었던 죄수들, 폭력배와 매춘부는 후대까지 불명예스러운 이름을 남겼으며, 이는 호주인 정신세계에 내재된 일종의 치욕스러운 '낙인'이다.

죄수 제도를 다룬 문학 작품을 위한 풍부한 자료와 원천적 이야기들은 독서인구의 성향 변화로 인해 고갈되었다. 즉, 꾸준히 늘어나는 호주 태생의 독자층들은 그러한 조상의 기원을 되새기고자 하지 않았다. 그러나 1960년대부터 현재까지, 호주가 현대 사회의 이미지를 가지고 사회적 자신감을 찾기 시작하면서, 이 노예 제도 초창기 시절의 역사는 많은 우수한 작가들에게 영감을 불어넣어 주었다. 대표적으로는 『건달에서 영웅으로*Bring Larks and Heroes*』(1967)와 『플레이메이커*The Playmaker*』(1987)를 쓴 토마스 케닐리Thomas Keneally, 『사령관*The Commandant*』(1975)의 제시카 앤더슨Jessica Anderson, 『난파된 운명*A Fringe of Leaves*』(1976)의 패트릭 화이트Patrick White, 『바빌론을 추억하며*Remembering Babylon*』(1993)의 데이비드 말루프David Malouf, 『나는 돌아간다*Jack Maggs*』(1997)의 피터 캐리Peter Carey, 『아일랜드 탈출*Out of Ireland*』(1999)의 크리스토퍼 코치Christopher Koch, 『굴드의 어류도감*Gould's Book of Fish*』(2001)의 리차드 플래너건Richard Flanagan, 『비밀의 강*The Secret River*』(2005)과 『하늘을 찾아 떠난 남자*The Lieutenant*』(2008)의 케이트 그렌빌Kate Grenville 등이 있다.

2

마일즈 프랭클린
Miles Franklin

1879년 10월 14일 뉴사우스웨일스New South Wales주 투밋Tumut 근처
에서 7형제 중 맏이로 태어난 스텔라 마리아 사라 마일즈 프랭클린Stella
Maria Sarah Miles Franklin은 청소년기 학교에 정식 입학하기 전 개인 교습
을 받았던 브린다벨라Brindabella 소재 부모님 농장에서 어린 시절을 보냈
다. 초창기에는 영국 귀족 세계를 주제로 글쓰기를 했으며, 이 시기에 쓴
『나의 빛나는 인생 역정My Brilliant Career』으로 수년 동안 각광을 받았다.

몇 가지 어려움을 겪은 후, 프랭클린은 노동자 계급의 삶을 알기 위해
미국으로 떠났다. 런던에서 출판된 그녀의 소설 두 작품이 기대한 만큼
성공하지 못했을 때, 그녀는 1차 세계 대전 당시 징병제conscription 반대
나 여성 인권 보호와 같은 정치적 이슈에 관심을 쏟았다. 그녀의 두 번째
호주 체류기간 중(1927~1931), 그녀는 모나로Monaro 지역에 정착한 초
기 개척자들에 관한 대하소설을 통해 자신의 가족 이야기를 소설로 만
들고자 했다. 이 계획은 1933년에 마무리되었고 1936년 '나의 할아버
지가 살아온 이야기All That Swagger'라는 제목으로 출판되었다. 그녀는 '브
렌트 빈빈Brent of Bin Bin'이라는 필명nom de plume을 사용하여 6권의 소설
[『산속으로Up the Country』(1928), 『산넘고 물건너Ten Creeks Run』(1930), 『다시 돌아
온 타향Back to Bool Bool』(1931), 『전쟁, 그리고 사라진 계급Prelude to Waking』(1950),
『가수를 꿈꾸었던 소녀Cockatoos』(1954), 그리고 그녀의 사후작인 『기엥 기차역 앞

그 남자*Gentlemen at Gyang Gyang*』(1956)]을 발표했다. 『나의 할아버지가 살아온 이야기*All That Swagger*』를 포함한 이 소설들은 구시대적 민족주의를 주제로 식민지 시절 민초들이 살아간 시대를 긍정적으로 다루어 그녀에게 작가적 명성을 안겨주었다. 프랭클린은 작가의 인생 경험만이 가치 있는 문학을 만들어 낼 수 있고 호주에 대한 관심이 반드시 지역주의 편견 provincialism으로 이어질 필요가 없다고 믿었다. 한 예로, '더욱더, 우리는 우리 스스로 이런 이해가 필요하다'고, 그 당시 호주 치플리 수상 J.B.Chifly에게 편지를 보내 이를 강조하기도 했다.

1954년 9월 19일, 그녀는 세상을 떠나며 오늘날까지 그 권위를 잃지 않고 있는 그녀 이름을 딴 문학상 재원이 되는 막대한 유산을 남겼다. 이 문학상의 첫 번째 수상자는 『보스*Voss*』의 작가 패트릭 화이트Patrick White이다. 훗날 프랭클린과 유사하게, 화이트 또한 그가 받은 노벨상 상금을 이용해 무명작가들을 위한 그의 이름을 딴 문학상을 제정했으며, 이는 생존 시 오랫동안 문학계에서 무시당했던 마일즈 프랭클린에 대한 존경의 표시였다.

3

크리스티나 스테드
Christina Stead

1902년 시드니에서 태어난 크리스티나 스테드Christina Stead는 호주 문학사에서 미스터리한 인물이다. 1934년 영국 출판사들이 그녀의 두 가지 작품들을(단편 소설집과 소설『시드니의 불쌍한 일곱 남자들Seven Poor Men of Sydney』) 출판하고, 6권이 추후로 발표되지만 1965년까지 호주에서 배포된 것들은 한 권도 없다. 그녀의 소설들이 좋은 평가를 받았음에도 불구하고(가장 인기 있었던 작품은『내 아이들을 사랑했던 남자The Man Who Loved Children』(1940)와『홀로 사랑하기For Love Alone』(1944)), 그녀가 주목을 끌지 못했던 이유는 그녀의 오랜 해외 체류 때문일 것이라는 설명이 지배적이다. 그녀는 유럽과 미국에서 살기 위해 1928년 호주를 떠났으며(이때 주로 런던에서 거주했으며, 그곳에서 남편 윌리엄 블레이크William Blake를 만났다), 1974년까지 모국으로 돌아오지 않았다. 이는 그녀가 두 권의 소설(『사랑했던 남자Miss Herbert(The Suburban Wife)』(1976)와『전쟁, 이념, 그리고 사랑I'm Dying Laughing』(1986)) 집필 때문이었고, 후자의 소설은 사후에 발표되었다.

그녀의 풍자적 소설들은 기존 사회 통념을 거부하고 시대적 조류를 이끄는 야망 가득 찬 여성이 남편을 찾는 과정을 주제로 한다. 만일 이런 여성들이 단지 자신의 연애 대상 찾기를 실패한다면, 그것은 그들이 사회적으로 거부당하거나, 비이성적, 레즈비언 또는 혼자 있기 좋아하는 스타일이기 때문이다. 그러나 가족의 행복은 얻기 힘든 성배holy grail이다. 스테드의 소설들은 특별한 우정 관계, 죄의식, 행복하지 않은 결합, 좌절된 욕망과 고독 등의 주제들을 통해 가족의 행복은 얻기 힘들다는 점을 강조한다. 사회적 규범에 따라 사는 것과 자유, 페미니즘과 가부장적 문화, 양성애와 동성애 사이에서의 인습 타파적인 여성에게 가족의 행복은 그 시대에 간단하지 않았다는 점은 명백하다.

그녀를 다룬 논문의 저자, 테레사 피터슨Teresa Petersen은 "양성애의 대안인 레즈비어니즘Lesbianism1)은 스테드의 글에 깊이 내재되어 있다."고 말했다. 이것을 위해 스테드는 『어둠 속에 자리한 심장Dark Places of the Heart』(1966)에 나온 것처럼, 명백한 방식 또는 완곡하게 레스비어니즘을 표출했으며, 이 소설은 그다음 해 '영국의 가난한 소작인Cotters' England' 이라는 제목으로 재출판되었다. 테레사 피터슨의 표현에 따르면, 스테드 소설의 수수께끼 같은 '나뭇가지가 땅에 닿아 뿌리로 자라는 구조'는 그녀 소설의 애매모호한 캐릭터를 정당화하는 것처럼 보인다. 1974년, 스테드는 패트릭 화이트 문학상의 첫 번째 수상작가가 되면서 저평가된 작가들의 신전에 등극했다.

---

1)　Lesbianism: 여성이 같은 여성에게 성적 매력을 느끼는 성향 혹은 성적 행위

4

캐서린 수잔나 프리차드
Katharine Susannah Prichard

1883년 남태평양 피지의 레브카Levuka에서 태어난 캐서린 수잔나 프리차드Katharine Susannah Prichard는 런던에서 프리랜서 기자로 일한 후, 1916년 다시 호주로 돌아오기 전까지 멜버른에서 교육을 받았다. 그녀는 1920년 호주 공산당the Communist Party of Australia의 창립 멤버였다. 그녀의 정치 참여는 소설의 미학을 손상시키는 '정치적 작가'라는 인식을 가지게 했다. 세 아이의 엄마이기도 한 그녀는 남편인 위고 스라슬Hugo Throssell과 결혼하여 초기에는 가족의 행복을 누리기도 했으나, 남편이 재정적으로 어려워지자 스스로 생을 마감했다.

그녀 작품은 3가지 부류로 구분된다. 첫 번째는 인습 타파적 소설들로, 사회적으로 논란의 소지가 많은 이단적 주제들을 포함하고 있다. 대표작 중 하나인 소설 『최전선의 남자들, 그리고 삶Working Bullocks』(1926) 속 뎁 콜번Deb Colburn을 위한 레드 버크Red Burke의 관능적 욕망을 그러한 예시로 들 수 있다. 성적인 주제는 로렌스D.H.Lawrence의 소설에서도 자주 나타나는 것으로, 『가질 수 없는 사랑Coonardoo: The well in the shadow』(1929)(이 작품은 1960년까지 호주에서 출판사를 못 찾았다)에서 원주민 여성을 향한 휴 왓트Hugh Watt의 욕망, 『육체적 사랑Intimate Stranger』(1937)의 배경인 여성의 에로티시즘 등이 그러한 예이다.

두 번째는 신민족주의neo-nationalist 소설들로 『개척자들The Pioneers』

(1915), 『검은 오팔Black Opal』(1921), 『욕망이 남긴 그날 밤Moon of Desire』(1941) 등이 있다. 이 작품들은 전통적인 낭만주의 양식으로 쓰였으며 호주 대륙은 원주민과 초기 정착민들에게 제공되어야 한다는 생각을 다룬다.

마지막으로 서호주Western Australia 금광 산업에 관한 프리차드의 3부작과 같은 정치적 소설들이다. 『가난한 남자의 아내The Roaring Nineties』(1946), 『광부의 가족Golden Miles』(1948), 『힘겨웠던 날들Winged Seeds』(1950)이 바로 그러한 성향의 대표작들이다. 이들은 부패한 자본주의에 대항하는 비판으로 읽힐 수 있다. 프리차드 소설 대부분은 소수 공동체를 소중하게 다루고 있는데, 이들은 보통 사람들이 가지는 단호한 의지와 그 실현 과정 속에서 나타나는 그녀의 신념을 보여 주는 지표들이다. 『바람에 흔들리는 세월, 사랑Windlestraws』(1916)과 『서커스 공연 극단이 사는 법Haxby's Circus: The Lightest, Brightest, Little Show on Earth』(1930)을 제외하면, 그녀의 작품들은 대체로 수많은 호주인의 삶 속 중요한 단면들을 강조한다.

소설가, 단편 작가, 시인, 극작가이자 풍자극 작가인 프리차드는 다재다능한 재주를 가졌다. 1932년 노벨 문학상 지명되었던 그녀는 많은 작품을 통해 20세기 초 여성 작가로 활약한다.

5

패트릭 화이트
Patrick White

1912년, 패트릭 화이트Patrick White는 그의 부모가 호주 뉴사우스웨일스New South Wales로 돌아오기 전 6개월간 살았던 영국 런던에서 태어났다. 패트릭 화이트는 호주인들이 가장 잘 아는 호주 작가이다. 호주 최고권위를 자랑하는 마일즈 프랭클린 문학상의 첫 번째 수상자이자 노벨문학상 수상자인(1973년) 그 또한 작가로서 초기에는 그의 작품성을 인정받지 못했다. 정작 호주에서는 가지지 못한 대중적 인기를 미국과 유럽에서 확보한 이후, 그는 자신의 모국에 문학계 선지자적 인물이 없다는 사실에 실망한다.

그의 첫 번째 소설은 보편적 주제에 대한 왕성한 관심을 보이는 그의 문학 취향을 보여 준다. 『해피 벨리Happy Valley』(1939)는 토속적 배경이 뉴사우스웨일스 내에 국한되었던 반면, 『전쟁이 남긴 사랑The Living and the Dead』(1941)의 등장인물들은 철저히 영국인 세계에서 살아간다. 이후 본질적으로 좀 더 세계적인 시각을 보이며, 『나의 고모가 살아온 이야기 The Aunt's Story』(1948)라는 다양한 세계에서 살면서 벌어지는 테오드르 굿맨Theodore Goodman 가족이 겪는 삶의 단편들을 묘사한다.

어떤 비평가들은 패트릭 화이트가 쓴 12권의 소설들을 시기적으로 구분하기도 한다. 첫 번째는 작가의 문학적 모티브를 만들어 내기 위한 어린 시절의 추억을 묘사하는, 위에 언급한 작가의 초기작들이다. 두 번째는 미개척의 대지를 찾아낸 초창기 탐험가들을 영웅적 서사로 묘사한 소설들[『굳건히 서 있는 나무처럼*The Tree of Man*』(1953), 『보스*Voss*』(1957)] 또는 우리에게 과거 그들의 존재를 다시 상기시키고자 하는 선지자적 취향의 소설들[『격동의 세월에 올라탄 사람들*Riders in the Chariot*』(1961), 『변치 않는 만다라*The Solid Mandala*』(1966), 『해체된 인생들*The Vivisector*』(1970)]이다. 세 번째는 자각 또는 자기 계시self-revelation를 느끼는 수준까지 발달한 완전한 인격체를 담아내는 소설들(영혼이 파괴되지 않았다면)[『태풍의 눈*The Eye of the Storm*』(1973), 『난파된 운명*A Fringe of Leaves*』(1976), 『트위본 형제들 이야기*The Tuyborn Affair*』(1979), 『한 가지에 대한 많은 추억*Memoirs of Many in One*』(1984)]이다. 세 번째 부류의 마지막 소설, 『나의 피난처, 나의 가든*The Hanging Garden*』은 화이트 탄생 100주년 기념 해에 출판되었다.

작가 패트릭 화이트는 미적으로 완벽한 엘리트였다고 정의할 수 있다. 타협하지 않는 성격의 소유자였던 그는 다소 혹평에 시달리기도 했으며, 타고난 천부적 재능과 대중의 관심을 끌어내는 데 있어 뛰어난 작가였다. 제비에르 허버트Xavier Herbert와 마찬가지로, 종종 은둔 생활도 했지만, 자신의 신념을 공개적으로 표현하는 데에는 거리낌이 없었다. 핵에너지와 우라늄 탐사에 대해 적대적 입장이었고 환경 문제와 노동당 the Labor Party을 위해 싸웠다. 공개적으로 휘틀럼Whitlam 정부와 공화제를 지지했다.

6

토마스 케닐리
Thomas Keneally

토마스 케닐리Thomas Keneally는 1935년 시드니에서 태어나 그곳에서 어린 시절 대부분을 보냈다. 가톨릭 교리를 철저히 따랐던 제랄드 머네인 Gerald Murnane과 마찬가지로, 한동안 신학을 공부했으며 성직자의 길을 걷는 것을 포기한 후 교육과 글쓰기 지도에 집중했다. 이 점은 어쩌면 그의 글들이 선과 악을 구분하는 윤리적 관점으로 점철된 이유이기도 하다.

그의 『휘튼 성당의 살인 사건The Place at Whitton』(1964)은 질적 내용 면에서 다소 불완전해 보이기도 하는 그의 첫 번째 장편 소설이다. 그가 쓴 소설들 중 가장 인기 있는 작품들로는 『건달에서 영웅으로Bring Larks and Heroes』(1967), 『신의 중재인들을 위한 찬사Three Cheers for the Paraclete』(1968)(이두 작품은 마일즈 프랭클린 문학상을 수상했다), 『생존자들The Survivor』(1969), 『블랙스미스의 외침The Chant of Jimmy Blacksmith』(1972), 『세계를 흔든 숲속 회담Gossip from the Forest』(1975), 『살아남아야 했던 가족 이야기A Family madness』(1985), 『플레이메이커The Playmaker』(1987) 등이 있다. 그 사이 토마스 케닐리는 2차 세계 대전 당시 홀로코스트Holocaust 생존자들의 이야기를 담은 『쉰들러의 방주Schindler's Ark』(1982)(후에 '쉰들러 리스트Schindler's List'로 제목을 변경함)로 인해 국제적 명성을 얻었다. 이 이야기는 2차 대전의 처절한 현실 속에서 인간애를 발휘한 한 특출 난 인물을 따라간다. 주인공 오스카 쉰들러Oskar Schindler는 죽음의 포로수용소에서 수천 명의 유대인들을 살려낸다. 부커상Booker Prize 수상에 빛나는 이 '팩션faction'은 케닐리에게 호주 문학계에 공헌한 공로로 '호주 명예 훈장the Order of Australia(AO)'을 안겨 주었다.

그의 수많은 해외여행과 장기 체류(주로 영국과 미국 대학 강단) 덕택에, 케닐리는 일반 독자들에게 수수하고 편하게 말할 수 있는 세계적 인물로 인식되었다. 기본적으로 그는 역사, 전쟁과 폭력, 인간 비극, 종교적 열망, 아일랜드의 문화적 유산, 인간 삶의 허약함 등에 천착하고 있다. 그의 비평론을 쓴 바 있는 피터 피어스Peter Pierce에 따르면, 케닐리는 마커스 클라크Marcus Clarke, 크리스티나 스테드Christina Stead, 패트릭 화이트Patrick White, 케이트 그렌빌Kate Grenville 등 일반 작가들과 동일 선상에서 예술적 수준의 멜로드라마를 꾸며 낸다.

1990년대, 그 자신이 아일랜드 유산의 일부임을 자각한 후 「우리의 공화국*Our Republic*」(1993)과 「힘들었던 아일랜드인들의 기록*The Great Shame*」(1998)을 포함하여, 호주를 공화국 체제로 전환하자는 사회적 움직임을 지지하는 몇 가지 글들을 발표했다.

크리스토퍼 코치
Christopher Koch

크리스토퍼 존 코치Christopher John Koch는 1932년 태즈메이니아 호바트Tasmania Hobart에서 태어났으며, 그의 어머니는 앵글리칸Anglican 영국 성공회, 아버지는 가톨릭 신앙을 가졌다. 그의 앵글로-아일랜드 그리고 독일계 배경은 그의 소설 속 주제와 등장인물들의 행동, 서사 구조에 큰 영향을 끼쳤다. 그의 전형적인 주인공 캐릭터는 가능한 모든 수단과 노력을 동원하여 이상향otherworld을 추구하고 꿈꾸면서, 그것을 찾고자 하는 서양인이다.

그의 첫 번째 소설 『그 섬의 소년들The Boys in the Island』(1958)은 탐험에 대한 이야기이다. 『방파제를 넘어Across the Sea Wall』(1965)는 아시아에 대한 그의 지속적인 관심을 나타낸 것이며, 이는 『위험한 삶의 해The Year of Living Dangerously』(1978)에서 더욱더 두드러진다. 세 번째 소설은 1960년대 초에 발생한 인도네시아의 정치적 위기를 취재하기 위해 자카르타에 파견된 호주 종군 기자 가이 해밀턴Guy Hamilton의 이야기이다. 이 소설은 그 내용이 호주를 다루고 있지 않아 '마일즈 프랭클린 문학상'과는 거리가 멀었다. 이후 코치는 『더블맨Doubleman』(1985)을 가지고 다양한 창의적 시도를 하기도 하지만, 『전쟁으로 가는 고속도로Highway to a War』(1995)를 통해 다시 역사 소설로 되돌아간다. 이 소설의 주인공인 마이클 랭포드Michael Langford는 돈키호테와도 같은 다소 엉뚱한 구석이 있는 저널리스트로 간혹 그의 목숨을 담보로 하는 특종scoops을 찾아 아시아를 여행한다. 동일한 맥락의 소설 『아일랜드 탈출Out of Ireland』(1999)은 또 다른 이상주의자 로버트 데브루Robert Devereux의 이야기를 다룬다. 그는 폭동 주모자라는 이유로 아일랜드에서 추방당한다. 처음에는 버뮤다Bermudas로, 그 후에는 현재의 호주 태즈메이니아인 '반디맨스 랜드'로 옮겨진다. 남들이 감지 못하는 것들에 주목하는 코치는, '우리의 마음과 삶은 보이지 않는 것들을 끌어안아야만 확장될 수 있다'고 강조한다. 이런 그의 남들이 감지 못하는 것들을 찾고자 하는 탐구의 결과로 『기억의 방The Memory Room』(2007) 속 스파이 행위가 있다. 코치는 주로 그의 고향 태즈메이니아에서 집필을 해 왔으며, 그의 마지막 소설 『잃어버린 목소리들Lost Voices』(2012)를 통해, 과거 식민지 시절 죄수들의 삶이 현재 세대에게는 지울 수 없는 과거가 되어버린 곳인, 1950년대 호바트Hobart를 배경으로 이야기를 전개한다.

코치는 다수의 문학상들을 수상했으며, 그의 소설들은 다소 보수적 이데올로기로 채워져 있다. 그는 자기중심적인 성격과 대학 교육에 대한 강한 거부감으로 인해 학계와 문단 비평가들과 친하지 않았지만, 2013년 그가 고향집에서 사망했을 때 많은 추모가 이어졌다.

8

테아 애스틀리
Thea Astley

1925년 브리스번에서 태어난 테아 애스틀리Thea Astley는 전업 작가의 꿈을 꾸었지만 1980년 은퇴할 때까지 강의와 소설 쓰기를 병행해야만 했다. 호주 문학사에서 그녀는 당혹스러울 정도로 대표적인 역설적 존재이다.

타고난 재능을 가진 그녀는 글쓰기 초기부터 많은 양의 작품을 생산했고 비평가들로부터 비교적 좋은 평을 얻었다[그녀는 최초로 네 작품으로 마일즈 프랭클린 문학상을 수상한 작가이다. 수상작은 다음과 같다.『떠도는 삶, 떠도는 사랑*The Well Dressed Explorer*』(1962), 『사랑할 때 알아야 할 것들*The Slow Natives*』(1965), 『사랑했던 이의 독백*The Acolyte*』(1972), 『세월처럼 흘러가는 곳*Drylands*』(1999)] 그러나 그녀가 학계의 연구 대상이 되기까지는 조금 더 시간이 걸렸다. 아마도 이것은 그녀가 호주가 아닌 주로 미국에서 명성을 구축했기 때문으로 보인다.

『원치 않는 사랑에서 벗어나기*Girl With a Monkey*』(1958)에서 폭력적 연인을 속이는 교양 있는 주인공 엘시 포드Elsie Ford의 인물상에서도 드러나듯이, 애스틀리의 작품들은 남자로 인해 망가지는 연약한 여성의 삶을 거부하는 페미니즘의 영향을 받았다. 예를 들어 로버트 몰러Robert Moller의 병든 아내는 『사람 잡는 헛소문*A Descant for Gossips*』(1960)에서 공개적으로 간통을 저지른다. 『잔인했던 그 해*A Kindness Cup*』(1974)에서 임신한 원주민 소녀는 자신에게 자살을 강요하는 백인 남자들에게 쫓겨 도망친다. 다른 예로 『폭탄처럼 터져버린 인생An Item From the Late News』(1982) 속 남자는 폭력적인 사디스트, 짐승 같은 파괴적 인간상으로 묘사된다.

1980년대 『폭탄처럼 터져버린 인생』(1982), 『왜 이 남자를 사랑하는가?Reaching Tin River』(1990)와 『늙어가는 이의 애환Coda』(1994)에서 보이는 것처럼, 그녀는 자신의 이야기와 연결시키기 위해 여성 화자를 선택하기 시작했다. 아이러니와 사회적 풍자가 그녀의 작품에 전반적으로 사용된다. 『떠도는 삶, 떠도는 사랑』(1962)과 『사랑했던 이의 독백』(1972)은 자기중심적인 두 거친 남자들(음악가 홀버그Holberg와 난봉꾼 조지 브루스터George Brewster)을 비꼰다. 『해변가 모래 같은 혁명Beachmasters』(1985)은 남태평양 바누아투Vanuatu의 지미 스티븐스Jimmy Stevens가 주도하는 반란에서 소재를 얻은 정치적 소설로, 이 반란은 후에 크리스티Krist에 있는 토미 나로타Tommy Narota가 이끄는 반란으로 번진다. 『비 내리는 망고 농장It's Raining in Mango』(1987)은 호주 원주민을 대상으로 한 백인들의 약탈을 연상시키는 역사 소설이다. 그녀의 마지막 소설 『세월처럼 흘러가는 곳Dryland』은 1999년에 발표되었다.

9

데이비드 아일랜드
David Ireland

1927년 시드니 교외에서 태어난 데이비드 아일랜드David Ireland는 세 작품으로 마일즈 프랭클린 문학상을 수상한 두 번째 작가이다. 그의 복잡한 모더니스트 스타일의 서사 구조는 전통적 서사 구조를 선호하는 독자들을 혼란스럽게 한다. 소설 속 화자들은 자기를 내세우지 않으며self-effacing, 등장인물들의 의식 구조는 독자들로 하여금 누가 영웅인지(만일 있다면)를 구분하기 힘들게 하고, 이야기는 순차적이길 거부하고 구성 또한 다층화되어 있다. 켄 겔더Ken Gelder에 따르면, 아일랜드는 관습적 장르를 거부하는, 사실상 파편화된 '가루처럼 분절된 소설atomic novel'의 전문가이다. 독자들을 당황스럽게 하는 상상력을 가진 이 작가의 서사 구조를 누군가의 판단으로 재단하는 것은 현명치 못하다. 아일랜드의 문학 세계를 좋아하는 마차도 드 애시스Machado de Assis에 따르면, 아일랜드는 그의 삶을 통해 그가 가진 소설의 장르를 실험했다고 한다.

그의 작품들이 담고 있는 것은 주로 시드니 또는 뉴사우스웨일스New South Wales에서 일어나는 지역색 짙은 이야기들이다. 대표적으로는 『인생은 공정하지 않다The Unknown Industrial Prisoner』(1971), 『맥주잔에 비치는 세상The Glass Canoe』(1976), 『그녀의 사랑은 비지니스였다The City of Woman』(1981), 『초상화 속 그녀의 세상The Chosen』(1997) 등이 있다. 그는 또한 그의 소설 『욕망은 자유이다Woman of the Future』(1979)의 알리시아 헌트Alethea

Hunt라는 여성 그리고 『아르키메데스와 갈매기*Archimedes and the Seagle*』 (1984) 속 개의 감정에 몰입하고자 하는 변화를 시도한 적이 있다. 『새장에 갇힌 아이*The Chantic Bird*』(1968)와 『육식주의자들*The Flesheaters*』(1972)은 암울한 포식성의 우주를 연상시킨다. 이보다 좀 더 관습적 소설인 『불태워라, 전쟁이다*Burn*』(1974)는 원주민 커뮤니티에 초점을 두고 있으며 자전적으로 『나의 아버지는 누구인가?*Bloodfather*』(1987)에 영감을 주었다.

헬렌 대니엘Helen Daniel은 주장하길 "아일랜드의 소설들은 지금까지 우리들이 세운 간결한 서사 구조에서 쉽게 얻어지길 거부하는, 현실의 무질서와 질서를 요구하는 전쟁과도 같은 구조하에 구축된 것들이다." 아일랜드가 민감하고 단호한 방식으로 현대 사회에 대해 질문하기 위해 사회 관습을 뒤집는 것을 즐겼다는 것은 사실이다. 그 결과 『욕망은 자유이다』, 『육식주의자들』, 『맥주잔에 비치는 세상』 등의 작품들은 엄격한 호주 검열제도censorship와 대립했다.

특정 비평가들이 아일랜드의 반이상향주의에 담겨져 있는 염세주의 또는 허무주의nihilism에 주목한 반면, 『맥주잔에 비치는 세상』의 톤은 유머러스하고 우아한 문체로 가득하다.

10

제랄드 머네인
Gerald Murnane

    1939년 멜버른에서 태어난 제랄드 머네인Gerald Murnane은 단편 소설들과 에세이, 그리고 7권의 소설을 썼다. 『아이의 불안한 시선*Tamarisk Row*』(1974)과 『그가 꿈꾸는 세상*A Life Time of Clouds*』(1976)은 어느 정도 자서전 성격을 가진 교양소설Bildungsroman이며, 반면에 『평원*The Plains*』(1982)과 『타향살이*Inland*』(1988)는 예술가와 창의성의 역할을 탐구하는 메타픽션metafiction이다. 유려한 문체와 간결한 단어 사용에 능한 머네인은 언어의 힘, 현실의 표현, 의식의 탐구와 꿈속에 내재된 감추어진 진실 찾기, 기억과 명상 등에 관심을 보였다. 기본적으로 그의 작품들에 나타나는 사색과 명상의 모습은 마르셀 푸르스트Marcel Proust, 토마스 하디 Thomas Hardy, 에밀리 브론테Emily Bronte 그리고 제임스 조이스James Joyce 로 부터 영향을 받았으며, 머네인은 아무런 행동 없는 내적 의식으로 채워진 정적 여행을 주제로 한 소설들을 썼다.

    비평가 이미르 살루진스키Imre Salusinszky에 따르면 "머네인은 편집광적인 소설을 생산했고, 그가 소설을 통해 추구하는 그 자신만의 집착에 대한 용기를 가지고 있다." 그가 선호하는 주제들은 망명, 현실의 속성, 상상을 현실과 짜 맞추는 것, 내·외부 세계들로 향하는 접근, 우리가 사는 감각 있는 세상에 대한 현실적 질문들, 자각과 표현 사이의 연결, 남성들의 성적 취향과 그 조건들 등이다. 『거짓말쟁이: 호주의 신진 소설가들*Liars:*

Australian new novlelists』에서 비평가 헬렌 대니엘Helen Daniel은 머네인을 두고 "자신이 '거짓말쟁이'라고 규정짓는 작가 중 한 사람"이라고 말했다. 그녀가 그와 같이 규정한 다른 작가로는 프랭크 무어하우스Frank Moorhouse, 피터 마더스Peter Mathers, 니콜라스 해슬럭Nicholas Hasluck, 머레이 베일 Murray Bail, 피터 캐리Peter Carey, 엘리자베스 졸리Elizabeth Jolly, 데이비드 포스터David Foster, 데이비드 아일랜드David Ireland 등이 있다. 위에 언급한 호주 소설 작가들이 소설을 통해 허구의 세계를 꾸미고자 하는 일반적인 작가적 성향과 함께 공통적으로 가진 특징은, 주로 현실에 대한 새로운 전망을 여는 이질성과 분열의 미학을 보여 주는 문학적 구성이다.

1990년대에 글쓰기를 멈춘 머네인은 최근 다시 메타픽션적 소설들을 시작했다. 『내 인생에서 남은 것은*Barley Patch*』(2009), 『인생, 책들, 그리고 그녀*A History of Books*』(2012) 그리고 『소설가의 백만 가지 시각*A Million Windows*』(2014)은 그의 모든 작품을 구축하기 위해 사용된 융합 테크닉의 예시이며, 이 소설들은 각각 그가 쓴 초기의 작품들에서 비롯되는 파편들을 포함하고 있다. 1999년 패트릭 화이트 문학상 그리고 2008년에 호주 명예 작가상Australia Council Emeritus Writer's Award을 수상했다.

11

피터 캐리
Peter Carey

1943년 빅토리아 바커스 마쉬Bacchus Marsh에서 태어난 피터 캐리 Peter Carey는 광고 분야에서 일을 시작했으며, 1970년대 그의 단편 소설들을 통해 거침없는 반권위주의적 상상력으로 주목 받았다. 작가 나름의 거친 행보를 걸으면서, 그는 자신의 독창적 아이디어에 살을 붙여 소설을 탄생시켰다.

호주를 배경으로 하는 그의 서사들 가운데, 『죽음이라는 축복Bliss』 (1981)은 광고 회사 임원의 이중적 부활을 묘사한다. 그리고 『사기꾼 Illywhacker』(1985)은 자신의 나이가 139세라고 주장하는 순진한 거짓말쟁이가 들려주는 가족 간 이야기이며, 『오스카와 루신다Oscar and Lucinda』 (1988)는 두 도박꾼의 충동적 결투를 중심으로 한다. 『무장 강도 네드 켈리의 진실True History of the Kelly Gang』(2000)은 호주의 야생 숲속bush을 떠도는 부랑자이자 전설적 인물인 네드 켈리Ned Kelly가 털어 놓는 그의 행적을 따라가며, 『나의 가짜 인생My Life as a Fake』(2003)은 소설 구성을 위해 프랑켄슈타인Frankenstein 신화와 언 말리Ern Malley 사기극과 섞는다.

반면 『기계의 눈물The Chemistry of Tears』(2012)은 캐리가 이질적 요소들을 한데 묶어 지어낸 이야기이다. 호주와 미국의 관계와 강한 유사점을 가진 두 상상의 나라를 보여 주는 『트리스탄 스미스의 특별한 인생The Unusual Life of Tristan Smith』(1994)에서 엿볼 수 있듯이, 그의 많은 소설이 호주와 미국 문화 사이에 걸쳐있다. 『사랑도 사기라는 남자*Theft: A Love Story*』(2006)는 두 형제인 부처Butcher와 휴 본Hugh Bones의 관점을 번갈아 가면서 시드니, 도쿄 그리고 뉴욕을 배경으로 속고 속이는 과정들을 추적한다. 『민주주의를 사랑한 앵무새*Parrot and Oliver in America*』(2009)는 신구 세계 간 충돌을 제시하며, 그의 최근작 『기억 상실*Amnesia*』(2014)은 미국 교도소 시스템을 곤란에 빠지게 한 악명 높은 컴퓨터 해커의 전기에 공을 들이는 호주 저널리스트의 이야기이다. 『택시 검사원*The Tax Inspector*(1991)』은 다소 어두운 분위기의 소설로 그의 일반적 작품 경향에서 다소 엇나간다.

뉴욕에 기반을 둔 피터 캐리는 그의 소설을 통해 해외 체류자로서 가지는 트라우마를 받아들이고자 노력한 듯 보인다. 그리고 이런 그의 행태는 종종 두 가지 장소에 속해 있다는 생각을 이용해, 마치 고아처럼 아무 유대 관계가 없어 딱히 규정하기 힘든 인물상을 내포한다. 그리고 사람들로부터 멀어지거나 그들을 도망가게 하거나 망명하게 한다. 부커상Booker Prize을 두 번 수상한 그의 작품은 많은 학계 연구자의 논문 주제가 되었으며 국제적 명성을 얻었다.

12

팀 윈튼

Tim Winton

1960년 서부 호주Western Australia 스카브로우Scarborough의 평범한 가정에서 태어난 팀 윈튼Tim Winton은 그의 자서전『땅끝 마을*Land's Edge*』(1993)에서 밝힌 것처럼, 서부 해안가에서 어린 시절을 보냈다. 그는 고향인 호주 동서 해안가의 아름다운 전망을 풍부한 어휘로 묘사하여 그의 산문을 즐기는 독자들의 사랑을 받았다. 여러 문학상 중에서도 마일즈 프랭클린 문학상을 네 번 수상한 팀 윈튼을 좋아하는 충성 독자들은 그의 매력에 푹 빠졌다. 그는 자신의 작품을 통해서 그가 나고 자란 곳과 사람을 향한 깊은 애정과 친밀함에 대해 쓰는 작가이다. 그의 단편 소설, 아동 문학 및『개방적인 스위머*An Open Swimmer*』(1982),『해변의 고래들*Shallows*』(1984),『그 눈, 그 하늘*That Eye, The Sky*』(1986),『어둠이 남긴 고독*In the Winter Dark*』(1988),『클라우드스트릿 거리의 사람들*Cloudstreet*』(1991),『텅 빈 세월 속으로 달린다*The Riders*』(1994),『시끄러운 음악*Dirt Music*』(2001),『소년들의 숨소리*Breath*』(2008, 2009년 마일즈 프랭클린 문학상 수상작),『사랑이 떠나간 자리*Eyrie*』(2013)와 같은 작품들에서 그러한 특징을 확인할 수 있다.

레스 머레이Les Murray, 패트릭 화이트Patrick White, 헬렌 가너Helen Garner와 같은 현대 작가들로부터 영향을 받은 팀 윈튼은 원주민 인권 문제, 환경 문제(예:『해변의 고래들*Shallow*』에서 다룬 조상 대대로 전해지는 고래 보호 문제 등), 국가적 유산인 원주민들과의 정치적 화해 등 사회적으로 민감한 주제들에 대해 쓰고 있다. 사람들이 외면하는 문제들을 호주인들 정신세계의 중심으로 만드는 것은 이 토속적 취향의 작가에게는 자기 지침일 수 있다. 인구 밀도가 세계에서 가장 낮은 대륙의 한 끝에서 소외감을 느끼는 감정을 담아, 그의 소설 속 주인공들은 사회의 구석진 곳에서 성장하는 평범한 사람들이다. 그의 주인공들은 고장 난 가족의 한 구성원이거나, 이방인들, 평범한 개인들, 질문을 던지고 탐구하는 이들, 소외된 외부인들이다. 그의 주제인 분리와 이탈은 현대화의 결과처럼 보인다. 그의 전형적인 주인공은 험난한 환경 속에서 평범한 노동자 계급의 배경을 가진 노마드이다.

해변 문학이라고 규정지을 수 있는 팀 윈튼의 소설들은 늘 변함없이 해변 문화와 조화를 이루면서 움직이는 시골 공동체를 생생하게 묘사한다. 그 결과 작가는 평범한 것을 특별한 것으로 만드는 연금술사처럼 보이고, 그의 표현대로 하면 '사색과 명상에 빠진 우울했던' 황금시기를 그리워하는 노스텔지어를 소환하게 한다.

13

자넷 터너 호스피탈
Janette Turner Hospital

자넷 터너 호스피탈Janette Turner Hospital은 어린 시절 이후 방랑의 삶을 살았다. 1942년 멜버른에서 태어난 그녀는 1950년 브리스번에 정착하고 미국 보스턴톤에서 만난 남편 클리포드 호스피탈Clifford Hospital과 1965년 결혼하기 전까지 교직에 근무했다.

캐나다의 권위 있는 문학상인 실상Seal을 수상한 그녀의 첫 번째 소설 『도시의 욕망이 남긴 것The Ivory Swing』(1982) 이후, 그녀의 작품은 여러 나라 언어로 번역되었다. 해외에 장기 체류하는 동안, 그녀는 캐나다, 미국, 영국, 인도와 프랑스에서 살면서 많은 수의 작품들을 생산하는 경험을 했다. 이 시기 그녀의 작품들로는 『유산 청구인The Claimant』(2014), 『흔들리는 마음을 이기며Forecast: Turbulence』(2012), 『사랑에 웃고, 배신에 울고Orpheus Lost』(2007), 『복수 준비 완료Due Preparation for the Plague』(2003), 『오이스터Oyster』(1996), 『마술 같은 사랑The Last Magician』(1992), 『그들의 또 다른 얼굴Charades』(1988), 『국경에 선 사람들Borderline』(1985), 『막장 가족 이야기The Tiger in the Tiger Pit』(1983), 탐정 스토리인 『환영받는 죽음A Very Proper Death』(1990년 알렉스 주니퍼Alex Juniper라는 필명으로 발표)과 3권의 단편 소설집이 있다.

많은 자전적 요소를 포함하고 있는 그녀 소설들은 교육받은 여성의 불운한 운명과 연결시키고 있으며, 포스트모던 세계 속을 떠돌아다니는 삶에 대한 강한 그녀의 취향을 반영하고 있다. 국제적 감각이 능한 면모를 보이면서도 호스피탈은 호주에서 깊게 구축된 그녀의 뿌리를 가지고 있다. 그녀는 소설가로서 자신이 경험하지 못한 분야라 해도 깊고 자세하게 조사할 수 있다면 무엇이든 쓸 수 있다고 생각했다. 주로 소설을 발표하면서도 글쓰기의 여러 분야 중 더 정확한 규격을 요구하는 단편 소설에 강한 취향을 보이는 점 역시 특징이다. 이는 상대적으로 작가에게 더욱더 철저함을 요구한다. 그녀 소설들은 그녀 자신의, 그리고 그녀 인생행로에서 만난 이들의 복잡한 인생 경험들에서 영감을 받아 쓴 것들이 많다.

여러 대학 강단에서 '특출 난 교수'라는 명성과 함께, 작가 자넷 터너 호스피탈은 해외 문학상 수상을 여러 번 수확했다. 2003년, 주로 신진 작가들을 위해 제정된 패트릭 화이트 문학상을 수상했는데 이는 그 당시 그녀의 작품들이 호주 내에서 덜 알려졌기 때문이었다. 2009년에야 비로소 문학 비평가 데이비드 켈러핸David Callahan이 그녀 소설 작품들을 비평한 『열대 우림 같은 호스피탈의 작품 세계Rainforest Narratives』를 통해 학계의 연구 대상이 되었다.

14

데이비드 말루프
David Malouf

데이비드 말루프David Malouf는 1934년에 브리스번에서 태어나 1959년 유럽으로 떠나기 전까지 그곳에서 살았다. 1968년 그의 아버지가 세상을 떠났을 때, 그는 다시 호주로 돌아왔다. 그의 첫 시집과 초기 소설 『조너, 나의 이야기Johnno』(1975)를 발표하기 전까지 그는 시드니 대학에서 강사로 근무했다. 그는 빠르게 시인, 소설가, 단편 소설 작가, 에세이스트, 희곡과 연극 대본 작가로 성장했다. 1978년, 전업 작가의 길을 걷기 시작했고 이탈리아 투스카니Tuscany와 호주를 오가며 살기로 결심했다.

4권의 소설을 발표한 이후 『상상의 나라An Imaginary Life』(1978), 『초보 암살자Child's Play』(1982), 『날아간 피터의 옛사랑Fly Away Peter』(1982), 『하랜드의 대지Harland's Half Acre』(1984, 호주 아티스트 이안 페어웨더Ian Fairweather의 삶에서 영감을 얻어 쓴 작품)에 쓴 『위대한 세상을 위하여The Great World』(1991)는 그에게 영연방 문학상Commonwealth Writer's Prize과 프랑스의 권위 있는 문학상인 프릭스 페미나 에스트랑제Prix Femina Etranger 수상과 더불어 국제적 명성을 안겨 주었다. 『바빌론을 추억하며Remembering Babylon』(1993)는 LA 타임즈 소설상Los Angeles Times Fiction Prize과 더블린 문학상 IMPAC Dublin Literary Award 수상과 더불어 성공한 작가 반열에 오르게 했다. 소설 『사형수와 나눈 마지막 대화The Conversations at Curlow Creek』(1996)와 단편 소설 모음집 『미처 말 못한 이야기들Untold Tales』(1999)을 발표한 후,

2000년에는 노이슈타트 국제 문학상Neustadt International Prize을 수상했다. 그 후 2009년에 『훔쳐온 여인, 그리고 전쟁Ransom』을 발표한다.

그의 소설 대부분은 호주를 배경으로 하고 있으며 삶의 다양한 변화에 대한 질문을 제기한다. 말루프에 따르면, 그의 모국인 호주는 지적이고 문화적 표현의 형태를 취하면서 언어적으로 재창조되어야 할 필요가 있다. 그는 명백하게 자신의 창의적 소설들을 통해 이 신화 만들기 과정에 일조하고 있으며, 이것은 호주식 기풍에 영향을 미쳤다. 그의 작품들은 정신과 마음, 개인과 자연, 과거와 현재, 장소와 정체성을 결합함으로써, 주로 식민지 시절 이후의 삶에 대한 조건들과 호주인에게 내재된 다양한 단계의 변형 과정, 즉 각자의 모국에서 갖는 여러 가지 사회적 신분에 따라 호주에서 정착하는 모습 또한 달라질 수밖에 없는 망명자의 삶을 다룬다. 그에게 있어 역사 소설은 정신적으로 역사를 자기 것으로 만드는 수단이며 집단의식 속에서 그것을 창출하는 도구이다. 그의 동성애 정체성은 가족 간 결합 또는 우정으로 인해 합쳐지는 두 남자의 모티브 반복을 통해 엿볼 수 있다.

1987년 데이비드 말루프는 호주 문학에 기여한 공로로 '호주 명예 훈장Officer of the Order of Australia'을 받는다. 그의 많은 수상 이력과 질 높은 작품들은 그를 차기 노벨 문학상 후보에까지 이르게 했다.

주요 대작들 살피기

마커스 클락의 『그의 자연적 삶을 위해』
For the Term of His Natural Life by Marcus Clake

『그의 자연적 삶을 위해'For the Term of His Natural Life' 또는 'His Natural Life'』 (1874)은 호주 초창기 죄수들을 다룬 장르 소설 중 최고의 백미이다. 이 야기는 그 시기(1827~1846) 전반부 영국에서 시작되어 호주에서 끝난다. 이 소설의 주인공은 정작 자신이 저지르지도 않은 범죄 때문에 종신형을 선고 받은 리차드 데빈Richard Devine이다. 그는 호주 외딴섬 태즈메이니아로 추방된다. 이곳에 살면서, 그는 가족의 비밀을 지키기 위해 자신의 이름을 루퍼스 다스Rufus Dawes로 바꾼다. 이후 그가 살인죄로 기소되었을 때, 그는 자신이 처한 곤경에서 벗어나기 위해 어머니를 배반하고 비밀을 밝혀야만 했다.

『그의 자연적 삶을 위해』는 불의의 사건 하나 때문에 인생 전체가 꼬이게 된 한 남자의 이야기이다. 그는 부당하게 형을 언도받아 맥쿼리 항구Macquarie Harbour, 포트 아서Port Arthur, 노폭 아일랜드Norfolk Island 등을 거치며 감옥 생활을 한다. 이 소설을 읽는 동안 독자들은 죄수 루퍼스가 이곳 죄수들에게는 일상인 처절한 태형과 동성 간 강간, 심지어는 식육을 일삼는 외딴 섬감옥에서 탈출하는 과정을 알게 된다. 주인공 루퍼스는 마침내 자신을 외딴 섬으로 보내게 한 사건의 진범을 찾아내는 데 성공한다. 그러나 운명은 잔인하게도 그의 편이 아니었다. 그가 자신을 노폭 아일랜드로 도망갈 수 있도록 도와준 연인 실비아Sylvia와 새 삶을 꾸밀 희망에 가득 차 있을 때, 그들을 태운 보트가 풍랑을 만나 난파된 후 침몰한다. 이 소설의 결말은 비극적이다. 이처럼 인간은 신의 의지와 무관하게 생존할 수 있다는 점을 확신하는 저자의 생각에 충실한, 다소 인간적 모습을 보여 주는 전형적인 죄수의 모습이다.

이 소설은 찰스 디킨스Charles Dickens가 구사한 플롯 등 많은 면에서 유사성을 가지고 있어, 흥미진진한 박진감 있는 스토리임에도 불구하고 비평가들에게 혹평을 받았다. 그럼에도 불구하고 이 소설은 연재 형식으로 초판 발행된 이후(월간 《오스트레일리안 저널Australian Journal》, 1871년 3월~1872년 6월) 원작의 내용 일부에 멜로드라마적 요소를 추가한 후 뮤지컬과 영화로 각색되어 많은 성공을 거두었다(1927년 초. 1981년 재구성판 출간, 2003년 뮤지컬로 각색 초연, 1982년 TV 미니시리즈 각색과 방영).

2

조셉 퍼피의 『이것이 인생인가?』
Such is life by Joseph Furphy

정작 작가는 1897년에 집필을 완료했으나, 1903년까지 출판되지 못한 책이다. 제목인 『이것이 인생인가?*Such is Life*』는 네드 켈리Ned Kelly가 처형장에서 생을 마감하기 전 마지막으로 한 말에서 가져온 것이다. 이 소설은 20세기 초 호주 목동들, 강도단, 지방을 오가는 마차 운송원, 그리고 형기를 마친 자유인들selectors과 같이 야생 숲속을 터전으로 살아가는 민초들의 이야기로, 참신하면서 섬세한 묘사로 가득 차 있다.

1897년 4월 4일, 조셉 퍼피Joseph Furphy는 한 친구에게 '격정적이면서 민주적이고, 지역 성향이 강한 공격적 작품'이라고 묘사한, 뉴사우스웨일스New South Wales와 빅토리아Victoria 북부 지역을 배경으로 한 이 소설을 이제 막 끝냈다는 편지를 썼다. '마침내 일에서 해방!'이라는 편지의 첫 문장으로 시작되는 이 소설은 주인공이 여행객, 목동, 마을 주민들의 이야기를 통해 들었던, 그 시대에 일어났던 여러 사건들을 산문체의 책으로 엮은 것이다. 책의 대부분은 그 시절 그들이 겪은 온갖 모험들을 불평불만과 함께 늘어놓는 이야기이며, 특히 호주 각 지방의 사투리와 스코틀랜드 노동자, 중국인 등 여러 인종이 섞인 호주 각 지방의 토속적 발음과 그들이 가진 삶에 대한 철학적 목소리를 담았다.

이 책이 초기 출판되었을 때, 사람들은 저자가 의도적으로 이야기를 혼란스럽게 하고 책 속의 허구의 화자가 독자들을 끝까지 사로잡기 때문에 톰 콜린스Tom Collins라는 인물의 실제 이야기라고 생각했다. 사상 처음으로, 저자 조셉 퍼피는 오늘날까지도 독자들을 힘들게 하는 호주 구어체 표현과 방언을 가지고 이 소설을 썼다.

그는 작품 활동하던 당시 문학 비평가들에게 평가 절하되었으며, 사후에야 네티Nettie와 밴스 파머Vance Palmer, 케이트 베이커Kate Baker, 스피픈스A.G.Stephens 등에 의해 재평가되었다.

호주 현대 문학비평(가)은『이것이 인생인가?』를 시대를 앞선 포스트모던 소설로 평가한다. 그 근거로는 이 소설이 가진 간결한 스토리 라인, 메타픽션적 암시 그리고 헨리 킹슬리Henry Kingsley, 롤프 볼드우드Rolf Boldrewood, 로사 프레드Rosa Praed의 작품들 속에 나타난 식민지 시절 사랑 이야기를 패러디한 사실과 모방작의 사용 등이 있다. 이런 점들이 이 소설의 복잡한 서사구조가 가지는 몇 안 되는 특징들이다.

헨리 헨델 리차드슨의 『리차드 마호니의 행운』
The Fortunes of Richard Mahony by Henry Handel Richardson

도로시 그린Dorothy Green에 따르면, 이 소설은 호주 초기 백인들 정착에 관한 전형적인 작품이다. 리차드슨Henry Handel Richardson의 작품들은 주로 현실주의와 낭만주의를 바탕으로 한 자전적 스토리들이다. 이 3부작은 『리차드 마호니의 행운The Fortunes of Richard Mahony』이라는 제목으로 발표되었다(초기 발표 당시 3권이었음. 『오스트레일리아 펠릭스Australia Felix』(1917), 『귀향The Way Home』(1925), 『사람이 살지 않는 곳Ultima Thule』(1929)).

불과 아홉 살이었을 무렵에 아버지의 죽음에 크게 상실감을 느낀 후, 리차드슨은 3대에 걸친 호주인들, 즉 그의 조상을 다루는 이 대하소설을 써야 하는 운명에 처한다. 이 가족 연대기는 메리 턴햄Mary Turnham과 결혼 후 '앤티포드Antipodes', 즉 호주로 향하는 모험을 시작하는 영국 출신 주인공 리차드Richard의 희망 가득했던 인생 이야기를 추적한다. 그가 애초 희망한 만큼 그의 사업이 성공하지 못하자, 그는 모험을 접고 그가 의학 공부를 하기 위해 매진했던 고향으로 돌아가기로 결심한다(『귀향』). 그의 고객은 감소하지만 마호니Mahony는 현명한 투자로 이를 만회, 크게 성공한다.

마호니는 빅토리아Victoria에서 새로 시작하려 하지만, 유럽으로 가는 도중 동업자에게 물건과 자금을 강탈당한다. 흔적도 없이 사라지는 동업자를 보며 리차드는 다시 한번 망연자실 한다. 책 후반부, 주인공 리차드는 사업 실패 후 정신적으로 피폐해지고, 정신 병원에 들어간다. 이후 그의 아내 머레이 마호니와 함께 다시 호주를 떠나고, 그녀는 리차드가 숨을 거둘 때까지 정성을 다해 남편을 보살핀다.

소설 전반부는 호주 빅토리아주 북부의 광산 도시 발라렛Ballarat에서 일어난 골드러시Gold Rush에 관해 이야기하고 난 후, 지구 땅속 깊은 곳에서 나오는 것들로 번영한 인간의 욕심이 가득했던 멜버른으로 옮겨간다. 등장인물들의 인물 묘사가 뛰어난 이 작가는 일련의 과감한 모순들로 이야기를 꾸민다. 이타주의적이고 선한 성품의 메리Mary는 금맥들을 찾는 과정에서 오직 돈밖에 모르는 광부들과 대비된다.

프랭크 하디의 『영광 없는 권력』
Power Without Glory by Frank Hardy

『영광 없는 권력*Power Without Glory*』은 출판은 물론 몇 나라 언어로 번역 돼 출판되기까지 자료 조사와 집필 과정에서 5년이 걸렸다. 출판 후 저 자 프랭크 하디Frank Hardy는 명예 훼손 소송에 휘말리기도 했지만, 결과 적으로는 무죄로 판명되었다. 멜버른의 유력 인사 존 렌John Wren은 저자 를 상대로 법적 소송을 제기하는데, 자신을 모델로 한 소설 속 주인공 묘 사 때문이었다. 주요 등장인물은 살짝 실제 인물들의 이름만 바꾼 채로 묘사되었다. 예를 들어 소설 속 프랭크 애쉬튼Frank Ashton은 노동당 정치 인 프랭크 앤스티Frank Anstey, 모리스 블랙웰Maurice Blackwell은 주 의회 의 원 모리스 블랙번MP Maurice Blackburn에서 차용한 것이었다.

　소설 제목은 저자의 의도와 다르게 평범하게 느껴진다. 마치 아메리칸 드림을 꿈꾸는 전형적인 성공 스토리와 같은 스타일의 제목이기 때문이 다. 소설『영광 없는 권력*Power Without Glory*』은 1890년에서 1950년까지의 시대를 다루며 캐링부시Carringbush라는 가상의 호주 시골 외곽 부유한 농가에서 태어난 존 웨스트John West의 삶을 중심으로 한다. 주인공은 밑 바닥에서부터 시작하여, 결국 부를 손에 넣지만 결국엔 도박으로 인해 몰락한다. 1차 세계 대전 발발 이전, 존 웨스트는 독학으로 뛰어난 성취 를 보이며, 사업 또한 엄청난 성공을 거두는 삶을 경험한다. 겉으로 드러 난 박애정신과 그에 따른 행동들도 있었지만 몇몇 살인사건에 연루되며,

그의 명성은 더럽혀진다. 결국 주인공은 법망을 피하기 위해 몇몇 부패한 공무원들과 관계 기관을 찾고자 하지만, 숭고한 시민 정의는 그가 일구어 낸 부와 삶을 심판한다. 그런 와중에 주인공의 아내는 다른 남자와 불륜 관계에 빠지며, 그의 어린 딸 마조리Marjory와 메리Mary는 세상을 떠나고 그의 아들 존John은 알코올 중독에 빠진 후 자살로 생을 마감한다.

이 두꺼운 분량의 소설은 단호하게 사회적 성공의 양면을 보여 준다. 1939년부터 저자 프랭크 하디가 참여하기 시작한 호주 공산당The Communist Party of Australia은 대중에게 이 작품 읽기를 권했는데, 그 이유는 자본주의Capitalism 의 비도덕적인 면을 비난함과 동시에 노동당Labor Party을 대중적 판단에 맡길 수 있기 때문이었다.

제비에르 허버트의 『카프리코니아』
Capriconia by Xavier Herbert

1938년 『카프리코니아*Capriconia*』의 출판은 어려움이 많았다. 처음엔 '블랙 벨벳*Black Velvet*'이라는 제목이 붙었던 이 소설은 인종 간 섹슈얼리티를 심도 있게 다루었으며, 출판사들이 출간을 주저할 정도로 분량이 많았다. 1930년대 초 다수의 출판사들로부터 거절당한 후, 저자 제비에르 허버트Xavier Herbert는 출판업자 스테븐슨P.R.Stephensen의 권유에 따라 1933년 책 분량을 절반으로 줄인 다음, 이야기 구조 또한 재구성했다. 그러나 정작 스테븐슨은 이 책의 출판 전 파산했다. 후에 저자가 두 번씩이나 거절당한 바 있었던 앵거슨과 로버트슨Angus & Robertson이 마침내 출판을 수락했다.

근 50여년의 세월(1880~1930)을 다루는 『카프리코니아』는 영국의 소설가 찰스 디킨스Charles Dickens의 소설 속 주인공들과 유사한 인물 묘사로 가득한, 함축적이면서 방대한 작품이다. 실링워스Shillingsworth 가족이 20세기 초, 호주 북부 노던 테리토리Northern Territory에 있는 가상의 마을 카프리코니아Capricornia에 정착하는 것이 이야기의 중심이다. 실링워스 형제들 중 한명인 마크Mark는 젊은 원주민 처녀와 관계를 가진 후 아들을 낳는다. 후에 이 아들은 그의 이름을 따 노먼 실링워스Norman Shilingsworth가 된다. 마크는 어쩌다 가진(?) 아들을 포기하지만, 아들은 후에 자신의 핏줄을 찾아 자신의 아버지가 누구인지를 알게 된다. 이 소설은 젊은 노먼이 자신이 가진 원주민 뿌리의 근원을 찾기 위한 모험적 여행으로 끝난다. 이 소설은 1975년 저자의 대표작『미우나 고우나 내 나라 내 조국*Poor Fellow My Country*』으로 재탄생, 같은 해 마일즈 프랭클린 문학상을 수상한다.

결론적으로, 『카프리코니아』는 냉소적 유머를 통해 인종 혐오xenophobia의 희생자인 호주 원주민을 대상으로 한 부당한 대우를 비난하는 정치적 소설이다. 그럼에도 불구하고 사막으로 이루어진 거대한 대륙에서 벗어날 수 없는 지리적 공허함이라는 주제와 더불어, 이 작품은 그 광활한 빈 공간을 수없이 많은 대상과 그곳을 거쳐 간 이들의 이름들로 가득 채워 줄 수 있는 제비에르 허버트와 같은 작가들이 있어야 한다는 생각을 가지게 한다.

『카프리코니아』 초판 발행 100주년을 기념하여 호주의 대표적 극작가인 루이스 나와라Louis Nowra가 1988년 이 작품을 각색, 무대에 올렸다.

6

마일즈 프랭클린 문학상

the Miles Franklin Award

1954년 기준하여 약 8,996파운드에 달하는 자산을 남긴 스텔라 마리아 사라 마일즈 프랭클린Stella Maria Sarah Miles Franklin(이 책에서는 대중적으로 가장 많이 알려진 '마일즈 프랭클린'으로 약칭)의 바람에 따라 마련된 '마일즈 프랭클린 문학상'은 작품 전체적으로 호주(인) 삶을 가장 잘 표현하는 이에게 수여된다. 1957년 제정된 이 문학상은 64명의 작가들에게 수여되었으며(2021년 기준-역자주) 수상작들의 판매 또한 꾸준히 증가했다.

여타 권위 있는 문학상들처럼 '마일즈 프랭클린 문학상' 또한 논란이 일었던 적이 있다. 1994년 심사위원회는 프랭크 무어하우스Frank Moorhouse의『그랜드 데이즈Grand Days』(1993)의 내용이 호주와 무관하다는 점을 들면서 심사 대상에서 배제한다고 발표했다. 이 소설은 1차 세계 대전 이후 제네바Geneva에 있는 UNUnited Nations에서 일하는 한 젊은 호주 여성이 겪는 삶의 여정을 추적한다. 1995년 심사위원회는 헬렌 드미덴코Helen Demidenko의『서명한 손The Hand That Signed the Paper』을 뽑았으나 후에 저자가 자신의 실제 국적과 작품 배경을 속인 것이 드러났다. 이 사건 이후, 심사위원회는 1996년 꼼꼼한 심사 끝에 크리스토퍼 코치Christopher Koch의『전쟁으로 가는 고속도로Highway to a War』를 선정했다. 상금을 챙긴 코치는 자신의 다른 학술상 관련 비리를 스스로 실토함으로써 또 다시 논란의 대상이 되었다.

오늘날 많은 이가 이 문학상이 호주 바깥 세계에서 출간되는 작품들까지 포함하고 응모작 선정 기준 역시 등장인물, 배경, 주제, 플롯에 이르기까지 좀 더 엄격하게 재조정되어야 한다고 생각하고 있다. 이 마일즈 프랭클린 문학상 수상자들 중 킴 스콧Kim Scott과 알렉스 라이트Alexis Wright와 같은 원주민 작가들은 물론이고, 기존 수상자들 가운데 대략 3분의 1이 중년의 여성 작가들이라는 점이 논쟁의 대상이 되었다. 심사위원들 또한 연령 차별, 성 차별, 인종 차별에서 자유롭지 못하다는 점이 암암리에 나돌고 있다. 그러나 이런 비난에도 불구하고, 이 문학상은 꾸준히 전 국가적 문학상이라는 권위를 받고 있으며, 수상작 또한 가장 뛰어난 호주 소설이라는 평가를 받는다. 2010년 수상작 피터 템플Peter Temple의『진실Truth』은 범죄 소설이 새로운 장르로 부상하여 진지하게 대중에게 읽혀지고 있음을 보여 준다. 2015년 수상작은 소피 라구나Sofie Laguna의『양의 눈The Eye of the Sheep』이다.

7

콜린 존슨
Colin Johnson

　1938년 서호주Western Australia 이스트 쿠벨링East Cubelling 근처 나로진
Narogin에서 태어난 콜린 존슨Colin Johnson은 청소년기 시절 저지른 비행
때문에 교도소 두 곳을 전전하면서 소년 시절 전반을 보냈다. 이 경험은
훗날 그의 연극 〈딜링크스The Delinks〉(1959)를 쓰게 된 계기가 되었으며
그의 작품 주제인 '반항과 표현'을 낳게 했다. 원주민 작가군의 선봉에
섰다는 대중적 찬사와 함께, 존슨은 비원주민에 의해 도용당한 호주를
비난하는 정치적으로 깊숙한 작가이다. 그의 개인적 정체성을 자주 변
화시키면서, 한동안 존슨은 세 가지 다른 이름들을 갖는다. 처음에 그는
서호주 지역에서 태어난 대로 자신의 이름을 머드루루 나로진Mudrooroo
Narogin이라고 칭했다. 그런 다음 그를 알아보는 사람들을 나타내는 머
드루루능가MudroorooNyoongah라고 변경했다. 마지막으로 그는 다시 머
드루루Mudrooroo를 선택했다. 그 이유는 원주민들은 그들의 첫 번째 이
름으로 서로를 부르는 반면 성씨는 혈통을 의미하기 때문이었다. 후에
콜린 존슨은 그의 혈통을 의심하는 문제로 논란이 일었기 때문에 태어
난 지역을 의미하는 이름으로 다시 개명한 것이다. 그는 불교 승려로 출
가 후 레버렌드 지바카Reverend S.A.Jivaka라는 이름으로 다시 태어나기 전
까지 보헤미안 사상가로 살았다.

　1965년, 그는 3년 동안 불교를 공부한 아시아와 인도 횡단 여행 전 첫

번째 소설『와일드캣 펄링*Wildcat Falling*』을 발표했다. 멜버른으로 다시 돌아온 후, 학계의 좋은 평판을 얻은 바 있는『닥터 우레디의 세상 종말에 대한 처방*Doctor Wooreddy's Prescription for Enduring the Ending of the World*』(1983)을 쓰기 전, 두 번째 소설『산다와라의 무병장수를 빌며*Long Live Sandawara*』(1979)의 집필을 계속했다. 그의 가장 시적인 작품『꿈속에서 신이 전해주는 이야기*The Master of the Ghost Dreaming*』(1991)와 같이,『닥터 우레디의 세상 종말에 대한 처방』은 영국인들이 최초로 호주에서 원주민과 접촉한 역사를 다룬 공식 기록에 반기를 듦으로써, 식민지 시절의 부정적 효과에 대해 투쟁하는 진정한 포스트 식민지 작품이다.

그는 이 두 소설을 쓰는 사이 여러 개의 시들도 발표했으며 1988년에는 소설『도인 와일드캣*Doin Wildcat*』을 발표했다. 그는『윈칸*The Kwinkan*』(1995)과『불멸*The Undying*』(1998)과 함께『꿈속에서 신이 전해 주는 이야기*Master of the Ghost Dreaming*』를 쓰기 전, 와일드캣*Wildcat* 3부작『야생 고양이의 울음*Wildcat Screaming*』(1992)을 완성했다. 불교 스님들이 즐겨 쓰는 모자를 애용한, 그는『경계선에 선 이들에 대해 쓰다*Writing from the Fringe*』(1990),『단결하라!*Us Mob*』(1995),『호주의 원주민 문학*Indigenous Literature of Australia*』(1997)을 포함하여 원주민 문학에 관한 비평적 에세이들을 발표했다. 원주민 커뮤니티와 그들의 토지 소유권 보호를 위한 여러 가지 정치적 투쟁들에 관여하면서, 머드루루는 수년 동안 호주의 많은 대학에서 그가 선택한 제2의 문화, 즉 원주민 문화를 강의했다.

아시아와 호주 소설
Asian and Pacific Australian fiction

태평양 전쟁은 호주인들을 호주 대륙 내에서 아시안 및 태평양 국가들과 대면하게 했으며, 이 경험을 통해 몇몇 바깥세상 정보 위주의 소설들이 등장했다. 1944년 중일전쟁Sino-Japanese War을 취재하는 두 종군기자에 초점을 둔 조지 존스턴George Johnston의 『머나먼 길The Far Road』(1962)이 그중 가장 뛰어났다. 1960년대는 호주인들이 아시아를 여행하게 된 시기였고, 이민법 완화로 1970년대에는 인도차이나 반도에서, 1980년대와 1990년대에는 중국의 많은 이가 호주로 올 수 있었다.

다문화 관련 소설들은 호주 사회 내부에서부터 사회적 변화와 갈등의 강조, 개인 정체성의 혼돈과 상이한 세계 속으로 이동하는 과정에서 발생하는 여러 문제를 다루면서 발달했다. 대표적으로는 베트남 전쟁을 다룬 한국 태생의 호주 작가 돈오 김Don'O Kim(한국명 김동호)의 『내 이름은 티안My Name is Tian』(1968), 브라이언 카스트로Brian Castro의 보겔Vogel 문학상 수상작 『통로의 새들Birds of Passage』(1983) 등이 있다.

『통로의 새들』은 현대 중국계 호주인 주인공이 과거 식민지 시절 호주에서 겪은 그의 중국계 조상들을 찾아 나서는 이야기이며, 랜돌프 스토우Randolph Stow의 『방문자Visitant』(1979)는 파푸아 뉴기니에서 벌어진 한 경찰관의 죽음을 다루는데, 이 경찰관은 현지 주민들을 상대로 약탈 행위를 일삼던 이였다. 미셸 드 크레스터Michelle de Kretser는 『해밀턴 케

이스*The Hamilton Case*』(2003)와 마일즈 프랭클린 문학상 수상작『여행의 질
문*Question of Travel*』(2012)을 통해, 고향인 스리랑카를 배경으로 한 서사적
관점으로 다양한 드라마를 제시한다. 니콜라스 호세Nicholas Jose는『영
원으로 가는 길*Avenue of Eternal Peace*』(1989)과『상하이의 그날 밤은 운명이
었다*The Red Thread*』(2000)를 통해 중국의 과거와 현재 사이를 오가며, 이는
오양 유Ouyang Yu가『기울어져 가는 동양*The Eastern Slope Chronicle*』(2002)에서
호주와 중국 관계를 다룬 것과도 유사하다. 싱가포르에서 호주 이민행
은 후밍 티오Hsu-ming Teo가『사랑과 현기증*Love and Vertigo*』(1999)에서 다룬
주제이며, 호주에서 일부 교육을 받은 인도 출신 아라빈디가Aravind Adiga
는 부커상*Booker Prize* 수상작『흰 호랑이*The White Tiger*』(2008)를 통해 날카로
운 사회 비평을 쏟아낸다. 멀린다 보비스Merlinda Bobis의『우울한 렌턴
메이커*The Solemn Lantern Maker*』(2008)는 내부자만이 알 수 있는 지식과 경험
을 통해 필리핀 정계의 부패상을 묘사한다. 호주 서부 퍼스Perth를 근거
지로 활동하는 작가 사이몬 레자루Simone Lazaroo의『우리가 바라는 세상
을 기다리며*The World Waiting to be Made*』(2000)는 다문화 사회를 통해 새롭게
창출되는 호주 사회의 혼합적인 개인 정체성과 관계들의 가능성들을 제
시한다. 호주 소설을 통해 드러나는 많은 아시안 그리고 태평양 출신 작
가의 다양한 관점이 그들 작품 속 이야기 구조 안에서 명백하게 드러나
고 있으며, 그중 가장 뛰어난 작품은 남 리Nam Le의『보트*The Boat*』(2008)
이다.

9

브라이언 카스트로
Brian Castro

　중국계이자 포르투갈 출신의 부모 밑에서 1950년 출생한 작가 브라이언 카스트로Brian Castro는 1961년 호주에서 정착했다. 그의 말에 따르면 그는 작품 대부분이 문학상 수상작이었음에도 불구하고, 초기에는 대중적 관심이 적었다. 다소 교훈적이면서 번뜩이는 재치가 있는 그의 서사 구조는 복합적이다. 니콜라스 번스Nicholas Birns와 레베카 맥니어Rebecca McNeer가 편집 기획한 책에서 데보라 메드슨Deborah Madsen이 언급한 것처럼, 브라이언 카스트로의 작품인 『1900년 이후 호주 문학A Companion to Australian Literature Since 1900』은 체계적으로 문화적 진정성의 개념을 해체한다.

　한동안 홍콩과 프랑스에서 생활한 브라이언 카스트로는 나름의 기준으로 '세계적cosmopolitan'이라는 단어에 걸맞은 주제를 가진 자신의 작품 7편을 선정한다. 이를 포함하는 대표작으로는 『통로의 새들Birds of Passage』(1983), 『차이나 이후After China』(1992), 『표류Drift』(1994), 『상하이 댄싱Shanghai Dancing』(2003), 『가든 북The Garden Book』(2005), 『베스 푸그The Bath Fugues』(2009), 『거리에서 거리로Street to Street』(2012), 『포메로이Pomeroy』(1990), 『두 얼굴의 늑대Double-Wolf』(1991), 『스테퍼Stepper』(1997) 등이 있다. 이들 중 첫 번째 작품은 언어와 현실 사이 관계에 대한 질문을 던지는 구조주의 이후의 탐정 스토리인 반면, 두 번째 작품은 반정신분석 소설이다. 그리고 마지막 『스테퍼』는 작가가 좀 더 상업적이길 원했던 출판사의 요구 때문에 쓰게 된 스파이 소설이다.

카스트로의 소설들은 종종 버려진 장소들, 과거와 현재의 혼재(『통로의 새들』과 『두 얼굴의 늑대』에서처럼), 여러 문화의 혼합 등과 같은 다양성을 추구한다. 특히 그의 다소 당황스러운 자서전이라고도 할 수 있는 소설 『상하이 댄싱』에서 확인할 수 있는 허구와 진실의 적절한 혼재와 『가든 북』에서 엿볼 수 있는 특정 인종에 대한 편견 타파와 같은 고정 관념에 대한 질문은 주요한 특징이다.

작가 카스트로는 다소 이지적인 작품 구상을 통해 『아시아와 자서전 쓰기에 대한 강의Writing Asia and Auto/biography: Two lectures』(1995)와 『에스티렐리타를 기다리며Looking for Estrellita』(1999)를 썼고, 아시아 문화의 일부 단편적 관점들을 건드린 에세이들로 문학 이론을 잘 세워 놓았다. 브라이언 카스트로는 현재 호주 사회에 주어진 '다문화 인종의 도가니melting pot'로 풍부함을 얻기 위해 단일 조직monolith이나 다름없는 호주의 국가적 정체성을 분쇄시키는 것을 옹호했다.

브라이언 카스트로의 『배스 푸그』는 2010년 마일즈 프랭클린 문학상 심사 대상 작품 리스트에 오르기도 했으며shortlisted, 2014년 그는 패트릭 화이트 문학상을 수상했다.

10

케이트 그랜빌
Kate Grenville

1950년생인 케이트 그렌빌Kate Grenville은 시드니에서 초·중등 교육을 받은 후 미국에서 그녀의 연구를 마치고 유럽에서 장기 체류했다. 단편 소설에 대한 관심을 제외하고, 그녀는 크게 두 부류로 나누어지는 소설 7편을 발표했다.

첫 번째 부류는 첫 작품인 『릴리안 이야기Lillian's Story』(1985)(이 작품은 후에 보젤 문학상Australian Bogel National Literary Prize을 수상)와 이 작품 연작인 『어두운 곳Dark Place』(1994)과 같은 사적 영역을 탐구하는 작품들이다. 이러한 작품들은 이후 『드림하우스Dreamhouse』(1986)와 『완벽한 생각The Idea of Perfection』(1999)을 통해 핵가족의 붕괴와 결혼 생활의 해체를 다루는 작품으로 이어지기도 한다.

그녀 작품들의 두 번째 부류는 역사 소설로 『조안은 역사를 만든다Joan Makes History』(1988)와 같은 식민지 시절 이야기를 다루는 작품이다. 이 작품은 현대적 관점으로 페미니스트적 시각에 맞추어 식민지 시절의 이야기를 패러디한 것이다. 『비밀의 강The Secret River』(2005)은 2006년 그녀에게 영연방 문학상Commonwealth Writer's Prize을 안겨 주었으며, 같은 맥락의 작품으로 『하늘을 찾아 떠난 남자The Lieutenant』(2008)가 있다.

페미니즘으로 가득한 그렌빌의 산문은 세상을 바라보는 그녀의 휴머니스트적 시각이 담겨 있다. 코믹하면서 고딕풍1)의 태도와 함께, 그녀는 끊임없이 덜 매력적이고 성적으로 부적당한 여성의 운명을 다룬다. 그녀의 여성적 캐릭터는 사회의 족쇄에서 벗어남으로 인해 그들 스스로 주체적 운명을 살고자 한다. 작가인 그렌빌은 『조안은 역사를 만든다』와 『릴리안 이야기』에서 나타나듯이, 자신이 쓴 그 이전 작품들의 인물상을 차용함으로써 작품들끼리 연결시키는 것을 좋아하며, 이를 통해 그녀가 좋아하는 주제를 좀 더 깊이 탐구한다.

가부장제와 남성 지배적 정치 제도를 거부했던 그렌빌은 소설 『드림 하우스』에서 역설적이게도 동성애, 근친상간과 같은 민감한 주제들을 다루는 것을 주저하지 않는다. 그러나 그녀의 급진적 태도가 모든 이를 위하는 것은 아니다. 『비밀의 강』을 발표한 이후 얼마 지나지 않아, 그녀는 그녀의 소설이 공식적 역사 기록인 양 쓰였다고 주장하는 두 역사학자의 비난을 샀다. 이러한 논쟁에도 불구하고, 그녀는 다큐멘터리 성격의 책 『비밀의 강을 위한 탐색Searching for the Secret River』(2006)과 연작인 『사라 쏜힐Sarah Thornhill』(2011)을 통해 호주 역사 초반기에 대해 재조명하기도 했다.

---

1) Gothic: 18세기에 유행한 괴기스런 분위기에 낭만적인 모험담을 그린 문학 양식

11

크리스토스 치오카스
Christos Tsiolkas

1965년 호주 멜버른의 그리스 공동체에서 태어난 크리스토스 치오카스Christos Tsiolkas는 호주 문학의 '무서운 아이enfant terrible'로 알려져 있다. 그에게 이단적 명성을 안겨 준 작품들 속에서 자주 등장하는 주제들은 동성애, 반유태주의, 인종주의, 기행, 느슨한 도덕관념과 포르노그래피 등이다.

대학을 마친 후 그는 『유혹의 무게Loaded』(1995)를 발표하기 전 영화와 언론사에서 근무하길 원했는데, 이 작품은 후에 영화로 각색되었다. 이후 치오카스는 『신은 창녀를 사랑하는가?The Jesus Man』(1999)를 발표했으나 이 소설은 기대한 만큼 성공하지는 못했다. 이 소설에서 작가는 도미닉Dominic, 루이지Luigi, 토마스 스테파노Thomas Stefano라는 이름을 가진 3형제의 이야기를 다룬다.

주체할 수 없는 성적 일탈을 일삼은 토마스는 동성애 욕구를 거부하는 종교에 대한 부정적 판단과 더불어 그의 성적 몰입을 달래기 위해 노력하는 점을 제외하고는 치오카스의 소설 『유혹의 무게』의 문학적 아바타이다. 포르노그래픽 문화에 영향을 받은, 이 양성애 성향을 가진 젊은 이는 '기계적 섹스mechanics of sex'에 관심 있으며, 낭만주의와 성욕, 게이 문화, 동성애 혐오증, 동성애에 대한 찬성과 거부 사이를 오가는 양면성을 가진 저자의 내재적 모순을 반영한다. 그의 소설 『신은 창녀를 사랑하는가?』에서 동생 루이지Luigi를 성적으로 학대하다 놀란 토마스 Thomas는 자살로 생을 마감한다. 토마스의 친구 신Sean 또한 같은 동성애 성향을 가지고 있다는 점에서 동성애와 일상의 공존이 쉽지 않다는 것을 명확하게 확인할 수 있다.

치오카스의 세 번째 소설 『죽은 유럽Dead Europe』(2005)은 그를 다시 한 번 문학 전선의 전면에 나서게 했다. 1인칭 화법의 이 소설은 호주인 아이삭 래프티스Isaac Raftis의 이야기이다. 그는 젊고 재능 있는 36세의 그리스계 후손인 사진작가로, 아테네Athens에서 전시회를 구성하기 위해 그의 게이 파트너인 콜린스Colins와 엄마 레베카Reveka를 두고 떠나온다.

호주 작가연합상Australian Literary Society Gold Award과 영연방 문학상 Commonwealth Prize을 수상한 『사랑의 매는 범죄이다The Slap』(2008)는 도시 중산층의 보수주의를 이야기한다. 그의 최근작 『바라쿠다Barracuda』(2013)는 사립학교에 다닐 수 있도록 수영 특기 장학금을 받은 노동자 계급의 청년 주인공 대니엘 켈리Daniel Kelly의 시선을 통해, 현대 호주 사회 속 정체성과 계급 그리고 인종을 대하는 세 가지 시각을 탐구한다.

12

리차드 플래너건
Richard Flanagan

1961년생인 리처드 플래너건Richard Flanagan은 호주의 제주도라고 불리는 태즈메이니아의 탄광촌인 로즈베리Rosebery에서 성장했으며, 태즈메이니아 대학the University of Tasmania을 졸업했다. 그는 첫 번째 소설『뱃사공의 죽음Death of River Guide』(1994)을 발표하기 전인 1980년대와 1990년대 초까지 비소설 분야에 주력하면서 그의 관심사를 넓혔고 문체 또한 다듬었다.

문학 입문 초기, 그는 패트릭 화이트Patrick White처럼 초국가적 주제를 가진 스타일리스트였다. 그의 보수주의적 소설들은 호주 문학계로부터 뒤늦은 인정을 받기도 했다.

플래너건의 작품 중『사랑도 테러처럼The Unknown Terrorist』(2006)이 최고 수작이 아니었음에도 불구하고,『뱃사공의 죽음e』(1994),『손뼉 치는 소리The Sound of One Hand Clapping』(1997),『굴드의 어류도감Gould's Book of Fish: A Novel in Twelve Fish』(2001),『희망Wanting』(2008)과 함께 문단의 뛰어난 찬사를 받고 큰 성공을 거두었다. 이 작품들은 마일즈 프랭클린 문학상 수상작 리스트에 올랐음은 물론, 미국과 영국, 호주에서 문학상들을 수상했다. 현재까지 그의 가장 뛰어난 작품은『깊은 기억 속의 그 길The Narrow Road to the Deep North』(2013)이며, 2014년 맨 부커상Man Booker Prize을 수상했다. 이 소설은 전체적으로 그의 아버지 아치 플래너건Archie Flanagan의 이야기에 근거하고 있다. 그의 아버지는 버마 죽음의 기차길Burma Death Railway2)에서 살아남았으며, 그의 아들 리처드 플래너건이 이 소설 원고 집필을 마치는 날 세상을 떠났다. 도리고 에반스Dorrigo Evans의 모험에 초점을 맞춘 이 인간적인 전쟁 포로 이야기는 어느 정도는 플래너건의 후반기 문학 성향과 문체, 즉 에드워드 세이드Edward Said3)의 오리엔탈리즘을 인용하면서 들려주는 살아있는 전쟁 경험이다.

크리스토스 치오카스Christos Tsiolkas와 마찬가지로, 플래너건은 대학을 마친 후 저널리즘 분야에 종사했으며 주로 정치와 환경 문제에 관한 개인적 성향을 드러내었다. 목재회사 군스Gunns에 관한 그의 가장 영향력 있는 에세이는 호주 태즈메이니아 삼림의 훼손 방지에 중요한 지침이 되었으며 2008년 존 커튼John Curtin4)언론인 상을 수상했다. 다재다능한 플래너건은 『손뼉 치는 소리』(1997)를 1998년에 영화로 만들었으며, 그로부터 10년 후 영화감독 바즈 루르만Baz Luhrmann과 함께 2008년 〈오스트레일리아Australia〉의 대본을 공동 구성했다. 2015년 그는 호주 보아부비에 의장Boisbouvier Chair5)에 임명되었다.

---

2) Burma Death Railway: 1940년에서 44년까지 일본군이 버마 점령 시 전쟁 포로를 동원, 건설한 총 415km의 기찻길. 1952년 프랑스 소설가 Pierre Boulle가 쓴 소설 『콰이강의 다리The Bridge on the River Kawi』가 영화로 각색되기도 했다.

3) Edward Said(1935~2003): 미국 콜롬비아 대학 인문학 교수. 식민지 후기 문학 연구의 개척자, 그의 저서 『Orientalism』으로 유명하다.

4) John Curtin(1885~1945): 호주 14대 수상 역임. 2차 대전 당시 일본군이 호주를 침략하자 미국과 군사 협조를 이끌어 내, 훗날 호주 미국 간 군사 협정ANZUS의 계기를 만든 역사적 분기점에 섰던 정치인

5) Boisbouvier Chair: 2015년 설립된 호주 문학 협의회. 호주 금융 사업가 Mr John Wylie AM and Mrs Myriam Boisbouvier-Wylie가 제공한 5백 만 달러가 기초 설립 자금이었다.

13

토마스 케닐리의 『쉰들러의 방주』
Schindler's Ark by Thomas Keneally

1982년 『쉰들러의 방주*Schindler's Ark*』라는 제목으로 발표된 이 소설은 1993년 영화감독 스필버그*Spielberg*의 〈쉰들러 리스트*Schindler List*〉라는 이름으로 영화화됐다. 이 '팩션faction' 소설은, 즉 소설의 기초가 된 정치적 이야기와 더불어 저널리스트적 시각과 구성이 더해진 역사적 프레임에 근거하여 영감을 얻은 것이다. 실제로 이 책의 아이디어는 케닐리가 래오폴드 피퍼버그Leopold Pfeifferberg라는 구두 수선 가게를 방문한 1980년에 시작됐는데, 이 구두 수선공은 그에게 자신의 홀로코스트holocaust (히브리어는 Shoah) 기간 동안 겪은 경험을 이야기했다.

다큐멘터리에 가까우면서 충실한 고증이 빛나는 이 책은 쉰들러 Schindler가 살려낸 호주, 이스라엘, 독일, 오스트리아, 미국, 아르헨티나와 브라질 등 7개국에 거주 중인 50여 명 이상의 생존자들과의 인터뷰 이야기에 기초해 전개된다. 작가는 자신의 창작물에서도 특정한 역사적 사실 관련하여 편향적 자세를 취하지 않으려 노력했다. 예를 들어, 쉰들러 부인의 주장으로 유대인 구출이 기획되었는지는 불분명하다. 마찬가지로 오스카 쉰들러의 유대인들을 위한 관용은 그 또한 그 나름의 이점이 있었기에 총체적으로 이타적인 것이라고 할 수만은 없다. 예를 들어 그는 유대인 노동력으로 전쟁 중에도 그의 공장을 저렴한 노동 인건비로 유지할 수 있었다.

폴란드가 독일에게 점령당했을 때, 이 독일계 체코 공장주, 즉 오스카 쉰들러는 자신의 공장을 위해 똑똑한 유대인을 고용하기로 결정했으며 아돌프 히틀러Adolf Hitler의 유대인을 대상으로 한 마지막 결정을 비웃었다. 그는 목적을 달성하기 위해 눈에 보이지는 않지만 협상과, 타협, 거래를 했고 나치의 인종말살 정책의 희생자들 수를 줄일 수 있었다. 1974년 10월 오스카 쉰들러가 사망했을 당시 그의 업적을 기리기 위해, 홀로코스트 생존자들은 그의 유품들을 이스라엘로 옮겨 올 수 있도록 기획하여 그가 성지에 묻힐 수 있도록 했다.

다소 애매모호한 성격의 오스카 쉰들러는 유대인 포로들의 생명을 살리기 위해 파산 지경에 이르렀다 해도, 그를 성인saint이라 할 수는 없다. 여성편력 또한 화려했던 그는 유대인 출신 비서 헬렌 허쉬Helen Hirsch가 수용소 사령관 아몬 괴스Amon Goeth와 카드 게임을 하는 동안 그녀를 구하기 위해 자신의 목숨을 걸었을 정도로 그의 아내 에밀리Emilie에게는 충실하지 못했다.

14

알렉스 라이트
Alexis Wright

1950년 호주 퀸스랜드의 클론커리Cloncurry에서 태어난 알렉스 라이트Alexis Wright는 호주 원주민 문학 장르에서 떠오르는 스타 작가이다. 작품 제목에 들어가는 지명으로 확인할 수 있듯이, 알렉스 라이트는 그녀의 소설을 통해 그녀가 속한 지역의 대지와 토착민들에게 강한 애착을 가진 지역 작가이다. 그녀의 첫 소설 『약속의 땅*Plains of Promise*』(1997)은 카펜테리아만Gulf of Carpentaria을 묘사하기 위해 최초의 탐사자들이 사용한 표현으로, 가축들을 방목하기에는 매우 환상적인 곳이라는 의미였다. 그런데 역설적이게도 초기 탐험가들의 발견 이후, 그곳의 원주민들을 위한 아무런 혜택이 없었다.

같은 맥락의 지역색을 가진 작품은 『카펜테리아*Carpentaria*』(2006)와 그녀의 세 번째 소설 『백조가 남긴 이야기*The Swan Book*』(2013)로, 이들은 기후 변화에 따른 난민들의 혼란스러운 미래를 배경으로 인류를 비난한다. 소설 속 주인공 벨라 도나Bella Donna 이모는 호주 북부로 달아남으로써 가까스로 살아남았으며, 그곳은 그녀가 백인들에게 집단 강간당한 후 방치된 원주민 소녀 올리비아Oblivia를 구해준 곳이었다. 『약속의 땅』은 또 다른 비극, 즉 '잃어버린 세대the Stolen Generation'를 상기시키며, 반면 『카펜테리아』는 광산업계에서 비롯되는 갈등에 대항하는 젊은 세대가 전하는, 전설적 이야기들을 통한 토지 소유권 주장에 대해 다룬다.

알렉스 라이트의 호전성은 조용하지만 효과적이다. 그녀는 원주민들의 사회적 및 문화적 권리는 물론 토지 소유권에 대해 오랫동안 관심을 기울여 왔고, 원주민들을 돕기 위한 여러 가지 행정적 보직에 종사했다. 동시에 프랑스어로 쓴 「믿기 어려운 사실을 믿는다*Croire en l'incroyable(Believe in the Unbelievable*」(2000)라는 성명서와 같은 많은 정치적 글을 발표했다. 『카펜테리아』가 마일즈 프랭클린 문학상을 포함하여 다수의 문학상을 수상하기 전까지 7편의 단편 소설 모음집이 프랑스판으로 출판되었다 [(『Le Pacte du serpent arc-en-ciel』,(2002)].

원주민들의 규약을 존중한 그녀는 자신이 경험한 것들을 완벽하게 이야기하지 않았음을 고백하면서 이런 글쓰기 전략은 창의성에 좋지 않음을 깨닫는다. 원주민들의 사회적 규약을 따르는 것은 작가에게 시적 영감이 무한대의 힘과 어떤 주제와 상관없이 이야기할 수 있는 감정을 주는 반면 동시에 제한적 요소로 작용하는 것을 의미한다. 결혼한 그녀는 현재 세 아이와 멜버른에 살고 있다.

15

그래미 심슨의 『로지』 3부작
The Rosie trilogy by Graeme Simsion

『로지*Rosie*』(3부작)에서, 그래미 심슨Graeme Simsion은 야스퍼 차이 Aspergic difference 및 문화적 표현들과 신경비정형neurodivergence 장애 사이의 복잡한 상호관계를 잘 표현하고 있다. 정상적 상태의 뇌로 쓰였지만 그의 데뷔 소설과 그 이후 출판된 연작들은 세계적 베스트셀러가 되었다. 이 작품들은 확실하게 신경 비정형, 좀 더 전문적으로 표현하면 고기능 자폐증 스펙트럼 장애ASD: Autism Spectrum Disorder에 대한 국제적 관심 제고에 도움을 주었다. 그러므로 『로지 프로젝트*The Rosie project*』(2013)와 그 연작들은 고기능 ASD 픽션이라 불리는 신생 장르에 속한다고 볼 수 있으며, 이 작품들은 그 후 20여 년 동안 크게 주목을 받았다.

저자가 자신의 소설 속 주인공 돈Don을 ASD로 분류하지 않으며, 돈이 스스로를 멍청하다고 생각하지 않는다는 점은 주목할 만하다. 그러나 몇 가지 이야기 장치들Narrative Pointers(사회적 태도 결핍, 커뮤니케이션 어려움, 정서적 그리고 행동 문제들, 일탈행위, 다양한 사고방식의 결과인 심맹mind-blindness 등)을 고려한다면, 주인공 돈 틸만Don Tillman 교수의 열 살인 아들 허드슨Hudson 뿐만 아니라 주인공 돈 또한 자폐 스펙트럼 안에 있다는 것에 의심의 여지가 없다. 그럼에도 불구하고 주인공 돈은 전문적 어휘를 사용하는 특정 분야의 유전학자이다. 그래서 돈의 연설이 그의 과학적 사고방식 또는 정신병리학적 스타일의 산물을 의미하는지 여부는 불분명하다. 주인공 돈의 이례적 행동양식은 유전적으로 그의 아들 허드슨에게 전해졌다. 신경 발달 장애가 있는 등장인물들은 그들의 특정 마인드 스타일뿐만 아니라 그들이 사회 적응하기 위해 겪는 어려움들과 함께 스스로를 나타낸다.

영국 작가 데이비드 로지David Lodge가 쓴 캠퍼스 소설과 사랑 가득한 로맨틱 코미디 사이를 뒤섞은 듯한 『로지』 3부작은 코믹한 톤을 보인다. 주인공 도날드 틸만Donald Tillman은 멜버른에서 자신은 언젠가 '왜 결혼하는가?'와 같은 설문지를 포함하는 과학적 프로토콜을 통해 배우자를 찾아 결혼하겠다고 선언한다. 그는 배우자로 맞이할 여인 로지Rosie에게 그녀의 친부 파악을 위한 DNA 테스트가 필요하다면서 미국행을 제안한다. 다소 엉뚱한 플롯의 이 그래미 심슨Graeme Simsion의 기괴한 3부작 코미디는 고기능 ASD 소설을, 매우 오락적이지만 진지한 이야기에서 나오는 연민과 심각함을 던져 버리는, 전례 없는 수준의 유머로 풀어낸다. 그래서 독자들은 그의 『로지 프로젝트』(2013), 『로지 효과The Rosie Effect』(2014) 그리고 『로지 결과The Rosie Result』(2019)를 읽으면서 지루하고 상투적이라고 느끼지는 않을 것이다.

자세히 들여다보기

1

롤프 볼더우드의 『무장 강도』
Robbery Under Arms by Rolf Boldrewood

토마스 알렉산더 브라운Thomas Alexander Browne(필명 롤프 볼드우드Rolf Boldrewood)은 광산촌 굴공Gulgong에서 경찰관을 시작으로 경찰 국장까지 된 인물이다. 그런 그가 호주의 근대 도시들이 생겨날 무렵의 시골을 배경으로 한 이 이야기에 관심을 가지게 된 것은 다소 의아한 일이다. 그 이유는 아마 호주판 로빈 후드라고 알려진 1880년 네드 켈리Ned Kelly의 교수형 때문일 것이다. 이 사건은 1830년대 영국 소설가 월터 스콧Sir Walter Scott의 문체를 모방하여 쓴 소설 『무장 강도Robbery Under Arms』(1888)의 모티브가 되었다. 로맨틱한 이상주의로 가득한 이 이야기는 작가들이 그 당시 호주 현실을 이해하는 과정에서 겪은 어려움의 본보기이다.

갱단을 조직하여 유죄 선고를 받은 죄수의 아들이자 소설 속 화자인 딕 마스톤Dick Marston은 감옥에서 시골 숲속의 부랑자로 살아가던 자신의 과거를 털어 놓는다. 마찬가지로 죄수였던 그의 아버지에게 영향을 받은 딕Dick과 동생은 악명 높은 강도 두목이자 총싸움 끝에 사망하게 되는 캡틴 스타라이트Captain Starlight가 이끄는 강도단에 합류한다. 그들의 첫 강도 행각은 남호주South Australia에서 시작되는데, 이곳은 그들이 퀸스랜드Queensland에서 훔친 소떼들을 팔던 곳이었다. 광산촌 지역을 중심으로 길지 않은 기간 동안 강도짓과 체포를 반복한 후, 딕은 그에게 자유의 대가를 치르게 한 총싸움에 연루되면서 그의 강도 행각은 끝난다. 그러나 그의 몰락 뒤에는 그가 그레이스 스토어필드Grace Storefield라는 여인과 만나는 것을 참지 못했던 케이트 모리슨Kate Morrison이 있었다. 케이트는 경찰에 밀고함으로써 그레이스 스토어필드에게 복수하고자 했으며, 결국 이 일로 남편 딕이 경찰에 체포당하는 결과만 낳았다. 처음에 딕은 사형선고를 받았으나, 그레이스에게 결혼해 달라고 요청한 이후 12년형으로 감형되었다.

이 이야기는 벤 홀Ben Hall, 프랭크 가디너Frank Gardiner, 존 길버트John Gilbert, 대니얼 모건Daniel Morgan과 같이 사후 '반역의 상징'이 된 호주 야생 숲속에서 강도 행각을 일삼던 부랑자들bushranger의 인생 경험에서 영감을 얻었다. 그들은 공권력과 법을 무시하면서 정부의 강압적 통치 행위에 저항하는 부시레인저들의 이야기를 즐기는 호주인들의 마음을 사로잡았다. 불법으로 혹은 정상적 방법을 통해 소와 양들, 그리고 거대한 농장까지 챙긴 후 운영했던 이들을 묘사하는 경멸적 단어 '스쿼터squatter(G.A.Wilkes, A Dictionary of Australian Colloquialisms)'들은 부시레인저들에게는 불구 대천지 원수였다.

2

캐서린 헬렌 스펜서의 『클라라 모리슨』
Clara Morrison by Catherine Helen Spence

'식민지 시절 남호주South Australia의 가장 뛰어난 소설'이라고 칭송받기도 하는 『클라라 모리슨Clara Morrison: A tale of South Australia during the Gold Fever』(1854)은 골드러시 시기의 역사적 이야기들 가운데 가장 참신하고 또 다른 각도에서 이민자들의 삶을 다룬 소설이다. 이 이야기는 충실한 시대적 고증을 바탕으로 작품 제목과 같은 이름을 가진 주인공이 목격한 식민지 시절의 역사적 사건들을 중심으로 하고 있으며, 한 여성의 이야기이기도 하다. 빅토리아풍의 문체로 쓴 자서전 형식의 이 책은 저자가 출판사에게 강하게 사건의 진실성을 주장할 정도로 실제적 이야기로 구성됐다.

1850년대 호주 애들레이드Adelaide를 배경으로, 아버지의 사망 이후 더 이상 자신을 돌봐주지 않으려 하는 삼촌을 피해 남호주로 이주해 온 지적인 여성 클라라Clara의 슬픈 운명을 이야기한다. 귀족으로 살던 삶을 빼앗긴 신데렐라처럼, 그녀는 자신을 가족의 일원으로 기꺼이 맞이하려는 사촌을 만나기 전까지 가정부로 일한다. 우여곡절 끝에 그녀는 점차 식민지 사회에 적응하고, 신사 찰스 레지날Charles Reginal을 만난다. 그리고 약혼자와 파혼한 그와 결혼한다.

그 당시 다른 작가들은 산불, 폭도, 도망중인 죄수들 또는 금광에 미쳐 있는 사람 등을 중심으로 위기와 흥미진진한 모험들을 다루었던 반면, 캐서린 헬렌 스펜스Catherine Helen Spence는 식민지 시절 한 가정의 사적 영역과 가족 구성원들이 가진 내면의 반성들을 강조했다.

페미니스트적 시각을 통해 스펜스는 그들 스스로를 해방시키고 가부장적 족쇄를 깨뜨리면서 여성을 위한 가능성을 찾는다. 그녀는 금광의 발견이 남성의 물질적 가치를 상승시켜 주었던 시절, 교육의 중요성을 강조한다. 여성의 용기는 남성들에게 결혼만이 그들이 가진 본능적 욕구를 해결시켜 줄 수 있는 해결책이 아님을 보여 주었다. 프레드릭 시넷 Frederick Sinnett은 소설 『클라라 모리슨』의 문학 가치를 처음으로 부각시킨 비평가이며, 이 소설은 호주 문학사에서 새로운 이정표를 제시했을 뿐만 아니라 캐서린 헬렌 스펜스 인생 최대 수작magnum opus이라고 여겨지기도 한다.

3

블러틴 문학 토론
the Bulletin debate

호주 역사 초창기, 도시화가 눈에 띄지는 않았지만, 그 당시 대부분의 소설가는 인구가 덜 밀집된 야생 숲속bush을 다양한 방식으로 표현하는 데 적극적이었다. 예나 지금이나 소설의 주제로써 참신성과 미스터리는 언제나 승자이다. 많은 이의 잉크를 소진하게 했고 수많은 작가가 참전했던, 이 아이디어를 두고 벌어진 대표적인 논쟁이 '블러틴 문학 토론 Bulletin debate(1892~1893)'이다. 이 논쟁에는 당시 호주 문학 전선 속에서 빛나는 두 명의 유명한 전사이자 작가가 참전한다. 바로 헨리 로슨Henry Lawson과 앤드류 바톤 패터슨Andrew Barton ('Banjo') Paterson이다.

논쟁의 중심은 호주 작가들에게 중요한 영감을 제공하는 야생 숲속이었으며, 일부 작가들에게는 호주(인) 삶의 방식이라고 특징지을 수 있는 야생 환경이다. 1892년 7월 9일자 《블러틴Bulletin》 문학잡지에 기재된 '보더랜드Borderland'라는 제목의 시에서(후에 '산속으로Up the Country'라는 제목으로 재출판), 헨리 로슨은 호주 외곽 사막의 거친 이미지에 대해 발표했다. 그의 염세주의적 비전은 본질적으로 그가 가진, 사회적 압제의 희생자이자 평범한 이들의 삶의 수단에 대한 정치적 관심을 반영한 것이었다. 그로부터 2주 후, 패터슨은 '호주 야생 숲속을 지키자!'라는 보수주의 노선의 기치로 화답했다.

그는 로슨에게 자신이 더 잘 어울리는 도시 생활에서 자신을 확인하라고 조언했다. 이 치열한 치고받기식 논쟁은 한동안 계속 되었다. 헨리 로슨에게 있어, 그것은 야생 숲속의 현실을 고수하는 것을 의미했다. 야생 숲속을 있는 그대로 묘사하는 것은 독자들에게 호주 자연의 모습에 대한 좀 더 정확한 아이디어를 제공하는 것이다. 1890년대 암울했던 경제 상황과 비추어 볼 때, 이 치열한 현실주의가 주는 거친 모습은 그 당시 야생 숲속을 낭만적 시선으로 대했던 것과 대비된다.

1880년대 호황은 1890년대 초에 접어들면서 시들해져 갔으며, 이 기울어져 가는 시기에 임금 노동자의 25퍼센트가 실직했다. 경제 활동은 도시보다 시골이 더 영향을 받았다.

레오나드 만의 『전장 속 빛나는 용기를 위하여』
Flesh in Armour by Leonard Mann

　대부분의 첫 번째 소설이 그렇듯, 레오나르드 만Leonard Mann의 첫 전쟁소설 『전장 속 빛나는 용기를 위하여Flesh in Armour』는 1차 세계 대전 중 프랑스 최전선에서 호주 육군AIF(Australian Imperial Forces)과 같이 싸운 작가 자신의 인생 경험을 담고 있다. 『전장 속 빛나는 용기를 위하여』속 교사이자 주인공 프랭크 제프리Frank Jeffreys는 무모한 전쟁 영웅의 모습과는 거리가 멀다. 그는 다른 군인 동료들의 용감무쌍함을 강조하면서 정작 자신은 좌절하는 모습이다. 소설 속 주인공의 무기력함과 겁쟁이 같은 모습은 그를 전형적인 반영웅으로 만들었으며, 주인공의 이런 모습은 작가가 왜 상업적 출판사 찾기에 고전하다가 결국은 자비 출판을 할 수 밖에 없었던 이유를 설명한다. 런던에서 프랭크 제프리Frank Jeffreys는 메리 해튼Mary Hatton과 사랑에 빠진다. 하지만 곧 사랑을 통해 자신의 신분을 깨달은 그는 전쟁의 한 가운데에서 좌절한 채, 자신을 잃어버리며 비극적 모습으로 생을 마감한다. 프레드릭 매닝Frederic Manning의 소설 『비겁한 자의 전쟁The Middle Parts of Fortune: Somme and Ancre』(1916)에 이어, 만의 작품은 주로 같은 지리적 풍경을 다룬다.

　식민지 시절의 척박한 삶과 치열했던 골드러시Gold Rush 시절, 호전적 갈등들은 작가가 현대적 시각과 단어로 그 시절 무명의 영웅들이 알려지기 위해 강조했던 두 요소인 인내와 용감함의 시험장이었다. 만의 민족주의적 신념은 그의 호주(인) 정신을 빛나게 했다. 그는 굳건한 호주인 이미지, 즉 관대함, 반항, 불굴의 정신과 봉사 정신을 제시한다. 『전장 속 빛나는 용기를 위하여』는 등장인물들의 강한 정신, 용기 있는 참전과 호주군인Diggers들의 강한 결속, 생명이 위험에 처했던 전장 속 그들의 용맹함(특히 소설 속 짐 블라운트Jim Blount의 모습을 통해 보여 준다)에 대한 변함 없는 존경의 표시이며, 영예롭게 죽어간 그들에게 찬사를 보낸다.

여러 가지 면에서 이 소설은 기술의 발전으로 인해 발달된 파괴적인 신무기를 비난하면서도(탱크의 등장 등), 호주 군인을 뜻하는 '참호병 Diggers'을 영웅시하는 호전적 이데올로기를 지지한다. 게다가 대영제국 Great Britain을 위해 싸우는 동안 나타나는 애국심 가득한 호주 군인들까지도 열거한다.

5

랜돌프 스토우의 『바다 위 회전 목마』
The Merry-Go-Round in the Sea by Randolph Stow

『바다 위 회전 목마The Merry-Go-Round in the Sea』는 랜돌프 스토우Randolph Stow의 네 번째 소설이자 아마도 그의 작품 중 가장 뛰어난 완성작일 것이다. 이 소설은 1958년 크리스토퍼 코치Christopher Koch가 발표한 『그 섬의 소년들The Boys in the Island』과 유사점이 있다. 두 소설 모두 주인공의 성장기에 맞춰져 있고 다분히 자전적이다. 외로움에 못 이겨 젊은 남자 주인공들은(스토우 소설 속 롭Rob과 코치의 프랜시스 쿨렌Francis Cullen) 순진무구함을 벗어나 현실을 경험하려는 마음에 마약을 취하면서 완전히 변해 간다. 만일 우리가 코치와 스토우의 스타일 차이를 간과한다면(스토우가 더 평범한 스타일로 접근한다), 이 두 소설은 『바다 위 회전목마』속 어디에나 있고 코치의 작품에서는 거의 찾아볼 수 없는 '가족'을 제외하고는, 매우 유사하다.

스토우의 이야기 구조와 문장을 보여 주는 『바다 위 회전목마』는 완벽함과 솔직함을 상징적으로 나타내는 난파선이다. 또한 이 소설은 주인공 롭이 속하기를 원했던 소우주를 보여 준다. 두 파트로 진행되는 이 성장 소설은 어린 롭Rob의 사촌이자 15살 많은 릭 메이플스테드Rick Maplestead 주변에 초점을 맞춘다. 이 매력적인 도플갱어doppelganger들, 릭과 롭은 슬며시 다가온 전쟁의 위협과 그 밑에 깔린 처참한 결과물들이 호주를 맴돌고 있을 때 일본군의 포로가 된다.

두 번째 파트에서 릭은 영광스러운 과거와는 거리가 먼 정신적, 육체적으로 상처 난 모습으로 돌아온다. 그는 연인 제인 왁스포드Jane Waxford를 사랑할 수 없었고, 그가 지겹기만 하다고 여겼던 호주 사회에 적응하지 못한다. 부적응자의 처지에서, 릭은 자신이 가족보다 나라를 더 원한다고 외치면서 그의 명예를 훼손하는 사회적 시선을 거부한다. 작가 스토우는 그의 인생 후반기에 심한 알코올 중독과 마약, 그리고 두 번의 자살 시도와 자신의 동성애 문제로 시달린 끝에 1966년 홀로 사망한다. 작가 스토우의 인생처럼, 세상에 환멸을 느낀 소설 속 주인공 릭 또한 영국에서 남은 생을 보낸 후 홀로 떠난다. 사촌 롭 또한 느닷없는 자기 고백을 한다. 사촌 릭이 물에 빠진 롭을 구했을 때 롭의 고백을 통해 그는 자신의 아버지가 자신을 사랑한다는 것을 알게 되며, 그의 『바다 위 회전목마』가 그저 소년 시절의 환상이었음을 받아들인다.

6

조지 존스톤의 『나의 형 잭』
My Brother Jack by George Johnston

1964년 마일즈 프랭클린 문학상을 수상한 『나의 형 잭*My Brother Jack*』은 『텅 빈 빨대*Clean Straw for Nothing*』(1969)와 작가 사후 발표된 『황토길 위에 남은 것들*A Cartload of Clay*』(1971)과 함께 자전적인 소설 3부작의 첫 번째 소설이다. 1차 세계 대전 후부터 2차 세계 대전 발발 전까지의 멜버른을 배경으로 시작하는 이 글은, 엄격한 아버지 밑에서 자라는 4형제(진Jean, 잭Jack, 데이비드David, 마조리Marjorie) 중 잭과 데이비드의 운명을 경쟁적 구도로 다루며 주인공들이 과거를 회상하는 방식이다.

젊은 쾌락주의자, 외향적 성격의 운동광이자 다소 건달 같은 면모도 보이는 잭은 전형적인 남성적 존재로 호주(인) 정신을 나타내는 인물이다. 그는 형들과 아버지의 조롱으로 점철된 인생을 견뎌내는 다소 내성적이고 수줍은 데이비드를 다독인다. 몇 건의 자유 기고문이 성공적으로 발표된 후, 데이비드는 '모닝 포스트Morning Post'의 저널리스트로 안정된 직업을 가지며 그 후 몇 건의 작품을 발표한다. 데이비드와 헬렌 미젤리Helen Midgely의 불행한 결합은 그의 인생을 황량한 외곽의 오지로 몰고 가게 한다. 이와 대조적으로 잭은 그가 오지 여행 중 위메라Wimmera에서 만난 같은 나이의 셀리아 딜레이니Sheila Delaney와 행복한 결혼을 한 이후 인생이 잘 풀린다. 2차 세계 대전이 발발하자, 얄궂은 운명의 장난으로 인해 발생한 한 사고는 참전하려 했던 그를 전쟁터로 가지 못하게 한다. 반면 그의 연약하고 수줍은 동생은 전쟁 종군 기자로 참전한다. 훗날 크레시다 몰리Cressida Morley와 사랑에 빠진 데이비드는 이를 기회 삼아 시골을 떠나지만 다소 불안한 결혼 생활을 유지한다.

1965년, 이 소설은 작가의 두 번째 아내이자 감독인 샤미안 클리프트 Charmian Clift에 의해 TV 시리즈로 각색 방영되었다. 현재까지 계속되는 『나의 형 잭』의 인기는 이 소설이 가지는 다큐멘터리 가치로 설명될 수 있을 정도로, 이 작품은 1차 대전 이후와 그 이후 나타났던 경제 공황의 참혹한 결과를 담은 호주 외곽 삶의 상세한 묘사가 돋보인다. 작가 초기 작품들의 상업적 성공을 가리게 한, 이 3부작은 조지 존스턴George Johnston의 문학 이력에서 가장 뛰어난 정점에 이른 작품이다.

7

데미덴코 스캔들
the Demidenko affair

때때로 지나치게 과다한 호평을 제공하는 경향이 있는 호주 문학 비평(계)은 '데미덴코Demidenko 스캔들' 때문에 길을 잃었다. 1993년 『서명한 손The Hand That Signed the Paper』이 보겔 문학상Vogel Literary Award을 받았는데, 이것은 미출판된 유망작들을 대상으로 한 문학상이다. 출판사 알렌 엔 언윈Allen & Unwin은 1994년 이 책을 출판하기로 약속했다. 그 다음 해 헬렌 데미덴코Helen Demidenko가 작가일 것으로 추정되는 이 자전적 소설은 호주에서 진행되는 사건이 매우 적음에도 불구하고(이 책의 대부분은 2차 세계 대전 중 러시아를 배경으로 하고 있다) 마일즈 프랭클린 문학상을 수상한다. 그런 다음 이 책은 계속해서 호주 작가 연합 골드 메달Australian Literature Society Gold Medal을 수상한다. 그러나 후에 이 작품을 쓴 실제 작가가 헬렌 다빌Helen Darville로 밝혀지면서 제기되는 표절, 개인 신분 도용, 반유대인주의의 비난 때문에 문학상 심사 위원들은 수상 결정을 후회한다.

초기에 다빌은 그녀의 우크라이나 문화에 경의를 표하는 의도로 짜인 일련의 상투적 문구들을 미디어와 독자들에게 제공하면서 특정 개인을 사칭하는 것을 즐겼다. 많은 독자의 비난이 쏟아졌고 연이어 추가 폭로가 이어졌다. 처음엔 호주 독자들은 반유대주의 아이디어가 작품 전체에 흐른다는 점이 비난의 중심이었으나, 곧이어 작가의 정체성이 사기였다는 사실이 밝혀진 것이다. 작가의 항변에도 불구하고, 헬렌은 우크라이나 이민자의 자녀가 아닌 영국계 이민자 해리Harry와 그레이스 다빌Grace Darville의 자녀였다는 사실도 알려지게 되었다. 심지어는 토마스 케닐리Thomas Keneally와 로빈 모건Robyn Morgan과 같은 2차 세계 대전 당시 홀로코스트를 배경으로 작품을 쓴 이들을 통해 얻은 작품 요약을 재생산, 자신의 작품에 이식했다는 표절의 비난에 대하여 다빌 스스로 항변해야 하기까지 했다. 이런 비난들을 논박하는 것이 얼마나 어려운가와는 별개로, 다빌의 변호사들은 '빌려온 발췌문들'을 마치 포스트모던의 한 행위인 것처럼 주장했다. 이 스캔들이 보여 주는 훔치기 행위처럼, 한 호주 일간지는 한 남자가 도서관 여성 사서에게 그녀 뒤의 "책 서가에 있는 모든 책들을 다 읽었느냐?"고 묻자 사서는 다빌의 소설을 손에 들면서 "아뇨, 하지만 이 책의 요약본은 읽었는데요!"라고 말하는, 만화가 탠드버그Tandberg[1]가 그린 시사만평을 게재했다.

많은 이야깃거리의 원천이 되어버린 이 사건은 저작권, 소설의 사회적 위상, 윤리와 문학적 판단에 대한 많은 논쟁을 불러일으키는 효과를 거두었다.

---

[1] Ron Tandberg(1943~2018): 호주의 대표적 시사 만평가. 1972년부터 호주 종합 일간지 《The Age》를 통해 시사 만평을 해 온 그는 호주 최고 권위의 언론상인 'Walkley Award'를 7회 수상했다. 1990년대 호주 최초로 'HIV/AIDS' 방지 캠페인을 위해 '(콘돔) 없으면 하지마라(If it's not on, it's not on)' 메시지를 담은 포스터를 그려 화제가 된다.

8

'처방'과 '투병인'
The Treatment and The Cure

작가 피터 코간Peter Kocan은 교도소Long Bay Correctional Centre와 정신병동Morrisset Psychiatric Hospital에서 죄수와 환자로 보낸 그의 인생 경험에서 영감을 얻어 발표한 두 권의 소설로 호주 문학사에 기록된다. 19세 나이에 그는 그 당시 호주 노동당 리더였던 아서 콜웰Arthur Calwell의 암살을 시도했다. 기소 단계에서 경계성 정신 분열증borderline schizophrenic 진단을 받은 그는 종신형을 선고 받았으며, 또한 그에게 정신병동의 내부 실체를 알게 해 준 10년간 정신과 치료를 명했다.

난민들의 이야기들이 호주 소설 분야에 등장할 무렵인 1980년대 초 발표된『처방The Treatment』과 그의 연작『투병인The Cure』은 종신형 선고를 받은 후 최고 경계 수준의 정신병동과 교도소를 오가며 수형 생활을 하는 19세의 렌 타벳Len Tarbutt의 일대기를 기술한다. 2인칭 화법으로 진행되는 이 두 이야기는 국가적 차원으로 호주 수형 시스템을 비꼬면서 모든 것이 한 눈에 내려다보이는 압제적 시스템의 설치를 통한 지배자 관계, 즉 원형 교도소를 설명하는 것이다. 미셸 푸코Michel Foucault의 말을 빌리면, 정신 병원에서 수감자들은 정보의 객체가 되지만 결코 한 개인의 힘을 빼앗는 시스템 안에서 커뮤니케이션의 주체가 되지 못한다. 이 소설은 이러한 푸코의 '감시와 처벌Discipline and Punish' 이론을 제시하면서, 편집광적 증세를 보이는 수준까지 지속적 감시하에 놓인 수형자들이 저항력을 빼앗기고, 그것 때문에 '누가 그들의 주인'임을 재확인하는 주제를 담는다. 하루 종일 그들을 실제로 감시하지 않는다 해도, 이 지배적 감시 권력은 권력자들이 항시 그랬던 것처럼 보이게 할 정도로 설득력이 있다.

푸코의 이론들은 후기 식민지 연구와 반정신분석에 영향을 주었던 인간 행태를 조절하고 사람들을 노예로 만드는 거대 미로 시스템의 한 부분으로서 작은 권력 구조를 드러낸다. 두 책들은 취약한 개인의 복종이 선과 좀 더 문명화된 세계라는 이름으로, 가부장적 보호 또는 권력을 강화하고 합법화하는 목적에 봉사하는 것을 보여 준다.

9

호주 소설들 속 정신분석
psychoanalysis in Australian novels

정신분석 이론들이 프랑스에 있는 주요 두 개 채널들, 의료 기관들과 문학 서클들(조르주 바타유Georges Bataille, 미셸 레리Michel Leiris, 피에르 장 주브 Pierre Jean Jouve, 필리프 솔레르스Philippe Sollers와 캐서린 클레망Catherine Clément과 같은 창의적 신진 작가들처럼)로 번져나가고 있을 때, 호주 작가들은 그들 작품들 속에 프로이트주의를 묘사하거나 옹호하는 유사한 열정을 보여 주지 못했다. 멜버른을 기반으로 활동하고 있는 안토니 야흐Antoni Jach가 『주말 카드 게임The Weekly Card Game』(1994)에서 잠깐 언급한 것처럼, 아직까지 그들 대부분의 명백한 공통 분모는 아마도 남의 이야기를 전파하는 일이다.

소설과 정신분석이 이야기의 역사를 공유한다는 바탕 속으로 쉽게 녹아들어 갈지는 전혀 다른 이야기이다. 소설의 영역 안에서, 이야기 전파는 일부 서사가 역사 또는 실제 현실에 기반했다 해도 대부분 상상fancy을 이용한다. 그러나 정신분석을 통한 이야기 전파는 아주 많이 실제 사실에 의존하며, 이들 대부분은 개인적 이야기, 의학적 또는 과학적 근거들이다. 이러한 깊은 관계 아래, 일부 작가들은(『죽은 유럽Dead Europe』(2005)을 통해 나타나는 구강 가학적 장면과 그와 유사한 혼합을 이용하는 크리스토스 치오카스Christos Tsiolkas 같은 이들) 무의식적 또는 암묵적으로 작품 속 이야기 구조를 만들거나 살을 붙이는 방식과 같이 정신분석 이론에 의존한다.

브라이언 카스트로Brian Castro, 안토니 야흐, 필립 살롬Phillip Salom같은 작가들은 정신분석 문화나 기법을 매우 절대적으로 사용하며, 고백 충동, 분석과 분석 당함 등을 의식적으로 작품 속에 포함시킨다. 이런 기법들을 통해 반복적으로 『주말 카드 게임』의 서사 구조를 재가공하고, 적절한 방식으로 프로이트와 그의 이론들을 언급하는 많은 장면으로 탈바꿈시킨다. 로드 존스Rod Jones와 피터 코간Peter Kocan과 같은 작가들은 그들이 사용한 정의와 참고 자료들의 운용에 있어 다소 느슨했다. 로드 존스는 그의 소설 책 제목을 위해 '히스테리아 정신요법Psychotherapy of Histeria'이라는 출처 미상의 원천 자료를 통해 프로이트를 인용할 정도였다. 코간은 정신분석psychoanalysis과 정신과학psychiatry이 서로 혼용될 수 있는 단어들이라는 잘못된 인식을 심어주기도 했다. 이런 전문 용어 혼동은 정신과, 정신분석 및 심리 치료와 관련된 여러 이론을 한데 싸잡아 대충 뭉뚱그리려 하는 잘못된 경향을 유발하기도 한다. 호주 소설들이 프로이트 정신분석 이론을 실제 의료 행위들과 함께 (작품 안에서) 정확하게 다루지 않는다면 독자들은 그것을 허구로 여길 것이다.

10

제랄드 머네인의 『평원』
The Plains by Gerald Murnane

1982년 출판된 제랄드 머네인Gerald Murnane의 『평원*The Plains*』의 서지 분류classification를 놓고 의견이 분분하다. 저자는 짧은 몇 마디로 자신의 책은 호주 외곽 사막과 자연, 그곳 사람들의 이동과 삶, 발견 등을 주제로 하는 탐사 소설이라고 했다. 세계에서 가장 넓은 대륙의 한 가운데 위치한 평원plains은 형언할 수도 없고 정의하기도 힘든 비밀스러운 외지이자, 외부 도움 없이도 자급자족이 가능한 은둔의 세계라고 정의할 수 있다. 이 평원의 거주인들이 속한 작은 소우주가 그 자체의 역사, 문화, 정치적 삶을 가지고 있다 해도 여전히 자체적으로 특별한 정체성을 갈구하는 미래적 나라인 것이다.

소설 속 주인공은 '내륙The Interior'이라고 불리는 다큐멘터리를 만들면서 호주 한 가운데 지역의 평원에 대해 알고자 하는 젊은 영화제작자이다. 모든 총체적 자료와 지역 특성을 폐기한 후, 남자 주인공은 호주 전경의 특성들을 규정하고자 했지만 실패한다. 주인공은 그보다 앞서 같은 시도를 했던 대부분의 예술가들처럼 완성되지 못한 자신의 창의적 노력 앞에서 좌절한다. 세월이 흐른 후 자신의 이야기가 한때 가졌던 욕망에 대한 우화처럼 읽혀도 좋다고 하면서 스스로 자조의 삶에 빠진다. 저자 머네인은 조심스럽게 소설 속 주인공이 가진 상상의 나라에 대한 생각의 지형을 발전시키며 독자들로 하여금 현존하는 세계의 현실에 대

306_한숨에 읽는 호주 소설사

한 의구심을 가지게 하는 데 성공한다.

저자가 '제왕절개 수술로 태어난 책'이라고 묘사하기도 한 『평원』은 완성되지 못한 축약본이라는 느낌을 가지게 하는 방대한 분량의 원고 중 일부이다. 주인공인 영화 제작자의 '평원'에 대한 끊임없는 탐구, 그리고 그 기록들을 정리한 상세 메모에는 끝까지 작품을 완성하려는 주인공의 바람이 담겨 있다. 그러나 주인공은 그것이 현실적으로 실현 불가능한 것임을 알기에 더욱더 진실을 찾고자 하며 '공백'으로 남은 시나리오의 페이지들과 이야기하려 하지만 현실적 여건은 주인공을 괴롭힌다. 한눈에 들어오는 넓은 전망은 오랜 세월 이어져 온다. 그리고 저 머나먼 곳 넘어, 접근할 수 없는 머나먼 곳 넘어, 그리고 손이 닿지 않는 곳 넘어서까지도 존재하기에 감지할 수 없으며, 따라서 우리 세계 언어로 번역될 수 없다.

11

원주민 작가들

several Aboriginal authors

　호주 원주민 출신 작가들의 현대 소설은 실제 그 저변이 얇지 않다. 이들 가운데 문학상 수상 작가로 대표되는 인물이 아니타 하이스Anita Heiss이다. 그녀는 원주민 작가 그룹의 선두 주자이자 시사평론가로 활동하고 있고, 원주민들에 대한 기존 사회적 관념의 틀을 깨는 대중 소설을 발표했다. 그녀의 대표작으로는 『올바른 남자 만나기Not Meeting Mr Right』(2007), 『도덕군자는 재미없어Avoiding Mr Right』(2008), 『맨해튼 드림Manhattan Dreaming』(2010), 『파리에서 꿈꾸다Paris Dreaming』(2011), 『그녀들이 간직한 비밀Tildas』(2014) 등이 있다.

　『이웃집 땅Mullumbimb』(2013)에서 저자 멜리샤 루카셍코Melissa Lucashenko는 그녀의 넝마 같은 어린 시절을 벗어나 자신의 고향 커뮤니티와 그곳의 이야기를 강하고 열정 있게 짜 맞춘다. 원주민 유산에 대한 긍지와 토속적 감각 또한 딜란 콜맨Dylan Coleman의 소설들이 가지는 분명한 특징이다. 『달려라, 그레이스!Mazin Grace』(2012)에서 작가는 자신의 어머니 인생을 주제로 하여 호주의 머나먼 외곽 커뮤니티에서 벌어지는 일상과 그들만의 토속어Kokatha로 인상적인 친밀감을 가진 소설을 구성한다.

　토니 버치Tony Birch는 『파괴된 가족Blood』(2011)을 통해 멜버른에서 자란 그의 어린 시절 가정교육을 묘사한다. 그의 현실적이면서 정확한 글은, 특히 책을 멀리해 오던 청소년들을 사로잡았다. 자드 토마스Jared

Thomas는 청소년 소설YA:Young Adults로 문학상을 수상했다. 『인생의 초입에서 만나는 것들*Sweet Guy*』(2005)과 『칼립소, 그해 여름*Calypso Summer*』(2013)에서, 그는 유머, 통찰력, 그리고 현실의 절박함으로 고통 받는 한 젊은이의 난관과 꿈을 소개한다.

사회 정의와 연결시키면서, 라리사 베런트Larissa Behrendt는 그녀의 소설들 『조상들이 묻힌 곳*Home*』(2002)과 『하버드의 호주 원주민 여학생*Legacy*』(2010)을 통해 가족의 인생 경험을 돌아본다. 뛰어난 법학 교수인 베런트는 호주 원주민Indigenous 인권의 열성적 지지자이다. 2011년 안타깝게 사망한 소설 『강물 따라 흘러간 슬픔*Watershed*』(2005)의 작가 페비안 베이넷 찰톤Fabienne Bayet-Charlton 또한 마찬가지이다. 베이넷 찰톤은 쿠버 페디Coober Pedy에서 청소년 시절을 보냈으며, 그녀 작품을 통해 그녀 자신의 혈통 문제에 집중했다. 그녀의 단호한 주제의식과 관련 자료 고증을 통해, 그녀는 상당히 의미 있는 예술가로 자리매김 했다. 지금까지 언급한 이들은 모두 뛰어난 예술적 창의성과 더불어 학문적 업적 또한 성공적으로 거두었다.

12

크리스토스 치오카스의 『유혹의 무게』
Loaded by Christos Tsiolkas

소설 『유혹의 무게Loaded』를 관통하고 있는 섹슈얼리티와 민족성의 절묘한 결합은 동성애 다문화 소설의 출현이라는 새 지평을 열었다. 크게 네 파트로 나뉘어 네 가지 핵심 주제를 담고 있는 이 150쪽의 소설은 허무주의적 분노 가득한 계급 정체성과 섹슈얼리티를 탐구하는 내용이다. 주인공 아리Ari는 자신의 성욕을 해소하기 위해 멜버른의 이곳저곳을 다니며 만남을 가진다. 그들과 가진 '짧은 여행길'의 동반자들 대부분은 도시 속 지식인들이다.

패트릭 화이트Patrick White, 데이비드 말루프David Malouf와 다르게, 크리스토스 치오카스Christos Tsiolkas는 그의 작품들을 통해 그의 동성애 정체성을 공개적으로 밝혔다. 그의 소설 『유혹의 무게』에서는 두 가지 타입의 동성애가 등장한다. 아리는 내성적인 남성으로 그가 접촉한 사람들을 성적으로 선호하지 않는(?) 별개의 캐릭터이며, 그의 가장 친한 친구 조니Johnny는 자신이 여성 툴라Toula가 되고자 할 때 여성 옷을 입는, 외향적인 여성성을 가진 남성이다. 아리는 가끔 행복감에 도취되고 무아지경과 같은 극치의 맛을 느끼기 위해 온갖 종류의 마약을 사용한다. 마약과 음악은 두 주인공이 사람들과 연결되고 싶거나 홀로 즐길 수 있게 한다. 치오카스의 소설들 (『신은 창녀를 사랑하는가?The Jesus Man』, 『죽은 유럽Dead Europe』, 『사랑의 매는 범죄이다The Slap』, 『바라쿠다Barracuda』)은 좀 더 나아가 동성애에 대한 내면적 연구를 추구한다.

작가 치오카스는 자신의 파트너와 함께 20여 년 넘게 살았지만, 그는 일부다처제polygamy와 성적 무능력에 대해 공개적으로 목소리를 내고 있다. 『유혹의 무게』는 소설 속 아리가 사랑과 미움 사이에서 분열되는 이 감정적 양면 가치를 보여 준다. 아리가 가진 사랑의 증표들은 성적 파트너를 광적으로 찾는 아리의 모습(그의 성충동 에너지가 가득한 상태에서), 그의 친구 조니와 아리의 그리스계 커뮤니티와 결합에 대한 우호적 헌신을 포함하고 있다. 이와 대조적으로 아리의 만성적인 인간 혐오, 그의 지나친 인종차별과 그의 종말론적 욕망은 그가 가진 여러 단계의 증오를 나타내 준다. 소설의 말미에서 뒤늦은 자각을 통해 아리는 자신이 죽었을 때 사후 남기고자 하는 비문을 생각한다. '그는 잠들었다. 그는 먹었다. 그는 지겹도록 섹스를 즐겼다. 그는 배설했다. 그는 좆 됐다. 그는 역사로부터 도망쳤다. 이것이 그의 이야기이다.'

한숨에 읽는 호주 소설사

특별 부록

다큐멘터리

1

패트릭 화이트(Patrick White, 1912~1990)
호주의 유일한 노벨 문학상 수상작가

호주인 부모 밑에서 태어난 패트릭 화이트는 시드니에서 소년 시절과 학창시절 일부를 보내고, 부유한 사립학교 교육을 받기 위해 영국으로 갔다. 성인이 되었을 때 생긴 향수병은 그가 학업을 중단하고 모국으로 다시 돌아오게 했다. 2년 동안 호주 시골 농장 견습생 시절을 지낸 후, 영국 케임브리지 킹스 컬리지King's College, Cambridge에 입학하고 간간이 글을 쓰기 시작했다. 이때부터 그는 생애 동안 12편의 소설을 출판했다.

노벨 문학상 수상 직전, 패트릭 화이트는 1970년 애들레이드 페스티벌Adelaide Festival에서 안토니 버저스Anthony Burgess[1]가 자신에 대해 말한 연설 내용 일부를 담아 친구 마샬 베스트Marshall Best에게 보낸 편지를 인용했다. 편지 내용에서 알 수 있듯이, 그 당시 그는 자신의 문학 세계에 무척 강한 자부심을 가지고 있었다.

> 한 국가는 그 나라가 가진 예술로 기억될 뿐이다. 로마는 버질Virgil[2)]
> 로 기억되고, 그리스는 호머Homer, 그리고 호주는 패트릭 화이트
> Patrick White로 기억될지도 모른다.

환상적이지만 모순적 인물

패트릭 화이트는 호주 문학에서 그의 이중성, 모호함과 양가적 병존의 문학 특성으로 인해 환상적이지만 모순적 작가이다. 그는 부모의 신혼 생활 중, 런던에서 예기치 못하게 태어났고, 자신의 조상들이 1826년부터 정착했던 호주의 부유한 목장으로 돌아왔다. 그는 귀족 교육을 받으며 상류층에 속하는 집안에서 자랐음에도 불구하고 호주 노동당에 지원했고, 자신을 평범한 사람들과 하위계급(주로 유대인들과 호주 원주민)에 공감하는 사회주의자라고 자평했다.

도시 외곽의 삶이 자신을 갉아먹고 있다는 생각 때문에 시드니 카슬힐Castle Hill, Sydney에서 18년을 지낸 후 시드니 중심지 마틴 로드Martin Road 20번지로 옮겨 은둔자적 삶을 살았지만, 그는 가끔 환경보호론자들과 공화론자들Republicans을 대신하여 공개 대중 연설에 나섰다. 이로 인해 한때 국제적 명성을 얻기도 했다. 그리고 그는 스스로 유럽과 미국에 진출하려고 노력했음과 동시에 한편으로는 루드윅 라이카트Ludwig

---

1) Anthony Burgess(1917~1993): 영국 작가, 작곡가. 대표작 『A Clockwork Orange』(1962)
2) Virgil(BC70 ~BC19): Augustan 시대 로마 시인, 서양 문학의 시초라고 칭하는 이도 있음.

Leichhardt, 엘지자 프레이저Eliza Frazer3), 시드니 놀란Sidney Nolan4)과 같은 호주 역사의 상징적 인물들을 자신의 소설들에서 묘사함으로써 호주의 지적 유산을 형성하는 데 큰 공헌을 했다. 작가로써 화이트의 일반적 태도는 상당히 모호하여, 그는 호주 국내외를 아우르는 작가라는 이미지를 대중적으로 가지게 했다.

시드니 센테니얼 파크Centennial Park, Sydney 근처에 살던 이 뛰어난 거주인은(?) 호주 사회와 껄끄러운 사이였다. 동시에 그는 마치 나무껍질 벗기듯 그가 가진 문화적 가치들과 대중적 신념들을 하나하나씩 내놓으면서 세계적으로 권위 있는 그의 지적 특권을 노출시켰다. 그는 데이비드 마아David Marr가 편집한 공개 편지 모음집에서 다음과 같이 외치듯 말했다.

가끔 나는 내가 만나는 호주인들의 기질이 세계에서 가장 영감 없고, 무식하고, 활력 없는 종자들이라는 점이 지긋지긋하다. 당신은 이곳 호주에서 꽤 좋은 이들을 만날 수 있을지 몰라도, 나는 값싼 아메리카니즘American 모방을 즐기는 호주인 대다수를 싫어한다.

(1931년 03월 16일)

---

3) Eliza Frazer(1798~1858): 영국 스코틀랜드 출신 여성. 1836년 'Stirling Castle'이라는 상선을 타고 호주 북부 퀸스랜드에 상륙하던 중 난파되어 일행을 잃어버린다(당시 이 배의 선장 James Fraser의 아내). 그 후 원주민들에게 납치된 후 만나게 된 세 백인 남성과 함께 살거나 탈출하는 등 갖은 우여곡절 끝에 영국으로 귀환하였다. 이 경험을 바탕으로 한 그녀의 인생역정이 런던에서 출판되었다.
4) Sidney Nolan(1917~1992): 20세기 호주의 주요 예술가 중 한 명. 호주의 주요 역사적 인물이나 사건을 배경으로 한 그림들을 남긴다. 호주 민중 예술의 상징인 'Ned Kelly Series'로 유명

나는 정말 이 놈의 'AUSTRALIA'라는 망할 놈의 단어가 싫어, 나한테
는 참 불행한 일이지. 난 그 안에 속한 일부이지만, 만일 내가 그렇지
않다면 나는 그들과 함께 미래를 같이 하지 않을 거야. 하지만 현실에
서는 그들이 나의 쓸쓸한 마지막까지 함께할 것이야. 그리고 그들이
기억하게 될 나의 호주인들과 상관없는 호주 소설 여섯 가지가 있다.

(1958년 02월 8일)

정말 놀라운 것은 호주인들이 차츰 차츰 변하고 있다는 점이야. 허나
우리는 여전히 하나같이 건방진 돈만 아는 놈들이고, 시골 건달에 아
일랜드 잡놈들이지. 우리 조상들이 그때 그랬던 것처럼. 하지만 최소
한 지금은 시골의 목장주들 기세가 한풀 꺾였다고 봐야지.

(1973년 12월 12일)

호주에서 가장 인기 없는 소설가

2차 세계 대전 후, 패트릭 화이트는 영국에서 고등학교 졸업 후 호주로
다시 돌아오기 전 미국을 여행했다. 그곳에서 은둔 생활을 하면서 그는
점차 자신의 모나고 강한 개성을 노련한 글솜씨로 포장, 스스로 로맨틱
한 작가적 카리스마를 구축했다. 그의 머릿속을 지속적으로 쥐어짜는 등
장인물 중심의 소설들과 함께, 더욱더 정교한 문장들을 만드는 고통스러
운 과정과 그에 따르는 정신적 압력과 노력은 지적이고 로맨틱한 작가라
는 그의 명성을 공고히 만들었다. 그럼에도 불구하고 그는 단기간에 '호
주에서 가장 안 읽히는 소설가'라는 명성 또한 얻게 되었고, 동시에 자기
작품에 대한 타인의 비평에 가장 민감하게 반응하는 작가라는 소리까지

들었다. 그러나 그는 그런 소문들을 스스로 전파한 결과, 가장 뛰어난 남성 작가ecrivain maudit로서 자리매김하고 자신만의 문학 세계를 구축했다. 이 명성은 1956년에 '펜잔드럼the great Panjandrum of Canberra'이 화이트의 글들을 두고 '가식적이고 무식한 단어 쓰레기들'이라고 표현하며 공식화되었다. 이 역시 패트릭 화이트의 마음속에 깊은 상처를 남긴 호프A.D.Hope[5])의 악평과 함께 자존심에 큰 타격을 입힌다. 어쩌면 자기 비하에 가까운 정신적 불안감과 좌절까지 유발했을지도 모른다.

패트릭 화이트 작품들에 대한 다양하고 폭넓은 비평들

패트릭 화이트가 노벨 문학상을 수상한 이후 현재까지 그가 세계 곳곳에서 출판한 소설은 50권이다. 패트릭 화이트의 문학 세계를 공부하고자 하는 누구라도 그의 문학 작품들을 읽는 것보다 그의 문학에 대해 비평하는 자료들을 읽는 데 더 시간을 보내야 한다. 호주 바깥에서 출판된 그의 수많은 작품이 해외에서 더 각광을 받았고 정작 모국에서는 그만큼 알려지지 못한 작가라는 사실을 증명했다. 정작 작가의 모국에서 제 대접을 못 받는 상황이 그를 두고 '저평가된 작가'라고 평하는 이유이며, 해를 거듭할수록 그 가치가 상승하는 비과세 현금 지급 방식의 상금을 가진 '패트릭 화이트 문학상Patrick White Award'이 생겨난 이유이다. 그 증거로 작가 브라이언 카스트로Brian Castro는 2014년 '패트릭 화이트 문학상 상금'으로 24,000달러를 제공받았다. 그러나 패트릭 화이트가 신인 작가 시절 주목받은 것은 호주에서 출판된 작품들을 연구한 두 명의

---

5) A.D.Hope(1907~2000): 호주 유명 시인이자 학자, 사회 비평가. 호주 현대 시 문학의 토대를 만들었다고 평가받았다.

호주 학자 때문이었다.

그러므로 패트릭 화이트의 문학적 중요성의 미약함과 점차 시들해지는 비평가들의 관심, 그를 연구하는 학자들 감소(이는 수많은 출판물이 지금까지 그를 자주 다루었기에, 학자들이 새로운 문학 흐름을 보여 주는 덜 연구된 신진 작가들을 찾기 때문이라는 점으로 설명될 수 있다), 그리고 대중적 관심이 예전보다 덜하다는 점에 대해 논의한다는 것 또한 이상한 일이 될 수 있다. 그의 탄생 100주년을 위해 사후 발표된 그의 열세 번째 소설인 『나의 피난처, 나의 가든The Hanging Garden』의 판매 사례를 보면, 독자들이 미완성 소설을 좋아하지 않거나 그가 쓰다만 작품들 모두 파기해 달라는 그의 유언에 반하지 않는 한 위와 같은 일들이 모순적 현상이 될 수 있다.

패트릭 화이트 문학 세계의 양면성

패트릭 화이트의 성적, 사회적 그리고 문화적 정체성에 관한 그의 불편한 중간자적 입장은 그가 가진 양면성ambivalence, 즉 그를 가장 잘 정의할 수 있는 특질로 볼 수도 있다. 저자의 사적인 내면세계를 공개하면서 치열하게 섹스의 정치와 직면하는 『트위본 형제들 이야기The Twyborn Affair』(1979)는 화이트의 자서전 『상처 난 나를 돌아보며Flaws in the Glass』(1981)를 통해 명백해지는 애매모호함과 성적 정체성의 불확실성을 '안젤로스Angelos(작품 속에는 A로도 표기함-역자주)'를 통해 보여 준다.

"나는 나의 이중적인 성적 정체성 때문에 고민했던 기억이 없다. 어린 시절 성적 성향에 대해 고민한 적이 있을 뿐이다. 나를 괴롭힌 것은, 어떤 경우에는 내 주변 친구들이 놀리고, 또 때로는 인정했던 나의 성 정체성이 아니었다. 그들이 탐탁지 않게 여겼기에 경멸했던 나의 여성적 감수성을 향한 친구들의 조롱이었다. 이것은 강한 남성성masculine을 가진 남성들이, 한편으로는 여성을 이용하면서도 자신들에게 부족한 여성스러운 섬세함 때문에 여성들을 우습게 여기는 상황과 아주 흡사하다."

사회적으로 화이트가 되고자 했던 사람들의 모습과 얼마나 근접했는지와는 무관하게, 그는 팀 윈튼Tim Winton(주로 호주에서만 산 대표적인 작가-역자주)이 아니다. 화이트는 특별한 정치적 이념이 없었고, 잦은 여행을 통해 세계를 돌아다녔으며 익숙한 듯 가는 곳마다 그곳의 상류 사회와 잘 소통했다. 그가 청소년기에 겪었던 문화적 정체성의 혼란은 영국과 호주를 오가며 생겨난 두 국가에 대한 충성으로 인해 식민지 시대에 따르기 마련인 증상이었다. 이는 결코 어느 한 곳에도 속할 수 없다고 느끼는 승자 없는 상황no-win situation과도 같다. 영국과 호주를 오가며 자랐고 자신을 '국가에 대한 충성 신념이 두 개로 나뉜 남자'로 정의한 화이트는 영국 학교 시절, '런던내기cockney' 또는 '식민지 출신', 그리고 '망할 놈의 포미bloody Pom'[6]라는 이유로 놀림 받았던 쓰라린 기억을 가지고 있다. 언어에서 비롯되는 각종 문제는 우리 인간 본성을 갈라놓는다. 그의 성격에서 나타나는 이러한 분열 또는 이중성은 그가 사회와 강하게 단절되는 현상을 설명하는데, 이는 특히 그의 정신적 장애와 다수의 정체성 문제를 다루는 3편의 소설 『나의 고모가 살아온 이야기The Aunt's Story』(1948), 『트위본 형제들 이야기』, 『한 가지에 대한 많은 추억Memories

---

6) Pom: 1901년 호주가 독립을 선언한 이후 호주 사회에서는 강한 호주 민족의식이 일어난다. 이때부터 호주 언론을 비롯한 호주 출생의 호주인들은 그들의 모국인 영국, 특히 런던을 제외한 영국의 타 지역에서 호주로 이민 오는 '영국인들'을 지칭하는 단어로, 경멸의 의미를 담고 있다.

of Many in One』(1986)에서 엿볼 수 있다.

자신의 의식 세계에 대한 화이트 스스로의 분석은 그의 자서전과 친구들에게 보낸 편지를 통해 쉽게 알 수 있다. 이는 그가 얼마나 정식적으로 상처 받았으며, 자신의 정신 상태에 대해 고민했는지를 분명하게 알려 준다. 영국 찰트넘Cheltenham 기숙 학교 시절, 그의 허약한 건강 상태는 급우들과 함께하는 체육시간 및 일상생활조차 힘들게 하여 소외감을 느끼게 했다. 성인이 된 이후, 화이트는 그의 짝사랑 상대, 그리고 가까운 친구들에게조차 그의 동성애 성향을 숨기기도 했다.

머피 소설: 패트릭 화이트의 마음속으로 들어가는 여행

화이트의 건강이 쇠약해질 무렵 쓰인 『트위본 형제들 이야기*The Twyborn Affair*』는 권위 있는 '부커 문학상British Booker Prize'에 선정되었으나 저자는 재능 있는 신세대 작가들을 위하는 마음으로 이 작품을 후보에서 제외해 달라고 요구했다. 이 소설은 저자의 사적 내면세계를 드러내는 섹스의 정치학을 다룬다. 이 소설은 남성성과 여성성을 나누는 경계를 모호하게 만들기 위해 전통적인 성 이분법을 반전시키는 풍자극이다. 『트위본 형제들 이야기』의 도입부는 화이트가 빅토리아 주립 미술관National Gallery of Victoria에서 목격한 영국 신사풍의 복장 도착자transvestite, 허버트 다이스 머피Herbert Dyce Murphy[7]를 묘사하고 있다. 화

---

7) Herbert Dyce Murphy(1879~1971): 호주 탐험가, 1920년부터 1965년까지 호주 및 노르웨이 남극 탐험대의 일원이었으며, 특히 지도 해독에 탁월한 기술을 가지고 있었다. 남극 탐험을 마치고 호주 멜버른에 머무는 동안 나타난 그의 성적 성향과 일탈적 행위(성도착 및 동성애, 쓰리섬 등)는 후에 호주 소설가 패트릭 화이트가 쓴 『The Twyborn Affair』의 소재가 되었다.

이트 소설의 내면적 중심 주제가 되는 주요 요소들, 즉 남녀 구분이 없는 옷차림과 행동, 변장과 동성애 소재가 이 작품에 포함되어 있다.

『트위본 형제들 이야기』는 '머피Murphy 소설'이 되었고, 집필은 1977년에 시작되어 다음 해 말 완성되었다. 저자는 이 소설을 자신이 가장 아끼는 4편의 소설들 중 하나이며, 자신의 소설들 가운데 가장 자전적 요소가 많은 것으로 여겼다. 그가 매닝 클락Manning Clark[8])에게 설명한 것처럼, "내 모든 소설은 어느 정도 자서전적이지만 지금 내가 당신에게 보여 주는 이 소설은 다른 것들보다 더 명징하다. 물론 작품 속에서 여전히 꾸며낸 요소들이 많지만, 그렇지 않았다면 이것은 호주 독자들에게 뻔하고 진부한 다큐멘터리가 되었을 것이다." 그의 동성애 성향이 충분히 드러난 가장 개인적 내면의 세계를 알 수 있는 작품으로서, 『트위본 형제들 이야기』는 저자의 커밍아웃으로 이해할 수 있다. 화이트는 다른 사람들이 자신의 동성애 성향을 먼저 아는 것보다는 먼저 그런 혼란스러움을 공개적으로 이야기하는 것이 더 낫다고 생각했다. 이 책의 출판은 그의 성적 성향에 대해 더 공개적으로 과감하게 밝히는 다소 이단적 자서전을 쓰는 계기가 되기도 했다. 그래험 그린Graham Greene[9])에게 보낸 편지에서, 화이트는 심지어 자신을 향한 호주 사회의 거부감을 종식시킬 수 있을 것으로 보이는 이 '기괴한 소설'을 쓰는 시점을 예고하기도 했다. 그런데 1979년 11월, 『트위본 형제들 이야기』가 출판되었을 때,

---

8) Manning Clark(1915~1951): 호주 역사가. '호주 역사학의 아버지'라고 불리며, 호주 독립 후 나타난 호주 사회 현상을 '호주 민족의식'으로 승화, 고취시키는 데 결정적 역할을 한 사학자

9) Graham Greene(1904~1991): 영국 작가, 언론인. 20세기 영국의 대표적 문인들 중 한 명으로 꼽힌다.

화이트는 자신의 소심했던 생각이 틀렸음을 알았다. 소설의 반응은 뜨거웠고, 비평가들의 칭찬이 쏟아졌으며 책 판매 또한 대성공이었다.

여러 가지 정체성을 가진 이 소설을 쓰기 위해, 저자는 자신이 농장의 초보 목동 시절 보았던 1930년대 시골 풍경을 찾아서 모나로Monaro로 돌아왔다. 소설 속에서 독자들이 발견할 수 있는 자전적 사건들은 책 전반에 걸쳐 배치되어 있다. 대표적으로 화이트의 남부 프랑스와 하이어스Hyeres에 있는 파크호텔Parc Hotel 방문 여행기는 소설 속에서 세인트 메이욜Saint Mayeul 소재 그랜드 호텔Golson's Grand Hotel Splendide des Ligures로 꾸며졌다. 그리고 그는 그와 근 40여 년 동안 함께했던 평생 동지 마놀리 라스카리스Manoly Lascaris에 대한 존경의 의미로, 그리스 역사를 포함하기도 했다.

소설 속 만시우 펠로지우Monsieur Pelletier에 의해 목격된 에로틱한 장면은, 물을 성적인 소년다움과 연관시켜 생각하던 그의 어린 시절에 뿌리를 두고 있다. 이 소설 속에서 물은 성적sexual 의미로 다산의 남성 상징을 나타낸다. 물은 정신분석학자 지크문트 프로이트Sigmond Freud가 주창한 '프로이트적 상상Freudian imagery'에서 나타내는 것처럼 꿈속에서 분출되는 몽정을 의미하므로, 곧 다산의 상징이 된다. 화이트는 성적 욕망을 가진 이의 성별 여부는 그것이 단순한 성욕으로 분출될 시 중요하지 않다는 점을 분명히 한다. 쾌락만을 추구하는 잠깐 동안의 자기 성애를 통해 욕망을 분출해야 하는 정도로 성적 긴장은 소설 속 인물인 아스티드 펠레티어Aristide Pelletier를 압도했다.

패트릭 화이트의 상처 나고 파편화된 자아

『트위본 형제들 이야기*The Tuyborn Affair*』에 나타나는 정신분석 현실주의는 실제 개인적 경험들을 도출하고 회상하는 것에 그치지 않고, 투영에 따라서 달성된다. 화이트 문학 세계에 대한 비평가들은 그의 성격 대부분은 자신의 파편화된 여러 측면을 나타내는 반면, 소설 속 에디Eddie는 그 자신의 가장 완벽한 표현이라고 말한다. 화이트는 프로이트 정신분석을 피하기를 원했지만, 정신 심리 분석 소설은 작가 자신의 파편화된 단편들을 다양한 등장인물의 성격에 분할하여 투영하는 습관의 결과라는 프로이트 격언에 동의하는 듯했다. "나는 동성애자라기보다는 내 글에 나타나는 등장인물들의 성격이나 실제 상황에 따르는 남성 또는 여성의 영혼에 의해 소유되는 마음이다"라고 말하기도 했던 패트릭 화이트는 남성과 여성 캐릭터를 의인화하고, 마침내는 남녀를 동시에 상상적으로 구현하면서 '결함이 있는 자아'가 본래의 일체성과 완성감을 되찾을 수 있도록 한다.

여러 측면을 가진 주인공이 등장하는 텍스트 전반에 걸쳐있는 이 정신적 양성성androgyny은 어쩌면 대부분의 비평가가 『트위본 형제들 이야기』에서 어떤 의미를 추출하는 것이 힘들어하는 상황을 설명할지도 모른다. 이 3부작 정신 심리 분석 소설은 그녀 또는 그의 삶이 지닌 각 파트에 새로운 이름을 부여하여 남녀 성별 구분이 안가는 혼란스러운 인물상의 진행을 보여 준다. 주인공(소설 속 에드워드 트위본Edward Twyborn 판사와 그의 배우자 에디Eadie의 아들)은 처음엔 나이 많은 그리스 남자의 성적 파트너인 유도시아Eudoxia이며, 그 다음엔 양성애 경험을 갖는 에디 트위본 Eddie Twyborn이 된다(즉, 모두 동일 인물이다). 이 상황은 에디Eddie Twyborn

가 난잡한 런던 매음굴의 악명 높은 포주인 이디스 트리스트Eadith Trist가 되면서 더욱 더 복잡해진다. 이 3부작 중 첫 번째 작품에서, 주인공은 유혹에 위축되지 않는 힘을 유지하면서 여성의 모습을 한 새로운 모습으로 변한다. 이런 복수의 정체성에도 불구하고, 유도시아Eudoxia, 에디Eddie, 이디스Eadith, 이들은 남성성을 가지고 세상에 태어난 동일한 인물들이다.

화이트가 그의 작품 속에서 사용하는 여성에 대한 전혀 우호적이지 않은 표현은 그를 여성 혐오주의자라는 틀에 가두게 했으며, 이는 그의 소설 『상처 난 나를 돌아보며Flaws in the Glass』에서 지우고자 했던 오해였다. 그는 다음과 같이 말하기도 했다. "인생에서, 나는 존경스런 남자보다 존경할 만한 여성들을 더 많이 알고 있다. 물론, 내가 아는 그 여성들 또한 나처럼 인간이기에 문제가 있다. 그리고 이것이 내가 이 책을 쓰는 이유이다.

동등하게 여성성과 남성성 감각들을 공유하는 화이트의 첫 번째 퀴어 주인공은 그 자신이 가진 애매한 마인드셋을 반영한다. '수수께끼 같은enigmatic'에서 첫글자 E를 가져와 변화무쌍한 캐릭터 유도시아, 에디, 이디스를 만들고, 이들은 '한 여성 안에 있는 한 남성 그리고 한 남성 안에 있는 한 여성'를 해방시키면서 『트위본 형제들 이야기』에서 인용하는 편견적 시각과 싸운다. 상징주의symbolism라는 측면에서 볼 때, 젊은 트위본은 명백하게 한 번은 남성으로 또 나머지 두 번은 여성으로 다시 태어난다. 유도시아라는 이름이 나타내듯, 작가의 시각에서 이는 성gender과 섹슈얼리티 측면에서 자유롭고 변덕스러운 정체성을 유지하는 완벽한 결합, 즉 '좋은 규범good norm'이다. 이러한 문제에 관해 화이트는 상황의 변화, 미묘한 차이nuance, 애매모호함과 복잡성을 갈망하지만 사회는 두 가지 시스템, 이분법적 해결안들 그리고 단일한 성 정체성을 요구한다.

에디 트위본의 성 전체성, 양성애와 변함없는 본성은 독자들로 하여금 그가 가진 숨겨진 남성미의 표현을 알아내지 못하게 한다. 이러한 E들 Eudoxia, Eddie, Eadith이 가진 애매모호함은 최근 '메트로섹슈얼 metrosexual'이라고 광고하는 개념, 즉 남성적 특질과 여성적 특질 혼합의 전형적 사례인 현대 남성미를 가리킨다. 이 점에서, '패트릭 화이트는 시대를 앞서갔다'라고 논의될 만하다. 선택에 대한 망설임은 그에게 『트위본 형제들 이야기』에서도 드러나는 두 가지 문제의식, 즉 성적 불확정성과 애매모호함의 정치에 대한 관심이 이어지게 했다.

2

크리스토퍼 코치(Christopher J Koch, 1932~2013)
이중인격자(A Doubleman)
초청 작가 노엘 헨릭슨(By guest author Noel Henricksen)

이중적이야, 모든 것이 이중적이야!

Double! All was double!

이 깨달음은 로버트 오브라이언Robert O'Brien이 한 말이다. 로버트는 코치Koch의 두 번째 소설이자 그의 뛰어난 작품들 가운데 가장 덜 알려진 『방파제를 넘어Across the Sea Wall』의 중심인물이다.

코치의 소설은 말 그대로 '모든 것은 이중이다all is double.' 쉽게 읽혀지는 그의 서사들은 농후한 암시와 난해한 신화 구조, 형이상학적 쌍둥이를 가진 감각적으로 현실화되는 주인공들, 요정들의 왕국, 죽은 혼령들과의 모임, 도플갱어, 그리고 스코틀랜드 전설에서 유래된 신비한 이중인격자와 같은 소설을 기초로 만들어졌다. 그의 소설들은 영적 신비주의Gnosticism, 마니교Manichaeism, 플라톤주의Platonism, 심령론spiritualism, 신비주의mysticism로 가득하며, 1996년 마일즈 프랭클린 문학상 수상 연설에서 그가 "단어들을 우울하게 만드는 것은 항상 'ism'으로 끝맺는다"라고 말한 대로 코치의 혐오감을 감안하면, 이 모든 것은 이상하다.

코치는 그의 소설 못지않게, 인생에서도 이중인격성doubleness을 겪는다. 그의 이중인격성은 호주에서 살기 시작한 그의 가족력, 즉 19세기 발생한 루터란 교회Lutheran Church10) 내 분열의 희생자였던 조한 크리스티안 코치Johann Christian Koch, 그리고 옷가지 몇 벌 훔친 죄로 7년간의 호주 유배형을 선고받은 티프레리Tipperary 출신이자 가톨릭 신자인 시골 처녀 마가렛 오미라Margaret O'Meara에 뿌리를 두고 있다고 믿었다. 그의 가계도는 프로테스탄트 보수주의자와 아이리쉬 가톨릭 급진주의, 그리고 동네 건달, 뱃사람, 모험가 그리고 시청 직원들, 동네 이장JP:Justice of the Peace, 건축가와 같은 사회적 일꾼들, 모두를 아우르는 '이중인격'을 가지고 있다.

키이츠(Keats)의 운명과 근접함: 비평의 유산

1955년, 코치는 충동적으로 '소렌토Surriento'라는 배를 타고 인도를 지나 영국으로 항해했다. 이것은 그의 『방파제를 넘어Across the Sea Wall』의 배경이 된 경험이었다. 인도가 독립을 선언한 지 8년이 지난 때였으며, 이때 코치는 인도-유럽계 문화적 유산을 공유하는 인도인들이 주도하는 단체와 '쇠약해지는 대영제국British Empire의 희미한 불빛 속에서 살아가는 삶', 즉 식민지 시절 가졌던 머나먼 모국을 향한 그들의 유대감에서 나온 이중인격성을 발견했다. 가톨릭 신자인 이 젊은 호주인은 인도에서 힌두이즘과 그에 따른 몇 가지 신비한 신들과 마주했다. 그는 이내

---

10) Lutheran Church: 16세기 독일 종교 개혁가 마르틴 루터Martin Luther(1483~1546)의 기독교 사상을 따르는 개신교파 인사. 호주의 경우, 1838년 유럽 프러시아Prussia에서 온 목사 August Kavel(1798~1860)이 이끌고 온 루터란 신앙인들이 시초

바가바드 지타Bhagavad Gita11)와 친숙해졌고 곧이어 『라머크리시나의 복음The Gospel of Ramakrishna』과 니라드 차드럴Nirad Chaudhurl12)과 하인리히 짐머Heinrich Zimmer13)가 쓴 책에 빠져들었다.

외견상 『방파제를 넘어』는 선상에서 일어나는, 불만스런 선원들과 불행했던 과거를 가진 이민자들의 불안정한 관계에서 비롯되는 연이은 관계 실패를 묘사한다. 관계의 수면 아래에서 독자들은 평화와 선의에 근거하지 않는, 다소 이상하고 거칠고 척박하고 황폐한 곳과 직면하는 호주인들을 자비스러운 감정과 함께 찾아낼 수 있다.

코치에 따르면 주인공 로버트 오브라이언Robert O'Brian은 평범한 인간성을 가진 남자이다. 냉정하게도 현대 비평가들은 그를 '매우 미성숙한', '삶의 목표도 없고 게으르기까지 하며', '남들에게 왕따당한', '오직 엄마만 사랑하는 자기 연민에 빠진 미숙아'라고 평했다. 세상사에 무관심하고 평범한 성격의 공무원인 주인공 로버트 오브라이언은 소설 첫머리에서부터 '세상의 모든 지루하기 짝이 없는 남자들'이 가지는 무기력에 빠져든다.

그러나 그는 전쟁들과 사회적 혼란, 전체주의, 군사주의, 폭력, 가난과 빈곤이 드문 '지겹고 단조로운' 호주의 정신적 몽롱함 속에서 빠져나와 '배설과 향'이 동시에 풍기고, 물질적 가난과 정신적 풍요로움, 소음 가득한 환경과 딴 세상처럼 느껴지는 고요함으로 가득한 인도로 가게 하는 마치 '아우구스티안 여행Augustinian restlessness'과 같은 충동적 순간

---

11) Bhagavad Gita: 700여 개의 산문으로 이루어진 힌두교 경전
12) Nirad Chaudhurl(1897~1999): 인도 작가, 1992년 대영제국 훈장 수상
13) Heinrich Zimmer(1890~1943): 독일 언어학자, 아시아 전문 사학자. 특히 인도 미술과 종교관에 해박하다.

을 실현한다. 마찬가지로 코치의 인물 캐릭터 중 가장 완벽하게 만들어 진 일사 칼닌Ilsa Kalnins의 세계에서 여신 칼리Kali의 환생인 라비안 전쟁 고아Lavian war-child로 변신한다. 인도와 일사Ilsa, 이 둘은 생경한 환경들이다. 칼닌Kalnins과 칼리Kali, 이 두 사람은 서로 차갑게 냉담한 사이지만 육체적으로는 가깝게 지내는 '이중적인 면'을 가진다. 칼닌은 그녀의 관능적 퍼포먼스로, 칼리는 여러 장르를 창의적으로 혼합한 코믹 댄스를 추는 직업 댄서들이다.

코치는 인간들과 신들이라는 유사한 짝들을 소설적 장치로 활용하고자 했다. 이는 『위험한 삶의 해The Year of Living Dangerously』 속 크리스트Christ, 바두Baldur14)와 같은 인도네시아 '웨이강waygang'의 신들, 『전쟁으로 가는 고속도로Highways to a War』 속 락시미Lakshmi15), 프로메테우스Prometheus 와 『아일랜드 탈출Out of Ireland』 속 시베루스Cerberus16)에 의해 살아가는 평행적 세상을 창조한 점에서도 엿볼 수 있다.

『방파제를 넘어』에 대한 비평가들의 반응은 우호적이지 않았다. 가장 좋은 평가는 코치의 친구였던 케네스 슬레서Kenneth Slessor17)가 쓴 것이었고, 문단의 비평지들 또한 무관심했다. 가장 심한 경우 그들은 비열하기까지 했다. 특히, 가장 치명적이었던 것은 알렌 로버트Alan Roberts가 쓴 마치 '돌 굴러가는 듯한 거친 언사'였다.

---

14) Baldur: 고대 게르만 민족 신화에 등장하는 신, 12~13세기 노르딕 신화에도 등장
15) Lakshmi: 고대 인도 힌두이즘 신화에 나오는 신, 부와 사랑, 미를 상징
16) Cerberus: 그리스 신화에 나오는 머리가 여러 개인 개. 이승과 저승을 오가는 문 앞을 지킨다.
17) Kenneth Slessor(1901~1971): 호주 시인, 2차 대전 종군기자. 호주 시 문학과 모더니즘을 연결시킨 대표 시인

나는 코치가 본인이 죽는 한이 있어도 마치겠다는 불굴의 의지를 가지고 쓴 것이라고 추정하면서 이 소설을 읽었다. 이것은 작가의 두 번째 책이며, 출판사들이 계속해서 그를 부추기는 한 그는 계속해서 집필할 것이라는 점은 명백하다. 이 예상은 나를 약간 즐겁게 해준다. 왜냐하면 코치가 상당히 둔감하며, 작가적 재능이 결여된 가식적 태도를 가진 이라고 믿기 때문이다. 그가 계속해서 글을 쓰려면 자신이 깊게 느낄 수 있는 실제 인물상을 가져야 하며, 단어들을 간결하게 사용할 줄 알아야 하며, 단편적 이야기들을 한 권의 책으로 확장해서는 안 된다. 그는 현재 특별한 주제도 없고 9만 단어를 쓸 분량도 없다. 그는 자신이 가진 재능의 한계를 알아야 한다. 그는 결코 문학 Literature의 문L 자를 쓸 수도 없거니와 그가 가진 본업에나 충실해야 함을 알아야 한다.

1985년 코치는 아드리안 미첼Adrian Mitchell[18]에게 말하길 "나는 광적인 국수주의자는 아니지만, 호주인들이 내가 한 일에 대해 생각하고 문제 삼는 것은 나의 낙관주의가 호주에서 생겨난 『방파제를 넘어』에 대한 악평으로 인해 희석되어져 왔다는 점이다. 이곳에서 이 소설에 대한 반응은 오랜 기간 동안 너무나 부정적이어서 내 자신이 부서져 버릴 것 같다." 1992년, 레스 머레이Les Murray는 비평가들의 악평 이후 후유증에 빠져있는 코치를 방문했던 기억을 회상한다. "아주 심하게 지쳐있었으며, 불쌍한 친구… 그는 소설 쓰기를 포기했고, 펜을 꺾었으며, 문학계에

---

18) Adrian Mitchell(1932~2008): 좌익 계열의 영국 시인이자 작가, 극작가

서 은퇴한 후 심신이 망가졌고, 모든 일을 접었다."

1995년 리차드 코넬리Richard Connolly[19])가 말하길,

1963년 내가 그를 처음 만났을 때, 그는 희망에 찬 모습의 젊은 청년
이었고 미래가 밝아 보였다. 1965년, 그가 『방파제를 넘어』가 출판
된 이후, 상황이 변했다. 그의 성격, 또는 최소한 그의 삶에 있어 외견
상 모습은 아무 소득 없었던 두 번째 도전과 그에 따른 혹평으로 인해
심하게 변했다. 나는 그때 코치에게 찾아온 절망감과 고통을 가장 가
까운 곳에서 목격했다. 그때 누가 나한테 말하길, 그는 결코 다시 글
을 쓰지 않을 것이며, 그는 그 이후에도 그 자세를 유지했다.

정기적으로 재판을 찍는 그의 다른 작품들이 있음에도 불구하고, 나
는 가끔 그에게 『방파제를 넘어』의 재출간을 제안했으며, 그것이 보다
더 오래 작가로서 명성을 지속시켜 줄 증거가 될 것이라고 말했다. 허나,
그는 침울하게 말했다. "싫어!" 나는 그 이후 그 책을 다시 보는 행운을
가지지 못했다.

그는 그때부터 비평가들에게 지나치게 민감해져 갔다. 작가들이나
언론인들은 그 당시 그를 두고 '열정적'이라기보다는 '호감 안 가는 이'
라고 묘사하는 듯했다. 한동안 그는 시드니에 있는 호주 국영 방송국
ABC: Australian Broadcasting Commission의 교육 부문 프로듀서라는 안정적
직업에 종사했다. 그는 공영방송 언론인으로 근 10년 동안 있고자 했다.

---

19) Richard Connolly(1927~): 호주 음악인, 작곡가. 특히 호주 가톨릭 성가 발전에 지대한 영향
을 미친다.

이 기간은 그가 겪은 혼돈 이후 찾아온 조용한 시간이었으며, 10여 년 동안의 불안정한 생활 이후 찾아온 안정적인 때였다.

그의 젊은 날

전쟁 기간 동안 학생 신분이었던 크리스토퍼 코치는 자신의 독일계 혈통 때문에 불안했다. 그의 교육은 늘 불안정했다. 그는 어린 시절 대영 제국 정신과 앵글리칸의 종교적 색채를 가진 퀘이커 학교, 크림스 컬리지Cremes College에 입학했다. 이 학교는 그리스 신전에나 있는 석조 조각상, 키 큰 사이프러스 나무와 사각형 모양의 울타리 나무들, 오래된 이끼와 진홍빛 꽃들, 그리고 프리지아 꽃들 가득한 고풍스러운 모습을 가졌으며 호프A.D.Hope가 졸업한 곳이기도 하다. 6개월 동안 그는 전해 아연 공장Electrolytic Zinc Company 노동자들 자녀를 위해 마련된 보웬 로드 주립 고등학교Bowen Road State School를 다녔다. 앵글리칸 아버지와 가톨릭을 믿는 엄마 사이의 심하고 잦은 논쟁 끝에, 그는 세인트 버질 컬리지Saint Virgil's College로 전학을 갔다. 그곳에서 그는 조용하고 내성적 소년이었으며, '기독교 형제들the Christian Brothers', '아일랜드 얀센니스트들Irish Jansenists'의 교육 방식으로 인해 심한 정신적 후유증을 앓았다. 이들 중 일부는 너무 잔인해서, '무언가 배우려는 그의 능력을 거의 파괴했다.' 마침내 그는 훗날 그가 야만주의 이후 찾아온 문명화된 곳이라 묘사하는 호바트 고등학교Hobart High School의 학생이 되었다.

그 당시 코치는 호바트Hobart 책방에서 점원으로 일하면서 로렌스D.H.Lawrence, 조이스James Joyce와 같은 파격적인 작가들의 작품을 읽으면서 무료한 삶을 채우고 있었다. 그는 영어, 철학과 고대 문명사 전공의 학위를 마친 후 가톨릭을 포기하고 무정부주의에 빠져들었다. 그리고 리투아니아계 난민 출신의 여성과 결혼도 하고 소수의 목가적 시들도 발표했다. 그는 런던에 있는 보험회사Heart of Oak Insurance Company에서 회사 업무를 위해 편지를 발송하는 말단 직원으로 일했으며, 광산회사BHPBroken Hill Proprietary Company의 직원 그리고 특별한 보호가 필요한 비행 청소년을 위한 학교의 교사로 일하기도 했다.

이 시기 그는 두 소설을 집필한다. 그중 두 번째 작품은 혹평을 받았지만 첫 번째는 '문학 영재의 작품'이라는 찬사를 들었다. 그의 첫 번째 소설『그 섬의 소년들The Boys in the Island』은 코치가 26세 때 발표한 것이다. 이 소설은 그가 1954년 5월 26일《블러틴Bulletin》에 발표한 시「고향을 꿈꾸었던 소년The Boy Who Dreamed the Country Night」에서 영감을 얻어 쓴 것이다. 이 책은 1956년 패트릭 화이트가 발표한『굳건히 서 있는 나무처럼Tree of Man』과 싸잡혀서 장기간의 혹평과 비난에 시달렸다. 즉, 이 소설이 가진 단순하고 나른한 자연주의, 그리고 암울한 사회적 기록, 그리고 '필수적으로 시적이었던' 산문의 단언, '신화, 비유, 상징의 사용'의 중요성에 대한 진술 때문이었다. 코치의 목가적 산문과 그의 소설들이 가지는, 거의 신비주의에 가까운 정신적 차원은 필연적으로 랜돌프 스토우Randolph Stow와 패트릭 화이트의 작품들과 비교할 수밖에 없었고, 이는 코치가 자신의 문학적 독립성을 주장해야 한다고 느끼는 단계까지 이르게 했다.

그의 주장에 따르면 기본적으로 그의 소설은 '파라다이스를 찾는 것'에 관한 이야기이다. 그 탐색은 우연히 강렬한 꿈의 세계에 머문, 우연히 다른 세계Other world의 감각을 품은 보통 사람, 완벽히 평범한 젊은 청년 프랜시스 컬린Francis Cullen이 찾고자 했던 '파라다이스'를 찾는 것이었다. 마치 순례와도 같은 컬린의 탐색은 초월에 대한 하나의 약속이 다음으로 넘어가듯이 지그재그 행보를 보인다. 그의 삶은 신비스러운 경험에 대한 기대와 현실이 주는 허망함 사이의 변증법을 기초로 이루어졌다. 즉 초월transcendence에 대한 희망과 내가 사는 곳에서 느끼는, 느리고 희미한 불빛, 흥분의 암시와 뒤따르는 환멸, 그의 시선들이 '조용한 광란'과 '무료한 현실day-nude reality'에 멈추기 전 춤추는 일루미네이션. 소설 속 한 사람이 컬린Cullen에게 말한다. "당신은 가톨릭 신자야, 그러니까 모든 길의 끝에서 신을 보는 거야." 컬린의 다른 세상은 길의 끝에서, 저 멀리 아득히 보이는 신비스러운 느낌의 전신주, 또는 북쪽으로 가는 기차선로의 종점, 그리고 여러 가지의 종착역들과 신비한 다른 세상으로 가는 서로 다른 입구들에 '앞서ahead' 있다.

중세 이탈리아 조각가 지안 로렌조 버니니Gian Lorenzo Bernini의 '성녀 테레사Saint Teresa[20]'를 연상시키는 코치의 젊은 날을 다룬 이 소설에서, 황홀경에 대한 기대가 로맨틱한 사랑과 자각을 통해 발견된다. 주인공 컬린이 사랑하는 헤더 마일즈Heather Miles는 시골 처녀이자 '가보지 못한 다른 나라Otherland'이다. 그녀는 아름답고, 생생한 짙은 푸른색의 눈hill-blue eyes을 가지고 있다. 컬린은 저 멀리 넘어서까지 누군가를 볼 수 있는 그녀의 깊고 넓은 눈 그리고 계곡의 고사리와 같은 신선한 그녀 머리향에 취하고 싶다. 어느 여름날의 토요일, 컬린 그녀와 함께 수영하는

---

20) Gian Lorenzo Bernini(1598~1680): 중세 유럽 바로크 시대 조각가이자 건축가. 오늘날까지 현존하는 로마Rome의 건축, 조각 작품들 대부분을 건축했다. 그가 만든 성당에서 천사를 본 그의 종교적 황홀경을 묘사한 '성녀 테레사Saint Teresa'가 대표적이다.

상상을 한다. 그리고 서툰 듯 차가운 바닷물로 적신 서로의 입술을 댄다. 나뭇잎을 문 입술처럼, 그녀를 향한 신선한 그의 사랑을 통해 프랜시스 컬린은 보리 건조장들을 사찰로 쓰는 곳에서 그녀를 처음으로 맞이한 순간, 하늘의 천사를 만나는 듯한 황홀경에 빠진다. 결국 그는 열병과도 같은 자신의 헤더를 향한 사랑이라는 꿈에서 깨어난 후, 가고자 했던 진정한 '가보지 못한 다른 나라'를 향해 떠난다.

『그 섬의 소년들』은 젊은 사랑의 변화와 발전에 대한 소설 속 소설이다. 본질적으로 이 요소가 책 전체를 정당화한다. 누구나 한번쯤은 가졌을 젊은 날 감각적 사랑의 기억을 환기시키는 데 있어 이 소설을 능가하는 호주 소설은 없다. 주인공 컬린에게 사랑에 대한 자각, 태즈메이니아 그리고 파라다이스는 궁극적으로 '육지Mainland'이다. 멜버른에 도착하면서, 그는 잠시 동안 꿈을 이루었다는 생각을 한다. 그러나 광채 나는 별자리, 십자형의 빛나는 기차 레일, 그가 가진 도시의 꿈을 보여 주는 거대한 고속도로, 얼음으로 빛나는 겨울밤의 어두움, 그리고 유황 냄새. 가득하고 허름한 세인트 길다St Kilda 기숙 학교에서의 생활과 비스킷 공장의 콘크리트 바닥에서 시작하는 고된 일은 빠르게 그가 가진 환상을 사라지게 한다. 그가 가진 도시의 환상은 영광의 순간에서 토끼굴 같은 작은 집들과 길게 늘어선 공장들이 있는 곳에서 끝난다. 끝 모르는 지겨움으로 가득한 윤활유 가득한 곳에서 뒹굴면서, 전쟁과도 같은 험난한 일, 이것이 그가 꿈꾸었던 순례pilgrimage의 정점이다. 기쁨 넘쳐나는 미래를 바라볼 수도 없고, 신과 함께하는 순간 또한 없다. 그 대신, 술에 절고, 폭력, 치욕스런 순간들, 유혹, 잔인함, 배신, 자포자기, 그리고 잠재적으로 느끼는 퇴보하는 자신의 미래만이 있다.

이 책은 돌이킬 수 없을 정도로 염세주의적인 것은 아니다. '다른 세상 Otherland'을 꿈꾸는 컬린의 욕망이 다시 살아나는 결말을 나타내는 페이지도 있다. '나는 파라다이스를 갈망하는 것은 우리 모두에게 이식된다고 믿고 싶다'라고 코치는 적고 있으며, 책 속에서 세인트 아우구스틴St Augustine은 그의 고백을 통해 신에게 말한다. "당신은 스스로 우리를 만드셨습니다. 그리고 우리의 마음은 당신에게 의지할 때까지 그치지 않을 겁니다."

『위험한 삶의 해』: 오스카 상을 수상한 영화의 원작 소설

1968년, 코치(그 당시 라디오 교육 프로그램 담당관)는 인도네시아 교육 방송국 자문을 위해 UNESCO에 파견되었다. '9월 30일 피의 쿠데타'가 있은 지 3년이 지난 후였으며, 자카르타는 '물밑 긴장이 흐르는 소문 무성한 도시'였다. 수카르노Sukarno[21]는 자택 구금 상태였고 '파타이 코무스 인도네시아Partai Komunis Indonesia'[22]의 이전 정치인들을 대상으로 한 체포가 계속되었다. 3년 전, 그의 동생 필립Phillip은 호주 국영 방송 ABC의 인도네시아 특파원으로 머물고 있었다. 당시 그곳은 '대결konfrontasi'과 쿠데타의 진원지였으며, 그곳에서 수카르노를 목격했다. 그는 1965년 쿠데타 당시 작은 키에 온 몸을 각종 메달로 장식한 거만한 모습이었으며, 휘황찬란한 군복과 검은 색 피지 모자pitji를 쓰고 있었다. 그 당시 그는 '말레이시아를 타도하자'라는 캠페인을 주창하면서 결과적으로

---

21) Sukarno(1901~1970): 1945년부터 1967년까지 인도네시아 초대 대통령 역임
22) Partai Komunis Indonesia(PKI): 1920년 네덜란드 좌익 계열과 함께 설립된 인도네시아 공산당은 1965년 해체되기 전까지 인도네시아 인구 약 30퍼센트의 지지를 받았다.

그의 영광을 추락하게 한 '9월 30일 공산 쿠데타the Thirtieth of September communist coup'23)를 주도하던 중이었다.

코치에게 있어 이것은 선물과도 같았다. 그는 존 휴John Hughes24), 렉J.D.Legge25), 신디 아담스Cindy Adams26)가 쓴 수카르노 주도의 쿠데타 평가에 대한 글을 읽었다. 그런 다음 그는 제임스 브랜든James Brandon27)의 〈Wayang Kulit〉28)의 연구인 『황금왕On Thrones of Gold』이라는 역작처럼, 『위험한 삶의 해The Year of Living Dangerously』를 단순한 역사 소설에서 좀 더 다른 작품으로 변모시키는 데 몰두했다.

1972년, 코치는 ABC를 사직했다. 이때부터 그는 아무런 직업도 갖지 않고 미래가 불투명한 '전업 작가'의 길을 걷는다. 그 결과 가장 완벽한 문재가 돋보이는 단순하면서도 간결한 문체이면서 누구나 공감할 수 있는 지적이고 신화적 환상을 불러일으키는 소설을 발표했다.

『전쟁과 평화War and Peace』와 나폴레옹 전쟁, 또는 『두 도시 이야기A Tale of Two Cities』와 프랑스 혁명 사이의 관계와 같이 그는 그의 소설 속 배경인 인도네시아 역사와 작품이 가지는 관계가 유사하다고 보았다. 제

---

23) the Thirtieth of September communist coup: 1965년 10월, 인도네시아 공산당 세력이 일으킨 쿠데타로. 훗날 밝혀진 미국 CIA 문서에 따르면 이 사건의 배후 조종은 당시 인도네시아 대통령 수카르노였으며 집권 연장의 명분용이었다고 한다.
24) John Hughes(1930~): 미국 저널리스트. 1967년 『Indonesian Upheaval』 집필하고, 그해 미국 퓰리처 'Pulitzer Prize' 수상
25) J.D.Legge(John David Legge, 1921~2016): 전 호주 모나쉬 대학 교수이자 인도네시아 및 아시아 정치 평론가
26) Cindy Adams(1930~): 미국 시사평론가, 1965년 인도네시아 대통령 수카르노의 영문판 전기 집필 작가
27) James Brandon: 1960년대 동아시아 문화, 전통 무용 등을 연구한 미국 하와이 대학 민속 연구 학자
28) 〈Wayang Kulit〉: 인도네시아, 말레이시아 등지의 전통 인형극

임스 조이스James Joyce가 호머의 오디세이Homer's Odyssey에 기초를 두고
『율리시스Ulysses』를 쓴 것처럼, 코치의 소설 또한 인도네시아 '마합하라
탄 와양Mahabharatan wayang'29) 희곡 중 하나인 〈라마신의 환생The
Reincarnation of Rama〉과 작품 골격이 비슷하다. 이 두 작품이 가지는 유사성
논란에 대해 코치는 '독자들보다는 나에게 더 중요한 글쓰기 유희'와 같
다고 하면서 아랑곳하지 않았다.

'와양wayang(인도네시아 전통 인형극)'을 통해서, 코치는 빛과 그림자라
는 이중성, 선과 악, 환상과 현실과 같은 다양한 상징들을 접할 수 있었
다. 외부에 덜 알려진 미지의 풍부한 신화가 이 소설에 있다. '꼭두각시
이상의 존재', '다랑dalang(인도네시아 전통 인형극의 주인공)'은 신이며, 그
의 신도들은 하늘처럼 보이는 무대 스크린에 모여 앉는다. 그런 그들의
모습은 무대 뒤 신에게는 신도들의 그림자처럼 보인다.

마합하라탄Mahabharatan의 우스꽝스러운 대결은 인간이 가지는 갈등
들과 비교되며, 긴장은 실제 세계와 '다른 세상Otherland' 사이에서 조성
된다. '와양'을 통해, 코치는 다층 구조의 서사를 구축한다.『위험한 삶
의 해』가 발표되었을 때, 독자들은 책이 전개하는 서로 연결된 세 가지
세상들을 간파했다. '시드니 데일리Sydney Daily'의 인도네시아 특파원이
자 큰 몸집의 월리 오 설리반Wally O'Sullivan이 앉아 있던, 외국 특파원들
이 자주 드나드는 자카르타의 호텔 인도네시아 와양 바Wayang Bar와 왕
족 같던 수카르노가 고분고분한 언론인들에게 둘러싸여 있던 대통령 궁
이스타나 마데카Istana Merdeka의 접견실 그리고 크레스너Kresna가 왕이

---

29) Mahabharatan wayang: 인도네시아 자바 섬의 민속 무용

던 곳 드라와티Dwarawati이다.

　수카르노가 자신을 '마합하라탄 판다와 형제들Mahabharatan Pandawa brothers'의 한 명인 브리마Bima의 분신으로 여겼던 점을 감안하면, '와양wayang'의 영웅들은 이 소설 속 등장인물들에 상당히 많이 반영되었다. 자카르타에 처음 도착한 가이 해밀턴Guy Hamilton 또한 '영웅 아주나Arjuna'의 화신이다. 왜소한 체격의 호주계 중국인 카메라맨 빌리 콴Billy Kwan은 아주나Arjuna를 섬기는 난쟁이 신dwarf-god이자 친숙한 자바Java의 정신적 혼 세마르Semar와 일치한다. 콴Kwan은 그의 인간주의를 배양하고 그가 생각하는 에덴동산을 발견하면서 해밀턴의 양심이 된다.

　해밀턴의 파라다이스에 대한 생각은 '와양'과 꽤 일치한다. '라마신의 환생The Reincarnation of Rama'에서, 산속 암자에서 진행되는 의식Hermitage Scene이 있다. 종교 지도자 또는 예언자, 이들은 관객 속에서 '전지전능한 신의 의지'가 그를 영접할 것을 요구하는 아주나Ardjuna를 받아들인다. 고귀한 사람이 기쁨에 찬 심장과 마음의 평화를 제공한다. 『위험한 삶의 해』에서 해밀턴은 요기아카다Yogyakarta에서 수도에 이르는 '죽음의 행군Long March of PKI30)'을 다룬다. 반둥Bandung 외곽 도로에서 그는 반란군에게 위협을 당하고, 폭도들의 손에 의해 죽음을 감지하기도 한다. 그는 살아남았다. 가까스로 죽음을 모면한 그는 새 인생을 시작한다. 갑자기 작은 마을에 있는 상점들이 초자연적 색채들과 신비함으로 가득 찬다. 해밀턴의 죄를 사해주는 눈길을 통해 인간은 결백해진다. 반대로, 그의 친한 이들은 웃으며 그에게 새 길을 열어 준다. "슬레맛

---

30)　Long March of PKI(1965~1966): 인도네시아 수카르노 정권이 인도네시아 공산당PKI 및 그 외 소수 부족들을 대상으로 자행한 대학살

데이팅Slamat dating, 너의 앞날에 축복이 있기를!"

코치의 소설은 조안 린제이Joan Lindsay의 『바위절벽의 피크닉Picnic at Hanging Rock』의 각색으로 잘 알려진 피터 위어Peter Weir와 같은 호주 영화 제작자들로부터 상당한 관심을 받았다. 피터 위어와 협업하면서 코치는 영화 대본 작업에도 참여했다. 그의 결혼 생활이 파탄에 이른 시점이었기에 협업을 위한 적절한 시기는 아니었다. 코치와 위어는 수차례 영화 대본을 고치고 또 고쳤다. 그리고 위어는 CBS로 가져갔다.

코치의 말에 따르면 "CBS는 대본이 아닌, 피터 위어와 소설만 원했다." 미국인들이 종종 그러하듯이, 그들은 단순히 상업적 의도에 따라 소설 원작을 고칠 생각을 하고 있었다. CBS는 영화 대사를 재구성하기 위해 '한물간 소설가 알랜 샤프Alan Sharp'를 고용했다. 코치는 그가 새로 고친 영화 대사를 두고, 자신의 책을 가지고 한 '재능 없는 무지한 자가 저지른 배신'이라고 평했다. 1965년 수카르노의 인도네시아는 그 후 얼마 지나지 않아 아야톨라 호메이니Ayatollah Khomeini[31])의 이란으로 변해 갔다. 위어는 알랜 샤프가 고친 영화 대사를 도저히 받아들일 수 없었지만 CBS 또한 완강했다. 그 결과 협력은 무산되었고 동시에 위어와 코치 사이 또한 원수지간이 돼버렸다. 위어의 말에 따르면, "소설가가 자신의 작품을 스스로 각색adapt하는 상황을 피해야 한다는 것은 우리 사회의 상식이다. 크리스토퍼 코치의 초고는 수백 페이지에 달하는 긴 분량이었고, 그는 아무것도 고치려 하지 않는다. 결과적으로 이것은 상호 생산적인 협업이 아니었다."

---

31) Ayatollah Khomeini(1900~1989): 이란 정치 종교 지도자, 1979년 이란 혁명 당시 이란 공화국 대통령

희곡작가 데이비드 윌리엄슨David Williamson32)이 난국을 타개하기 위해 작업 계약을 맺은 다음 최종적인 영화 원고를 준비했다. 그는 대사 전달력을 높이기 위해, "빌리 콴Billy Kwan의 연설은 콴이 영화 화면에 나타나지 않은 채 그의 목소리만을 들려주는 방식voice-overs'으로 진행되어야 한다"고 하면서, 코치의 조언을(?) 구했다. 다수의 작가들이 참여했음에도 불구하고, 최종 대본은 상당히 일관성이 있었으며, 호주 일간지 《시드니 모닝 헤럴드Sydney Morning Herald》는 이 영화를 '흠잡을 데 없는 매끄러운 수작'이라고 평했다.

『방파제를 넘어Across the Sea Wall』에 대한 비평들이 코치를 기질적으로 화나게 했음은 물론 비평가들을 회의적 시각으로 바라보게 했다. 학계가 적대적 감정을 가지게 했던 것과 마찬가지로, 이 공동작업 또한 그의 연이은 영화 제작자들과 프로듀서와 가진 협업을 좋지 않은 시선으로 바라보게 했다. 허나, 그럼에도 불구하고 인세 수입은 상당했다.

나의 책33)『섬과 다른 세상Island and Otherland』을 위해 자료 조사하는 중에, 나는『그 섬의 소년들The Boys in the Island』의 영화 버전에 관한 자료를 접할 수 있었다. 그것에 관해 코치에게 물었지만, 유일하게 들은 것은 "그런 것은 없다"는 말이었다. IMDb웹사이트34)에 그런 자료는 있었지만 1990년에 네덜란드와 일본에서만 발표되었고, 그리스에서는 VH

---

32) David Williamson(1942~): 호주 극작가, 호주의 대표적인 영화 대본작가로, 호주의 뛰어난 문인들의 업적을 기리는 의미를 가진 'Sydney Writers Walk' 동판에 그의 이름이 새겨져 있다.
33) 『Isalnd and Otherland』: 2003년 10월, 이 책의 저자인 Jean-François Vernay가 Australian Literary Studies에 게재한 Christopher Koch에 관한 평전
34) IMDb웹사이트: 인터넷 영화 데이터베이스. 현재 아마존Amazon닷컴의 자회사이며 부가 서비스 모델로 박스오피스 모조Boxoffice Mojo가 있다. 1990년 IMDb 설립, 1998년 4월 아마존닷컴이 인수했음.

S35) 형태였다. 『아일랜드 탈출*Out of Ireland*』을 영화화하는 협상 단계에서, 코치는 매우 솔직했으며 예산은 넉넉했다. 순조롭게 계약이 이루어진 후 영화 대본은 빈약하지만 존 반빌John Banville이 구성했다. 배우는 리암 니슨Liam Neeson과 케이트 윈슬렛Kate Winslet, 개봉은 2003년 1월로 예정되었으나 결국 무산되었다. 2002년 6월 코치는 『전쟁으로 가는 고속도로*Highways to a War*』의 영화 작업을 위해 런던에 있는 두 명의 프로듀서와 논의 중이었다. 그리고 협상은 터무니없는 '최악의 사태'를 낳았다.

코치의 영화계 관계자들을 대상으로 한 분노에도 불구하고, 그는 더욱더 영화대본으로 가는 중간 지점인 소설들 집필에 박차를 가했다. 『기억의 방*The Memory Room*』은 공감을 불러일으켰으며, 암시적인 그러면서도 심오하고 아름다운 그의 초기 작품들과 다른 생각에서 나온 것으로 보였다. 코치의 마지막 소설 『잃어버린 목소리들*Lost Voices*』은 그가 일생 내내 친숙하게 다루었던, 기존에 그의 머릿속에 자리하고 있던 주제의 반복이었다. 이야기 전개가 느리고, 비현실적으로 주인공들 묘사가 과장되거나, 연극의 막과 장면, 그리고 그것들이 가진 대사 사이의 이탤릭체와 같이, 집요하게 간섭하면서 이야기 흐름을 자주 끊어 놓았다.

갈등, 대결, 논란

1985년 9월 9일, 호주 포토저널리스트인 닐 데이비스Neil Davis가 NBC News를 위한 쿠데타 시도를 촬영하는 도중 태국 방콕에서 사살당

---

35) VHS: 가정용 비디오 방식(Video Home System의 약어). 카세트를 이용하여 동영상을 기록하고 재생할 수 있도록 만들어진 표준 규격. 1976년 9월 일본 JVC가 만들었다. 동영상 압축 기술의 발전으로 인해 DVD로 교체된 이후 현재는 생산 중지 상태

했다. 그는 '컨프런타시Konfrontasi'36) 사건 당시 보르네오를 시작으로 베트남 사이공 소재 대통령궁이 북부 베트남군에게 공격당하던 순간까지 끝까지 베트남에 남아있던 경력 20년의 종군기자였다. 코치는 《뉴욕타임스New York Times》를 통해 그의 부고 기사를 읽은 후 '데이비스Davis는 사람들의 마음 속 신화가 되었다'고 생각했다. 동시대적으로 신화를 만드는 환경을 인식하고, 마치 누에가 나비로 변태하듯 신화가 된 데이비스Davis를 생각하면서 코치는 자신의 후속작을 구상했다. 오직 생각만! '저자 노트' 속에서 코치가 주장한 것은, 가상의 인물로 합성된 주인공 '마이클 랭포드Michael Langford'였다.

1987년에 코치는 팀 바우든Tim Bowden이 쓴 데이비스의 전기 『최후의 한 시간One Crowded Hour』을 소재로 한 TV 미니 시리즈 각본을 쓰기로 계약했다. 계약 수락 후, 그는 남서 아시아South-East Asia를 여행했다(바우든과 남호주 필름South Australian Film Corporation의 수장과 함께). 그러나 호주로 돌아온 후, 각본을 두고 프로듀서와 심하게 논쟁했다. 결국 계약은 취소되고 프로젝트는 중단된다.

그 후 소설 집필은 계속되었다. 코치는 '여러 색을 가지고 직조한 하나의 커다란 융단tapestry'을 만들고자 했다. 서로 연결된 두 이야기인 베트남전과 캄보디아 전쟁 기간 동안의 남서 아시아South-East Asia와 19세기 반디맨스랜드Van Diemen's Land를 교차시키는 연결 구조처럼 말이다. 결국 이 소설은 다소 두꺼운 분량의 『아일랜드 탈출Out of Ireland』과 『전쟁으로 가는 고속도로Highways to a War』로 나뉘는 2부작diptych이 되었다. 첫 번

---

36) Konfrontasi: 1963년~1966년까지 인도네시아 반군과 그 당시 영연방 말레이, 싱가포르, 보르네오가 독립하려는 과정에서 양측이 장기간 국지전 갈등을 진행한 사태

째 소설은 대영제국 정부를 향한 대중적 지지를 받는 폭력적 저항으로 인해, 반디맨스 랜드로 유배되는 젊은 아일랜드 청년 로버트 데브루Robert Devereux를 중심으로 다룬다. 두 번째는 태즈메이니아의 더웬트 밸리Derwent Valley에 세워진 데브루Devereux 농장에서 일하는 로버트 데브루의 먼 후손 마이클 랭포드로, 이는 훗날 '전쟁의 명분을 잃어버린lost causes' 베트남전에서 유명 종군 기자가 되며, 그는 그의 사후 캄보디아 전쟁에서 전사, 신격화된 전설로 남는다.

이 두 가지 이야기들 속 주인공들은 그들이 자각한 깨달음과 같은 운명을 가진 뿌리에 속해 있다. 이 2부작은 '특정 사건을 반복하는 것'에 의해 완성된다. '융의 기억의 저수지Jungian reservoir'[37]는 이야기의 전개, 초자연적 현상의 재발과 조상의 기억에 대한 것들을 연상시킨다. 이처럼 소설 속 주인공이 겪는 야만적salvages 과거는 그의 꿈속에서 '다른 세상Otherland'의 정신, 토속신, 가문에서 내려오는 우화들, 나무 요정들과 고대 켈트족 성직자들을 만나는 현실로 이어진다.

두 번에 걸쳐 크리스토퍼 코치는 마일즈 프랭클린 문학상을 수상했다. 첫 번째는 1985년 『더블맨The Doubleman』, 두 번째는 1996년 『전쟁으로 가는 고속도로』였다. 두 번째인 1996년 마일즈 프랭클린 문학상을 수상한 것은 마땅한 것이었다. 그러나 안타깝게도, 두 집단에게는 인정

---

37) Jungian reservoir: 칼 융의 집단 무의식Collective Unconscious, 즉 'reservoir of the experiences of our species'를 의미한다. 칼 융에 따르면, 예를 들어, 뱀snake을 보면 누구나 놀란다. 뱀을 처음 본 사람이라도 놀라는 이유는 뱀에 대한 후천적 기억이나 경험뿐만 아니라 선천적으로 인류의 조상들이 뱀에 대해 부정적으로 경험한 것을 우리에게 유전적으로 이어졌기 때문이다. 이것이 바로 집단 무의식의 한 예이다. 이런 집단 무의식은 문화나 인종의 차이 없이 존재하는 인간의 가장 원초적인 행동 유형이다. 이것은 신화를 만들어 내는 원천이기도 하다.

받지 못했다. 학계와 해체론 비평가들은 코치가 연단에서 선 순간부터, 노골적으로 그를 무시했다. 더욱더 심한 것은, 『전쟁으로 가는 고속도로』는 팀 보우든Tim Bowden의 『최후의 한 시간One Crowded Hour』에 알려진 것보다 더 많은 부분을 빚지고 있다고 객석에서 수군거리는 소리까지 들렸다.

1998년 9월 코치가 나(이 책의 저자 버네이-역자주)에게 말하길, 보우든은 코치가 그의 책을 표절했다는 이유로 수상식장에서 의도적으로 소문을 퍼트렸다. 그리고 이 비난은 그를 고발하는 《오스트레일리안The Australian》 기사의 근거가 되었으며, 보우든과 코치의 오랜 친구 사이의 마지막을 고하게 했다. 코치가 보우든 책 내용을 차용borrowing한 것은 무의식적이었으나 그 후 독자들은 경험적으로 판단할 수 있었다. "소설 속 캐릭터 창조에 있어, 실제 인물의 특성을 묘사하지 않으면 그 캐릭터는 생명을 얻지 못할 것이라는 특이한 역설이 있다"고 코치는 항변할지 모른다. 그러나 코치의 책은 보우든의 전기에 묘사된 표현들, 단어, 사건들과 많은 부분을 공유하고 있다. 그리고 이 두 소설 간 평행적 모습은 실망스럽게도 너무나 터무니없다. 《위크엔드 오스트레일리안The Weekend Australian》(1996년 7월호 6~7쪽)에서, 루크 슬레터리Luke Slattery38)와 에반 맥휴Evan McHugh39)는 보우든의 닐 데이비스Neil Davis가 코치의 마이클 랭포드Michael Langford로 변형되어 가는 사례를 근거로 들었다.

문학의 한 장르로서 소설이 살아남고 호주의 필수 독서 목록이 지속적으로 인용된다면, 마일즈 프랭클린 문학상 심사위원단이 선정한 책

---

38) Luke Slattery: 시드니를 중심으로 활동하는 저널리스트이자 시드니 UTS 대학 문예창작과 교수
39) Evan McHugh: 저널리스트, 작가. 2008년 네드 켈리 문학상 수상

들은 독자들에게 거의 읽히지 않을 것이다(이들 작품들은 대체적으로 재미나 상업성과는 거리가 멀기 때문이다). 그럼에도 불구하고 코치의 지적 산물은 오래 살아남기에 충분하다. 전성기의 그는 시인이었고, 간결한 문체와 단어를 사용한 시적 암시가 뛰어났으며, 독자에게 물음을 던지고, 반향과 반복을 통한 문학적 깊이를 달성했다.

저자와 그의 주인공들 모두는 그들의 이해를 넘는 미지의 나라를 찾는다. 역설적으로 코치의 장소에 대한 기억 소환 능력은 훌륭하게 평가되었다. 예를 들면 구 자카르타Old Jakarta에 있는 운하를 따라 형성된 작은 부락들, 진흙 밭을 가로지르는 널빤지 통로들, 기름통과 종이박스를 평평하게 다듬어 만든 싸구려 판잣집들, 코코넛오일 요리 냄새, 적도의 열기와 함께 흔들어대는 인도네시아 전통 춤과 음악, 검은 딸기나무로 덮혀진 뚝방을 휘돌아 나오는 아일랜드식 오솔길, 서툰 솜씨로 만든 낡은 오두막, 클레어산mountains of Clare에서 흘러나오는 짙은 보라색 제비꽃 향에 이르기까지.

특별히 그리고 지속적으로 코치의 어휘들은 그의 섬으로 된 모국, 태즈메이니아의 미에 생명을 불어 넣는다. 그 단어들과 함께, 그는 현무암 기둥과 거친 회색 바다, 지도에도 없는 미지의 숲속들, 에메랄드그린 빛의 가든들, 디렉션산Mount Direction의 신비한 연보라색 쌍둥이 정상들과 함께 아찔한 해안가 절벽들에 색을 칠한다. 태즈메이니아를 소재로 쓴 코치의 책을 읽은 비평가 그레이엄 그린Graham Greene은 "나는 이제 태즈메이니아가 내 기억의 한 부분이 되었다고 느낀다"라고 말한다.

호주 출판 산업의 시작과 현재
Publishing Matters

　호주 출판계의 구조는 풀기 어려운 역설로 짜여 있고, 그만큼 면밀한 관찰을 요한다. 책 생산 산업에 종사하는 사람들은 다소 의기소침한 심정으로 척박한 현실을 호소하고 있다. 그들은 출판사들이 음악계나 타 실용예술 분야보다 더 돈을 많이 벌고 있음에도 불구하고 위기라고 한다. 호주 문학은 쉽게 팔리지 않는 것처럼 보이지만, 호주인들은 지역적인 책 산업의 부재에도 불구하고 항상 열성적인 독자들이었다. 저자들과 출판사들이 세계 협정의 결과로 국제 시장을 정복하길 희망하고 있지만 역설적으로 국가적 저작권 규제라는 형태의 보호무역주의가 여전히 지역의 출판 상황을 지배하고 있다. 마지막으로, 최근 책 판매를 통해 생계를 유지하길 원하는 저자들이 출판사들의 빈약한 인세 수입보다 공공 대여와 교육 목적의 대여권(PLR과 ELR)의 형태로 재출판권과 복제권 copyright을 통한 수입이 더 크다는 것을 깨닫는 추세이다. 지금부터 이러한 이슈들을 명확히 하고자 한다.

1788~1864: 제국을 중심으로 하는 앵글로 모델 문화
　식민지 시절, 호주 독자들이 필요로 하는 대부분의 책들은 호주에서 발행되지 못했고, 모국인 대영제국Great Britain에서 오는 여행객들이나 정기적인 수입 절차를 통해 입수되었다. 적은 수의 호주 독자층이 꾸준히 영국 문학에 대한 강한 독서욕을 보였던 것에 반해 첫 번째 호주 소설은 호주에서 생산되기 힘들었고, 더욱더 심했던 것은 익명으로 발행되던 현실이었다.

마커스 클라크Marcus Clarke이나 롤프 볼드우드Rolf Boldrewood와 같은 식민지 시절 작가들의 작품들이 그 당시 호주 신문에 연재 형식으로 소개되었던 반면, 대부분의 이야기들은 소설로 출판되기 위해 영국으로 보내져야만 했으며, 가끔은 이들의 초고가 현지 입맛에 맞게 수정되어야만 했다. 출판 환경이 미약했던 그 당시, 앤티포드Antipodes라고 불리던 호주에서 만들어진 창작물은 영국 출판사들의 입김과 의견에 따라 내용과 문체를 수정해야만 했다. 그 당시 영국 출판사들은 그들의 유망한 신흥 출판 시장으로서 많은 독자가 글을 읽고 쓸 수 있었던 식민지 뉴 사우스웨일스New South Wales주에 주목했다. 호주 출판 시장을 독점하고 있던 영국인들이 호주 출판계를 위해 아무런 지원도 하지 않았다는 점을 지적할 필요는 없다. 호주 내 출판물을 대상으로 한 식민지 독자들의 냉정한 반응에 맞서기 원했던 일부 용감한 초창기 출판인은 주로 자만심과 허영심 가득한 이들이었다. 그들은 그들의 출판을 위한 투자 금액은 최소화 하면서 독자들의 정기구독subscription을 통해 최대한 많은 판매 부수를 올리기 희망했다. 식민지 작가들은 출판과 심지어 책의 마케팅을 위해 약간의 돈을 지불해야 했을 뿐만 아니라 자신의 예술 작품만으로 생계유지가 가능하지도 않았다. 1831년 첫 번째 호주 소설이 발행되었을 때, 대부분의 출판물이 모국 영국에서 정기적으로 수입되기 시작했다.

1865~1938: 문학 출판사의 여명기

1865년에 《오스트레일리안 저널Australian Journal》의 첫 호가 멜버른에서 발행되었으며, 이는 호주 문학 관련 각종 정보와 지식을 전파하는 주된 매체로 발전했다. 식민지 사회에서 인쇄 매체를 통한 정보와 지식 전파라는 방식은 곧이어 시드니와 멜버른, 심지어 호주 시골 곳곳으로 번져나갔다. 연작 소설들은 흔해졌다. 호주 작가들을 발굴, 양성하기 위한 목적의 주간 북리뷰 매체 《블러틴Bulletin》이 1880년 1월 31일 시드니를 기반으로 창간되었고, 이는 호주 출판계에 커다란 변화를 가져왔다. 그 당시 호주 지식인 사회에서 강한 영향력과 활력을 불어넣었던 이들로 구성된 《블러틴》을 중심으로 한 문학 동인그룹 '블러틴의 보헤미안들 the Bohemians of the Bulletin'이 결성되었다. 그 당시 좀 더 전통적인 비평 스타일 중심의 멜버른에 비해, 시드니를 기반으로 한 《블러틴》의 비평 스타일은 새롭고 좀 더 공격적이면서 창의적이었다. 이 매체는 1895년 〈왈칭 마틸다Waltzing Matilda〉40)를 쓴 유명 호주 시인 밴조 페터슨Banjo Paterson을 포함하여 많은 재능 있는 작가를 지원했다.

20세기 초까지도 호주는 영국 사회의 정보와 지적 자산을 소개하는 영국산 출판물이 대세였다. 영국 문화로 배양된 그들은 《호주와 뉴질랜드 독자들에 대한 모든 것All About Books for Australian and New Zealand Readers》(1928년 12월 초판 발행) 같은 여러 개의 지적 문화 잡지들과 함께 학술 문학을 형성했다. 이들 매체들의 목적은 특히 영국에서 유래되는 지적 문화 소

---

40) 〈Waltzing Matilda〉: 1895년 호주 민중시인 밴조 페터슨(1864~1941)이 지은 시를 바탕으로 호주 야생 숲속을 떠돌던 부랑자들이 즐겨 부른 노래. 한국의 '아리랑'과 유사한 맥락의 호주 토속 문학을 대표하는 노래. 호주 독립 이전(1901년), 한동안 호주 국가로 불릴 정도였다.

비 유행을 고취시키는 것이었다. 이런 경향은 '왕겨에서 밀을 골라내고자 하는', 즉 그들의 최대 노력을 지적인 옥석구분에 바치고자 했던 네티 파머Nettie Palmer[41]와 같은 호주 민족주의 노선 문학 비평가들의 영향으로 균형을 이루었다. 그들은 순수 문학의 확산과 함량 미달의 상업적 작품들 사이의 혼란이 사라지길 희망했다. 그 당시 초창기였던 '문학 비평' 또한 양분되었다. 일부 비평가들은 플롯과 구성 전개에 중점을 두어 그들의 판단을 엄격히 한 반면, 또 다른 그룹은 작품 내용이 아닌 형식에 근거한 '좋은 작품'이라는 명목으로 독자들의 입맛을 달래서 그들을 계몽시키는 것이 더 중요하다고 생각했다.

1939~1969: 사회적 반향이 큰 전문 저널의 등장

이 시기, 특히 2차 세계 대전 이후 근 10여 년 동안, 표현의 분출이라는 사회적 욕구가 증가했다. 그로 인해 문학 비평이 늘면서 사회적으로 호주가 2차 세계 대전 승전국의 일원이라는 강한 자부심을 담은 민족주의 노선이 팽배해진다. 이러한 사회적 추세를 '호주(인) 전통Australian tradition'으로 정립하는 문학 동인지들이 경쟁적으로 등장한다. 1939년 시드니를 기반으로 한 문학 동인지 《서던Southerly》은 편집장 하워스 R.G.Howarth가 기획하는 다방면에 걸친 내용물들로 유명했고, 1940년 브리스번을 기반으로 하여 편집장 크리스튼슨C.B.Christensen이 이끌던 《민진 페이퍼Meanjin Papers》는 공격적인 정치적 기사들로 채워졌다. 그 후

---

41) Nettie Palmer(1885~1964): 호주 시인이자, 1950~60년대 호주 대표적 문학 비평가. 호주 근대 시인 벤스 파머(Vance Palmer, 1885~1959)의 아내이기도 하다. 남편과 함께 호주 토속 시 문학을 개척했다는 평가를 받았다.

5년이 지나, 이 잡지는 근거지를 멜버른으로 옮긴 후 제호를 《민진 쿼터리*Meanjin Quarterly*》로 변경한다. 1954년 멜버른 기반의 사회주의 노선 성향을 가진 편집장 스피픈 머레이-스미스Stephen Murray-Smith가 주도하는 《오버랜드*Overland*》는 '온화함temper, 민주주의, 친 호주'라는 이미지를 갖춘 이후 '공격적offensively'인 단어와는 어울리지 않게 되었다. 대신 현실주의적 사회주의 노선 지향의 발행인 컬럼과 함께 '퍼피의 말Furphy formula'42)로 유명했다. 이런 슬로건은 현실주의적 사회주의 작가들 위주였던 이 매체가 담고 있는 다소 급진적 성향의 관점들을 지칭하는 것이었다. 매체 구성에 있어 좀 더 전통적이었던 《쿼드런트*Quadrant*》(1956)는 시인 제임스 맥컬리James McAuley43)가 편집장이 되면서 문학적 감성을 추구했다. 수년이 지나, 기존 매체들보다 더욱 지적인 《호주 문학 연구*Australian Literary Studies*》(1963)가 빠르게 타 문학 동인지들을 능가했다. 1975년 퀸스랜드 대학the University of Queensland으로 옮겨서 발행되기 전에는 태즈메이니아 대학the University of Tasmania의 로리 허긴헌Laurie T.Hergenhan44)에 의해 발행되었음에도 불구하고, 이 저널은 맥컬리의 작품들로 채워졌다. 출판된 책들을 대상으로 한 지적 토론 중심의 잡지

---

42) Furphy formula: '오버랜드' 창간 당시 발행 모토는 '민주주의여 가라! 우리는 우리의 길을 간다! Temper Democratic; Bias , Australian'라는 호주 민중 시인이자 작가 조셉 퍼피 Joseph Furphy(1843~1912)가 쓴 『이런 것이 인생인가*Such is Life*?』의 한 구절에서 인용한 것임. '이런 것이 인생인가?'는 호주의 전설적인 무장 강도 네드 켈리Ned Kelly가 1880년 교수형을 맞이하기 전 유언으로 한 말이었다.

43) James McAuley(1917~1976): 호주 시인, 문학 비평가, 20세기 호주 문학사에서 가장 유명한 '작품 표절 사건Ern Malley Hoax'의 주인공. 1970년대 호주 초현실주의 시 문학의 선두 주자로 평가받는다.

44) Laurie T.Hergenhan(1931~2019): 호주 인문학자. 《Australian Literary Studies》(1963)의 창간 발행인

《오스트레일리안 북 리뷰*Australian Book Review*》(1978)[45]는 빠르게 호주 문학 및 출판 관련 자료들의 중심이 되었다. 그 다음 해 태즈메이니아에는 또 다른 문학동인지《아일랜드*Island*》가 발행되면서 그곳의 문학계가 더 바빠졌다. 근 40여 년 동안 이어진 많은 문학 저널의 등장은 두 번의 세계 대전들 기간의 출판 산업 성장에 견인차 역할을 했다. 리차드 나일 Richard Nile[46]의 『호주 지적 상상의 형성*The Making of the Australian Literary Imagination*』(2002)에서도 이 시기를 주목한다. 이 책에서 나일은 크게 호주 출판계의 세 가지 발전 단계를 언급한다. 즉, 약 900여 가지의 읽기 쉬운 호주 소설이 출판되었던 1900년에서 1919년까지, 그 뒤를 이어 좀 더 문학적 제목의 책들이 등장한 1920년에서 1969년 사이, 소설이 비로소 많은 이들의 경제적 선택 대상이 된 시기인 1970년대에서부터 현재까지.

이 시기는 책에 특화된 출판 산업계에게는 적절한 타이밍이었다. 소설을 대상으로 한 리뷰나 흥행 노력 없이는 책 산업 또한 없었을 것이다. 양질의 지적 자산을 생산하려는 호주 학계의 집중적 노력은 출판 업계의 치열한 유치 경쟁을 유도하는 옳은 방향으로 이끌었고 라디오와 텔레비전 두 매체의 부족했던 문학 관련 프로그램의 결핍을 메꾸어 주었다. 그럼에도 불구하고 호주 출판계는 상업적으로 거대 시장인 영국의 런던과 미국의 뉴욕 출판사들과 경쟁할 수 없었다. 게다가 현실적인 문학 관심을 이끌만한 국제적 명성을 가진 작가들 또한 그 수가 적었다. 그러나 책 출간에 있어 신진, 기성 작가들 구분 없이 출판 기회를 공정하게

---

45)《Australian Book Review(ABR)》: 1961년 창간되었으며, 현존하는 호주 최장기 문학잡지
46) Richard Nile(1958~): 호주 역사학자, 문학 비평가

하지 않는 한, 국제적 명성을 가진 작가의 출현은 불가능한 것이다. 다행스럽게 1963년부터, 호주 펭귄 출판사Penguin in Australia는 주요 호주 출판물들을 페이퍼백paperback[47] 형태로 출판하면서 호주 문학계에서 기회의 장이 되었다.

1970~1979: 문화적 르네상스

1970년대는 호주 출판물의 상업화에 영향을 미친 검열제도censorship의 마지막을 목격했다. 많은 세계적인 문학 작품이 고상한 체하는 작품들에게 충격을 준다는(?) 이유로 블랙리스트 명단에 올랐다. 너무 외설적이거나 정치적 이데올로기로 인해 판매가 금지된 작품들에는, 제임스 조이스James Joyce의 『율리시스Ulysses』(1929년에 출판 금지 당함)와 그 뒤를 이은 『더블린 사람들Dubliners』, 로렌스D.H.Lawrence의 『채털리 부인의 사랑Lady Chatterley' Lover』, 블라드미르 노보코브Vladimir Nabokov의 『로리타Lolita』와 필립 로스Phillip Roth[48]의 『포트노이의 불만Portnoy's Complaint』 등이 있다.

이 시기, 문학과 영화 산업은 휘틀럼 정부(1972~1975)가 표방한 친문화 정책의 혜택을 받았다. 문화계를 위한 전례 없는 재정 지원과 함께 정부가 지원하는 자금은 문화 전쟁의 견인차 역할을 했고, 눈에 띄게 출판사 수와 문학상 신규 제정이 늘자 판매 또한 늘었다. 1973년, 당시 노동당 정부는 출판사 발행 실적에 따라 재정 지원은 물론 창작자를 위한 기금 지원 제도의 신설을 통해 문학적 결과물 양산을 격려할 목적으로 호

---

47) Paperback: 책 표지가 종이로 된 판본을 의미하지만, 일반적으로 '읽을 수만 있을 정도의 최저 비용으로 제작된 보급형 책자'의 의미로 쓰인다. '소프트커버softcover'라고도 하는 이 제책법은 1930년대 초 독일 출판사들이 처음으로 선보였다.
48) Phillip Roth(1933~2018): 미국 단편 소설가

주 문학 위원회the Literature Board of the Australian Council를 설립했다. 1973년에서 1974년까지, 이 위원회는 54종의 문학 작품을 지원했다. 초기에는 문학예술 위원회the Literary Arts Board라고 불리었으며, 1996년에 문학 기금the Literature Fund로 개명했다.

동시에, 경제적으로 불안정한 상태에 놓인 작가들을 위한 지원이 강화되었다. 공공 도서관 대여와 작품의 복제로 인해 생겨난 재정적 손실을 메꾸어 주기 위한 목적의 프로그램들은 작가들 생계유지에 크게 도움 되었다. 수년이 지나 1968년의 저작권법The Copyright Act은 보강되었으며, 작가들의 권리를 위한 법률제정의 초석이 되었다. 그 내용에 따르면, 부분 또는 전체적인지 여부와 상관없이 작가 또는 그 권리 계승자의 동의 없는 작품의 재생산이나 재표현은 불법이다. 이는 창작자의 권리를 공정하게 거래fair dealing할 수 있기 위함이다. 저작권법은 작가 사후 70년이 지나면 효력 만료되며 베른 협약Berne Agreement[49]을 통해 세계적으로 통용된다.

거대 복사기 회사 제록스Xerox는 도발적으로 대중들에게 완성된 책을 (기계적으로) 복사하는 것이 얼마나 쉬운 일인지를 홍보하는 대중 캠페인을 진행했으며, 이는 작가 권리를 보호하기 위해 뭉친 문단의 문인들에게 치욕을 안겨주었다. 이 사건 이후 2년 지나, 복사기 복사photocopying 논쟁은 1965년 설립된 호주 작가 회의the Australian Society of Authors:ASA[50]의 노선을 강하게 주창하는 작가 거스 오도넬Gus O'Donnell의 투쟁 대상이

---

49) Berne Agreement: 1886년 스위스 베른에서 열린 국제 저작권 공동 규약을 제정하기 위한 'Berne Convention'에서 합의한 저작권 협약, 현대 저작권 규약의 효시
50) the Australian Society of Authors(ASA): 1963년 결성된 호주 출판 및 작가 협회

되었다. 1974년, 소설 '어메리칸, 베이비The Americans, Baby'의 복사기 복사 문제와 관련된 위법 행위 판단 여부를 다루는 사건이었던 '무어하우스 판례the Moorhouse Case'의 원고이자 원작자인 프랭크 무어하우스Frank Moorhouse의 조력하에, 오도넬O'Donnell은 대학 내에서 그의 작품 전체를 대상으로 기계 복사를 지원했던 UNSW대학the University of New South Wales을 고소했다. 1975년 호주 대법원the Australian High Court은 대학 측이 형사법상criminally 책임이 있음을 인정했다.

이 판결 이후, 저자의 마케팅 권리는 존중되어야 한다는 점을 주목표로 하는 위원회 멤버들(David Kindon, George Ferguson, Peter Holderness, Keith Kersey)의 협력과 거스 오도넬Gus O'Donnell의 후원 아래 시드니에서 저작권 중개 회사 CALCopyright Agency Limited가 설립되었다. 1985년 3월 20일, 저작권 관련 위원회는 'CAL은 작가를 위해 페이지당 2센트를 가져갈 수 있다'고 판결했다. 그리하여 토마스 케닐리Thomas Keneally와 프랭크 무어하우스Frank Moorhouse가 1989년 당시 4백만 달러를 축적한 CAL로부터 저작권 사용료 지불을 위한 수표를 받은 첫 작가가 되었다.

역설적이게도 이런 CAL을 통한 간접 수입이 책 판매를 통해 얻어진 수익을 능가하는 것은 이상한 일이 아니다. 2002년, CAL은 종이책에 부착되는 ISBNInternational Standard Book Number과 마찬가지로 전자 문서에 DOIDigital Object Identifier[51] 사용을 수용했다. 향후 미래에, 이 추적 시스템은 전자책을 통한 수입 증가에 기여할 것이다. 2007년 이후부터 CAL

---

51) Digital Object Identifier(DOI): 디지털 객체 식별자이며, 모든 디지털 콘텐츠에 부여되는 고유 번호

은 11,000명의 회원을 가지고 있으며 이 중 3분의 2는 작가, 3분의 1은 출판사들로 연간 5백억 원에 해당하는 거래금액을 다룬다.

1980~1999: 책의 세계화 그리고 스타작가의 부상

1985년 호주 연방 정부의 공공대출권PLR: Public Lending Right과 1994년 교육대출권ELR: Educational Lending Right(1996년부터 2000년까지 중지된 적 있음) 실행과 함께, 작가들은 공공 도서관에 소장되어 있는 그들 작품들로 인한 재정적 소득을 가질 수 있었다. 1985년 공공대출권을 통한 소득 창출의 유일한 장애물은 공동 대출비용 산정 시 최소한 호주 내 공공 도서관 또는 교육 목적의 도서관 50곳에 해당 작품들이 비치되어 있어야 한다는 점이다.[52] 1980년대는 이른바 '출판 산업의 황금기'라고 불릴 수 있는 세계화 영향을 목격했다.

기성작가들(크리스토퍼 코치Christopher Koch, 피터 캐리Peter Carey, 데이비드 말루프David Malouf, 자넷 터너 호스피탈Janette Turner Hospital, 토마스 케닐리Thomas Keneally 등)이 그들의 해외에서의 출판 경력으로 인해 대형 영국 출판사들(Jonathan Cape, Chatto & Windus, Faber 등)로부터 구애를 받았던 반면, 다른 이들은 국제 무대로 나아가기 위해 그들 스스로 저작권 중개상들을 통해 이름을 알려야 했다. 세계 무역 자유화 트렌드에 동참함으로써 호주는 해외 시장의 치열한 경쟁 구도와 그 안에서 살아남기 위한 끊임없는 노력이 있어야 한다는 현실을 인식했다.

지적 가치보다는 상업적 목적의 오락성 책에 집중하는 대형 다국적

---

52) 호주 내 공공 도서관들의 도서 구입 재량권 우선이라는 목적과 함께 호주 내에서 출판된 양서 보급 때문이었다.

회사들에게 신생 독립 출판사들이 강제 인수·합병당하는 분위기 속에서, 언론계와 출판사들은 시장 지배적 문화 기업 모델들을 분산시키고자 했다. 이 문제에 대해 보수주의자들의 견해가 어떻든 간에, 외국 기업들(독일계 팬 맥밀란Pan Macmillan과 랜덤 하우스Random House, 프랑스 자본의 아세트 오스트레일리아Hachette Australia, 미국계 하퍼 콜린스Harper Collins와 영국계 펭귄Penguin)에 의한 이런 합병은 호주 문학 발전에 우선순위를 두지 않을 것이다. 더욱이 '호주산Australian Made', '호주인 소유 기업Australian Owned'와 같은 애국적 소비주의가 간헐적으로 시장에서 먹혀들어 간다고 해도, 더 이상 주류적 분위기는 아니다. 생산성과 새 시장 진입을 고려하여, 인쇄는 주로 인도, 싱가포르 그리고 최근에는 중국 등, 아시아에서 이루어진다.

외국 출판물의 덤핑 시도에 대비하기 위해, 1991년 호주 저작권법은 두 가지 보호 조치들을 제정했다. 30일 규칙the 30-day rule을 두어 호주 출판사로 하여금 해외에서 출판된 책은 30일 이내에 호주에서 출판될 수 있게 했다. 이것이 실패할 경우 그들은 시장 독점 권리를 잃는다.53) 이 조치는 외국 출판사들 대신 호주 출판계를 지원함으로써 호주 출판 산업에 힘을 불어넣는다. 이 조치에 동반된 것은 90일 규칙90-days rule으로, 이것은 해외 출판사와 정식 라이선스 맺은 출판사가 최소 90일 이내에 해외에서 출판 수입된 책을 호주 서점들에 공급하여야 하며, 이것이

---

53) 해외 출판사(예: 펭귄과 같은 다국적 대형 출판사)와 정식 출판 라이센스 협약을 맺은 출판물이 해외에서 발행된 후 해당 도서의 호주 정식 라이센스를 가진 출판사는 30일 이내에 그 출판물을 호주에서 출판해야 하며, 이 경우 호주 도서 유통상들은 해외 출판사로부터 해당 도서를 수입할 수 없다. 이때 이 출판물은 '호주에서 첫 출판된 출판물first published in Australia and a book published in overseas'로 간주된다.

실패할 경우 타 출판사는 그 외국 출판물을 수입할 수 있다(호주 출판 관련 병행 수입 조치54)).

호주 내 민족주의 노선이 팽배하던 1990년대, 하이네만Heinemann과 같은 일부 회사는 그들의 호주 작가 풀을 늘리기 위해 공격적 마케팅 전략을 실행했다. 이 전략을 실행하기 위한 모든 조치는 매우 정교했다. 예를 들자면 선인세 명목으로 적당한 돈을 줌으로써 타출판사 저자 빼오기, 신인 작가들에게 다양한 프로모션 전술을 제시하기, 출판사가 시행하는 다양한 프로모션 행사에 적극 참여하는 작가들 위주의 전략 수행 등이 있다.

출판사들 또한 책 표지에 총천연색 컬러를 사용하여 강한 시각적 효과를 강조했다. 질 낮은 종이, 단색 위주의 책 표지, 부실한 제본 위주의 1970년대 엄숙한 분위기의 책들과 달리 최근 페이퍼백과 소프트커버 소설들은 고급 장정의 이점을 누리고 있다. 이런 마케팅 전략을 통해, 소설 내용 자체보다 책의 미적 표현이 더 중요해졌다고 말할 수 있다. 예를 들어 저자 사진은 종종 책의 뒷면이나 책등spine에 실리고, 표지는 예술적으로 매력적이며, 잘 정리되어 가독성 높은 텍스트 편집을 마음껏 뽐낸다.

호주 영화의 재탄생과 경쟁해야 했던 소설을 비롯한 문학은 마침내 제자리를 찾았다. 호주 최고의 영화 명장에 의한 호주 클래식의 영화 각색이라는 두 예술적 활동의 접목은 전성기를 불러왔고, 이후 내실 있는 결과를 가져왔다. 프레드 스코피시Fred Schepisi55)는 토마스 케닐리Thomas

---

54) 'Copyright Amendment(Parallel Importation) Bill 2001'을 말하며 '30/90 days rule'이라고도 한다.

Keneally의 『블랙스미스의 외침*The Chant of Jimmy Blacksmith*』(1978)과 패트릭 화이트Patrick White의 『태풍의 눈*The Eye of the Storm*』(2011)을 영화 스크린으로 가져왔다. 브루스 베레스포드Bruce Beresford[56]는 네네 게어Nene Gare의 소설 『희망이라는 경계선*The Fringe Dwellers*』(1986)을 가지고 그 뒤를 따랐다.

1990년대부터 지금까지, 영화 제작자들은 원주민 작가들 작품을 점차 더 많이 각색하는 듯하다. 그 대표적 사례가 아치 웰러Archie Weller가 쓴 소설 『개같은 날들*The Day of the Dog*』을 각색한 제임스 리켓슨James Ricketson[57]의 영화 〈블랙펠라*Blackfellas*〉(1991)이다. 필립 노이스Phillip Noyce[58] 또한 원주민 스토리를 가지고 〈집으로 가는 길*Rabbit-Proof Fence*〉(2002)을 연출하면서 세상의 이목을 끌었으며, 이것은 도리스 필킹튼Doris Pilkington의 이야기에서 영감을 얻었다.

문학을 영화로 연결하는 것은 1980년대부터 지속된 움직임이었다. 브루스 베레스포드Bruce Beresford는 캐시 레트Kathy Lette와 가브리엘 캐리Garbrielle Carey의 소설을 가지고 1981년 〈퍼버트 블루*Puberty Blues*〉를 만들어 대성공을 거두었으며, 동시대에 피터 위어Peter Weir의 〈위험한 삶의 해*The Year of Living Dangerously*〉와 켄 카메론Ken Cameron[59]의 〈원숭이 목걸이

---

55) Fred Schepisi(1939~): 호주 영화감독, 1991년 'The Russia House'로 41회 베를린 국제 영화제에서 '금곰Golden Bear상' 수상

56) Bruce Beresford(1940~): 호주 영화감독. 50년 동안 30여 편의 작품을 제작했다. 대표작은 〈Driving Miss Daisy〉(1989) 감독

57) James Ricketson(1949~): 호주 영화감독, 1981년 호주 영화감독 협회the Australian Directors Guild 창립 멤버. 2017년, 캄보디아 프놈펜에서 일어난 'Cambodia National Rescue Party Rally' 촬영을 위해 드론 사용 중, 캄보디아 당국에게 간첩 혐의로 체포되어 2년 복역 후 벌금(1,500 호주 달러) 내고 풀려난다.

58) Phillip Noyce(1950~): 호주 영화감독, 1992년 해리슨 포드가 주연한 〈Patriot Games〉 감독

59) Ken Cameron(1946~): 호주 영화감독, 제작자

Monkey Grip〉가 출시되었다.

여기에 더해 피터 캐리Peter Carey의 첫 번째 소설 『죽음이라는 축복*Bliss*』 (1985)의 영화 버전이 있었으며, 저지 다마라지Jerzy Domaradzi[60]는 『릴리 안 이야기*Lilian's Story*』(1996)를 제공했고, 질란 암스트롱Gillian Armstrong은 피터 캐리의 명작 『오스카와 루신다*Oscar and Lucinda*』(1997)를 각색했고, 아 나 코키노스Ana Kokkinos는 크리스토스 치오카스Christos Tsiolkas의 『유혹 의 무게*Loaded*』를 원작으로 하는 영화 〈정면 돌파*Head On*〉(1998)를 선보였 고, 케이트 우드Kate Wood는 멜린다 마케타Melinda Marchetta의 소설 『알리 브랜디를 찾아서*Looking for Alibrandi*』(1999)를 스크린으로 가져왔으며, 사라 수거만Sara Sugarman은 케이트 렛Kate Lette의 『미친 소들*Mad Cows*』(1999)를 연출했다. 『우리의 희망*Our Sunshine*』을 통해 영감을 받은 감독 그레고 조단 Gregor Jordan은 〈네드 켈리*Ned Kelly*〉(2003)를, 닐 암스필드Neil Armsfield는 루 크 데이비스Luke Davies의 소설 『캔디*Candy*』(2005)를 각색했다.

이처럼 소설을 영화로 재연출한 작품들은 다른 계층의 독자들에게 연 결되어 호주 작가들의 독자층을 더욱더 넓혀 주었다. 과묵한 독자들은 하루 종일 책을 읽는 것보다 기꺼이 극장에서 두 시간을 보낼 것이다. 이 문학과 영화의 조합은 또한 점차 증가하는 미디어 노출로 인한 혜택을 받는 작가들의 대중화에도 도움을 주었다. 대표적으로 토마스 케닐리 에게 전례 없는 국제적 명성을 안겨준 스티븐 스필버그Stephen Spielberg 의 1993년 영화 〈쉰들러 리스트*Shindler's List*〉가 있다. 그의 출판사는 이것 을 기회로 삼았고 그의 책 『쉰들러의 방주*Shindler's Ark*』를 다시 찍을 때 영

---

60) Jerzy Domaradzi(1943~): 폴란드 출신 호주 영화감독, TV 프로듀서

화와 같은 제목으로 변경했다.

작가의 미디어 노출이 점차 증가하는 세상에서 은둔자로 살아간다는 것은 유명해질 수 있는 가능성을 포기하는 것이다. 그 결과, 대중 매체들은 자주 작가들의 사생활에 대해 이야기한다. 유명 작가들의 전기는 많아진다(예: 시사 평론가 데이비드 마아David Marr의 패트릭 화이트Patrick White 전기). 그러나 일부 문학 관련 책이나 논문은 작가들의 삶과 그들 작품들의 혼합을 서툴게 전하고 있다.

2000~2009: 상업적 대상의 책

21세기 출판계는 다양한 사회적 수요에 맞추어져 갔다. 안토니 야흐 Antoni Jach에 따르면, 현재 주요 출판사들이 호주 소설 분야에서 가장 가치 있게 보는 것은 단순성, 투명함, 접근성과 검증 가능성이다. 통합된 문화와 마케팅 전략에 맞추어진 책들이 탄생하고 있으며, 이들은 대중의 입맛에 맞추어진 상업적 목적을 따른다. 암울한 미래를 예상할 필요도 없이, 이런 대형 출판사들의 수요에 따라 만들어지는 판박이 작가들과 문학 성과물은 결국 함량 미달의 작가와 작품들을 양산케 하여 독자들을 떠나게 할 것이라고 말할 수 있다.

오늘날, 패트릭 화이트Patrick White에 못지않게 재능 있는 작가는 대형 출판사들에게 받아들여지지 않을 것이다. 2006년 호주 일간지 《오스트레일리안Australian》은 2005년 네이팔V.S.Naipal[61]이 쓴 소설로 영국 《선데이 타임스Sunday Times》가 수행한 것과 유사한 실험을 호주에서 시도했다.

---

61) V.S.Naipal(1932~2018): 영국 출신 소설가, 2001년 노벨 문학상 수상

호주 출판사들은 출처를 숨긴 채 일부를 조작한 패트릭 화이트의 『태풍의 눈*The Eye of the Storm*』 본문 3장을 읽어야 했다. 이것은 사전에 저자가 자신의 이름에서 철자 순서를 바꿔 레이스 피켓Wraith Picket이라는 필명으로 재구성한 '싸이클론의 눈The Eye of the Cyclone'이라는 제목을 단 의심스러운 원고였다. 결과적으로 이 유명한 원고를 받아들인 출판사는 없었고 전체 원고를 대상으로 매우 신랄한 비평을 쏟아내었다. 일부 출판사가 문장의 어법이 수려하다고 인식했다 해도, 대부분의 출판사는 상업성이 없다는 이유로 출판을 거부했다.

어떤 이는 일부 돈벌이만을 목적으로 하는 싸구려 책들의 상업적 대성공이 대형 출판사들을 통해 순수 문학과 그 독자들을 위해 쓰일 수 있을 것이라고 생각할지 모르지만, 현실은 전혀 그렇지 않다. 심지어 돈만 밝히는 일부 출판사들은 좀 더 독자층을 넓히기 위해 그들의 기존 기성 작가들에게 그들이 가진 문학적 포부를 낮추기를 요구하고 있는 중이다. 그러기를 거부하는 작가들을 위한 유일한 방법은 독립 출판사와 함께 일하는 것이다.

최근, 예전에는 광범위한 독자층을 보장할 수 없었던 독립 출판사들이 등장하고 있다. 아이버 인디크Ivor Indyk와 마이클 헤이워드Michael Heyward가 이끄는 지라몬도Giramondo와 텍스트 퍼블리싱Text Publishing과 같은 출판사들이 호주 문학계에서 큰 성공을 거둠과 동시에 비교적 우수한 판매 실적을 가진 괄목할 만한 작품들을 출판하고 있다. 이전보다 나아진 또 다른 점은 과거 패트릭 화이트가 노벨 문학상을 받은 이후 그의 소설들 모두가 호주 내에서 불과 3만 부 밖에 팔리지 않았던 반면, 오늘날 피터 캐리Peter Carey, 케이트 그렌빌Kate Grenville, 팀 윈튼Tim Winton

이 쓴 성공작들은 쉽게 3쇄를 찍는다. 피터 캐리는 예외적 경우인데, 그가 가끔 강단에 서기도 하지만 글쓰기 자체를 즐기는 매우 드문 호주 전업 작가인 반면, 대다수 작가들은 생계유지 때문에 글을 쓴다. 작가로서 자신의 작품을 가지고 강의를 하는 브라이언 카스트로Brian Castro와 같이 작가들 대부분은 그들의 제한된 상업적 성공을 대신하기 위해 부수적 활동들과 연계해야만 한다.

문제는 호주가 1980년대에 정점을 찍었던 생산적 문화에서 문화의 생산으로 넘어갔다는 점이다. 그리고 '생산production'이 강하게 의미하는 것은 마케팅 로직에 딱 들어맞는 공업적 생산이다. 책 시장은 책을 더도 덜도 아닌 상업적 생산물로 대하고 경제적 성공 가능성에만 매몰되어 있는 공격적인 출판사들과, 금액으로 산정 불가한 문화적 가치, 창의적 아이디어, 심지어 철학적 비전을 수행하는 일을 사랑하고 유지하고자 하는 로맨틱한 책 애호가들로 양분되어 있다. 그리고 이 두 가지 집단의 교환 가능한 분기점이 달성되지 못한들 무슨 문제인가?

최근 책 생산이 하락세인 듯 보이지만, 호주산 타이틀들과 국제적 타이틀들은 변함이 없다. 1970년대 평균적으로 호주 내에서 팔리는 전체 총 출판 거래 종수에서 호주산이 약 10퍼센트 차지했던 반면, 최근 호주 책방들은 그 수치가 60퍼센트가 넘었음을 자랑스럽게 생각한다. 닐슨 북스캔Nelsen Bookscan (2002년 전까지 북트랙Booktrack으로 불렸음)은 좀 더 성공적인 도서 판매 기구와 함께 세밀한 소비자 행태 분석 자료를 가능케 했다. 2000년 12월 신뢰성 있는 통계 데이터 구축을 위해 설립된 이 시스템은 호주 통계청ABS:Australian Bureau of Statistics과 대조적으로 판매시점에서 주요 도서 유통상들로부터 상세 거래 내역을 수집한다. 그러나 닐슨 북스캔Nelsen Bookscan은 시장의 90퍼센트만을 다룬다. 출판 목록 inventory에서 제외된 것들은 정상적 방법으로 이루어진 판매가 아니며 자동화된computerised 비지니스 시스템을 갖추지 못한 소규모 책방들이 가진 목록들이다.

책이 적게 팔리건 아예 안 팔리건 간에 독자들과 출판사들은 욕먹게 되어 있다. 늘 들려오는 이야기들, 예를 들어 소설책 한 권 사기를 주저하는 대부분 독자들 사이에서 서사적 담론에 대한 생각이 사라지고 그 대신 다큐멘터리나 비소설물을 선호한다든가, 책이 적게 팔리면 세금 신고 누락을 일삼는 출판사들은 매우 제한된 작은 서점가임에도 불구하고 충분히 도서 공급을 하지 않는다든가 등등으로 말이다.

외국 타이틀을 상대로 한 불공정한 경쟁조차도 판매 실패를 정당화시킬 수 있으므로 책방 주인들 또한 비난을 감수해야 한다. 그럼에도 불구하고, 그들은 아직 대중에게 덜 알려진 이 호주 작가가 쓴 젊은 문학 작품들Australiana이 독자들에게 발견될 수 있게 눈에 띄는 곳에 비치한다. 이런 조치의 유일한 어두운 점은, 자신이 이런 '텃세 문화'의 희생자라고 생각하는 범세계적 작가들을 짜증나게 한다는 것이다. 그러나 책방이 주도하는 다양한 활동(저자 대담회, 책 사인회, 저자와의 만남, 문학 토론, 공모전 등)으로 인해 책의 상업적 수명은 전보다 더 길다. 그리고 이것은 '책 읽는 즐거움'을 파는 문제이기 때문에 '리딩스Readings'와 같은 소설을 비롯한 문학 전문 서점들은 직원들이 작성하는 북 리뷰 카드를 책 서가에 꽂아 우수 독자들과 만난다.

2009년 이후: 새로운 관점들

점차 환경 보호주의에 대한 관심이 늘고 있는 세계적 관점에서, 출판사들이 책을 인쇄하기 전 왜 시장 연구도 제대로 하지 않을 뿐더러 적정 출판 종수 유지의 문제, 그리고 엄격한 출판물 선택 과정에 관심을 덜 가지는지에 대한 문제 제기가 있을 수 있다. 어쨌든 이것은 문학 타이틀의 감소를 더 현명하고 정보에 입각한 선택에 기인하는 일부 관찰자들이 지적한 것이다. 한 가지 제안은 판매만을 목적으로 하는 싸구려 책들은 그들을 짧은 분량으로 쪼갠 후 전자책 형태로 읽을 수 있게 하는 것이다.

이 시도는 영화 스크린으로 옮기기에도 충분하고 종이에 인쇄해도 가치가 있는 책들을 과감하게 솎아 내는 것을 의미한다. 다른 생태계적 해결책은 시도가 되었거나 연구 중이며, 프린트 온 디맨드POD:Print On Depand, 전자책ebook과 소규모 출판은 미래에 일상화가 될 것이다. 환경 보호를 중시하면서 그들은 과잉 생산과 팔리지 않는 책들을 위한 용지 제조를 피할 것이며 효율적인 반품 처리로 인한 책 재고 관리를 조절할 것이다.

소량 출판micropublishing이 돈이 되지 않는 불편함이 있음에도(300부의 소량 출판은 보조금 없이 고려해 볼만하다), 수량 대비 질적 우수함의 이점이 있다. '모던 라이팅 프로세스Modern Writing Press'를 운영하는 안토니 야흐Antoni Jach는 이런 사업 형태를 두고, 원고를 서랍 속 깊숙한 곳에 방치하는 것보다 햇빛을 보게 하는 '긍정적 출판 행위'라고 규정한다. 이런 기술적 흐름은 어찌 보면 신의 선물일지도 모른다. 2008년 시작된 병행 도서 공급망the Small Press Underground Network Community[현재는 SPN(Small Press Network)으로 칭함]과 함께, 이들 소규모 독립 출판사들과 그에 따른 공급망은 가까스로 기존 호주 출판사들의 예산에 큰 부담을 주는 대형 출판 유통 네트워크를 능가하고 있다.

'북크로싱BookCrossing(온라인 도서 교환 시스템)'과 같은 시장 조사 기구에 따르면, 인터넷상에서 벌어지는 거의 무료에 가까운 독서 행위는 책 판매 감소를 가져오게 했으며 소설가들이 글쓰기를 통해 생계유지하는 것을 더욱더 힘들게 하고 있다.

이 점을 더 명확하게 하기 위해 20달러에 팔린 책 한권의 영수증을 분석해 보자. 첫 번째로 영수증 금액의 절반은 유통사로 간다. 즉 4달러는 도매상으로, 6달러는 소매상으로 간다. 그 나머지는 생산 비용으로 소모된다, 따라서 인쇄소(4달러)가 출판사가 가지는 비용(2달러 50센트)의 두 배를 가진다. 작가에게는 달랑 1달러 50센트가 가기 때문에 작가의 창의적 노력에 대한 대가는 없다 해도(?) 무방하다.

2000년 이후 호주 정부가 부과하는 10퍼센트 GST[62]를 위해 판매 가격인 20달러의 10퍼센트, 즉 2달러를 더한다. 만일 출판사와 재정적으로 심각한 상태에 놓인 작가들이(요리책들이나 실용서 저술을 통해 성공을 바라지 않는 이들을 의미) 정확하게 게임을 진행하지 않는다면, 누가 이 경제 활동에서 이득을 얻는가? 출판인 마이클 헤이워드Michael Heyward의 분석에 따르면, 출판 산업은 문학 작품 생산에서 비롯되는 다양한 세금원을 통해 호주 정부에게 약 750억이라는 돈 상자를(?) 안겨주며 이중 불과 6퍼센트 금액만이 보조금 형태로 재배분된다.

경제적 재화의 생산과 공급을 위한 세계화의 영향에도 불구하고, 출판 산업을 위한 보호 무역주의는 다른 나라들과 같이, 호주에서도 일반

---

62) GST: Goods and Services tax의 약어로, 한국의 부가가치세에 해당

적이다. 2003년과 2009년에 영토권territorial right을 폐지하려는 시도들은 주요 대기업들이 주도했으며, 2009년 호주 생산성 위원회the Productivity Commssion는 호주 내 영토권의 폐지를 권고했다. 그들은 해외에서 싸게 팔리고 있는 외국 출판물의 헐값 판매dumping로부터 호주 출판 시장을 보호하고 있는 영토권을 재조정하고자 했던 것이다. 위원회는 호주 내 출판 후 1년 경과한 경우 영토권 소멸을 권고했으며, 이는 출판 시장 참여자들이 가장 염려하는 조치이다. 만일 이 영토권이 폐지된다면, 자유 경쟁이라는 불리는 문을 여는 병행 수입 금지 조치가 자동적으로 뒤따를 것이다. 일부 사람들에게 이 조치는 책 가격을 낮추는 무관심한 일이며, 또 어떤 이에게는 책 쓸 일이 많아질 것이다.

그러나 2009년 11월 11일, 호주 연방 정부the Federal Government는 생산성 위원회의 권고를 무시했고 호주 문화 산업 보호의 중요성을 인식하여 현 상태를 유지하기로 결정했다.

Epilogue

에필로그

초창기 호주 소설 속 등장인물 묘사는 식민지 시절 대영제국 영향에 따른 영국 문화에서 나온 것이다. 초기 정착민들이 자리 잡던 시절, 그 당시 유럽식 교육을 받은 소설가들은 호주 현실에 맞지 않는 문화적 자산들을 가지고 호주로 이주했다. 1901년 호주 연합이 이루어지기 전Federation, 그 당시 작가들은 영국 문화가 호주에서 새로운 문학 형태로 성장하고 오랫동안 지속될 것이라는 희망에 가득 차 있었다. 그러나 이 앵글로 사상Anglomorphism은 결국 시간과 노력의 낭비였다. 그 이유는 오랫동안 영국 문학의 한 아류로 여겨져 왔던 호주의 구시대 문학과 달리 쉽게 비교할 수 없는 호주 현지 문학이 새롭게 부상했기 때문이었다.

반세기가 지난 후, 호주 소설은 간헐적으로 야생 숲속bush과 넓은 오지에서 겪는 인내, 독자적 생존, 민주주의, 동지의식, 평등사상이라는 국가적 가치를 강조하는 방향으로 성장했으며, 영국 문화와 다른 차별점을 가지기 시작했다. 이것은 20세기 초 호주 국가 연합Federation을 구축하는 기반이 되었다. 그 결과, 호주 야생 숲속은 국가의 신비한 문화적 자산의 요람이 되었다. 이런 형태의 문학은 1920년대 말 첫 전쟁 소설들의 등장과 함께 좀 더 넓은 세계를 아우르기 전까지 지역적, 국가적 이슈들에 집중했다.

문학 비평가들이 작가들 간 경쟁 구도를 만들고 호주 독자들이 신뢰할 만한 독서지침을 구축하는 것을 목표로 필독서 목록cannon을 정리함으로써 마치 왕겨 속에서 보리를 찾아내기 위해 노력했던 초창기 시절, 사회적으로 얇았던 영국풍 독자층은(영국 문화에 익숙한 호주인들 지칭) 한동안 늘어났고 책 선택 또한 다양해졌다. 그러나 마일즈 프랭클린Mile Franklin과 같이 그 당시 문학 비평가들에게 좋은 소리를 못 들었던 작가들은 자신의 작품을 출판하기 위해 호주를 떠나 해외에서 살아야만 했거나 스스로 호주 소설의 게이트키퍼로 자리매김 하려는 문학 그룹에서 살아남기 위해 가명을 써야만 했다.

1950년대, 소설가들은 흔하고 진부한 현실주의를 벗어나 모더니즘과 같은 새로운 문학 사조의 길을 열었다. 같은 시기, 대부분 전후 유럽 출신 난민들이었던 대규모 이민자 유입과 백호주의the White Australia Policy 폐지는 그 시절 이전까지 존재했던 문화적 동질성을 사라지게 했다. 호주 바깥 세계로 향하는 이 새로운 문학 흐름이 점진적으로 확대되면서, 해외에 나가 있던 호주 작가들은 다시 돌아와 1970년대와 1980년대부터 호주 문학에 족적을 남기기 시작했다. 다문화주의Multiculturalism의 도래는 호주 소설에 다문화적 취향을 불어넣어 새로운 문화 현상을 창출함과 동시에 일반적으로 받아들여지던 호주다움Australianess의 표현에 도전하게 했다. 글쓰기의 속성을 바꾸고 소설이라는 장르의 규범들을 과감하게 뒤엎으면서, 소설가들은 창의성을 강조했다. 그러나 1988년 '호주 식민지 시작 200주년 기념행사' 당시 일어난 사회적 토론, 즉 문학계 인사들 사이에서 초창기 호주의 역사 문화적 탐구에 좀 더 깊은 논의가 필요하다는 공감대가 형성되어, 이 새 문학 사조의 진전을 느리게 했다.

시쳇말로, 대박이 난 대중 소설들이 새로운 출판 시장 흐름을 주도했다. 완전히 상업화 전략을 취한 대형 출판사들이 출판하는 허구적 산문들은 지나친 단순화에 빠졌다. 그들의 목적은 단지 책을 가능한 한 많이 팔아 큰돈을 챙기는 것뿐이었다. 이런 논리를 최대한 반영한 그래픽 소설은 '이미지들'로 인해 판매가 늘었으며, 궁극적으로는 장르를 변하게 했다.

따라서 호주 소설은 모든 단계에서 재정의되었다. 호주 소설은 식민지 시절의 평범한 다큐멘터리 가치부터, 신속하게 영국 문학 전통을 모방하는 트렌드, 그런 다음 20세기 초 정치적 민족의식까지 보여 주었다. 2차 세계 대전 종전 이후 이어져 온 진부한 현실주의에 대한 대응 과정에서 소설은 모방할 수 없는 대상이 되었고 다문화주의를 위한 정치적이거나 사회적 목적으로 쓰였다. 그에 비해 좀 더 자유로웠던 1980년대, 소설가들은 정치와 모방mimesis의 부활 현상에 맞서는 미학적 욕구에 초점을 맞춤으로써 또 다른 가능성을 수용했다.

작가들을 대상으로 등급을 매기려는 문학 비평가들의 성향과 그 영향으로 인해, 작가들은 크게 두 부류로 양분되었다. 테아 애스틀리Thea Astley, 마일즈 프랭클린Miles Franklin, 헬렌 가너Helen Garner, 도로시 휴이트Dorothy Hewett, 데이비드 아일랜드David Ireland, 데이비드 말루프David Malouf, 올가 마스터스Olga Masters, 프랭크 무어하우스Frank Moorehouse, 제랄드 머네인Gerald Murnane, 맨디 세이어Mandy Sayers, 팀 윈튼Tim Winton, 알렉스 라이트Alexis Wright와 같은 민족주의 성향의 소설가들은 지역 작가 또는 특정 주제에 강한 이들로 구분되었다. 그리고 피터 캐리Peter Carey, 케이트 그렌빌Kate Grenville, 콜린 존슨Colin Johnson, 캐서린 수잔나 프리차드Katherine Susannah Prichard와 같이 호주 전역에 걸쳐 유명한 이들은 셜리 하자드Shirley Hazzard, 한나 켄트Hannah Kent[대표작『베리얼 라이트 *Burial Rites*』(2013)], 그리고 샐리 무이르덴Sallie Muirden과 같이 범용적 주제들을 다루는 데 능한 초국가적 작가들과 상반되었다.

일부 작가는 양쪽 모두에 속하기도 한다. 브라이언 카스트로Brian Castro, 리처드 플래너건Richard Flanagan, 로드니 홀Rodney Hall, 자넷 터너 호스피탈 Janette Turner Hospital, 안토니 야흐Antoni Jach, 토마스 케닐리Thomas Keneally, 크리스토퍼 코치Christopher Koch, 로저 맥도널드Roger McDonald, 크리스티나 스테드Christina Stead, 크리스토스 치오카스Christos Tsiolkas, 패트릭 화이트Patrick White 등이 대표적인 작가들이다.

그래서 작가들은 마치 동전의 양면과도 같이, 국가적 자산을 이용하려는 유혹과 국제적 추세에 깊이 빠져듦으로써 주제 선택을 넓히려는 욕구 사이에 갇히게 되었다. 또 다른 한편으로, 민족주의 노선 지향 작가들은 국가적 정체성 형성에 공헌한다는 자부심이 있었으며 그들의 특정 주제가 그들에게 틈새시장 안에 안주하게 한다는 점 또한 느꼈다. 이와 반대로, 범세계적인 독자층을 가지면서 과감한 표현의 자유를 누리려 하는 세계적 수준의 반열에 있는 작가들은 호주 내 충성 독자들과 분리되는 모험 또한 감수했다. 작가로써 잔인한 딜레마 아닌가?

호주 문학계를 둘러봄으로써, 이 책의 저자인 나는 호주 문학에 대해 이야기할 때 대담한 작가들의 작품을 통해 놀라지 않을 수 없었다는 점을 인정한다. 그 이유는 간단하다. 즉, 마치 호주가 세계 문학 지도에서 사라진 것처럼, 사람들은 그 존재 자체를 모르는 경우가 있기 때문이다. 나는 이 책 『한숨에 읽는 호주 소설사_A Brief Take on the Australian Novel_』가 그런 대중의 인식을 변화시키길 바란다. 독자들이 식민지 시절 이후 문학 안으로 들어가, 특히 1980년대 호주 문학에 주목하면서, 더 이상 여명기가 아님을 알았으면 한다. 호주 문학의 초기 시절은 끝났다. 새로운 땅에서 번성하면서, 이제 호주 소설들이 왕성히 꽃 피우는 시기에 접어들었다.

역자의 말

2007년 3월, 45세의 늦은 나이에 호주로 이민을 왔다. 중년의 나이에 새롭게 만난 타향에서 내가 가장 궁금했던 것은 '이곳 사람들은 나 없을 때(?), 어떻게 살았을까?'였다.

이곳에서 자리 잡으면서 시간 나는 대로 여기저기를 다녀 보기도 했고, 틈나는 대로 시드니의 서점들에서 여러 가지 책을 구해 읽기도 했다. 이곳에서 공부한 후에 가지게 된 도서관 사서 일을 하는 동안 여러 사람과 나눈 대화 또한 즐거웠다.

몇 해 전 어느 날, 시드니의 한 중고 서점에서 이 책을 발견했다. 이 책 이외에도 호주 문학사, 호주 역사서 등 개인적 의문을 해결하기 위해 여러 책을 읽었지만, 그중에서도 돋보이는 이 책의 장점은 역자인 나처럼 '외부적 시각으로 호주 사회, 특히 문학계를 바라보았다는 점'이다.

저자 장 프랑수아 버네이는 뉴칼레도니아New Caledonia에서 태어나, 호주에 정착한 후 최근까지 근 20년 동안 호주 소설들을 연구한 학자이다. 호주 소설사를 다룬 이 책의 초판은 2009년 프랑스에서 초판 발행되었다. 그 후 2016년, 시드니에서 추가 증보판을 내었다. 바로 이 책이다.

처음 이 책을 읽으며 의문스러웠던 점은 '왜 호주에서 초판을 내지 않고 저자의 모국인 프랑스에서 냈을까?'였다. 이 책을 번역하면서 그 나름의 이유를 알 수 있었다(역자 추정). 시드니를 비롯한 호주 출판계의 현실도 문제였겠지만, 이 책은 너무나 정확하고 적나라하게, 호주 소설사를 통해 호주 사회의 시작과 현재를 꿰뚫어 보고 있기 때문이다. 아마 역자인 내가 호주 토박이였다면 상당히 불만으로 가득 찼을 것이다. "조상들이야 그렇다 치고(?), 지금 우리 수준 높거든?" 하고 말이다.

전술한 대로 호주에 정착한 이후 수많은 호주 사회 관련 책을 읽어 본 경험으로 말하자면, 나 또한 이 책의 저자가 전하는 분석과 시각에 동의한다. 흔히 '팔이 안으로 굽는다'는 식의 자화자찬으로 가득 찬 일부 '호주 문학 비평서나 역사서들'에 비해, 이 책은 철저히 '외부적 시각'으로 구성된다.

분량 또한 일반 독자들이 읽기에 적당하다. 아쉬운 것은 2016년 추가 증보판(이 책)에는 본문의 추가적인 상세 설명을 다룬 주석이 없다는 점이다. 호주 역사적 배경이나 특정 문화적 사안에 대해 모를 수 있는 한국 독자들을 위해 역자가 '상세 설명'을 추가했다. 책에서 저자가 소개한 호주 소설들의 제목 또한 역자가 한국적 정서에 맞게 번역했다.

흔히 문학은 시대와 사회를 반영한다고 한다. 캐나다의 유명 소설가 마가렛 애트우드Margaret Atwood(1939~)는 다음과 같이 말하기도 했다.

결국, 우리 모두는 이야기가 된다.

In the end, we'll all becomes stories.

그렇다. 호주에게 한국은 제 3~4위의 무역 교역 국가이자, 한국에게는 제 7위(추정)의 교역국이다. 호주 사회 속 민중의 시작점과 지금껏 지나온 길을, 이 책을 통해 어렴풋하게나마 알 수 있게 되기 바란다.

이 책의 번역을 위한 근 7개월의 여정이 끝났다. 커피 한잔이 기다린다. 이 책을 읽는 독자 여러분의 건승을 기원한다.

주요 호주 문학 연표(Literary Milestone)

1831	Henry Savery가 썼을 것으로 추정되는 『Quintus Servinton』, 호주 식민지 시절의 첫 소설이 됨.
1832	Mary Leman Grimstone이 쓴 『Woman's love』이 호주에서 쓰인 첫 소설이며, 원고는 1828년에 완성됨. 호주 여성이 쓴 첫 소설이 됨.
1842	John George Lang이 쓴 『Legend of Australia』은 호주에서 태어난 첫 번째 작가의 작품. 호주에서 출판된 첫 소설이 됨.
1859	Henry Kingsley의 『The Recollections of Geoffrey Hamyn』을 통해 식민지 시절 로맨스 전통의 시초.
1859	Caroline Leaky의 『The Broad Arrow』가 호주의 첫 반체제 anti-system 소설이 됨.
1880	J.F.Archibald와 JohnHaynes가 시드니에서 《Bulletin》 첫 발행.
1880~1900	모험 소설Adventure novel 융성기.
1886	호주에서 출판된 첫 범죄 소설 Fergus Hume의 『The Mystery of a Hansom Cab』이 발간.
1888	노상강도highwayman를 주제로 한 첫 소설 Rolf Boldrewood의 『Robbery Under Arms』가 발간.
1892~1893	Henry Lawson과 Banjo Paterson 문학 논쟁이 작가들을 양분.
1901	Miles Franklin의 『My Brilliant Career』는 호주 연방 독립Federation 이후 첫 베스트셀러 소설로 기록.
1911	건달들을 주제로 한 소설larrikin novel 시대를 연 Louis Stone의 『Jonah』

발표.

1916	Katherine Susannah Prichard의 『The Pioneers』가 1915년 출판되며, 호주 소설 중 최초로 영화화.
1920~1960	포스트모더니즘의 시대.
1925	Chester Cobb의 『My Moffat』이 출판, 호주에서 처음으로 '의식의 흐름 기법a stream of consciousness narrative'을 사용한 소설로 기록.
1929	호주 원주민을 찾아다니는 트랙커Tracker 나폴레옹 보나파르트Napoleone Bonaparte를 주제로 한 Arthur Upfield의 첫 번째 소설 『The Barrake Mystery』 출판.
1929	1차 세계 대전을 가장 잘 묘사한 Frederic Manning의 『The Middle Parts of Fortune: Somme and Ancre 1916』 출판.
1930년대	호주 전통을 바탕으로 한 문화적 자산의 부족을 한탄하는 트렌드가 일기 시작.
1932	Katherine Susannah Prichard가 노벨 문학상 후보로 지명
1934	초기 사회주의 성향을 담은 J.M.Hartcourt의 소설 『Upsurge: A novel』 출판.
1937	Kenneth MacKenzie(필명은 Seaforth MacKenzie)의 『The Young Desire It』 출판. 호주 소설 중 최초로 남성 동성애를 다루어 사회적 논란이 야기.
1938~1955	호주 원주민 문화 및 문학 자산을 정식으로 호주 문학사에 편입시켜야 한다는 지식인들의 계몽운동이었던 'Jindyworobaks' 캠페인 발흥.
1940~1950	사회 현실주의 전파로 인해 소설에서 프롤레타리아 사상 시작.
1944	2차 세계 대전을 다룬 James Aldrige의 『The Sea Eagle』 출판.
1944~1964	사회 현실주의 작가 그룹 태동.
1949~1959	대중 소설Pulp fiction 유행 시작.

1957	Patrick White가 그의 소설 『Voss』를 통해 첫 'Miles Franklin Award' 수상.
1962	시드니 대학에서 첫 호주 문학 위원회the Chair of Australian Literature 발족. G.A.Wilkes(1962~1966), Dame Leonie Kramer(1968~1989), Elizabeth Webby(1990~2007), Robert Dixon(2007~현재)이 역대 의장을 지냄.
1963	소설의 민주화democratization of novel에 공헌한 Penguin의 첫 호주 문학 출판.
1965	Christopher Koch의 『Across the Sea Wall』 출판.
1973	Patrick White가 노벨 문학상 수상.
1974	Christina Stead가 첫 'Patrick White Award' 수상. 호주 저작권 기관인 Copyright Agency Limited(CAL) 설립.
1977	값싼 대중 소설Grunge literature의 시작을 알리는 Helen Garner의 『Monkey Grip』 출판.
1978	Monica Clare의 『Karobran: The story of an Aboriginal girl』 출판. 후에 호주 원주민 출신 작가가 쓴 작품으로 기록.
1982	Thomas Keneally가 그의 소설 『Shindler's Ark』을 가지고 호주 첫 'Booker Prize' 수상. 그 이전엔 Thomas Keneally는 그의 소설 『Chant of Jimmy Black Smith』『Gossip From the Forest』가 최종 심사작으로 선정.
1986	정신분석을 소설 플롯으로 채택한 Rod Jones의 『Julia Paradise』가 주목을 받음.
1989	호주 문학 연구를 위한 유럽 연합The European Association of Australian Studies 발족.

1991	David Malouf의 『The Great World』가 호주 첫 'the Commonwealth Writers' Prize' 수상.
2000	'Miles Franklin Award'가 Kim Scott의 『Benang』과 Thea Astley의 『Drylands』에게 공동 수여. Scott은 'Miles Franklin Award'을 수상한 첫 호주 원주민 출신 작가로 기록. Astley는 네 작품으로 'Miles Franklin Award'을 수상한 첫 번째 작가로 기록(『The Acolyte』 (1972), 『The Slow Natives』(1965), 『Well Dressed Explorer』 (1962), 『Drylands』(1999)).
2001	Peter Carey가 'Booker Prize'를 두 번 수상한 첫 번째 작가로 기록 (『Oscar and Lucinda』(1988), 『True History of Kelly Gang』(2001)). 그리고 동시에 'the Commonwealth Writers' Prize' 두 번 수상함 (『True History of Kelly Gang』(2001), 『Jack Maggs』(1998)).
2003	South Africa, Cap-Vert 출신 J.M.Coetzee가 호주 애들레이드 Adelaide에 정착한 그 다음 해 '노벨 문학상' 수상.
2007	M.J.Hyalnd의 『Carry Me Down』(2006)이 상금 만 파운드의 영국 'British Hawthornden Prize상' 수상.
2008	UNESCO가 호주 제2의 도시 Melbourne을 문학 도시The City of Literature 지정.
2009	호주 연방정부가 도서의 해외 수입 제한 조치를 완화해 달라는 호주 생산성 위원회의 권고를 기각.
2010	Peter Temple의 『Truth』가 범죄 소설 최초로 'Miles Franklin Award' 수상.
2011	《Autralian Literary Review》 폐간.
2012	Patrick White 탄생 100주년 기념의 해. Random House는 그의 미완

성작 『The Hanging Garden』 출판. 동시에 프랑스 아카데믹 저널 《Cercles》가 David Coad와 Jean François Vernay가 편집 기획하여 특집판 발행.

2013   Copyright Agency(CAL)이 'Reading Australia' 웹사이트 오픈.

2014   Lily Brett의 『Lola Bensky』(2013)이 호주 소설 최초로 'Prix Medicis Etranger' 수상.

2015   'The Boisbouvier Founding Chair in Australian Literature' 설립.

작가 연표(Timeline of writer's birthdays)

18th Century

1791   Henry Savery(?~1842)

1798   Charles Rowcroft(~1856)

19th Century

1805   Alexander Harris(~1874)

1808   Anna Maria Bunn(~1890), James Tucker(~1888)

1812   Louis Meridith(~1895)

1815   Mary Vidal(~1873)

1816   John Lang(~1864)

1818   Eliza Winstanley(~1882)

1825   Catherine Helen Spencer(~1910)

1826   Rolf Boldrewood(~1915)

1827   Caroline Leakey(~1881)

1830   Henry Kingsley(~1876)

1835   Simpson Newland(~1925)

1843   Joseph Furphy(~1912)

1844   John Boyle O'Reilly(~1890), Ada Cambridge(~1926)

1846   Marcus Clarke(~1881)

1848   Jessie Couvreur(~1897)

1850   John Haynes(~1917)

1851   Rosa Praed(~1935)

1856   J.F.Archibald(~1919)

1857   Barbara Baynton(~1929)

1859   Fergus Hume(~1932)

1861   William Lane(~1917)

1863   Arthur Jose(~1934)

1864   Banjo Paterson(~1941)

1867   Henry Lawson(~1922)

1868   Arthur Davis(~1935), Steele Rudd(~1935)

1869   Paul Wenz(~1939)

1870   Louise Mack(~1935), Henry Handel Richardson(~1946), Ethel
        Turner(~1958), Aeneas Gunn(~1961)

1871   Louis Stone(~1935)

1872   David Unaipon(~1967)

1874   Ambrose Pratt(~1944), G.B.Langcaster(~1945)

1875   William Gosse(~1945)

1876   Mollie Skinner(~1955)

1879   Miles Franklin(~1954), Norman Lindsay(~1969)

1881   H.M.Green(~1962)

1882   Frederic Manning(~1935)

1883   Katharine Susannah Prichard(~1969)

1885   Vance Palmer(~1959), Grant Watson(~1970)

1890   Arthur Upfield(~1964), James Devaney(~1976)

1891   Marcel Aurousseau(~1983)

1893   Frank Dalby Davison(~1970), Martin Boyd(~1972)

1894   Jean Devanny(~1962)

1895   Doris Kerr(~1945), Leonard Mann(~1981)

1896   Joan Lindsay(~1984)

1897   Helen Simpson(~1940), Flora Eldershaw(~1956), Majorie Barnard(~1987)

1899   Chester Cobb(~1943), Nevil Shutte(~1960)

1900   A.A.Phillips(~1985)

20th Century

1901   Percy Stephensen(~1965), Tom Moore(~1979),

         Xavier Herbert(~1984), Eleanor Dark(~1985)

1902   John   Harcourt(~1971),   Dymphana   Cusack(~1981),   Christina

         Stead(~1983), Alan Marshall(~1984)

1904   Brian Penton(~1951), Florence James(~1993), John Morrison(~1998)

1907   Gavin Casey(~1964), Ralph de Boissiere(~2008)

1909   Ronald McKie(~1991)

1911   Judah Waten(~1985), Walter Adamson(~2010)

1912   George Johnston(~1970), Bertram Chandler(~1984),

         Kylie Tennant(~1988), Patrick White(~1990), Gus O'Donell(~1990)

1913   Rex Ingamells(~1955), Kenneth MacKenzie(~1955),

         Lawson Glassop(~1966), Mary Durack(~1994)

1914   Margaret Trist(~1986)

1915   John Manifold (~1985), David Martin(~1997), Don Charlwood(~2012),

T.A.G.Hungerford(~2011)

1916   Jessica Anderson(~2010)

1917   Frank Hardy(~1994), Nancy Cato(~2000), James Macdonell(~2002),
Jon Cleary(~2010), Ruth Park(~2010)

1918   Eric Lambert(~1966), James Aldridge, Amy Witting(~2001)

1919   Olga Masters(~1986), Nene Gare(~1994)

1921   Russell Braddon(~1995), Max Harris(~1995), Jack Beasley(~1995)

1922   Stephen Murray-Smith(~1988)

1923   Elsie Roughsey(~1985), Dorothy Hewett(~2002),
Margaret Jones(~2006), Elizabeth Jolly(~2007)

1924   Monica Clare(~1973), David Forrest(~1997), Walter Kaufman(~1997)

1925   Laurence Collinson(~1986), Thea Astley(~2004),

1926   Ian Moffitt(~2000)

1927   David Ireland

1928   Robert Brissenden(~1991), Elizabeth Harrower

1931   Shirley Hazzard, Peter Mathers(~2004)

1932   Sreten Bozic, Christopher Koch(~2013)

1933   Pino Bosi

1934   David Malouf

1935   Glovanni Andreon, Rodney Hall, Antigone Kefala, Thomas Keneally,
Alex Miller, Thomas Shapcott, Randolph Stow(~2010)

1937   Doris Pilkington(~2014)

1938   Colin Johnsoton, Don'O Kim, Morris Lurie(~2014), Frank Moorhouse,
Les Murray

1939	Barbara Hanrahan(~1991), Clive James, Gerald Murnane, Eric Willmot
1940	Carmel Bird, J.M.Coetzee, Manfred Jutgensen
1941	Murray Bail, Anne Derwent, Beverley Farmer, Roger McDonald
1942	Michael Wilding, Helen Garner, Nicholas Hasluck, Janette Turner Hospital
1943	peter Carey, Robert Drewe, Roberta Skyte(~2010)
1944	Blanche d'Alpuget, Robert Dessaix, David Foster
1945	Margret Coombs(~2004), Peter Skrzynecki
1946	Jean Bedford, Lily Brett, Kerryn Higgs, Drusilla Modjeska, Penelope Rowe, Peter Temple
1947	Peter Kocan, Amanda Lohrey
1948	Alan Wearne
1949	Leon Carmen, Steven Caroll, Adib Khan, Jennifer Maiden
1950	Brain Castro, Kate Grenville, Phillip Salom, Sue Woofe, Alexis Wright
1950	Peter Goldworthy, Angelo Loukakis, Sally Morgan, Ania Walwicz
1952	Nicholas Jose
1953	Rod Jones, Shane Maloney
1954	David Kelly
1955	Linda Jaivn, Gail Jones, Ouyang Yu
1956	Antoni Jach
1957	Tony Birch, Anthony Lawrence , Kim Scott, Archie Weller
1958	Debra Adelaide, Arabella Edge, Michelle de Kretser, Kathy Lette
1959	Merlinda Bobis, Gabrielle Carey, Sophie Masson, Peta Spear
1960	Sallie Muirden, Tim Winton

1961	Richard Falnagan, Simone Lazaroo
1962	Mattew Condon, Luke Davies, Anthony Macris, Sarah Myles
1963	Fiona Capp, Mandy Sayer
1964	Georgia Blain, Elliot Perlman, Eva Sallis, Beth Yahp
1965	Justine Ettler, Katherine Heyman, Melina Marchetta, Christos Tsiolkas, Charlotte Wood
1966	Terri Janke, A.I.McCann, Andrew McGahan, Dorian Mode
1967	James Bradley, Nikki Gemmell, Melissa Lucashenko
1968	Viviennne Cleven, Dylan Coleman, Sonya Harntnett, Anita Heiss, M.J.Hyland, Sofie Laguna
1969	Larissa Behrendt, Mireille Juchau
1970	Fabienne Baynet-Charlton(~2011), Christopher Cyrill, Norma Khouri, Julia Leigh, Hsu-Ming Teo
1971	Helen Darville
1974	Aravind Adiga
1976	Jared Thomas
1983	Tara Winch
1985	Hannah Kent

참고문헌(Select bibliography)

Albinski, Nan Bowman. 'A survey of Australian Utopian and Dystopian Fiction'. Australian Literary Studies 13.1(1987). 15~28.

Andrew, Barry et al. The Oxford Companion to Australian Literature, New York: OUP, [1985] 1994.

Aschcroft, Bill et al. The Empire Writes Back: Theory and Practice in Post-Colonial Literatures, London/New York:Routledge, 1989.

Barry, Elaine, Fabrication the Self: The Fictions of Jessica Anderson, St Lucia: UQP, 1992.

Ben-Messahel, Salhia, Mind the Country: Tim Winton's Fiction, Perth: UWAP, 2006.

Bennett, Bruce. 'Perceptions of Australia, 1965~1988', Hergenhan, Laurie(ed.), Australian Literary Studies 13.4(1988), 433~453.

Birns, Nicholas and Rebecca McNeer(eds). A Companion to Australian Literature Since 1900, New York: Camden House, 2007.

Blake, Ann. Christina Stead's Politics of Place, Perth: UWAP, 1999.

Broinowski, Alison. The Yellow Lady: Australian impressions of Asia, Melbourne: OUP, 1992.

Burns, D.R. The Directions of Australian Fiction: 1920~1974, Melbourne: Cassel Australia, 1975.

Cantrell, Leon. Writing of the 1890s, St Lucia: UQP, 1977.

Capone, Giovanna(gen,ed.). European Perspectives: Contemporay essays on Australian literature, St Lucia: UQP, Australian Literary Studies 15.2(1991).

Caroll, John(ed.). Intruders in the Bush: The Australian quest for identity, Melbourne: OUP, 1992.

Carter, David and Anne Galligan(eds). Making Books, St Lucia: UQP, 2007.

Carterson, Simon. 'From little ventures small wonders emerge', Age, A2(24 January 2009), 27.

Clancy, Laurie. A Reader's Guide to Australian Fiction, Melbourne: OUP, 1992.

Coad, David. 'Patrick White's Castrated Country', Commonwealth 15.1(1992), 88~95.

Colmer, John. Patrick White, London: Methuen, 1984.

Daniel, Helen. Double Agent: David Ireland and his work, Melbourne: Penguin, 1982.

Daniel, Helen. Liars: Australian new novelists, Melbourne: Penguin, 1988.

Denholm, Michael and Andrew Sant(eds). First Rights, Melbourne: Greenhouse Publications, 1989.

Dessaix, Robert(ed.). Australian Gay and Lesbian Writing: An anthology, Melbourne: OUP, 1993.

Dixon, Robert. Writing the Colonial Adventure, Cambridge: CUP,1995.

Dose, Gerd and Bettina Keil(eds). Writing in Australia: Perceptions of Australian literature in its historical and cultural context, Hamburg: Lit, 2000.

Dudley, Michael. 'Apologia Pro Vita Nostra: Critics and Psychiatrist' in Harry Heseltine(ed), Literature and Psychiatry: Bridging the divide,

(Canberra: ADFA, 1992): 67~98.

Duthil, Fanny. Histoire de femmes aborigenes, Paris: PUF, 2006.

Esson, Louis et al. Australian Writers Speak, Sydney: Halstead Press Ltd, 1943.

Ewers, John K. Creative Writing in Australia, Melbourne: Georgian House, 1959.

Ferrier, Carole(ed.). Gender, Politics and Fiction, St Lucia: UQP,[1985] 1992.

Flynn, Christine and Paul Brennan(eds). Patrick White Speaks, Sydney: Primavera Press, 1989.

Geering, R.G. Christina Stead, Sydney: Angus & Robertson, 1979.

Gelder, Ken. Atomic Fiction: The Novels of David Ireland, St Lucia: UQP, 1993.

Gelder, Ken and Paul Salzman. The New Diversity: Australian Fiction 1970~1988, Mlebourne: McPhee Gribble, 1989.

Genoni, Paul and Susan Sheridan(eds). Thea Astley's Fictional Worlds, London: Cambridge Scholars Press, 2006.

Gester, Robin(ed.). Hotel Asia: An anthology of Australians travelling in the 'East', Camberwell: Penguin Australia, 1995.

Gilbert, Pam. Coming Out From under: Contemporary Australian women writers, London: Pandora, 1988.

Gibson, Ross, The Diminishing Paradise, Sydney: Angus&Robertson, 1984.

Green H.M. A History of Australian Literature Pure and Applied, Sydney: Angus & Robertson, 1961.

Halligan, Marion. 'Throwing the book at the critics', Age(24 July 1995), 15.

Hassal, Anthony. Dancing on Hot Macadam: Peter Carey's Fiction, St Lucia: UQP, 1994.

Hawley, Janet. 'Loneliness of the short term writer-in-residence', Saturday Age Extra(16 August 1986), 9 and 14.

Healy, John. Literature and the Aborigine in Australia, St Lucia: UQP, 1978.

Healy, John. 'The Lemurian Nineties', Australian Literary Studies 8.3(1978), 307~316.

Heiss, Anita. Dhuuluu-Yala: To talk straight, Canberra: Aboriginal Studies Press, 2003.

Hergenhan, Laurie. Unnatural Lives: Studies in Australian fiction about the convicts from James Tucker to Patrick White, St Lucia: UQP, 1983.

Hergenhan, Laurie(ed.). The Penguin New Literary History of Australia, Camberwell: Penguin Asutralia, 1988.

Heseltine, Harry. Xavier Herbert, Melbourne: OUP, 1973.

Heyward, Michael. The Ern Malley Affair, St Lucia: UQP, 1993.

Heyward, Michael. 'Word wise, book poor', Age A2(8 September 2007), 14~15.

Ikin, Van, 'Dreams, Visions, Utopias', Australian Literary Studies 13.4(1988), 253~266.

Jacobs, Lyn. Against the Grain: Beverley Farmer's writing. St Lucia: UQP, 2001.

James, Neil(ed.). Writers on Writing, Sydney: Halstead Press, 1999.

Janke, Terri. Writing Cultures: Protocols for producing Indigenous Australian Literature, Sydney: Australia Council, 2002.

Johnson, Grahame(ed.). Australian Lierary Critism, Melbourne: OUP, 1962.

Johnson-Woods, Toni. '"Pulp" Fiction Industry in Australia 1949~1959', Antipodes 20.1(June 2006), 63~67.

Jose, Nicholas(ed.). The Literature of Australia, London and New York:

Norton, 2009.

Kiernan, Brian. Criticism, Melbourne: OUP, 1974.

Kiernan, Brian. Images of Society and Nature, Melbourne: OUP, 1971.

Knight, Stephen. Continent of Mystery: A thematic history of Australian crime fiction, Melbourne: MUP, 1997.

Kwast-Greff, Chantal. 'Poupees de cire, poupees de sang', Corresponddances oceaniennes: L'Australie 4.1(octobre 2005), 21~24

Lamb, Karen. Peter Carey: The genesis of fame, Sydney: Angus & Robertson, 1992.

Lidoff, Joan. Christina Stead, New York: Frederick Ungar, 1982.

Macartney, Frederick T. Australian Literary Essays, Sydney: Angus & Robertson, 1957.

McKernan, Susan. A Question of Commitment: Australian Literature in the twenty years after the war, Sydney: Allen & Unwin, 1989.

McLaren, John. Austrralian literature: An historical introduction, Melbourne: Longman, 1989.

McLaren, John. Writing in Hope and Fear: Literature as politics in postwar Australia, London: Cambridge University Press, 1998.

McNeer, Rebecca. '"What Might Be True": The diverse relationships of Australian novels to fact', Antipodes 18.1(June 2004), 68~71.

Manne, Robert. The Culture of Forgetting: Helen Demidenko and the Holocaust, Melbourne: Text, 1996.

Marr, David. Patrick White: A life, Sydney: Random House, 1991.

Marr, David(ed.). Patrick White: Letters, Sydney: Random House, 1994.

Mead, Phillip. Australian Literary Studies in the 21st Century, Maryborough: ASAL, 2001.

Meredith, Peter. Realising the Vision: A history of Copyright Agency Limited 1974~2004, Sydney: CAL, 2004.

Modjeska, Drusilla. Exiles at Home: Australian woman writers 1925~1945, Sydney: Angus & Robertson, 1981.

Moore, T. Inglis. Social Patterns in Australian Literature, Sydney: Angus & Robertson, 1971.

Mudrooroo Narogin. Writing From the Fringe: A study of modern Aboriginal literature, Melbourne: Hayland House, 1990.

Muecke, Stephen et al. Reading the Country: Introduction to nomadology, Fremantle Arts Centre Press, 1984.

Narasimhalah, C.D. AnIntroduction to Australian literature, Bribane: The Jacaranda Press, 1965.

Neilsen, Phillip. Imagined Lives: A study of David Malouf, St Lucia: UQP, 1996.

Nile, Richard. The Making of the Australian Literary Imagination, St Lucia: UQP, 2002.

Nolan, Maggie and Carrie Dawson(eds.). Who's Who: Hoaxes, impostures and identity crises in Australian literature, St Lucia, UQP, Australian Literary Studies 21.4(2004).

Pender, Anne. Christina Stead: Satirist, Melbourne: Common Ground, 2002.

Petersen, Teresa. The Enigmatic Christina Stead: A provocative re-reading, Melbourne: MUP, 2001.

Pierce, Peter. Australian Melodramas: Thomas Keneally's fiction, St Lucia:

UQP, 1995.

Pierce, Peter. The Country of Lost Children: An Australian anxiety, Melbourne: Cambridge University Press, 1999.

Pierce, Peter. 'The Solitariness of Alex Miller', Australian Literary Studies 21.3(2004), 299~311.

Pierce, Peter. '"Things Are Cast Adrift": Brian Castro's Fiction', Australian Literary Studies 17.2(1995), 149~156.

Pierce, Peter(ed.). The Cambridge History of Australian Literature, London: Cambridge, 2009.

Phillips, A.A. The Australian Tradition, Melbourne: Cheshire, 1958.

Pons, Xavier. '"And the Winner is⋯": Literary Prizes in Australia', Commonwealth 16.1(1993), 38~45.

Pons, Xavier. 'Dramatising the Self: Beverley Farmer's fiction', Australian Literary Studies 17.2(1995), 141~148.

Pordzik, Ralph. The Quest for Postcolonial Utopia: A comparative introduction to the utopian novel in the new English literatures, New York: Peter Lang, 2001.

Reid, Ian. Fiction and the Great Depression: Australia and New Zealand, Melbourne: Edward Arnold, 1979.

Riemer, Andrew. The Ironic Eye: The poetry and prose of Peter Goldworthy, Sydney: Angus & Robertson, 1994.

Riemer, Andrew. The Demidenko Debates, Sydney: Allen & Unwin, 1996.

Roe, Jill. Stella Miles Franklin: A biography, Pymble: Harper Collins, 2008.

Russell, Roslyn. Literary Links, Sydney: Allen & Unwin , 1997.

Rutherford, Jennifer. The Gauche Intruder: Freud Lacan and the white

Australian fantasy, Melbourne: Melbourne Unversity Press, 2000.

Ryan-Fazilleau, Sue. Peter Carey et la quete postcoloniale d'une identite australienne, Paris: l'Harmattan, 2007.

Salusinszky, Imre. Gerald Munane, Melbourne: OUP, 1993.

Salzman, Paul. Helplessly Tangled in Female Arms and Legs: Elizabeth Jolly's fiction, St Lucia: UQP, 1993.

Seal, Graham. Ned Kelly in Popular Tradition, Melbourne: Hyland House, 1980.

See, Carolyn. 'Why Australian Writers Keep their Heads Down', New York Times(14 May 1989), 1.

Semmler, Clement. Twentieth Century Australian Literary Criticism. Melbourne: OUP, 1967.

Semmler, Clement and Whitelock, Derek(eds). Literary Australia, Melbourne: Cheshire, 1966.

Shoemaker, Adam. Mudrooroo: A critical study, Sydney: Angus & Robertson, 1993.

Shoemaker,Adam. Black Words, White Page: Aboriginal literature, 1929~1988, St Lucia: UQP, 1989.

Stephensen, Percy Reginald. The Foundations of Culture in Australia: An essay towards national self-respect. Sydney: W.J. Miles, 1936.

Sullivan, Jane. 'The Power of the Prize', Age(22 June 2006), 15.

Tacey, David. Patrick White: Fiction and the unconscious. Melbourne: OUP, 1988.

Tacey, David. 'Freud, Fiction and the Australian Mind'. Island 49(Summer 1991), 8~13.

Turner, George. 'Parentheses: Concerning matters of judgement'. Meanjin 48.1(1989), 195~204.

Turner, Graeme. National Fictions: Literature, film and the construction of the Australian narrative, Sydney: Allen & Unwin, 1986.

Vernay, Jean-François. 'The Art of Penning the March Hare in: The Treatment of insanity in Australian total institution fiction', AUMLA: Journal of the Australasian Universities Language and Literature Association 118(November 2012), 87~103.

Vernay, Jean-François. 'The Politics of Desire: A psychoanalytic reading of Christos Tsiolkas's Dead Eurpoe', The Journal of the European Association of Studies on Australia 3.2(Barcelona), 2012, 80~89.

Vernay, Jean-François. 'Male Beauty in the Eye of the Beholder? Guys, Guises and Disguise in Patrick White's The Twyborn Affair'. Transnational Literature 4.2, Adelaide, MAY 2012, 1~11.

Vernay, Jean-François. 'Sex in the City: Sexual predation in contemporary Australian grunge fiction'. AUMLA: Journal of the Australasian Universities Language and Literature Association 107(MAY 2007), 145~158.

Vernay, Jean-François. Water From the Moon:Illusion and reality in the works of Australian novelists Christopher Koch, New York: Cambria Press, 2007.

Vernay, Jean-François. 'Only Disconnect -Canoning Homonormative Values: Representation and the paradoxes of gayness in Christos Tsilkas's Loaded', Antipodes 20.1,(June 2006), 7~11.

Walton, Robyn. 'Utopian and Dystopian Impulses in Australia', Overland 173(2003), 5~20.

Ward, Russel. The Australian Legend, Melbourne: OUP, 1974.

Webby, Elizabeth(ed.). The Cambridge Companion to Australian Literature, Cambridge: Cambridge University Press, 2000.

Wilding, Michael. Studies in Classic Australian Fiction, Sydney: Sydney Studies, 1997.

White, Patrick. 'The Prodigal Son', Australian Letters 1.3(1958).

White, Richard. Inventing Australia: Images and identity 1688~1980. Sydney: Allen & Unwin, 1981.

Wilkes, G. Australian Literature: A conspectus, Sydney: Angus & Robertson, 1969.

Wilkes, G. A Dictionary of Australian Colloquialisms, Sydney: Collins, 1988.

Whitlock, Gillian. 'From Eutopia to Dystopia', In Kay Ferres(ed.), The Time to write: Australian Woman Writers 1890~1930, Ringwood: Penguin, 1993, 162~182.

Woodcock, Bruce. Peter Carey, Manchester: Manchester University Press, 1996.

인용 웹사이트(Select sitography)

Antipodes: A Global Journal of Australian/New Zealand Literature. Nicholas Bi
rns(ed.), http://www.australianliterature.org/Antipodes_Home.htm

Austlit: The Australian Literature resources, http://www.austlit.edu.au

Australian Book Review. Peter Rose(ed.), http://www.austlianbookreview.
com.au

Australian Literary Studies. Julieanne Lamond(ed.), http://australianliterar
ystudies.com.au

Australian Humanities Review. Monique Rooney and Russell Smith(eds),
http://www.australianhumanitiesreview.org/current.html

Commonwealth Essays and Studies. Claire Omhovere(ed.), http://www.univ-p
aris3.fr/commonwealth-essays-and-studies-16669.kjsp?RH=122658
6296353

Heat. Ivor Indyk(ed.), http://giramondopublishing.com/heat/

Isaland Magazine. Matthew Lamb(ed.), http://www.islanddmag.com

JASAL. Joe Cummins, Helen Groth, Susan Lever, Brigitta Olubas, Tony Si
mones Da Silva and Jay Daniel Thompson(eds),http://www.nla.gov.
au/openpublish/index.php/jasal

JEASA. David Callahan (gen.ed.), http://www.easa-australianstudies.net
/journal

Journal of Language, Literature and Culture. Peter Goodall(ed.), http://aulla.

com.au/journal-of-language-literature-and-culture-jllc/

LINQ. Ariella Van Luyn and Victoria Kuttainen(eds), http://www.linqjournal.com

Meanjin. Jonathan Green(ed.), http://meanjin.com.au

Overland. Jacinda Woodhead(ed), http://overland.org.au

Quadrant. John O'Sullivan(ed), http://www.quadrant.org.au

Southerly. David Brooks and Elizabeth Mc Mahonz(eds), http://southerlyjournal.com.au

Sydney Review of Books. Catriona Menzies Pike(ed), http://www.sydneyreviewofbooks.com

Westerly. Catherine Noske(ed), http://westerlymag.com.au

한숨에 읽는 호주 소설사

© 글로벌콘텐츠, 2022

1판 1쇄 인쇄__2022년 09월 10일
1판 1쇄 발행__2022년 09월 20일

지은이__JEAN-FRANÇOIS VERNAY
옮긴이__장영필
펴낸이__홍정표
펴낸곳__글로벌콘텐츠
　　　　등록__제25100-2008-000024호

공급처__(주)글로벌콘텐츠출판그룹
　　　　대표__홍정표 이사__김미미
　　　　편집__임세원 강민욱 백승민 문방희 권군오　표지디자인__김승수　기획·마케팅__이종훈 홍민지
　　　　주소__서울특별시 강동구 풍성로 87-6
　　　　전화__02) 488-3280　팩스__02) 488-3281
　　　　홈페이지__http://www.gcbook.co.kr　메일__edit@gcbook.co.kr

값 20,000원
ISBN 979-11-5852-370-1　03840